RACHEL BASCH

Die tausend Farben der Liebe

Buch

Der Albtraum jeder Mutter wird für Lily Sterne wahr. Ihr drittes Kind nach den beiden Söhnen Greg und Ben, die 18 Monate alte Tochter Katie, erleidet furchtbare Verbrennungen, als Lily sie nur für einen kurzen Augenblick – vermeintlich sicher in ihrem Hochstuhl – in der Küche alleine lässt. Der Bericht des behandelnden Arztes ruft das Jugendamt auf den Plan und zwingt die Eltern, sich den peinlich-genauen Fragen einer überkorrekten Sozialarbeiterin zu stellen. Lily hat Angst, denn seit Katies Geburt leidet sie unter Depressionen und fühlt sich mehr und mehr überfordert. Plötzlich wird alles genau unter die Lupe genommen, und sogar ein Selbstmordversuch Lilys in ihrer Jugend wird zum Maßstab ihrer Qualifikation als Mutter.

Die offizielle Anhörung endet mit einem fatalen Beschluss des Fürsorgeamts: Katie soll vorerst unter der Obhut von Ehemann Jacks Mutter aufwachsen; Lily darf ihre Tochter nur in Anwesenheit einer dritten Person sehen.

Die Familie droht an den Folgen zu zerbrechen. Jack, der gerade seine eigene Firma schließen musste und wieder als Angestellter arbeitet, wird zusätzlich von finanziellen Sorgen geplagt. Er gibt Lily die Schuld an den dramatischen Entwicklungen. Lily wendet sich daraufhin mehr und mehr ab und reibt sich an der Frage auf, ob sie als Mutter versagt hat. Greg und Ben kämpfen um den letzten Rest Aufmerksamkeit ihrer Eltern.

Einfühlsam und lebensnah beschreibt Rachel Basch das fragile Gleichgewicht einer Familie, die wieder zueinander findet, als sie sich auf die wahrhaft wichtigen Dinge besinnt: Liebe und Vertrauen.

Autorin

Rachel Basch hat bereits zahlreiche Prosa veröffentlicht. Sie lebt mit ihrem Mann und ihren Kindern in Connecticut.

Rachel Basch

Die tausend Farben der Liebe

Roman

Deutsch
von Andrea Schröder

GOLDMANN

Die amerikanische Originalausgabe erschien 1998 unter dem Titel
»Degrees of Love«
bei W. W. Norton & Company, Inc., New York

Umwelthinweis:
Alle bedruckten Materialien dieses Taschenbuches
sind chlorfrei und umweltschonend.

Der Goldmann Verlag
ist ein Unternehmen der Verlagsgruppe Bertelsmann

Deutsche Erstausgabe Oktober 2000

Umschlaggestaltung: Design Team München
Satz: Uhl+Massopust, Aalen
Druck: Elsnerdruck, Berlin
Verlagsnummer: 44709
FB · Herstellung: Katharina Storz / HN
Redaktion: Ursula Buchheister
Made in Germany
ISBN 3-442-44709-7
www.goldmann-verlag.de

1 3 5 7 9 10 8 6 4 2

Für David, für alles,
und in Gedenken an unsere Caroline,
die bei mir war,
während ein Großteil dieses Buches
geschrieben wurde

BUCH EINS

Lily

Die zuständige Sozialarbeiterin war noch nicht da, und rein technisch gesehen war sie nicht zu spät dran, sagte Lily sich selbst, solange die Sozialarbeiterin nicht wusste, dass sie zu spät dran war. Jack wusste natürlich, dass sie zu spät dran war. Sie sah ihn aus dem Wohnzimmerfenster schauen. Vermutlich hatte er gerade den Staubsauger weggestellt und seine Wildlederschuhe noch nicht zugeschnürt.

Sie könnte sagen, dass sie die letzten fünf Meilen vom Krankenhaus hierher hinter einer Dreschmaschine, einem Traktor, einem Schuffel verbracht hatte; oder sie könnte erklären, dass sie in den letzten Tagen das Krankenhaus nur dann verlassen hatte, wenn sie sicher war, dass Katie tief genug schlief, um nicht so bald aufzuwachen, jedoch nicht so tief, als dass sie in Gefahr wäre, in ein anderes Reich zu entschwinden; und dass es ihr schwer gefallen war, Katie an diesem Morgen zwar nach dem Aufwachen, aber noch vor der Visite des Arztes zu verlassen. Oder sie könnte die Wahrheit sagen. Sie hatte Angst vor diesem Interview mit Mrs. Thoms vom Fürsorgeamt, fast so viel Angst, wie sie vor dem täglichen Debridement von Katies Brandwunden gehabt hatte. Zum ersten Mal seit über einer Woche hatte sie auf dem Weg nach Hause mehrmals angehalten. Einmal für eine Tasse Kaffee, einmal für eine halbe Xanax, und ein drittes Mal für eine Schachtel Zigaretten, die sie später ungeöffnet in einen Mülleimer geworfen hatte, als sie wieder angehalten hatte, um den Subaru aufzutanken.

»Mama, Mama!« Ihr siebenjähriger Sohn Ben kam zur Zufahrt gerannt, als Lily bereits die Handbremse angezogen hatte. Bremsen, Tore, Sicherheitsgurte – sie dachte jetzt immer daran.

»Die Dame wird jede Minute hier eintreffen, Mama.« Ben ließ sich einen Kuss geben, als Lily aus ihrem Auto stieg, und erwiderte sogar mit einem Arm die Umarmung.

»Ich habe dich ganz doll vermisst, Kumpel.«

»Ich habe dich auch vermisst.«

»Du siehst gut aus.«

Ben schaute auf seine marineblauen Shorts und das weiße Golfshirt.

»Das sollen wir ja auch«, sagte er und schaute nun hoch auf Lilys braunes, von Bleicheflecken übersätes T-Shirt.

»Ich weiß, ich ziehe mich gleich um.«

»Wie geht's der Kleinen?«, fragte er, studierte einen Moment lang ihr Gesicht, beugte sich dann nach unten, um ein dickes Unkraut zwischen zwei Steinplatten auf dem Eingangsweg auszuzupfen.

»Gut. Sie vermisst dich und Greg.«

»Wird sie immer noch die Verbände haben, wenn sie nach Hause kommt?«

Lily blieb stehen und schaute auf Ben hinunter, der mittlerweile damit beschäftigt war, eine komplette Unkrautfamilie auszurupfen. »Ihre Beine sehen viel besser aus. Ein bisschen rosa, das ist alles. Nicht wie vorher. Keine Blasen. Nichts dergleichen.«

Ben war hereingekommen, als Jack in dieser ersten Nacht Katies Verbände wechselte, nachdem der Arzt in der Notaufnahme sie nach Hause geschickt hatte. Er hatte die Ober- und die Außenseiten der Füße seiner kleinen Schwester gesehen und die Vorderseite des einen Beins, auf der grüne, mit Flüssigkeit gefüllte Blasen blubberten. Als Jack sie am nächsten Morgen ins Shriners-Institut für Verbrennungen in Boston getragen hatte, waren Katies Füße geschwollen gewesen, und sie hatte vierzig Grad Fieber gehabt. Der Arzt, der sie im Shriners eingelassen hatte, hatte leise geflucht, als er Fäden von aufgeweichter Gaze aus den triefenden Blasen zog. Der Notarzt im öffentlichen Krankenhaus hatte nicht annähernd genug Silvadene-Salbe aufgetragen – der Arzt, der Katie nachlässigerweise aus der Notaufnahme entlassen hatte, derselbe, der später den Bericht über die mögliche Misshandlung geschrieben hatte.

Jack wartete im Haus hinter der Fliegengittertür. Durch das Drahtgeflecht konnte Lily sehen, dass er sich passend zu Ben angezogen hatte, nur trug er marineblaue Hosen statt Shorts. Sie vermutete, dass Greg ähnlich gekleidet war.

»Die Von-Trapp-Familie«, sagte sie.

»Wer ist das?«, fragte Ben und kam an ihre Seite.

»Himmel, Lillian«, sagte Jack müde. »Es ist fünf nach.«

»Ich weiß«, sagte sie und spielte mit den blonden Locken an Bens Hinterkopf.

»Dein Glück, dass du nicht nach ihr in die Auffahrt gefahren bist.«

»Mein Glück.« Lily ließ Ben los und umklammerte fest den Türgriff. »Ich würde sagen, wir haben alle Glück.«

Er hatte gut geputzt. Die Holzböden trugen keine Spuren von draußen, vom trockenen Gras, dem sommerlichen Sand oder den drei Kindern, die gewöhnlich hier wohnten. Jack hatte den Wohnzimmertisch poliert und hinten im Garten ein paar Pfingstrosen abgeschnitten, und er hatte einen neuen Hochstuhl gekauft und hier hingestellt, in dieses Zimmer, in dem niemand, der bei Verstand war, ein 16-monatiges Kind füttern würde, in dem es aber keine Herdplatten oder Grills oder Öfen gab, nur Mahagoni und Porzellan und Glas.

Sie fragte sich, was er mit dem alten Hochstuhl gemacht

hatte. Sie hoffte, dass er ihn hinausgeworfen hatte. Irgendeines Nachmittags in der makellosen Zukunft, wenn sie den Keller nach irgendjemandes Schlittschuhen durchwühlen würde, wollte sie nicht über dieses billige Tablett mit seinem braunen Halbmond stolpern – das Tablett, auf das der Topf aufgeschlagen sein musste und dabei die Plastikmoleküle so verschoben hatte, dass es nach innen geschmolzen war.

Der Hochstuhl funktionierte immer noch. Das Tablett glitt immer noch über die Arme und rastete vermutlich auch ein. Lily dachte, in der Stadt müsste es doch eine mittellose Mutter geben, die ihn gut hätte gebrauchen können. Aber ihr war der Gedanke verhasst, dass diese Frau Nacht für Nacht dasaß und ihr Kind mit Reismüsli fütterte und auf das beschädigte Tablett starrte, um dann zu der unausweichlichen Schlussfolgerung zu kommen, dass der Stuhl einst von einer anderen Mutter als Mittel zur Strafe oder sogar Folter benutzt worden war.

Lily fragte sich, ob Mrs. Thoms den Stuhl würde sehen wollen. »Unvereinbarkeiten in der Darstellung der Mutter ... verbunden mit den offensichtlichen Verletzungen ... erfordern weitere Nachforschungen in diesem Fall«, hatte im Bericht des Notarztes gestanden. Sie würde die Küche sehen wollen, den »Schauplatz«. »Sie wird sehen wollen, dass Sie das Problem aus der Welt geschafft haben, dass Sie Sicherheitsvorkehrungen getroffen haben, dass Sie den akuten Ernst der Lage begriffen haben«, hatte Linda Polowitz, die Sozialarbeiterin des Krankenhauses und anscheinend ihre einzige Verteidigerin in diesem ganzen Wirrwarr, gesagt.

Seit dem Unfallmorgen war Lily nicht in der Küche gewesen. Als sie von der Unfallstation nach Hause gekommen waren, hatte Lily Katie, die überall bandagiert und voller Demerol war, nach oben getragen. Von da aus konnte sie hören, wie Jack aufräumte – den Topf, die Eier, das leere Saftglas, das von der Theke gefallen war, als Lily Katie beinahe in das Spülbecken geworfen hatte, um ihr Bein in kaltes Wasser zu tauchen. Als die Jungs hungrig wurden, gab Jack ihnen zu essen. Als Lily Durst hatte, ging sie zum Wasserhahn im Badezimmer, und als sie in dieser Nacht endlos das Haus durchstreifte, schloss sie jedes Mal, wenn sie am Durchgang zur Küche vorbeikam, die Augen.

Fast jede Nacht im Krankenhaus hatte sie von der Küche geträumt. Nicht genau von ihrer Küche, sondern von einer, die sie genauso gut oder besser kannte, von einer, in der sie sich Nacht für Nacht im Schlaf zurechtfand. Die Küche ihrer Träume war weniger eine Verschmelzung all der Küchen, in denen sie gearbeitet hatte, sondern eher eine Reduktion, die Essenz.

Jede Nacht folgte sie in ihren Träumen dem Pfad der dicken schwarzen Gummimatten vor dem Servicefenster bei Allison's, wo sie während ihrer Highschool-Zeit gearbeitet hatte, über das Walk-in des L'Hermitage, vorbei an den Probierständen im Hilton und dem mahlenden Geräusch des Hobart-Mixers aus ihrem eigenen Geschäft, bis zum Lagerraum am Wiscasset Way, wo sie Jack vor fünfzehn Sommern zum ersten Mal getroffen hatte und wo sie sich in den Nächten, in denen er abschließen musste, mit harten Handtüchern in der alten Metalldusche abgerieben hatten und die Holzregale, auf denen sich verschlissene Bankett-Tischtücher und abgenutztes Geschirr stapelten, nass gespritzt hatten.

Unweigerlich wachte sie von dem Brüllen der Babys in der Brandwunden-Abteilung oder den Schreien und Flüchen der älteren Kinder auf. Sie lag auf dem engen Kinderbett, verkatert von Misserfolg und Müdigkeit einer Nacht, die sie damit verbracht hatte, endlose Bestellungen in einer merkwürdig stillen, kalten Küche zu bearbeiten, und sie flüsterte sich selbst immer zu, dass alles in Ordnung war. Nur ein Traum. Dann sah sie immer über die Ausbuchtung ihrer eigenen, in Decken gehüllten Schulter das metallene Gitterbett mit seinem Käfig darauf, und ihr fiel wieder ein, wo sie war und warum.

In diesen ersten kritischen Tagen musste die Lederhaut jeden Morgen und jede Nacht gewechselt werden. Lily umklammerte die Stäbe am Kopf von Katies Gitterbett, während Dr. Wheeler den Medizinalassistenten, die sich in dem engen Raum versammelten, einen Vortrag hielt.

»Das Xenotransplantat trickst die Haut aus, hält die granulöse Haut davon ab, eine Narbe zu bilden.« Sie versuchte, ihre Rede so weit wie möglich abzuschließen, bevor sie die Verbände abnahm. »Wir schauen nach, um uns zu vergewissern, dass der wunde Bereich sauber ist, um zu sehen, ob die Haut um Wiederherstellung bemüht ist.«

Lily war dankbar, dass Dr. Wheeler leise sprach. Meist verschlief Katie auch die gewundenen Diskussionen über Ödeme, Lymphangitis, Tachykardie und Morphin. Doch sobald Dr. Wheeler die Verbände entfernte und die Verbrennungen der Luft ausgesetzt wurden, erwachte das Baby ruckartig und quälte sich. Mit tränennassem Gesicht schlug sie ihren Kopf wieder und immer wieder gegen das Kissen, als würde man ihr eine Tracht Prügel verabreichen.

»Singen Sie ihr etwas vor«, flüsterte Dr. Wheeler.

»Drei kleine Enten, die ich einst kannt.« Das war das einzige Lied, an das Lily sich erinnerte.

»Halten Sie sie jetzt unten … so ist es richtig … flach auf der Matratze«, wies die Ärztin sie an, während sie mit dem Metallgerät an den Verbrennungen kratzte.

»Eine dicke, eine dünne, eine …«, Lily sah sich selbst auf Katie zukommen, das Handgelenk ihres Kindes hielt sie fest umklammert, ihr Busen war gegen den Bauch ihres Babys gepresst.

»Mama, Mama, Mama«, weinte Katie und benetzte Lilys eigenen trockenen Mund mit ihren Tränen.

Einige Tage später, als das verbrannte Gewebe sich von dem darunter liegenden zu trennen begann, folgten die Bäder im Whirlpool. »Debridement. Der Schorf muss sich gründlich ablösen«, legte die Schwester Lily nahe, während Lily sich dazu zwang, Katie durch den Türrahmen in das Zimmer mit den Badezubern zu tragen.

»Tauchen Sie sie ein. Tauchen Sie das ganze Bein ein ... genau so«, schrie die Schwester, damit man sie über das Tosen des Wasserstrahls hören konnte.

Lily tauchte ihre Arme in das Chaos aus Wunde und Wasser und Metall. Der sommersprossige Arm der Schwester verschwand in dem aufgewühlten Wasser.

»MamaMamaMama«, ertönte Katies einziges, ununterbrochenes Jammern über dem Desinfizieren und dem Abschürfen. Der Heilungsprozess ähnelte dem eigentlichen Unfall so sehr. »MamaMamaMama.« Das gleiche Wort, um Mutter und Schmerz zu bezeichnen.

»Mami, Mami, Mami ist zu Hause«, rief Greg, Lilys vierjähriger Sohn, vom oberen Treppenabsatz, wo er entlang dem neuen Gitter, das Jack dort befestigt hatte, eine Reihe Matchbox-Autos zu einem Verkehrsstau arrangiert hatte.

»Wie geht's meinem Jungen?«, rief Lily, als sie die Treppen so schnell hinaufraste, dass Greg vor Schreck aufquietschte. »Kannst du mich hereinlassen?«, fragte sie und schaute auf das verschlossene Gitter.

»Oh, klar, Mama. Es ist einfach. Schau. – Oh, warte, warte, warte. Hier ist meine Mautstelle. Du musst zuerst bezahlen.«

Lily griff nach seiner Patschhand, die einen Krankenwagen umschloss, und stupste mit ihren Fingerspitzen in seine Handfläche.

»Ich habe dich die ganze Zeit, als du weg warst, vermisst«, sagte er, als er das Gitter öffnete.

»Ich hab dich auch vermisst.« Sie strich ihm sanft über den Kopf, beugte sich zu ihm hinunter und küsste ihn auf die Haare. »Vielleicht solltest du ein paar davon aufheben«, sagte sie, als sie die Diele entlang zu ihrem Schlafzimmer ging. »Wir wollen doch nicht, dass jemand stolpert.«

»Du meinst diese Dame, stimmt's? Die Dame, die vorbeikommt und mit mir und Ben über Sicherheit und so reden will. Stimmt's?«

»Stimmt, Schatz.«

Lily öffnete ihre Kleiderschranktür und schaute hinein. Jack hatte ihr letzte Nacht etwas zum Anziehen mitgebracht, als er Katie im Krankenhaus besuchen kam. Nachdem Jack Katie in den Schlaf gewiegt hatte, war Lily mit ihm nach unten gegangen und hatte in der Lobby gewartet, während er von Laterne zu Laterne zu dem geparkten Lieferwagen rannte. Sie sah ihm zu, wie er zurückrannte, wobei irgendetwas aus dem Kleidersack der chemischen Reinigung baumelte. Sie wünschte, sie wäre mit ihm gegangen. Es hätte ihr gefallen, schnell zu rennen, mit den Füßen auf den Bürgersteig zu stampfen, ungeschoren davonzukommen.

Während sie wartete, stellte sie sich vor, sie wäre im Gleichschritt mit ihm, dass sie seinen Atem hören und sehen könnte, wie seine Brust sich unter einem anderen Druck als dem seines Zorns hob und senkte. Sie zwang sich, in der Lobby auf den Wachmann und die beiden Shriners-Angestellten zu blicken, die darauf warteten, eine rotäugige Mutter oder Tante nach draußen zu ihrem Auto zu begleiten, und dann belohnte sie sich selbst, indem sie an ihrem eigenen Spiegelbild in der Glastür vorbei und wieder auf die Straße hinausschaute.

Als sie Jack entdeckte, überkam sie ein prickelndes Gefühl, das sie einen Augenblick lang als Liebe einstufte, bis sie erkannte, dass es Neid war.

»Ich werde kein Kleid tragen«, sagte sie, als er aus der Drehtür trat. Er ging an ihr vorbei zu einem dieser aufdringlich leuchtenden orangefarbenen Velourssofas und legte den Kleidersack ab. Es war das blaue Leinenkleid, das sie zur Beerdigung von Jacks Vater vor drei Jahren getragen hatte, und seitdem nicht mehr. Auf sie wirkte es wie ein Kleid für eine Beerdigung.

»Es sieht aus wie ein Kleid für ein Bewerbungsgespräch«, sagte sie und hob die Plastiktüte hoch.

»Ja, und…?«

»Ich habe den Job bereits, und zwar nicht bei der Bank von Boston, die –«

»Gut«, sagte er und steuerte Richtung Tür.

»Danke… fürs Vorbeibringen.« Sie setzte an, ihm zu folgen. Er schüttelte den Kopf.

»Ich meine, es tut mir Leid. Wirklich. Es tut mir Leid.« Sie streckte die Hand aus, um sein Handgelenk zu berühren, aber er wollte sie offensichtlich loswerden und ging weiter. »Du musst doch zugeben«, sagte sie lächelnd, »dass das wie in einem Perry-Mason-Film war. Denkst du nicht auch?«

Sie lachte, aber er nicht. Sie sah zu, wie er in einen Abschnitt der Drehtür schlüpfte und draußen auf die Straße trat.

»Wie ist es mit diesem hier, Mama?« Greg steckte seinen Kopf durch einen Rock in der vorderen Reihe ihres Kleiderschranks. Er liebte es, sich dort zu verstecken, langsam durch die Flanellröcke und Cordsamthosen und im hinteren Teil durch die lächerliche Seidenkleidersammlung, die ihrer Großmutter gehört hatte, zu laufen.

Normalerweise hasste sie es, wenn er im Kleiderschrank spielte, aber die Liste der Dinge, über die sie sich bei ihren Kindern ärgerte, war wie ausradiert. Nun empfand sie Ben und Greg gegenüber ein Gefühl der Dankbarkeit, das eher kumpelhaft als mütterlich war.

Entweder Jack oder seine Mutter hatten die Jungs fast jeden Tag ins Krankenhaus gebracht. Sie durften nicht nach oben – die Ansteckungsgefahr auf der Station war zu groß. Also saßen sie mit Lily unten an dem großen gelben Tisch in der Nähe der Verkaufsautomaten und zeigten ihr ihre Punktekarten vom Minigolf. Sie fragten sie wieder einmal, ob sie wüsste, dass Winstead Lake geschlossen worden war; und das nur, weil ein dummes Kind – das, das letzten Sommer immer von der *Titanic* geschwafelt hatte – krank geworden war, als es dort Wasser getrunken hatte. Ben würde Mr. Rossi als Lehrer der zweiten Klasse bekommen. Der Brief wäre neulich mit der Post zu Hause angekommen. Oma würde keine Tiefkühlpizza mehr kaufen. Daddy wäre wütend.

Sie hörte ihnen zu, als ob sie Invalide wäre und sie ein Leben beschrieben, das sie sich höchstens vorstellen konnte. Da war eine Distanz. Sie liebte sie, aber sie verdiente sie nicht. Man hatte sie ihres Ranges beraubt. Sie konnte sich nicht vorstellen, ihnen Anweisungen zu geben, geschweige denn, sie zu tadeln. Und als sie nun Greg beobachtete, wie er in einem Paar hochhackiger Pumps über die ganzen anderen Schuhe auf dem Boden ihres staubigen Kleiderschranks lief, fragte sie sich, ob Schimpfen nicht eine Art Band darstellte, eine konstante Bestätigung der Beziehung von Mutter und Kind.

»Dieses da, Mama. Das ist es.« Greg hatte ein langes geblümtes Kleid mit geschlitztem Rock herausgezogen, das sie Ostern zu ihrer Schwiegermutter getragen hatte.

»Glaubst du?«, fragte sie. Er nickte. Sie ging zum Spiegel neben dem Kleiderschrank und schaute lange hinein, etwas, das sie seit mehr als einer Woche nicht getan hatte. Sie schien von ihren 1,63 m und von den Säumen und Taillenbändern ihrer Sommergewichts-Kleidung weggeschrumpft zu sein. Eine Woche fluoreszierendes Krankenhauslicht hatte ihrer Haut die Bräune entzogen. Ihr gerades Haar war aus der Fasson ihres Bobs herausgewachsen. Mitternachtsmähne hatte ihr Vater es genannt; damals, als sie jung war und ihr Haar lang und sagenhaft schwarz. Jetzt durchzogen grobe weiße Strähnen ihre Frisur wie eine Vielzahl sterbender Kometen.

»Und die dazu.« Greg hielt ein paar schwarze Samtschuhe mit Stilettoabsätzen hoch. Sie konnte sich nicht erinnern, sie je getragen zu haben. »Diese Schuhe wären perrr-fekt«, sagte er und ahmte, unabsichtlich, wie sie hoffte, ihren Tonfall und die Art nach, wie sie manchmal übertrieb, um die unnachgiebige Routine beim Anziehen und Kämmen der Kinder aufzulockern.

»Bei den Schuhen bin ich mir nicht so sicher«, sagte sie und warf Shorts und Shirt in den Wäschekorb in der Ecke des Schlafzimmers. Sie zog den Reißverschluss von dem Kleid, das Greg ausgesucht hatte, auf.

»Sie sind so ...«

»Steil?«, bot er an.

Sie nickte. »Ich könnte damit hinfallen, und das würde nicht sehr gut aussehen.«

»Nein«, sagte er. »Würde es nicht.«

Gut aussehen, gut klingen, darum ging es in den nächsten ein, zwei Stunden. »Verhalten Sie sich so, als hätten Sie nichts zu verbergen«, hatte Linda, die Sozialarbeiterin im Krankenhaus, gesagt, als sie am Freitag in ihrem Büro gesessen hatten.

Lily hatte zu Jack hinübergeschaut, wünschte sich, dass er ihren Blick erwiderte, aber er schaute hinunter auf seine Hände und zupfte an dem Pflaster an seinem Daumen. Er hatte sich bei der Arbeit an der Brotschneidemaschine geschnitten.

»Es ist die Haltung, die zählt. Vielleicht hilft es Ihnen, wenn Sie verstehen, woher das alles kommt. Verbrennungen sind die zweithäufigste Todesursache bei Unfällen von Kindern zwischen einem und vier Jahren. Bei einem Erwachsenen dauert es eine Sekunde, eine vollständige Verbrennung durch siebzig Grad heißes Wasser zu erleiden. Die Haut von Kindern ist dünner. Daher ist die Zeitspanne noch geringer. Verbrennungen zweiten Grades, und erst recht vollständige Verbrennungen, sind ein Alarmzeichen. Die Ärzte der Notaufnahme sind verpflichtet, Bericht zu erstatten. Und manchmal ist es schwierig, Spritzwunden zu definieren.«

Jack schüttelte den Kopf, und Lily hörte, wie er an seinen Zähnen saugte.

»Aber sie wird wieder gesund werden«, flehte Lily. »Dr. Wheelers Prognose für sie ist hervorragend. Ein paar Narben, ein bisschen Depigmentierung.« Die Bedrohung war vorbei. Die Infektion, die Katie zusätzlich erschüttert hatte, war erfolgreich behandelt worden. Sie war einer Hauttransplantation entgangen. Sie hatten ihr rechtes Bein und den Knöchel in normaler Stellung geschient, und nach der ersten Woche hatten sie mit der Physiotherapie begonnen. Jeden Tag wurden die Schiene und die Verbände für dreißig Minuten entfernt, und Katie wurde dazu veranlasst, ihre Füße zu beugen und zu strecken, um die verbrannte Haut über den Fußwurzelknochen und den Zehen zu bewegen. Weder an ihren Füßen noch an ihrem rechten Bein rechnete man mit einem Verlust von Form oder Funktion. »Das ist doch wichtig, oder?«, fragte Lily. »Dass sie gesund werden wird?«

»Weil sonst niemand zu der Zeit zu Hause war, müssen sie sich vergewissern, dass die Verletzungen durch einen Unfall entstanden sind«, erklärte Linda. »Wenn alle Faktoren zusammenpassen – ihre körperliche Geschicklichkeit, die Größe und die Stellung des Topfs –, dann sind Sie fein heraus. Sie suchen nach einem Grund, einer vernünftigen Erklärung dafür, weshalb die Verbrennungen an den Füßen schlimmer waren als die weiter oben am Bein, was den Gesetzen der Schwerkraft irgendwie zuwider läuft.« Linda warf ihnen eine Art wissendes Lächeln zu.

»Und schauen die sich auch die Null von Arzt in der Notaufnahme an, der seine eigene Nachlässigkeit, dass er sie entlassen hat, vertuschen möchte?«, sagte Lily.

Linda nickte energisch. »Versuchen Sie, dem Ganzen mit einer positiven und kooperativen Haltung zu begegnen. Ich kenne diese Thoms nicht, und das ist auch gut so. Ihr eilt weder der Ruf voraus, feindselig zu sein noch extrem dämlich oder sonst etwas, aber verstehen Sie mich richtig: diese Sozialarbeiter besitzen keine Lizenz. Wenige von ihnen, wenn überhaupt, sind medizinisch ausgebildete Sozialarbeiter. Diese Leute fahren gewiss nicht häufig in die Vororte, um berufstätige weiße Ehepaare, die private Kinderärzte haben, zu befragen. Alles, was ich sagen will, ist, machen Sie die Angelegenheit nicht noch delikater, als sie schon ist. Stellen Sie den BMW in die Garage eines Freundes, lagern Sie den Nerz im Keller –«

»Es ist ein Subaru und eine Daunenjacke«, sagte Jack und schnitt ihr das Wort ab. »Und wenn Sie ›diese Leute‹ sagen …«

»Jack«, unterbrach Lily. »Ich denke, Linda versucht nur, uns zu sagen, dass wir es mit jemandem zu tun haben könnten, der eigennützige Zwecke verfolgt, einem Bürokraten, einem öffentlichen –«

»Ich denke, wir verstehen alle, was Linda sagt«, sagte Jack. Er drückte mit der anderen Hand seinen verbundenen Daumen. Lily schaute über den Schreibtisch zu Linda und war sich ziemlich sicher, dass die ältere Frau nicht mitbekommen hatte, dass Jack sie beinahe eine Rassistin genannt hatte.

»Sie wird mit Ihren anderen Kindern reden wollen. Sie haben … zwei –«

»Jungs«, sagte Lily.

»Höchstwahrscheinlich wird sie mit jedem allein sprechen wollen.«

Lily

»Mama, beeil dich! Sie ist da!«, schrie Ben von unten. »Sie fährt gerade die Auffahrt hoch.«

An seinem schrillen Tonfall und dem Platschen seiner Turnschuhe – erst setzte er an, die Treppe hinaufzulaufen, entschied sich dann um und ging die Diele entlang zur Vordertür – erkannte Lily, dass er nervös war. Von den drei Kindern ähnelte er ihr am meisten. Sie nahm an, dass es daran lag, dass er die meiste Zeit mit ihr verbracht hatte, als sie noch sie selbst war, bevor sie so ausschließlich zur Mutter all dieser Kinder wurde. Als Kleinkind hatte er sie sogar »Lily« genannt, weil er es lustig fand, sie genauso anzureden wie sein Vater, die gleiche Antwort zu bekommen, das Zuwenden, das Lächeln. Er neigte zur Ängstlichkeit, wie Lily sonst auch. Und sie vermutete, dass ihr uncharakteristisches Fehlen jeglicher Vorbereitung ihn genauso alarmierte wie das wütende Schweigen seines Vaters. Katies Unfall hatte alles auf den Kopf gestellt. Mutter und Vater hatten die Rollen getauscht und dementsprechend auch den Charakter. Lily bezweifelte, dass Ben alt genug war zu wissen, dass diese Fassade der Ruhe, der Mattigkeit ihrerseits, in Wirklichkeit immer noch auf den Schock und die Strapazen zurückzuführen war; dass dieses Sich-Zeit-Lassen die einzige feindselige Handlung war, die die Depression ihr erlaubte.

Mit seinem Vater war es eine andere Sache. Die Kinder waren es gewohnt, dass er laut war. Er sprach laut, lachte laut, brachte sie dazu, laut zu lachen. Lily wusste immer, wann Jack bei den

Kindern im Zimmer war. Das stetig anschwellende Quietschen bis hin zum Kreischen, wenn er Greg mit seinem kräftigen Küchenchef-Arm an die Badezimmerdecke drückte oder Katies Barney über eine Rührteigschüssel hielt, oder wie er, wenn das Telefon schellte, geradewegs auf eine ungeschälte Banane zurannte und diese als Hörer zwischen Mund und Ohr hielt.

Lily verzieh Jack alle möglichen Fehler, weil er sie zum Lachen bringen konnte. Er hatte viel Geduld. Zu viel, hatte sie oft gedacht. Erst bei der gemeinsten und vorsätzlichsten Beleidigung bekam er einen Wutanfall, und nun war er die ganze Zeit wütend. Seine Wut war nicht auf eine Reaktion ausgerichtet. Er war nicht wie Lily, die regelmäßig in großen verbalen Wolken Dampf abließ, sich dann beherrschte und abwartete, was dabei herauskam. Nein, Jacks Wut war unnachgiebig und konsequent. Nach achtunddreißig Jahren Aufgeschlossenheit hatte er durch Katies Unfall definitiv und ohne den Schatten eines Zweifels den Beweis dafür erhalten, dass das Leben im Allgemeinen Enttäuschung bereithielt und dass das Leben mit Lily im Besonderen Qual bedeutete.

»Hallo, Ginny Thoms.« Die Sozialarbeiterin stand von ihrem Platz in dem guten Sessel im Wohnzimmer auf, als Lily nach unten kam.

»Entschuldigung«, sagte Lily und begrüßte die sehr junge Frau. »Ich bin gerade eben vom Krankenhaus gekommen. Ich bin ein bisschen spät dran, schätze ich.«

»Kaffee?«, fragte Jack.

Lily schaute ihn in Panik an. Das hatten sie nicht vorbereitet. Bot er der Sozialarbeiterin welchen an, oder fragte er Lily, ob sie welchen gemacht hätte? Obwohl er doch genau wusste, dass sie das nicht hatte? Er saß auf der Couch, die beiden Jungs neben sich. So blieb Lily nur der Klavierhocker.

»Nein, danke.« Mrs. Thoms griff in ihr langes blondes Haar und legte es wie ein Schild vor eine Brust.

»Tee?«, konterte Jack.

Lily drehte den Hocker ein paar Mal, um ihn höher zu stellen.

»Ein Glas Wasser wäre prima. Oh, mein Gott. Haben Sie die gemacht?« Mit einer Hand drückte sie ihren kurzen Jeansrock gegen die Rückseite ihrer Beine, mit der anderen langte sie nach einem Mini-Muffin auf einem Teller auf dem Kaffeetisch.

»Nein, wir!«, sagte Ben.

»Ihr habt die alle selbst gebacken?«

»Nein, unsere Großmutter hat uns geholfen. Er ist zu jung, um den Ofen oder den Mixer zu benutzen«, sagte Ben und wies auf seinen Bruder. »Und ich soll das auch nicht«, fügte er nach einer Pause hinzu.

»Wir sind alle ein bisschen nervös«, sagte Lily, als Jack mit dem Wasser wieder hereinkam. Bereiten Sie sie vor, hatte die Sozialarbeiterin im Krankenhaus gesagt, aber, was auch immer Sie tun, pauken Sie ihnen nichts ein. Lily und Jack hatten mit den Jungs gesprochen, als sie am vorangegangenen Tag zu Besuch ins Krankenhaus gekommen waren. Kaum hatte Jack angefangen zu reden, war Greg ans entfernte Ende der Lobby gewandert und hatte begonnen, ein Tipi aus den verschiedenen Shriners-Broschüren zu bauen: das brennende Haus, der Junge im Rollstuhl, die Zeitrafferaufnahme des Mädchens mit den Krücken.

Aber Ben war verwirrt gewesen. »Was soll ich denn sagen?« Er stach mit der Plastikspitze eines Schuhbandes in eins der Löcher in seinen Turnschuhen.

»Die Wahrheit«, sagte Jack.

»Und wenn ich die Antworten nicht weiß?«

»Oh, Kumpel«, sagte Lily und sank in den Sitz neben ihm. »Das ist kein Test, nur eine Unterhaltung.«

»Worüber?«

»Über unsere Familie«, sagte Jack.

»Wie alt wir sind und in welche Klasse wir gehen und so?«

»Ja. Hauptsächlich solche Dinge«, sagte Jack und steckte die Hände in die Hosentaschen. »Vielleicht ein paar andere Dinge. Ich weiß es nicht genau. Wir haben das noch nie gemacht.«

»Was gemacht?« Ben schaute zu ihm hoch.

»Wir haben so etwas noch nie durchgemacht, so was wie dieses Interview.«

»Sollst du mit Mama eine Party geben oder so was? Oder will sie wissen, ob ihr gut seid oder so?«

Lily lachte. »Nein, mein Süßer. Es geht um Katie und ihren Unfall. Ich schätze, sie wollen nur sichergehen, dass wir in unserem Haus nicht dauernd Unfälle haben.« Sie unterdrückte den Impuls, ihren Arm um ihn zu legen, weil sie wusste, dass er das in der Öffentlichkeit nicht wollte. Stattdessen stützte sie ihre Ellbogen auf die Knie und legte das Kinn in ihre Hände.

»Wer ist diese Dame?«

»Mrs. Thomas.«

»Thoms«, verbesserte Jack.

»Ist sie so eine Art Arzt?«, fragte Ben.

Jack schüttelte den Kopf.

»Ist sie dann eine Polizistin oder ein Sheriff oder so etwas?«

»Natürlich nicht«, sagte Jack. »Sie ist –«

»Ich bin sicher, sie wird zu dir und Greg nett sein, und wenn sie überhaupt mit euch reden muss, wird es nur für ein paar Minuten sein. Okay?«, fragte Lily.

Ben zuckte mit den Schultern und nach einer Weile sah er zu Lily hoch und lächelte wissend: »Wir können nur hoffen, dass Greg, der kleine Penner, die Sache nicht versaut.«

»Ich möchte gern ein paar Minuten lang getrennt mit euch beiden sprechen, und danach können wir uns vielleicht alle zusammen ein bisschen unterhalten, okay?« Mrs. Thoms nahm einen Schluck Wasser, lockerte die Verschnürung an ihrem Webrucksack und zog einen verbogenen Ordner heraus.

»Nein, Daddy. Ich will bei dir bleiben«, platzte Greg heraus und schmiegte seinen Kopf an die Schulter seines Vaters.

»Schatz, du gehst nirgendwohin. Wir sind alle –«, sagte Lily.

»Greg? So heißt du, oder?« Die Sozialarbeiterin beugte sich in ihrem Sessel nach vorn und lächelte warm. »Wie ist es, wenn ich mit dir und deinem Bruder gemeinsam spreche, okay?«

Greg schüttelte den Kopf und presste sein Gesicht in Jacks Schoß.

»Komm schon«, sagte Jack fest und versuchte ihn aufzurichten.

Lily wusste nicht, was sie tun sollte. Alles in ihr wollte ihn hochnehmen und festhalten, aber was, wenn man ihr körperliches Einschreiten falsch auslegte? Sie blieb auf dem Hocker sitzen. Gleichgültig, unbeteiligt. Besser, als mitten in einen Wutausbruch gezogen zu werden, sodass es aussah, als würde sie mit einem Vierjährigen einen Kampf führen wollen.

»Habe ich da draußen eine Schaukel gesehen?«, fragte Mrs. Thoms, die es erneut versuchte. Nervös drehte sie ihren Ehering um den Finger.

Greg antwortete nicht, und nach einer Weile sagte Ben: »Ja, im Garten.«

»Wie wäre es denn, wenn wir drei für ein paar Minuten auf die Schaukel gingen?«

»Daddy auch?«, fragte Greg.

»Nein, Mama und Daddy bleiben drin.«

»Nein, ich will, dass Daddy auch mitkommt.«

»Ich werde dich richtig doll anstoßen, bis zum Himmel hoch.«

Ben schüttelte den Kopf und sagte leise: »Er schaukelt nicht gern hoch. Er ist erst vier.«

Jack schaute zu der jungen Frau hoch und sagte: »Vielleicht können Sie zuerst mit meiner Frau sprechen und danach ...«

»Okay«, antwortete Mrs. Thoms, deren Stimme sich vor gezwungener Munterkeit fast überschlug. »Wohin können wir gehen?«

»Ich nehme die Kinder mit nach draußen«, sagte Jack und hob Greg hoch.

»Zwanzig Minuten müssten reichen.« Die Sozialarbeiterin lächelte angespannt.

Lily hakte die Absätze ihrer Sandalen um die Fußstütze des Hockers und versuchte ebenfalls zu lächeln. Sie warteten, bis die Fliegengittertür zuschlug.

»Sie sehen müde aus«, sagte Mrs. Thoms und starrte auf ihre Liste.

»Ich habe bei Katie im Krankenhaus geschlafen.«

»Und Ihr Mann?«

»Nun, er war hier mit den Jungs.«

»Ach so. Nach dem, was mir gesagt wurde, dachte ich, dass jemand von den Großeltern auf sie aufpasst.«

»Ja, nun, tagsüber war meine Schwiegermutter hier –«

»Arbeiten Sie?«

»Bis vor gut einem Jahr, bis ungefähr zu der Zeit, als Katie geboren wurde, habe ich gearbeitet. Wir hatten einen Delikatessenladen und einen Party-Service in der Stadt.«

»Boston?«

»Nein, hier in Winstead, unten am Bahnhof.«

»Oh, und jetzt?«, fragte Mrs. Thoms und schaute Lily direkt an, während sie in ihrer Handtasche, die die Ausmaße einer Reisetasche hatte, nach einem Stift suchte.

»Als Katie geboren wurde, hat Jack einen Job bei der Quabbin Group angenommen, bei der er den Hauptspeisesaal leitet. Es ist eine große Firma mit guten Sozialleistungen, und damals schien es das Sinnvollste zu sein.« Lily sagte sich, dass die ganze Wahrheit – sie waren gezwungen gewesen, Station Break nach mehr als acht Jahren zu schließen, weil es sich nicht mehr rentierte – die Sozialarbeiterin nichts anging.

»Dann sind Sie den ganzen Tag bei den Kindern zu Hause?«

»Ja, nun, meistens. Manchmal machen wir immer noch Caterings. Jack sowieso, und ich helfe ihm sozusagen.« Lily lächelte.

Sie könnte Jack mal wieder fragen, was er in der Woche gekocht hatte, und er würde es ihr erzählen. Es war fast zwei Jahre her, dass sie das letzte Mal zum Essen ausgegangen waren und anschließend in hellem Eifer nach Hause gerast waren und auf dem Weg an dem letzten geöffneten Supermarkt angehalten hatten. Jack öffnete dann immer eine Flasche Wein, und Lily griff nach den roten Holzbrettchen über dem Kühlschrank. Während sie das feuchte Fleisch eines Sommerkürbis schnitt oder die Samen aus einer Anchovisschote kratzte, fühlte Lily immer einen Adrenalinstoß, als würde man einen energiegeladenen Motor starten und sie und Jack sich auf einer schnellen, weiten Fahrt befinden. Sie erinnerte sich daran, wie sie eines Abends bei Fenimore's in der Back Bay gegessen hatten, dann durch die ganze Stadt gehetzt waren, um, ohne Diskussion, einen lebendigen Hummer zu kaufen. Als sie zu Hause ankamen, hatte der vierpfündige Hummer ein Loch in die Tüte gehauen und somit eine Wasserspur vom Auto bis zur Haustür hinterlassen. Sie legte das wunderschöne Ding bäuchlings auf das Schneidbrett und streichelte seinen schwarzen, harten Panzer mit ihrer linken Hand. Während Jack die Messerschneide schnell nach unten bewegte, zuckte Lily beinahe unmerklich zusammen. Das Leben war so prachtvoll.

Lily und Jack hatten um zwei Uhr morgens an ihrem eigenen Küchentisch gesessen und hatten zum zweiten Mal innerhalb einer Nacht Lobster Wellington gegessen, diesmal von einem gemeinsamen Teller. Sie teilten das Wissen, dass sie alles noch besser machen konnten, dass alles möglich war. Beim gemeinsamen Kochen hatten sie eine Identität angenommen, die weit mehr zu Kopf stieg als ihre Identität als Mann und Frau. Aber jetzt, da sie dieses großen Motors ihres gemeinsamen kreativen Lebens beraubt waren, stürzten sie jäh in ärmeres Territorium.

»Sie langweilen sich bestimmt den ganzen Tag zu Hause«, sagte Mrs. Thoms.

Eine warme Brise blies durch das Wohnzimmer, und die Plastikspitzen der Bänder für die Jalousien klapperten gegen die Fensterbretter. Lily schüttelte den Kopf. »Absolut nicht«, sagte sie.

»Nun«, Mrs. Thoms verlagerte ihr Leichtgewicht in dem ausgepolsterten Sessel. »Ich gehe davon aus, dass Sie sich die Zeit genommen haben, herauszufinden, wie all das hier abläuft. Der Eingangsbericht, das 51A, dann mein 51B.«

»Ja«, sagte Lily. Sie lehnte sich leicht gegen das alte Klavier und schlug damit versehentlich einen Ton an. »Wir haben mit ein paar Leuten beim Fürsorgeamt gesprochen.«

Ein paar Tage nach der wundersamen Wende bei Katie, als es schien, dass sie nun doch keine Hauttransplantation brauchen würde, hatte Jack den Brief mit der formalen Anklage gegen sie erhalten. Er hatte den Großteil des Tages am Telefon mit dem Fürsorgeamt verbracht, um herauszufinden, wer den Bericht geschrieben hatte. Als er an diesem Abend ins Krankenhaus gekommen war, hatte Lily bereits Besuch von der Sozialarbeiterin des Krankenhauses gehabt.

Linda war in dem Spielzimmer, in dem Katie gerade damit beschäftigt war, einen Plastikeierkarton mit leicht angekauten Plastikeiern abwechselnd zu füllen und zu leeren, auf sie zugekommen. Lily war schnell aufgestanden und hatte Linda begrüßt; sicher, dass sie zur informellen Spieltherapie mit Katie gekommen war. Hier kümmert man sich wirklich um alles, hatte sie noch gedacht, als sie zusah, wie Linda sich auf einem der roten Kinderstühle niederließ.

»Gehst du gern mit Mami einkaufen?«, fragte sie. Ohne zu Lily hochzusehen, fuhr sie im gleichen therapeutischen Tonfall fort: »Ich muss Sie und Ihren Mann befragen. Anscheinend gibt es ein paar Fragen bezüglich Katies Unfall. Standarddinge, wissen Sie. Sechzig Prozent der Eltern und Vormunde, die hier hereinkommen, müssen sich dem unterziehen. So läuft das nun mal.«

Lily hatte in der letzten Woche diese Szene wieder und wieder in ihrem Kopf abgespult, um zu verstehen, was gesagt worden war, was passierte, was passieren könnte. Es war genauso wie bei dem Unfall. Um sich vorzustellen, was in den paar Minuten, in denen sie an diesem Freitagmorgen die Küche verlassen hatte, geschehen war, war ein Sprung nötig. Man musste den Unglauben aufgeben, dass jemand tatsächlich andeuten könnte, dass sie ihrem Baby die Brandwunden zugefügt hatte. Und eine Art völliger Umkehrung würde nötig sein, damit sie sich nur annähernd mit dem Gedanken befassen konnte, dass sie jetzt ihre Katie verlieren könnte, nicht an dieser Verletzung, sondern an den Staat Massachusetts.

Ein Teil von Lily war in ihrem Schlafzimmer gefangen, in dem sie an diesem Freitagmorgen länger gewesen war, als sie hätte sein sollen. Und der Rest von ihr, der Teil, der bis zum folgenden Donnerstag weitergemacht hatte, bis zu dem Tag, an dem sie erfuhr, dass man sie der möglichen Kindesmisshandlung überführen könnte, war eingefroren in dem Spieltherapiezimmer auf der dritten Etage des Shriners-Instituts für Verbrennungen in Boston. Die Lily, die nun auf dem Klavierhocker saß, war gefangen wie eine der Figuren in diesen billigen Hologrammen, die die Kinder manchmal in ihren Überraschungstüten nach Geburtstagspartys nach Hause brachten. Der Kontext verschob sich hier unaufhörlich, war unmöglich zu isolieren.

»Ich schreibe meinen Bericht auf der Basis dieses Interviews und der Untersuchung des Schauplatzes«, fuhr Mrs. Thoms fort. »Dann wird man sich das ganze Material ansehen, die

Fürsprache der Sozialarbeiterin im Krankenhaus – obwohl Sie wissen müssen, dass sie nicht für den Staat tätig ist – Ihren Kinderarzt, Ihren Pastor, was auch immer.«

Lily nickte. »Wie lange sind Sie und Ihr Mann schon verheiratet, Mrs. Keliher?«

»Sterne, ich heiße Sterne.«

»Oh, Sie haben Ihren Mädchennamen behalten«, sagte sie, als ob das ein Pseudonym wäre. »Und Sie sind verheiratet seit…?«

»Seit zwölf Jahren«, sagte Lily.

»Und diese Kinder entstammen alle dieser Ehe?«

Lily nickte.

»Wie lange wohnen Sie bereits hier?«

»Seit sechs Jahren.«

»Haben Sie Freunde in der Stadt?«, fragte Mrs. Thoms. Sie kritzelte geräuschvoll auf einem Formular, das sie auf ein pinkfarbenes Acrylclipboard geheftet hatte.

Lily fragte sich, ob das für sie ein Ferienjob war. Die Sozialarbeiterin erinnerte sie an die wichtigtuerischen Siebzehnjährigen, die in den heißen Monaten am städtischen See Rettungsdienst machten.

»Natürlich«, sagte Lily. »Ich meine, ich kann mir nicht vorstellen, irgendwo zu leben, ohne Freunde zu haben.«

»Und würde es Ihnen etwas ausmachen, mir die Namen von einem oder zweien zu Leumundszwecken zu nennen?«

»Kein Problem«, sagte Lily.

Jede Nacht im Krankenhaus, nachdem sie Katie zum Einschlafen gebracht hatte, war Lily zum Münzfernsprecher in der Diele außerhalb der Brandwunden-Abteilung gegangen. Sie hatte einmal mit ihrem Bruder in Chicago gesprochen, aber ihre engen Freunde hatte sie jeden zweiten Tag angerufen. Sie hatte sich sogar bei Julia ausgeweint. Ihre Freundin Ellen hatte ein Einladungsrotationssystem für die Jungs ausgearbeitet und hatte so dafür gesorgt, dass die Geschichte von Katies Unfall sich weit herumsprach. Es war genau die Art von Geschichte, die eine Mutter kleiner Kinder nicht für sich behalten konnte. Es gab so viele gemeinsame Elemente, die ganzen Dinge eines beliebigen Morgens in der Woche: das Radio, das ungemachte Bett, die Eier im Topf, der Hochstuhl, das Baby. Auch Lily hatte in der Vergangenheit an solchem abergläubischen Klatsch teilgenommen, als würde das Erzählen und Weitererzählen einen irgendwie gegen eine ähnliche Tragödie schützen. Und so hatte sie diese Informationen, die Geschichte von dem Unfall, freimütig weitergegeben, aber nicht die Sache mit dem Staat, davon hatte sie niemandem erzählt.

»Familie?«, fragte Mrs. Thoms.

»Die Familie meines Mannes lebt ganz in der Nähe.«

»Und wie steht es mit Ihnen – sind Eltern oder Geschwister in der Nähe?«

Die Annahme der Frau, dass Lily ihre Eltern noch hatte, ärgerte sie. »Ich habe einen Bruder in Chicago.«

»Kirche?«, fragte Mrs. Thoms, die Augen auf das Clipboard gerichtet.

»Hm?«, fragte Lily und beugte sich leicht nach vorn zu der Sozialarbeiterin.

»Ich muss wissen… inwieweit die Familie mit der Gemeinde in Verbindung steht«, sagte sie, und es war klar, dass sie von dem Formular ablas. »Ich weiß, dass ein Pastor ins Krankenhaus gekommen ist, um Ihr Baby zu besuchen. Sind Sie in Ihrer Kirche aktiv?«

Jacks Mutter hatte darauf bestanden, dass ihr Pastor Katie im Krankenhaus besuchte. Sie bestand nun auch darauf, dass es mehr als nur teilweise sein Verdienst war, dass Katie nun doch keine Hauttransplantation benötigen würde.

»Oh, nein. Die Familie meines Mannes ist katholisch. Ich bin Jüdin.«

Die Sozialarbeiterin bedeckte theatralisch ihre Ohren mit ihren kleinen Händen. »Es tut mir Leid. Sie hätten mir nicht sagen müssen, welcher Religion Sie angehören. Das spielt natürlich keine Rolle. Okay, lassen Sie uns nun doch in...«, sie machte eine Pause, während sie einige Papiere auf ihrem Schoß durchsah, »...in die Küche gehen, stimmt's?«

Lily stand langsam vom Klavierhocker auf und ging voran.

Mrs. Thoms nahm ihre Papiere und die Tasche mit auf den kurzen Weg.

»Was für ein interessantes Haus!«, sagte sie, als sie Lily in den Hauptflur folgte, der das Wohnzimmer von der Küche und dem Esszimmer trennte.

»Es ist alt, und einiges muss daran gemacht werden.« Hinter sich vernahm sie einen Fehltritt im regelmäßigen Sandalenklappern der jungen Frau. Sie drehte sich um und sah, wie Mrs. Thoms ihr Gleichgewicht wieder fand. »Ist alles in Ordnung? Das liegt an diesen Teppichläufern.«

Mrs. Thoms nickte und umschloss wieder ihren Stapel Papiere.

»Ich weiß, dass man diese Matten zum Darunterlegen kaufen kann, und ich wollte ein paar besorgen.«

»Es ist sehr still hier draußen.«

»Für die Kinder ist es fantastisch, so weit weg von der Straße.«

»Sie haben eigentlich keine Nachbarn, oder?«, sagte Mrs. Thoms und hielt am Eingang zur Küche an, um dies rasch aufzuschreiben.

»Na ja, natürlich haben wir Nachbarn. Wir können nur nicht die Hand ausstrecken und sie berühren.« Lily lachte. »Ich meine, unten an der Straße, die Sie hochgekommen sind, das große weiße Traumhaus zur Linken, die haben zwei Jungen.« Lily zeigte aus dem Fenster über der Spüle. »Mein Mann hat gerade ein Fußballtor fertig gebaut. Es ist toll für die Kinder – die halbe Stadt war schon hier und hat im Frühling Fußball gespielt.«

Mrs. Thoms lächelte und breitete ihre Papiere und das Bündel Stifte auf dem Küchentisch aus. »Ich muss nur noch ein anderes Formular hier finden ...«, sagte sie und begann, die Papiere stapelweise zu sortieren.

Lily reckte den Hals, um etwas zu lesen, irgendetwas. Aber alles, was sie erkennen konnte, war, dass das Fürsorgeamt keine guten Kopierer hatte. Sie strich ein paar Spültücher glatt und fingerte an dem Löffelhalter herum und wünschte, dass das Telefon schellen würde. Montagmorgen, zehn Uhr. Bei was für Leuten schellte das Telefon nie?

In dem Bemühen, sauber zu machen, hatte Jack jeden Beweis dafür beseitigt, wie ausgefüllt ihr Leben war. Er hatte sämtliche Stundenpläne und Terminkärtchen von der Kühlschranktür genommen. Er hatte den Stapel halb gelesener Zeitungen und Gemeindeblätter irgendwo außer Sichtweite platziert. Es war keine Post in Sicht, als ob sie Menschen wären, die noch nicht mal Werbung bekamen.

»So, warum gehen wir die ganze Sache nicht gemeinsam durch«, sagte Mrs. Thoms.

»Wie bitte?«

»Den Unfalltag. Zeigen Sie mir, was passiert ist.«

»Nun gut.« Lily fummelte am Kragen ihres Kleids und lehnte sich gegen die Spüle. »Gut. Es war der letzte Schultag meiner beiden Söhne. Ben hat die erste Klasse beendet, und Gregs Kindergarten hat an dem Morgen ein Familienpicknick veranstaltet. Ich sollte acht Eiersalatsandwiches machen. Ungefähr die Hälfte davon hatte ich am Abend vorher schon zubereitet, aber mir waren die Eier ausgegangen. Also war ich an dem Morgen gerade dabei, den Rest fertig zu machen.«

»Sie haben gekocht?«, fragte Mrs. Thoms und schrieb, so schnell sie konnte.

Lily nickte. »Ich hatte ungefähr sechs Eier –«

»Wie haben Sie sie gekocht?«

»Na ja, ich habe sie hart gekocht. Sie waren in einem Topf auf dem Herd.«

»War er abgedeckt?«

»Der Topf? Nein. Ich hatte es mit dem Kochen eilig, deswegen.«

»Kann ich den Topf sehen?«, fragte Mrs. Thoms, die sorgfältig auf ihr Formular schrieb. »Ich muss nur sehen, wie groß er war, wo der Griff ist, um zu sehen, wissen Sie... wie viel wiegt Katie ungefähr?«

»Zweiundzwanzig, dreiundzwanzig Pfund, denke ich. Zumindest vor dieser Woche.« Lily schob den Wasserhahn ein paar Mal von rechts nach links. Der gute kurze Topf war im Kühlschrank gewesen, voll mit übrig gebliebenen Spaghetti und Sauce. Deswegen hatte sie den alten Zinntopf genommen, den Greg häufig als Trommel für seine Marschkapelle benutzte. Er war nur zum Wasserkochen zu gebrauchen.

»Ich bin ziemlich sicher, dass der Topf weg ist.«

»Was meinen Sie damit?«

»Nun, mein Mann hat aufgeräumt. Ich denke, dass er einfach alles weggeworfen hat. In der Küche hat Chaos geherrscht. Auf der Theke stand ein Glas, das zerbrochen ist, als ich versucht habe, Katies Bein in kaltes Wasser zu tauchen.«

»Ich denke, dass wir den Dingen gerade vorgreifen«, sagte Mrs. Thoms und schob den Stuhl etwas von dem runden Küchentisch zurück. »Der Topf stand auf welcher Platte?«

Lily zeigte auf die vordere. Der Herd war alt, und die Platten waren nicht eingelassen. »Nur die große funktioniert noch. Die andere da hinten ist schon kaputt seit... ich weiß nicht, wann. Ich meine, es ist nicht gefährlich oder so –«

»Und das hier?« Die Sozialarbeiterin zeigte auf die Schutzvorrichtung am Herd, die Jack geade erst befestigt hatte. »War die hier?«

Lily schüttelte den Kopf.

Die Sozialarbeiterin kritzelte eifrig mit dem Stift. »Und das Baby«, sagte sie und schaute Lily nun gerade an. »Wo genau war das Baby?«

»Sie hat eine Schüssel Müsli in ihrem Hochstuhl gegessen.«

»Der stand wo?«

»Ich würde sagen, da drüben.« Lily ging durch die Küche. »Ich würde sagen, genau hier! Normalerweise stelle ich ihn hier hin. Das habe ich zumindest getan. Mit dem Rücken zu dieser Ablage, sodass sie mich an der Spüle beobachten konnte.«

»Was ist dann passiert?«

»Ich bin für einen Moment nach oben gerannt, um etwas zu erledigen«, sagte Lily.

»Was zu erledigen?«

Bis jetzt hatte weder jemand in der Notaufnahme noch Jack noch die Sozialarbeiterin im Shriners daran gedacht, sie zu fragen, was sie getan hatte, als sie nicht im Raum war, noch nicht einmal, wie lang sie weg gewesen war. »Ich musste das Bett machen«, sagte sie und glaubte sich selbst nicht.

»Das Baby saß immer noch im Hochstuhl, als sie das Zimmer verlassen haben? Sie war allein?«

»Angeschnallt«, sagte Lily.

»Hat gegessen?«

»Vielleicht hatte sie ein paar Cheerios auf dem Tablett. Ich weiß es nicht. Um die Wahrheit zu sagen, ich erinnere mich wirklich nicht.« Vor einem Kinderunfall durch Ersticken hatte Lily bis vor zehn Tagen am meisten Angst gehabt. Als sie das Zimmer verlassen hatte, hatten nur ein paar matschige Cheerios auf dem Tablett gelegen. Lily hatte Katies Müslischüssel und ihre Tasse weggenommen, nachdem beides zwei Mal unter lautem Gelächter auf den Boden geflogen war.

An jenem Morgen hatte Lily vorgehabt, bei der Gwen-Harrington-Show auf WXBO anzurufen. Harringtons Gast, eine Psychologin, sollte um zehn Uhr auf Sendung gehen. Die Uhr an der Mikrowelle zeigte neun Uhr dreiundfünfzig. Alles, was sie wollte, waren ein paar Minuten für sich, um nach oben zu rennen und diesen Anruf relativ ungestört zu erledigen. Um ein Argument zu bringen, das noch keiner vorgebracht hatte in den zwei Stunden, in denen sie mühsam der geistlosen Diskussion über Mutterschaft gefolgt war, während sie zwei Kinder zur Schule gefahren hatte und aus dem Auto rein- und wieder rausgesprungen war, um Besorgungen zu machen.

Es war ohnehin ein schlechter Tag gewesen. Katie hatte die ganze Zeit im Red-Brick Gemischtwarenladen geschrien, weil sie etwas wollte. Lily wusste nicht, was, und achtete auch nicht darauf. Sie konnte so eigensinnig sein, besonders im Vergleich mit den Jungs. Lilys Schwiegermutter nannte das »ein starkes Ego«. »Ich habe noch nie ein Baby gesehen, das sich seiner selbst so sicher ist.« Katie besaß eine Art Starrsinn, der Lily immer wieder überraschte. Jack sagte, es sei nur eine Phase – »Nenn es ›Hölle‹ und gib dem Ganzen einen zeitlichen Rahmen.«

Als sie im Supermarkt an der Kasse waren, hatte Lily Katie auf die hohe Theke gesetzt, und das Baby hatte vor Angst geschrien und nach Lilys Haar gegriffen, während Lily in ihrer Tasche nach dem Portmonee suchte. »Verdammt, Kate«, brüllte sie, und das Baby hatte noch mehr geschrien. Sie konnte kaum glauben, dass diese »vielbeachtete« Psychologin gerade gesagt hatte, es gäbe keinen wichtigeren Job, als zu Hause bei den Kindern zu bleiben, außer vielleicht, man entdeckte eine Medizin gegen Krebs.

Außer der Kassiererin waren nur Männer in dem Laden. Sie waren auf dem Weg zur Arbeit, und sie standen hinter ihr in der Schlange mit Doughnuts und Teilchen, die sie auf einpfündigen Kaffeepaketen stapelten. Keiner von denen sah aus, als wäre er gerade dabei, eine Medizin gegen Krebs zu entdecken. Sie hatte nicht darüber nachgedacht, wie sie auf sie wirkte. Damals nicht. Sie war viel zu sehr damit beschäftigt, sich darüber Sorgen zu machen, ob sie die 1.13 $ für die Eier hatte und ob sie noch genug Zeit haben würde, sie zu kochen, abkühlen zu lassen und noch vor halb elf, wenn sie das Haus verlassen haben musste, daraus Salat zu machen.

Jetzt fragte sie sich, ob es einen Weg gäbe, diese Leute im Gemischtwarenladen zu kontaktieren, inoffiziell vorzuladen. Es gab jede Menge Menschen in der Stadt, die Katie in den letzten paar Wochen bei der Post oder der Reinigung oder dem Schnapsladen gesehen hatten, wie sie als Auftakt zu einem Wutanfall ihren Rücken durchstreckte und mit Armen und Beinen um sich schlug. Und jede Menge Menschen in der Stadt konnten bezeugen, mit welch einer Selbstbeherrschung sie auf ihre sechzehn Monate alte Tochter reagierte.

»Okay, lassen Sie mich das klarstellen.« Mrs. Thoms stand von ihrem Platz am Küchentisch auf und ging hinüber zu der freien Stelle, die Lily ungefähr als den üblichen Platz für den Hochstuhl bezeichnet hatte. Mit einem leichten Hüftschwung zog sie ihren Rock am Saum hinunter. »Entspricht es Ihrer Gewohnheit, Ihr Baby zu den Mahlzeiten allein zu lassen?«

»Hören Sie«, begann Lily, fing sich jedoch, schluckte ein paar Mal und ging zu dem Schrank, wo sie die Kaffeebecher aufbewahrte. An der Innenseite der Tür klebte die Anleitung für das Heimlich-Manöver. Die Gleiche, die in jedem Restaurant, in dem sie seit Mitte der Achtziger gearbeitet hatte, aushing.

»Ich weiß übers Ersticken Bescheid«, sagte sie und umklammerte den weißen Holzknopf des Schranks. »Ich habe schon zwei Mal Erste-Hilfe-Kurse für Säuglinge und Kinder sowie HLW belegt; oft genug, um zu wissen, dass ich es niemals anwenden möchte. Mahlzeiten sind ein gesellschaftliches Ereignis. Ich bin sogar bei meinen älteren Kindern dabei, während sie essen. Ich habe den Raum eine Minute lang verlassen, und dabei –«

Lily hielt inne. Sie hatte diese Geschichte nun schon so oft erzählt. Menschen in weißen Kitteln in Krankenhäusern, Freunden am Telefon, Müttern in der Brandwunden-Abteilung, die jedes Mal aufsprangen, wenn heißer Kaffee aus dem

Mund des Automaten spritzte; und immer wenn sie die Geschichte erzählte, war sie weit weg von diesem Zimmer gewesen, von dem tatsächlichen Moment der Geschichte und – noch wichtiger – von der Sache, um die es ging. Bis zu dieser Minute war es um Katies Verletzungen, die Prognose für Katie, Katies Heilung gegangen. Jetzt ging es um Lily.

»Hat das Wasser gekocht, als Sie den Raum verlassen haben?«

»Ich weiß es wirklich nicht.« Lily stand auf der Schwelle der Küche und lehnte am Türrahmen.

»Wie viel Wasser war in dem Topf?«

»Ich weiß es nicht. Der Topf war klein. Ein Liter, vielleicht weniger.«

»Wie lange waren Sie außer Sichtweite?« Mrs. Thoms griff nach ihrem Clipboard auf dem Tisch. »Wie lange war sie außerhalb Ihrer Sichtweite?«

»Ich bin nur nach oben gerannt.«

»Ein paar Sekunden?«

Lily starrte vor sich hin. Der Unfall war am Ende einer langen Woche passiert. Es war heiß. Sie war müde gewesen, und sie hatte die Nase voll gehabt; von Katie, weil sie so viel heulte, von sich selbst, weil sie so viel schrie. Die Nase voll davon, dass irgendeine Frau übers Radio den moralischen Fehdehandschuh warf und anderen Frauen erzählte, was sie mit ihrem Leben tun bzw. nicht tun sollten, während niemand je von den Männern erwartete, zwischen der Vaterrolle und ihrer Karriere zu wählen. Die meisten Frauen, die arbeiteten, mussten das. Es ging nicht darum, zu lernen, mit weniger auszukommen oder für die Extras zu arbeiten, wie diese Expertin ständig wiederholte.

Katie hatte ein paar Mal auf ihr leeres Tablett geschlagen, als Lily die Küche verließ. Lily hielt am obersten Treppenabsatz inne und lauschte. Das Baby weinte nicht, Katie war nur wütend. Wenn Lily zwei, drei, fünf Minuten vergönnt sein würden, in denen sie in einer anderen Umwelt funktionieren dürfte, würde sie als bessere Mutter in die Küche zurückkehren. Alles würde in Ordnung sein.

Die Nummer. Lily stand am oberen Treppenabsatz und war sich bewusst, dass sie die Nummer etliche Male an diesem Morgen wiederholt hatten, aber sie konnte sich nicht daran erinnern. Sie verfluchte sich selbst lauthals und rannte die Treppen hinunter zum Dielenschrank, in dem das Telefonbuch lag. Katie war jetzt still, deshalb rannte Lily wieder nach oben, ohne in die Küche zu schauen.

Sie hob ihr Nachthemd vom Boden neben ihrem Bett auf und wiederholte für sich, was sie sagen wollte. Sie schob ihre Hand zwischen die Matratze und die Sprungfedern und steckte das obere Laken fest. Es war unnatürlich, dass ein Partner den ganzen Tag zu Hause blieb und sich nur um Heim und Kinder kümmerte, während der andere den ganzen Tag fernab von diesen Kindern verbrachte und nichts weiter tat, als in der Welt außerhalb des Zuhauses zu arbeiten.

Haben wir uns mittlerweile nicht weiterentwickelt? Sie zog das Laken auf Jacks Seite des Betts fest. Sie zählte doch nicht zu der Sorte Mensch, die es darauf anlegte, dass deren Gedanken über ganz Boston ausgestrahlt würden, oder? Sie zog den Bettüberwurf hoch und setzte die Puppe ihrer Großmutter mit dem Zauberstab auf die Kissen. Meine Güte, für wen hielt sie sich eigentlich?

»Und Sie meinen, dass sie den Stuhl an der Theke entlanggezogen hat? Hand über Hand, bis sie den Topf auf dieser vorderen Platte erreicht hatte?« Mrs. Thoms deutete mit dem Radiergummiende ihres Stifts darauf.

Lily nickte. Sie hatte den Hochstuhl ein paar Mal über die Fliesen rutschen sehen, wenn die Jungs damit spielten.

»Zeigte der Topfgriff nach innen oder außen?«

»Ich versuche, immer daran zu denken, die Topfgriffe nach

innen zeigen zu lassen.« Lily machte eine kurze Pause. »Ich bin aber nicht sicher.«

Mrs. Thoms' Stift bewegte sich nun schnell über ihr Papier, um dieses Chaos, dachte Lily, in saubere Stapel von Falsch und Richtig zu sortieren.

»Hat sie sofort geschrien?«

Lily nickte. Sie war nie im Stande gewesen, zwischen verschiedenen Arten von Schreien bei ihren Neugeborenen zu unterscheiden, aber wenn sie älter wurden, war es leicht, Schmerz von Frustration oder Wut oder Ungerechtigkeit zu trennen. Und dieser Schrei war anders als alles, was sie je gehört hatte. Es war eine Art Sirene. Als Lily die Treppen hinunterrannte und sich der Küche näherte, schrie sie unwillkürlich selbst, genauso laut wie Katie, wie um den Schmerz zu stillen. Sie wechselte zwischen: »Oh, mein Gott!« und: »Es ist schon alles gut, Baby, alles okay!«

Katies Gesicht war rot und angespannt. Nicht vom Weinen, sondern von der Anstrengung. Sie versuchte wie wild, sich aus dem Stuhl zu drücken. Lily rannte zu ihr und zermalmte Stücke von Eierschalen unter ihren Füßen. Der Boden neben dem Hochstuhl war nass. Als Lily endlich das Baby erreichte und nach den Seiten des Tabletts am Hochstuhl griff, sah sie, dass es voll mit dampfendem Wasser war. Das kleine, weiße Plastiktablett hatte an einer Ecke leicht nachgegeben, vermutlich dort, wo der Topf gelandet und einen Moment lang stehen geblieben war. Katie trat wie wild mit ihren Beinen um sich und schrie: »MamaMamaMama!«

Gegen jeden Instinkt bewegte Lily sich langsam. Sie schob das Tablett von dem Baby weg. Als sie sich mit dem Tablett herumzudrehen begann, um es auf die Ablage zu stellen, spritzte etwas von dem kochenden Wasser, das sich in der Rinne um den Rand herum gesammelt hatte, auf Lilys Shorts, und sie zuckte zusammen. Als sie darum kämpfte, den Gurt um Katies Taille aufzuhaken, sah sie, dass die bloßen Beine des Babys tropfnass waren. Die Vorderseite des rechten Beines, unterhalb vom Knie, und die Oberseiten beider Füße, selbst die kleinen runden Zehen waren flammend rot wie bei einem schlimmen Sonnenbrand. Sie riss Katie aus dem Hochstuhl und stürzte zur Spüle, trat dabei gegen die tropfende, heiße Pfanne, die auf dem Boden lag, und gegen zwei übrig gebliebene Eier, die über den unregelmäßigen Fußboden rollten.

Die Spüle war voll mit Frühstücksgeschirr. Lily stieß mit dem Ellbogen den Wasserhahn auf Kalt und warf mit einer Hand die Messer und Gläser auf die Ablage. Ein Saftglas glitt über die große Pfütze, die sich auf der Resopalplatte gebildet hatte, und zerbrach auf dem Boden. Lily nahm das Geräusch über Katies lautem Schreien nur am Rande wahr.

»Warum haben Sie nicht den Notarzt gerufen?«, fragte Mrs. Thoms.

»Zuerst war ich mir nicht ganz sicher, was passiert war. Katie versuchte, aus dem Stuhl zu klettern, und als ich zu ihr rannte, sah ich das Wasser, das heiße Wasser auf dem Tablett, auf dem Boden, an ihren Füßen. Ich habe die Spüle mit kaltem Wasser gefüllt und dann ihre Beine hineingesteckt.«

»Und dann?«

»Ich wusste, dass kaltes Wasser am besten ist. Es hat sich herausgestellt, dass ich ihr wahrscheinlich die Hauttransplantation erspart habe, indem ich sie so lange in diesem Wasser gehalten habe.« Soweit Lily wusste, war die Behandlung mit kaltem Wasser in etwa genauso hilfreich für Katie wie der spätabendliche Besuch des jungen Pastors ihrer Schwiegermutter im Krankenzimmer. Es war schwierig, eine Geschichte zu erzählen, in der alles, was man getan hatte, falsch war. Aus diesem Grund hatte Lily sich diese kleine Beschönigung ihrer mütterlichen Fähigkeiten erlaubt.

»Haben Sie nicht Ihren Mann angerufen? Einen Nachbarn?« Dann schaute Mrs. Thoms aus dem Fenster, als würde ihr die »Abgeschiedenheit« wieder einfallen.

»Jack war bei der Arbeit. Die Firma ist im Government Center. Er hätte fünfundvierzig Minuten gebraucht, hierher zu kommen.«

Jack hatte ihr in der Notaufnahme die gleiche Frage gestellt. Warum hatte sie ihn nicht zuerst angerufen? Die fünf Minuten, in denen sie sich gezwungen hatte, Katie in dem kalten Wasser zu halten, waren ihr wie eine Ewigkeit vorgekommen. »Es ist fast vorbei, Schatz. Schon fast vorbei«, wiederholte sie ständig. Ein Teil von ihr dachte wirklich, dass das Eintauchen in das kalte Wasser reichen würde. Während sie das Baby mit einem Arm hielt, tauchte Lily ihre freie Hand in das Wasser und fuhr den Rest von Katies Körper entlang, suchte nach möglichen anderen Stellen, an denen sie verbrüht sein könnte. Nicht am Kopf, nicht auf der Stirn, nicht im Gesicht, Gott sei Dank nicht an den mandelförmigen Augen, die sie von Lily geerbt hatte, nicht an der flachen Nase von Lilys Mutter, nicht an Jacks geschwungenen Lippen. All diese Menschen waren in Katie unversehrt geblieben. Die Haut ihrer Hände war nicht geschmolzen wie bei dem kleinen Jungen aus Lowell, dem sie bald im Shriners begegnen würden. Katies kleine weiße Hände mit den winzigen quadratischen Nägeln waren immer noch perfekt, genauso wie ihre runden Arme, Brust und Bauch. Nicht einmal die oberen Teile ihrer Schenkel waren verbrannt worden, denn sie waren durch das Tablett des Hochstuhls geschützt gewesen.

»Sie haben niemanden angerufen?«, fragte Mrs. Thoms, die gerade erst das antike Telefon, das an der Wand direkt unter dem wirklichen Telefon hing, bemerkt zu haben schien.

»Ich habe eine Freundin angerufen, deren kleiner Sohn mit Greg in den Kindergarten geht. Sie sollte meine Abwesenheit bei dem Picknick erklären und Greg mit zu sich nach Hause nehmen, wenn ich nicht um halb eins von der Notaufnahme zurück sein würde.«

»Wollten Sie nicht, dass jemand mit Ihnen kommt?« Mrs. Thoms starrte Lily direkt an. »Ich bin mir nicht zu einhundert Prozent sicher, dass ich Ihre Argumentation nachvollziehen kann.«

Lily massierte ihre Schläfen. Vor dieser Frau konnte sie unmöglich eine Tablette nehmen, nicht einmal ein Aspirin. »Ich wusste nicht, wie schlimm es war. Wir wohnen sieben Minuten vom Krankenhaus entfernt. Ich wollte sie nur dorthin bringen. Der Doktor im Shriners hat uns gesagt, dass es achtundvierzig Stunden dauert, bis man eine Brandverletzung einschätzen kann. Sogar der Arzt in der Notaufnahme hat damals Verbrennungen ersten Grades diagnostiziert. Ich wusste es nicht. Ich wusste es einfach nicht.«

Bevor sie zum Krankenhaus losgefahren war, hatte Lily nach ein paar Spültüchern gegriffen und sie in das kalte Wasser im Spülbecken geworfen und versucht, je eins um die Beine des Babys zu wickeln. Katie weinte und stöhnte nun abwechselnd. Als Lily zum Auto rannte, krallte das Baby sich in ihre bloßen Arme, ihr Haar, ihr verschwitztes Sonnentop. Lily konnte Katie unmöglich in ihren Kindersitz auf den Rücksitz setzen, wo sie sie nicht sehen oder berühren konnte. Also versuchte sie, sie vorn hinzulegen. Aber der Schalensitz war nicht breit genug, und schließlich hielt Lily sie irgendwo zwischen ihrem Schoß und der Konsole für die Handbremse. Sie hatte darüber nachgedacht, wie gefährlich es war, auf diese Art zu fahren, darüber, dass noch etwas Schlimmeres, als bereits passiert war, geschehen könnte. Sie hatte sogar daran gedacht, dass irgendein scharfäugiger Polizist sie anhalten könnte und ihr wegen Verletzung der Anschnallpflicht für Kinder einen Strafzettel verpassen könnte; dafür, dass sie ihre Tochter in Gefahr brachte, dafür, dass sie eine schlechte Mutter war.

Mrs. Thoms blätterte langsam durch ein paar Papiere auf

dem Tisch. Lily beobachtete sie und fragte sich, ob die Geschichte mit dem Autositz auf den Tisch kommen würde. Sie öffnete und schloss die Schublade mit dem Tafelsilber ein paar Mal. Da war eine unangebrochene Packung Servietten, die von Katies erster Geburtstagsparty übrig geblieben war. Die Jungs hatten die Papierwaren ausgesucht. Bären in rosafarbenen Tutus. Mädchen mögen so was, hatten sie gesagt. Vielleicht könnte Lily eine kleine Party geben, wenn Katie aus dem Krankenhaus kommen würde, nur mit der Familie und Kuchen und Eiscreme.

»Es ist manchmal schwierig, mit kleinen Kindern umzugehen, nicht wahr«, sagte Mrs. Thoms. »Würden Sie sagen, dass Katie ein schwieriges Kind ist?«

»Recht lebhaft«, sagte Lily.

»Wie disziplinieren Sie Ihre Kinder? Ihre Jungs scheinen ziemlich ruhig zu sein, aber wie steht es mit einem lebhaften Kind?«

»Sie ist erst sechzehn Monate alt«, sagte Lily. Mrs. Thoms schrieb das auf und lächelte. »Ich habe eigentlich nur noch eine einzige Frage an Sie.« Sie schaute zu Lily hoch. »Was glauben Sie, warum das passiert ist?«

Lily wusste, warum es geschehen war. Natürlich war Missbrauch im Spiel gewesen. Nicht die Art, an die die Sozialarbeiterin dachte. Nein, Lily hatte ihr Kind nicht körperlich misshandelt, sondern eher das Geschenk, das sie darstellte. Dieses dritte Kind zu bekommen war maßlos gewesen. Sie hatte noch einmal neun Monate lang den Kick eines doppelten Lebens, einer Doppelexistenz genießen wollen. Sie hatte eine weitere Chance gewollt, ihr Einzeldasein zu überschreiten. Mit sechsunddreißig hatten sich einige Möglichkeiten bereits erledigt. Sie würde niemals in einer Küche in Lyon in die Lehre gehen. Sie würde niemals eine »heiße« junge Küchenchefin werden. Sie würde niemals ein Drei-Sterne-Restaurant besitzen. Aber sie konnte drei Kinder haben. Drei Kinder waren eine Leistung. Und außerdem ein Mittel, die Zeit aufzuhalten. Selbst wenn sie nicht mehr länger jung war, konnte sie doch die Mutter junger Kinder bleiben.

Sie hatte danach gelechzt, ein einzig und allein persönliches Verlangen zu befriedigen. Aber Babys, und ganz sicher Kinder, sollten niemals als alleinige private Nahrungsquelle ihrer Mütter dienen. Und die postpartale Depression, die Lily nach Katies Geburt überkam, war nichts anderes als eine minütliche Erinnerung an die richtige Ordnung der Dinge. Mütter säugten ihre Babys, damit diese überlebten, und nicht umgekehrt.

Und so wand und schlängelte Lily sich nach der Ankunft dieses geplanten und doch unerwarteten Babys durch die Tage und suchte zwanghaft nach einem Ausweg. An Wochentagen bekam sie zwei Zeitungen geliefert und an Sonntagen drei. Lily ließ sie ausgebreitet auf Tischen, Ablagen und Betten liegen. Auf dem Weg nach draußen griff sie nach Abschnitten, die sie auf dem Vordersitz des Autos ablegte, um sie zu überfliegen, während sie an einer roten Ampel oder im Stau stand. Sie bat Jack, seine Fachzeitschriften von der Arbeit mit nach Hause zu bringen. Die *Food-Arts*-Ausgabe eines gesamten Jahres lag auf ihrem Nachttisch; der sich neigende Stapel war hoch genug, um ihr die Sicht zur Diele zu versperren, wenn sie im Bett lag. Wenn sie mit Katie allein war, was jetzt häufig der Fall war, war das Radio an; Nachrichten und Diskussionen, in der Küche und im Auto. Sie hatte sogar ein kleines Transistorradio mit nach unten in die Wäschekammer genommen. Sie befürchtete, dass es bei all dem weniger darum ging, in Verbindung mit der großen, weiten Welt zu stehen, als darum, die Welt der Erwachsenen vor der Welt der Babys abzutrennen.

Lily hatte in dem Moment, als die Schwester in der Notaufnahme Katies Bein unter das Projektorlicht legte, gewusst, dass es Missbrauch gewesen war. »Die Dermis besteht aus soundso vielen Schichten«, hatte der Assistenzarzt, der sie als

Erstes gesehen hatte, gesagt. Lily dachte, sie müsste sich übergeben, als der Arzt Flasche um Flasche voll kühler Salzlösung über die Verbrennungen kippte. Ihr fiel ein, wie perfekt diese milchige Babyhaut ausgesehen und gerochen hatte, als man ihr Katie zum ersten Mal gegeben hatte, nur einen Stock höher, im selben Haus, erst im letzten Jahr. Lily wusste, warum der Unfall passiert war. Sie wurde dafür bestraft, dass sie das Geschenk missbraucht hatte, das man ihr mit ihrer Tochter gemacht hatte.

»Ich hab Sie gefragt, warum Sie glauben, dass es passiert ist«, sagte Mrs. Thoms nun etwas ungeduldig.

»Unfälle passieren«, sagte Lily. »Es war ein Unfall.«

»Mama, Mama!«, schrie Greg und hämmerte gegen die Fliegengittertür. »Ich muss mal, Mama. Ganz dringend. Daddy hat gesagt, ich soll draußen gehen, aber ich wollte nicht.«

Mrs. Thoms ging zu der Hintertür und öffnete sie mit Schwung und großer Geste für ihn. »Wenn du musst, dann musst du.«

Greg ignorierte sie und rannte durch die Küche.

»Soll ich dir das Licht anmachen?«, fragte Lily und rannte ihm durch die halbe Diele nach.

»Nein«, sagte er durch die geschlossene Tür. »Die ganze Zeit, als du weg warst, konnte ich es auch selbst.«

»Okay, ruf mich, wenn du mich brauchst.« Lily ging langsam zurück in die Küche.

»Also«, sagte Mrs. Thoms und brachte sich an dem Tisch wieder in Position. »Sie sagten, dass Sie denken, die Verbrennungen seien das Resultat eines Unfalls. Nichts hätte dazu beitragen können, diesen zu verhindern?«

»Das habe ich nicht gesagt.«

»Mama, ich bin fertig und ich krieg die Hose nicht zu«, rief Greg aus dem Badezimmer.

Lily ging auf die Diele zu, und als die Küche in ihrer gesamten Länge zwischen ihr und Mrs. Thoms lag, drehte sie sich um. »Wenn ich bemerkt hätte, dass sie im Stande war, sich in ihrem Hochstuhl so durch den Raum zu ziehen, hätte ich ihn niemals dahin gestellt, wo er stand.«

»Nun, offen gesagt, ich denke, es ist ein bisschen komplizierter.«

»Mama, ich hab gesagt, ich krieg die Hose nicht zu!« Greg stampfte auf Lily zu. Er kämpfte mit den beiden Enden seines Hosenbundes.

Lily sank nieder und machte seine Shorts zu. »Bitte, reden Sie nicht so mit mir«, sagte sie, zog ihn hoch und hielt ihn an sich gedrückt.

»Glauben Sie, dass Kurse für Elternerziehung Ihnen helfen könnten?«

Greg zappelte, weil er losgelassen werden wollte, und rannte dann durch die Küche zur Tür hinaus in den Garten. Noch bevor die Fliegengittertür zuschlug, hörte Lily, wie er seinem Bruder und seinem Vater zuschrie: »Die Frau will, dass Mama Kurse für Beziehungen macht!«

Lily trat nun nah an Mrs. Thoms heran, nah genug, um zum ersten Mal eine leichte Unregelmäßigkeit in ihrem perfekten Gesicht wahrzunehmen, vernarbte Biss-Spuren am äußeren Rand eines Auges. Sie wollte sagen: »Ich bin eine gute Mutter.« Stattdessen sagte sie: »Mein ältestes Kind ist sieben. In sieben Jahren waren wir nur zwei Mal in der Notaufnahme. Sie können die Unterlagen im Lincoln überprüfen.«

»Wir überprüfen die Unterlagen einer Reihe von örtlichen Krankenhäusern. Einige Eltern sind Wechselkunden«, sagte Mrs. Thoms und pochte mit dem Radiergummiende ihres Bleistifts auf ihre Akten.

Lily

Langsam trat Jack sich auf der Matte die Füße ab und zog dann die Fliegengittertür hinter sich zu. Lily wusste, dass er nun seine Hände waschen wollte, deshalb machte sie ihm den Weg frei, als er auf das Spülbecken zuging. Sie ging zu der nahe der Hintertür gelegenen Ecke, hinter dem Küchentisch, und presste ihre Wange gegen die kühle Wand. Von diesem Blickwinkel aus konnte sie Mrs. Thoms und die Jungs draußen sehen, aber nicht von ihnen gesehen werden. In dieser Ecke versteckten die Jungen sich immer, prusteten und hauten sich gegenseitig, wenn sie sie auf ihrem Rückweg vom Garten erschrecken wollten. Mrs. Thoms zeigte ihnen etwas, das sie aus ihrer riesigen Handtasche gezogen hatte.

Jack machte Kaffee, schüttelte die offene Dose über dem Filter, ohne abzumessen. Lily steckte ihren Finger in die trockene Erde des Usambaraveilchens mitten auf dem Tisch. Hier war nichts gegossen worden.

»Du hast dich prima um das Haus gekümmert«, sagte sie und schaute zu ihm hinüber. Sein Haar war heller geworden, da er diesen Frühling schon so viel Zeit draußen verbracht hatte. Er war auch leicht gebräunt, seine Haut trug die Farbe einer blassen Melone, die er zu Beginn eines jeden Sommers annahm, wenn er die Geduld aufbrachte, sich langsam an die Sonne zu gewöhnen. Abgesehen von einer nicht mehr ganz so straffen Haut um seine Wangen und den Kiefer herum sah er fast genauso aus wie damals, als sie ihn mit dreiundzwanzig das erste Mal getroffen hatte. »Wie der Strand«, hatte sie gesagt, blaue Augen, sandfarbenes Haar und eine Haut von der warmen Farbe, die der Himmel annimmt, wenn der Feuerball so gerade eben untergegangen ist. »Ehrlich«, sagte sie. »Alles sieht ganz prima aus.«

Er stand mit dem Rücken zu ihr, und er nickte leicht, so leicht, dass Lily sich fragte, ob er gerade eine Kerbe in der Resopalplatte entdeckt hatte. Er war jetzt am Zug, und sie wartete.

Er blies einen Marienkäfer von der Theke in seine Handfläche und schaute zu, wie er zu seiner Armbanduhr hoch kroch.

»Willst du nicht wissen, wie es gelaufen ist?«, fragte sie schließlich.

Er schaute zu ihr, zu dem Marienkäfer, zu der zischenden Kaffeemaschine, dann zurück zu ihr.

»Ich denke, im Grunde ist alles in Ordnung. Ich meine, es ist eine Art Übung in Demütigung. Vielleicht ist es auch so gedacht.« Lily drehte sich um und schaute zur Hintertür hinaus. Die Jungs lachten laut, Greg zumindest. »Nun, sie klingen nicht allzu traumatisiert«, sagte sie.

Jack ging zum Schrank und zog eine Tasse heraus.

»Ich dachte, vielleicht könnten wir eine kleine Party für Katie geben, wenn sie in ein paar Tagen nach Hause kommt. Ich dachte, die Jungs und ich könnten die Dekoration übernehmen, und du könntest auf dem Weg einen Kuchen von Angelo holen. Ich rufe ihn an. Vielleicht würde deine Mutter auch kommen?«, sagte Lily.

»Ich denke, Pater Paul sollte mit ihr reden.«

»Mit Mrs. Thoms? Du meinst den Pastor deiner Mutter?« Lily war im Stillen dazu übergegangen, ihn Monsignore Wunderbar zu nennen. Er war ja ganz nett und intelligent für einen Pastor, dachte sie. Aber Jacks Mutter scharwenzelte ständig um ihn herum, und seit der »wundersamen Heilung« kam es

Lily so vor, als wollte sie ihn am liebsten heilig sprechen lassen.«

»Er kennt uns nicht einmal«, sagte Lily.

»Er kennt die Familie.«

»Er kennt deine Mutter.«

»Er kennt Katie«, sagte Jack.

Lily lachte. »›Das Leiden der Unschuldigen.‹ Genau das hat er gesagt, als er sie das erste Mal gesehen hat.«

»Und?«

»Nichts.« Lily betrachtete die Erde unter ihren Fingernägeln. »Ließe uns das nicht noch schuldiger aussehen, wenn wir jetzt mit einem Pastor ankommen würden?«

»Schuld lässt sich nicht in Grade einteilen, Lillian«, sagte Jack. »Nicht wie Verbrennungen.« Wieder drehte er ihr den Rücken zu, und seine Handflächen umspannten die Theke, als ob er die ganze Küche hochstemmen wollte.

»Warum tust du mir das an?«, fragte sie.

»Was? Was tue ich?«

»Worin genau, denkst du, besteht meine Schuld?«

»Ich weiß es nicht!« Während er sprach, sah Lily, wie seine Schulterblätter rhythmisch gegen die glatte Baumwolle seines T-Shirts pochten. »Das versuche ich ja herauszufinden.«

»Warum, verdammt noch mal, fragst du mich nicht einfach? Warum sprichst du nicht mit mir?« Sie brannte darauf, seine ach so verhaltene Wut an die Oberfläche zu zerren.

»Das würde die Dinge nur durcheinander bringen. Deine Stimme verwirrt mich. Sie steht mir im Weg, wenn ich versuche herauszufinden, wer du bist und warum das passiert ist... Wie du zulassen konntest, dass es passiert ist.« All das sagte er langsam, mit einer Art distanzierter Güte, so als würde er einem ungeschulten, modernen Publikum eine Geschichte aus dem Alten Testament erzählen.

»Es ist nicht an dir, das herauszufinden«, sagte Lily. »Es war ein Unfall. Es ist einfach passiert.«

»Weißt du, was mich am meisten an der ganzen Sache erstaunt?«, sagte Jack. »Dein Mangel an Schuldgefühl.«

Sie sprang vom Küchentisch hoch. Diese Schuld gehörte nur *ihr,* war allein durch *ihre* Handlungen oder Unterlassungen erzeugt worden, war eines ihrer wenigen einzig und alleinigen Besitztümer. Wie konnte er es wagen, sie zu benennen und zu definieren, sie ihr als seine eigene Kreation aufzutischen?

Sie stieß den Stuhl ruckartig gegen den Tisch.

»Hör auf damit«, sagte er und trat ihr vom Spülbecken her entgegen.

Wieder knallte sie den Stuhl gegen den Tisch, und er sprang auf das Usambaraveilchen zu, das über die Tischkante fiel, aber zu spät, um es aufzufangen. Bemalte Tonscherben und trockene Erdklumpen übersäten den Boden.

»Wir sind durstig«, sagte Ben und kündigte sich so an, bevor er die Hintertür erreicht hatte.

»Ich denke, wir sind so weit durch«, sagte Mrs. Thoms und trat in die Küche. »Um Himmels willen!«

»Mami, was hast du gemacht?«, sagte Greg und bewegte sich auf sie zu. Dabei zermalmte er Stücke des zerbrochenen Tontopfes unter seinen Schuhen.

Mrs. Thoms streckte schützend den Arm aus und zog ihn zu sich zurück.

»Nicht weinen, Mama!« Er machte sich von der Sozialarbeiterin frei und rannte zu seiner Mutter, legte ihr die Arme um die Hüften.

»Was ist passiert?«, fragte Ben. Er war noch nicht ganz in der Küche, seine Hand lag noch am Griff der Fliegengittertür.

Lily rieb sich mit einem Handrücken über die Augen und streichelte mit der anderen Hand Gregs Kopf.

Sie schaute zu Ben hinüber. Seine Wangen röteten sich, und seine kleine Hand war an einer Seite zur Faust geballt. »Mama, was hast du getan!«, sagte er, öffnete und schloss die holzgerahmte Fliegengittertür, zunächst leise, sodass es wie entferntes Flügelschlagen klang. »Ich geh nicht. Ich geh nicht mit ihr«, sagte er, als er die alte Tür wieder und wieder zuknallte.

»Mit wem?«, fragte Mrs. Thoms. Sie drehte sich zu ihm um und kniete nieder. Während sie auf eine Antwort wartete, schaute sie zurück zu Lily, die sich nun langsam ihren Weg durch die Küche über den gefährlichen Boden bahnte. Greg klammerte sich immer noch an ihr Bein.

»Wer will dich wegnehmen?«, fragte Mrs. Thoms und streckte die Hand aus, um Ben zu berühren.

»Sie!«, sagte er und ließ endlich die Tür los und drückte sich mit dem Rücken gegen das Fliegengitter. »Sie, Sie dumme Kuh«, fügte er mit leiserer Stimme hinzu.

»Benjamin!«, brüllte Jack.

»Es ist schon gut«, sagte Mrs. Thoms. Sie stand auf und begann, sich zu entfernen.

»Niemand nimmt dich irgendwohin mit, Schatz«, sagte Lily und liebkoste sein Gesicht. »Niemand geht irgendwohin.«

»Du hast gesagt, dass Katie in Ordnung ist. Ich habe gehört, wie du das gestern zu Daddy gesagt hast. Dass, wenn sie nicht wäre« – er wies mit dem Kinn auf Mrs. Thoms – »Katie schon früher nach Hause kommen würde. Katie ist nur ein Baby. Sie hat nichts falsch gemacht. Sie weiß es nicht besser.«

»Niemand hat gesagt, dass sie irgendetwas falsch gemacht hat«, sagte Jack.

»Das ist in Wirklichkeit kein Krankenhaus, oder?«, sagte Ben.

»Natürlich ist es eins«, sagte Lily.

»So, und warum können wir dann nicht dahin gehen? Warum dürfen wir nicht hinein?«

»Oh, Ben, Schatz.« Er weinte jetzt, laut und heftig. Lily setzte sich und zog ihre beiden Söhne an sich.

»Aber ich mochte diese Blume, Mama.« Greg schaute auf das entwurzelte Usambaraveilchen hinunter und begann jetzt auch zu weinen. »Und wir können das niemals wieder zusammenkleben. Guck. Es ist total zertrümmert.«

Mrs. Thoms lachte nervös. »Man könnte wirklich meinen, es sei explodiert.«

»Ich habe den Tisch abgewischt und wollte die Pflanze wegschieben. Sie wissen, wie manche Dinge über eine nasse Oberfläche rutschen«, sagte Jack und sah ihr fest in die Augen.

Mrs. Thoms zog ihren Rock herunter und hob ihre Tasche auf. »Nun, wie auch immer. Passen Sie beim Saubermachen auf. Diese scharfen Scherben können sich ganz leicht durch eine Schuhsohle bohren.« Sie schaute auf ihre Uhr. »Ich war ohnehin dabei, meine Sachen zusammenzupacken. Da Katie in den nächsten Tagen entlassen werden soll, werden Sie bald von mir hören.« Sie wandte sich um und ließ ihren Blick über den gesamten Küchenboden gleiten.

Jack ging zu ihr und schüttelte ihr zum Abschied die Hand, doch Lily blieb auf ihrem Stuhl sitzen und hielt Greg und Ben fest. Mrs. Thoms nickte ihr zu, und Lily nickte zurück. Erst nachdem die Fliegengittertür zugeknallt war, fühlte sie die winzige Tonscherbe an ihrem Knöchel und sah den dünnen, aber unaufhörlich fließenden Blutstrom, der in ihre Sandale rann.

Jack

Die Besuchszeit war lange vorbei. Die Väter waren weg. Nachts war das Krankenhaus ein weibliches Getto. Von seinem Eckplatz in der Besucherhalle aus beobachtete Jack, wie Mütter und Großmütter und die eine oder andere selbstlose Freundin leise Richtung Bad gingen und dabei ihre Zahnbürsten und Kulturtaschen umklammerten. Er war ganz sicher, dass irgendwo in diesem Gebäude gerade ein Spiel der Sox lief. Hätte er an Stelle von Lily den Nachtdienst übernommen, hätte er gewusst, wo er das Spiel schauen könnte. Als die Sozialarbeiterin an diesem Morgen gegangen war, hatten die Jungs Lily angefleht, nicht zurück ins Shriners zu gehen, und schließlich hatten sie sich darauf geeinigt, dass Jack über Nacht bei Katie im Krankenhaus blieb.

In der Besucherhalle war es laut. Jack nahm an, dass die sechs Frauen in der Mitte des Raumes alle wegen des elfjährigen kambodschanischen Jungen da waren, dessen Gesicht von aufspritzendem Fett im Restaurant seines Onkels verbrannt worden war. Sie brachen die Regeln, indem sie länger als bis acht Uhr blieben. Sie redeten in abgehackten Sätzen, so schien es Jack, alle auf einmal und eine lauter als die andere. Dann wurde es still, und eine von ihnen machte mit ihrer Näharbeit weiter, eine andere faltete und entfaltete die Papierkaffeetasse, die sie zerrissen hatte, sodass ein langer Streifen daraus wurde. Die Mutter des Jungen war mittlerweile schon zwei Mal zu Jack geschlurft und hatte ihm ein Bild ihres Sohnes »vorher« gezeigt. »Sehen Sie, sein glattes Gesicht – perfekt.« Während ihre Verwandten sich wieder und wieder über etwas ereiferten, saß sie zusammengesunken in ihrem zerdrückten Sitz und starrte hinaus auf den Gang. Jack fragte sich, was man ihr gegeben hatte, um das beißende Schuldgefühl in ihr zu mildern. Kinder in der Küche eines Restaurants. Was für eine Scheißidee.

Als er auf dem College gewesen war, hatte er in einem Familienbetrieb gearbeitet. Es war ein Steak-Restaurant, und zu den Wochenenden kam die Frau des Eigentümers in ihrem Cocktaildress herein, die Frisur steif vom Haarspray. Sie verbrachte die geschäftige Zeit um das Abendessen herum halb stehend, halb sitzend auf einem Barhocker, der hinter dem Bestellfenster stand und trank dabei White Russians und rauchte Winstons. Die Kinder, ein Mädchen und ein Junge, sahen im Warteraum fern, bis es voll wurde, dann kamen sie in die Küche, um zu »helfen«. Jack neckte sie gern, ließ sie um seine spritzende Friteuse rennen, als wären sie dort angebunden. Seine eigenen Kinder ließ er nur außerhalb der Geschäftszeiten in eine seiner Küchen. Feuchte Hitze, trockene Hitze, Messer, ganz zu schweigen von offenen Abflüssen; eine Küche war kein Platz für Kinder. Er fragte sich, mit welchen Schrecken die kambodschanische Mutter konfrontiert gewesen sein musste, bevor sie ihren Sohn in dieses Land brachte; und alles nur, um zuzusehen, wie er wegen eines Takeaway-Essens dauerhaft entstellt war.

Von Zeit zu Zeit schaute eine der Frauen zu ihm herüber, und er lächelte, dann schaute er zurück in sein Buch *The selected works of Edgar Allan Poe.* Nach dem Unfall hatte er ein paar Nächte im Haus seiner Mutter verbracht – wollte die Jungs abholen, blieb zum Abendessen und brach dann in einem der kleineren Schlafzimmer der oberen Stockwerke zusammen. Und eines Morgens um drei Uhr hatte er nach einem schlechten Traum dieses Buch gefunden. Er war aus dem Bett geklettert, um im Dachboden den Ventilator für das ganze Haus einzuschalten. Entlang der heißen Holzstufen, die nach oben führten, waren sämtliche alten *Modern-Library*-Ausgaben aufgereiht. Er kniff gegen das Licht der nackten Glühbirne in der Diele des Dachbodens die Augen zusammen, und die goldgeprägten Männer mit ihren flammenden Kerzen begannen die rechte Seite der Treppe hochzurennen.

Diese *Modern-Library*-Ausgaben hatten seine Eltern gelesen, als er noch ein Kind war. Nach dem Abendessen ließen sie sich in verschiedenen Ecken des Wohnzimmers nieder. Jacks Vater war auf der Couch, seine Mutter saß in dem Harvardsessel. Jeder hatte eine Leselampe und einen Aschenbecher von der Stelle, wo sie am besten aussahen, an den Platz, wo sie am nützlichsten waren, gezogen. Das Telefon, die Rolling Stones, Laura Nyro, nichts schien sie zu stören. Sie lasen bis spät nachts. Seine Mutter sagte, sie könne in einem Haus, in dem noch Teenager wach waren und umherstreiften, nicht schlafen. Jack putzte sich oben die Zähne und hörte die Kaffeemaschine, die klappernden Löffel, die Kiste Lorna Doones. Sein Vater las seiner Mutter immer einen Absatz laut vor, einen Leckerbissen; einen, den sie vermutlich unterstrichen hatte, als sie eine Woche zuvor das Buch selbst gelesen hatte. »Genau wie im Dorset-Kurs«, sagte er und bezog sich damit auf einen Kurs, an dem sie beide vor zwanzig Jahren teilgenommen hatten. Sie murmelte ihre Zustimmung, nur um ihn ein paar Minuten später zu fragen, was er damit eigentlich gemeint habe.

Durch Katies Unfall hatte er mehr an seinen Vater gedacht als in den ganzen drei Jahren, seit er an einem Herzanfall gestorben war. Eine Gruppe Radfahrer hatte ihn in seinem Auto auf dem Seitenstreifen der Route 2 außerhalb von Leominster gefunden. Nach dem Verlust seines Vaters waren Katies Verbrennungen und alles, was damit einherging, die zweitschlimmste Sache, die ihm jemals passiert war.

In der Nacht, als er das Buch gefunden hatte, hatte er von seinem Vater geträumt, und nun hatte er alle zwei, drei Nächte denselben Traum. Einen Albtraum eigentlich. In dem Traum wurde er von seinem Vater angerufen. Jack war rasend glücklich, seine Stimme zu hören, dieses weiche Pulsieren von Konsonanten in der Luft; wie die rhythmische Bürste der Jazztrommler, die sein Vater so bewundert hatte. Beide waren sich einig, dass es ganz verdammt witzig war, dass sein Vater tot war und sie dennoch am Telefon miteinander sprachen. Sie legten auf und planten, einander später zu treffen. Dann fand Jack sich bei der Arbeit wieder. Er hob den Hörer hoch, um einen Auftrag zu vergeben, aber egal, welche Nummer er auch wählte, immer war sein Vater am anderen Ende der Leitung. Am Anfang war das okay. Jack hatte ihm so viel zu erzählen; alles, was sie verpasst hatten. Doch als der Traum weiterging, begann sein Vater, ihn in Frage zu stellen, seine Entscheidungen, seine Handlungen.

Mit jedem weiteren Telefonanruf wurde sein Vater gemeiner, verspottete ihn, schikanierte ihn, was er im wirklichen Leben niemals mit Jack gemacht hatte. Der letzte Telefonanruf, bevor er aufwachte, war immer derselbe. Es war immer eine vage und dennoch gewalttätige Bedrohung der Kinder.

Jack markierte die Stelle im Buch mit einer mittlerweile für ihn nutzlos gewordenen Visitenkarte eines Fleischlieferanten. Die Deckenbeleuchtung des Ganges, der den Warteraum mit der Brandwunden-Abteilung verband, war heruntergedreht worden, und auf Knöchelhöhe war eine Beleuchtung eingeschaltet worden, die wie tanzende Lichter aussah. Er hatte bis jetzt nur eine ihm bekannte Schwester gesehen. Er glaubte, dass ihr Name Wendy war. Sie war diejenige, die in dieser furchtbaren ersten Nacht, als Katie eingeliefert worden war, das Abendessen gebracht hatte.

Mit dem Fuß berührte er den großen Metallring an der

Wand, der die Doppeltür zur Brandwunden-Abteilung aktivierte. Bevor er hineinging, starrte er auf den Stapel blauer Papierkittel und die Kiste mit Latexhandschuhen hinunter. Sie erwarteten doch nicht, dass er in diesen Sachen schlief, oder? Lily hatte das nicht erwähnt. Oder vielleicht hatte sie es erwähnt. Er gab sein Bestes, sie zu ignorieren. Im Moment interessierte es ihn nicht die Bohne, was sie für lustig oder erstaunlich oder unmöglich hielt. Er konnte es nicht mehr ertragen, wenn sie sich in seine Wahrnehmungen einmischte. Ihre Einstellung gegenüber der Realität sowie ihre besondere Auslegung des Alltags waren okay, törnten ihn machmal sogar an – wenn das Leben in normalen Bahnen verlief. Doch diese Geschichte mit Katie, dieses Krankenhaus, die Sozialarbeiterin – es war eben so, wie es war; und wenn er hörte, wie sie alles verpackte, analysierte oder auch nur im Geringsten rationalisierte oder hypothetisierte, schoss es ihm wie kleine Stromstöße durch seinen Unterleib.

»Jack.« Pater Paul trat hinter dem Vorhang, der Katie abschirmte, hervor. Schnell hielt er seine behandschuhte Hand hoch und lächelte. »Nein, nein, es ist alles in Ordnung.«

»Himmel, du hast mir einen Schrecken eingejagt.« Jack fuhr sich mit den Fingern durch die Haare. »Alles in Ordnung? Ich war nur eben unten …« Er wies auf den Warteraum. »Laufen die Sox?«

»Hier gibt's kein Fernsehen.« Zumindest mochte Paul immer noch Baseball. Pater Paul, Paul Cooney, der jüngere Bruder eines Freundes aus der Highschool. Er hatte, soweit Jack wusste, kein besonderes Interesse an Religion gehabt. Eigentlich war er eher ein bisschen wild gewesen. Jack erinnerte sich vage an eine Nacht unten am Cape, als Paul alkoholisiert unter einer Rettungsliege umgekippt war. Vielleicht aber auch nicht.

»Wie ist es heute gelaufen?«, fragte Paul und öffnete die Türen zum Gang, wo sie sich lauter als flüsternd unterhalten konnten.

Jack zuckte mit den Schultern. »Sie haben fast nur mit Lily gesprochen. Sie sagt, sie glaubt, dass alles in Ordnung ist. Es ist so verrückt, wie ein schlechter Traum.«

Eine der Schwestern ging vorbei und tätschelte Jacks Schulter. »Pater«, sagte sie und nickte Paul zu.

»Ich hoffe, meine Mutter hat dich nicht extra eingeflogen. Sie ist bekannt dafür, ein wenig… besessen zu sein.«

»Deine Mutter ist Gold wert.«

»Du meinst, verglichen mit den anderen Verrückten, die regelmäßig zur Messe kommen, stimmt's?«

Paul lachte: »Gibt es hierfür einen besonderen Mülleimer?«, fragte er und schaute auf seinen Kittel und die Handschuhe.

»Wahrscheinlich.« Jack sah zu, wie Pater Paul den Papierkittel über seinem schwarzen Hemd und dem Kollar zerriss. Er ballte den Kittel in einer Hand zusammen, als ob er Greifübungen machen wollte. »Willst du ein Bier?«

Jack schaute auf seine Uhr. »Die letzten paar Innings noch mitkriegen? Klar.«

Das Longfellow's war fast leer. Jack bestellte ein Pint und einen Kurzen für sie beide. Er fragte sich, ob er das Krankenhaus verlassen durfte, ohne jemandem Bescheid zu sagen. Lily war nie weg gewesen, zumindest hatte sie das gesagt.

Mit seinem langen, dünnen Arm langte Paul über die Bar und griff nach der Schüssel mit Salzbrezeln. »Der Bischof hat tatsächlich ein paar Anrufe wegen Kate erhalten.«

»Vom Fürsorgeamt? Verarschst du mich?«

»Nein. Von Leuten, die glaubten, ihre Heilung wäre… von Leuten, die den Bischof über die seltsame Art ihrer Genesung informieren wollten.«

»Ja.« Jack trommelte mit den Fingern einen Siegestrommelwirbel auf die Kante der Theke. Cooper war gerannt und hatte es gerade bis zum zweiten Mal geschafft. Als klar war, dass er sicher war, wandte Jack sich vom Fernseher zu Paul. »Welche Leute meinst du?«

»Einige Leute aus St. Stephen's, irgendjemandes Friseur, eine Schwester von der Station.«

»So?«, sagte Jack. Er sah, dass eine der Kellnerinnen Paul anstarrte. Von hinten, ganz in Schwarz, sah er wie jeder x-beliebige Yuppie in dieser Stadt aus.

Pater Paul errötete. »Das ist ein bisschen peinlich.«

»Was? Hier zu sein?«, fragte Jack.

»Nein. Jack, was ich dir zu sagen versuche: Deine Frau wird dir doch bestimmt erzählt haben, dass ich Kate zwei Nächte nacheinander besucht habe, so um die Zeit herum, als die Ärzte euch gesagt haben, dass sie eine Hauttransplantation brauchen würde. Erinnerst du dich? Sie hatte Fieber. Wie auch immer, ich hab die Hände aufgelegt; ich meine, deine Frau hat gesagt, das wäre okay, hat mich zum Beten allein mit Kate gelassen, sodass ich für sie beten konnte... und du weißt ja...«

Dr. Wheeler hatte Jack und Lily am Anfang erklärt, dass der Unterschied zwischen Verbrennungen zweiten und dritten Grades darin bestand, dass Verbrennungen zweiten Grades verheilten. »Eine Infektion kann eine Klassifizierung tatsächlich wieder umwandeln«, hatte sie eines Abends gesagt, als Lily Katie durch ein Gewirr aus intravenösen Schläuchen umarmte. Das Fieber war immer noch hoch. Sie pumpten sie mit Antibiotika voll und prüften stündlich ihre Windeln. Ihre Urinabgabe war wegen des signifikanten Flüssigkeitsverlusts niedrig. Während Wheeler sprach, kritzelte Jack auf der Rückseite von einer von Lilys Zeitschriften herum, malte austauschbare Katzen und Hunde. Gelegentlich hielt er sie für Katie hoch, deren Augen vom Morphin halb geschlossen waren.

»Wir hoffen darauf, dass es noch genug darunter liegendes Gewebe gibt, damit eine Heilung stattfinden kann.« Wheeler lehnte gegen Katies Kinderbett. Am Revers ihres Laborkittels hing ein Durcheinander engelförmiger Clips. »Als ich die Verbände entfernt habe, haben Sie gesehen, wie der Schorf, das verbrannte Gewebe, sich an einigen Stellen abzutrennen begonnen hat. Wir müssen ein Debridement machen, und damit meine ich, wir müssen die Wunde säubern – die ganze verschorfte Haut loswerden, sodass allein das Granulationsgewebe übrig bleibt. Die Herausforderung besteht darin, das gesamte nekrotische Gewebe loszuwerden«, sagte sie mit einer Grimasse. »Wenn wir das nicht tun, wird die gesunde Haut infiziert. Im Moment sieht die Wunde schmutzig aus.« Jack war am nächsten Abend nicht im Stande gewesen zuzuhören, als die Dinge nicht besser standen und Wheeler taktvoll den Prozess eines Autotransplantates zu beschreiben begann.

Am nächsten Morgen hatte Lily ihn bei der Arbeit angerufen, um ihm zu sagen, dass es eine Wende gegeben hatte. Wheeler erklärte, dass es ganz offensichtlich Inseln von Epithelgewebe in diesen tiefen Granulationswunden gab, die ausreichten, um die Heilung bedeutsam voranzutreiben. »Kinderkörper sind erstaunlich regenerationsfähig«, sagte sie. Jacks Mutter hatte das Wort »wundersam« benutzt, doch Jack hatte nicht gedacht, dass sie es buchstäblich so meinte. Es war ein Sprichwort, eine Phrase, der Ausdruck einer Fünfundsechzigjährigen für »astrein« oder »echt krass«; beides Wörter, von denen er wünschte, dass sie es niemals über die Rockies geschafft hätten.

»Schlagen die Leute dann demnächst in meinem oder in deinem Vorgarten ihr Campingzelt auf?« Er griff nach einer Hand voll Brezeln.

Paul lachte und fuhr mit seinem Daumen über den Rand seines immer noch vollen Schnapsglases. »Ich hoffe nicht. Diese Art von Heilung dreht sich eigentlich ganz allein um Liebe, weißt du. Ich bin heute Abend eigentlich nur vorbeigekommen, um zu sehen, wie es Kate geht. Ich dachte, ich würde auf deine Frau stoßen; und ich dachte, ich könnte euch warnen, dass ihr vielleicht einen Anruf von der Diözese bekommt.«

»Derselbe Typ, der auch Exorzismus veranstaltet?« Jack schaute Paul an und lachte. »Entschuldigung, es ist nur ein bisschen bizarr. Ich schätze, es ist nur einer dieser katholischen Bräuche, mit denen ich so gut wie nichts anfangen kann.«

»Katholisch?« Paul nippte an seinem Bier. »Eigentlich ist es nur eine Ausweitung der ...«

Er hielt inne, und Jack entspannte sich, erleichtert, dass er sich nicht wieder das Wort »Liebe« anhören musste. Er wusste nie, worum es Pastoren ging, wenn sie dieses Wort gebrauchten. Wie konnte ein kinderloser Pastor, der angeblich keine fleischliche Liebe praktizierte, die Größe dessen, was er predigte, verstehen? Ihm schienen Pastoren nur rituelle Mittler zu sein, genau wie die Hostie und der Wein. Wozu brauchte er einen Pastor, wenn er Gott hatte? Und wofür brauchte er das Abendmahl, wenn er Benjamin, Greg und Katie hatte?

»Einige Menschen stehen den Möglichkeiten des Heiligen Geistes, nun ja, offener gegenüber als andere«, sagte Paul. »Ich versteh das.«

Himmel. Jack schaute hoch und sah, wie die Sox im achten Inning das letzte Aus schlugen. Paul schaute nicht einmal hin.

»Also, wird das deiner Karriere gut tun?«, sagte Jack. Da der Bischof nun an der Sache beteiligt war, fragte Jack sich, ob er für sie beim Staat anrufen würde. »Hat sich eine Mrs. Thoms vom Fürsorgeamt bei dir gemeldet?«

Paul schüttelte den Kopf.

»Falls dir irgendetwas Gutes einfällt, was du über uns sagen kannst ...« Jack fummelte an seiner Brusttasche. Sie war leer. »Ich hab ihre Nummer wohl zu Hause.«

»Du meinst diese Sozialarbeiterin? Außer meiner kurzen Unterhaltung mit deiner Frau neulich nachts kenne ich Lily eigentlich nicht. Hat Pater Burke euch getraut? In St. Stephen's? Vielleicht könntest du ihn anrufen?«

Scheißkerl. Jack schüttelte den Kopf und kippte den Rest seines Jack Daniels hinunter. Er entschied sich, Pater Paul nicht zu erzählen, dass er und Lily in der Bar des Eagle Mountain Inn in New Hampshire getraut worden waren, wo Lily damals arbeitete. Sie hatten geplant, dass die Zeremonie im Zelt hinter dem Restaurant stattfand, mit Blick auf den zehn Meilen entfernten Mount Washington. Regen am Hochzeitstag ist ein gutes Zeichen, hatten alle gesagt, als sie in die dunkle Cocktailbar mit dem karierten Flickenteppich und den Rumfasshockern gescheucht wurden. Die örtliche Friedensrichterin hatte sie getraut, was niemanden befriedigt hatte, nicht einmal die Friedensrichterin selbst. Jack hatte die ersten Minuten seines Lebens als verheirateter Mann damit verbracht, sich bei der Frau dafür zu entschuldigen, dass die Eismaschine in dem Moment, als sie ihre kurze Rede begann, ein paar Hundert Eiswürfel von sich gegeben hatte.

Sie hatten einen Pastor und einen Rabbi haben wollen. Pater Burke hatte gelächelt und gesagt, es wäre okay, solange er das tatsächliche Ehegelübde abnähme. Lily hatte nur einen Rabbi gefunden, der bereit war, diese Mischehe durch seine Anwesenheit zu billigen. Und das war ein Therapeut, der sich damit abfinden konnte, »nur ein Mitspieler im Team zu sein«, solange sie zwölf vorehelichen Beratungssitzungen für fünfundsechzig Dollar pro Sitzung zustimmten.

Keines der Kinder war getauft. Die Jungen waren von dem Arzt, der sie entband, beschnitten worden, und einige Wochen nach jeder Geburt kaufte Jack einige Flaschen Sekt, häutete einen Truthahn, backte einen »Willkommenskuchen« und lud einige Freunde und die Familie ein. Nach dem Truthahn und vor dem Kuchen hielten er und Lily das schreiende Neugeborene vor die in sich zusammenfallende Feuerstelle und redeten abwechselnd. Sie erklärte die Bedeutung der Namen – Benjamin für ihren Vater Boris; Gregory für ihre Mutter Gloria; Katherine für Jacks Vater Kevin. Er sprach einen Toast, den seine

Mutter später als »dieses wundervolle Gebet von dir« bezeichnete. Jack fragte sich, ob Katies Non-Status als Katholikin sich mit Pater Pauls Ansehen als Wunderheiler vertragen würde. Er hoffte nicht.

»Ich gehe jetzt am besten zurück«, sagte Jack.

Paul langte nach seiner Brieftasche, und Jack winkte ab.

Als er zum Shriners zurücklief, fragte Jack sich, wie seine Mutter zu Pauls ganzer Arschkriecherei stand. Vielleicht wusste sie es schon. Sein Vater hätte es als typisch bezeichnet und als unwichtig abgetan; doch die Beziehung seiner Mutter zu Gott und der Kirche war weit vielschichtiger. Eines Freitagnachmittags vor vielen Jahren, als er noch ein Junge war, hatte seine Mutter auf dem Weg zur Beichte das Auto an den Straßenrand gelenkt und Jack erzählt, dass ihre größte Sünde in dieser Woche gegen sich selbst gerichtet gewesen war, gegen ihre wahre Natur, ob er denn glaubte, Pater Philipps könnte sich so etwas überhaupt vorstellen, so eine gute Seele, wie er war. In diesem Moment hatte sie aufgehört, ihren Kindern vorzuschreiben, woran sie glauben sollten und hatte stattdessen ihre natürliche Neigung zum Belehren in eine unersättliche Hinterfragung ihres eigenen Glaubens umgewandelt. Jacks zwei ältere Schwestern nannten sie abwechselnd eine Heuchlerin und eine Verrückte. Und an manchen Donnerstagabenden flammten diese Fragen der Seele dramatisch auf und trugen ihn weit über den flachen Horizont im Leben eines Siebtklässlers hinaus. »Die Herausforderung besteht immer darin, das hier zu überschreiten«, sagte sie und klatschte mit einer Hand auf ihre Hautoberfläche, während die andere eine Kopie von Heschels *Man's quest for God* aufgeschlagen hielt. Während sie den Buchrücken flach auf den Küchentisch presste, las sie jedem, der es hören wollte, vor. »›Wie ein Baum der Erde entrissen wird, wie ein Fluss von seiner Quelle getrennt wird, so schwindet die menschliche Seele dahin, wenn sie von dem entfernt wird, das größer ist als sie selbst... Wenn wir nicht zum Äußersten streben, schrumpfen wir in die Minderwertigkeit... Das Selbst ist nicht die Nabe...‹« – hier schaute sie Jack, der aus irgendeinem Grund gern bei diesen Exhorten zugegen war, direkt ins Gesicht –, »›sondern die Speiche des sich drehenden Rades.‹«

In den Häusern seiner Freunde lagen die Dinge anders. Deren Mütter beteten ihre Rosenkränze, während ihre Nägel trockneten. Sie verzierten ihre Zimmer mit Postern vom Papst, und daneben hing John F. Kennedy. Sie dachten vermutlich, dass Thomas Merton ein Typ war, der zwei Blocks weiter wohnte und für die MBTA arbeitete. Seine Eltern hatten nur ein Bild in ihrem Zimmer, eine Kopie von Ben Shahns Friedenstaube.

Um den Zeitpunkt herum, als er zwölf war, zeigte seine Mutter ihm, dass man in der Beziehung zu Gott auch Freiräume haben konnte. Und als er fünfzehn war und Hasch rauchte und mit Freunden in »geborgten« Autos durch Boston kurvte, verließ er sich darauf, dass bei ihm zu Hause ein Katholizismus gegenwärtig war, der zwischenzeitlich weit entfernt von der Kirche war, manchmal sogar im Gegensatz zu dieser stand. Es galt als privilegiert, sich danebenbenehmen zu können, ohne als verdorben tituliert zu werden; auf dem Drahtseil zu balancieren in dem Wissen, dass es ein Sicherheitsnetz gab. Mehr als alles andere glaubte seine Mutter tief an einen Gott, der immer liebte und vergab. Jack wusste erst jetzt, nachdem er eigene Kinder hatte, dass er weniger an den Gott seiner Mutter glaubte als an seine Mutter selbst.

Jack

Jack benutzte Barneys dunkelrote Pfote, um Katie mit einem Stück Marmeladentoast von ihrem Frühstückstablett zu füttern. Zu den Mahlzeiten versuchten die Schwestern, die Kinder in einem Halbkreis in der Mitte des Krankensaales zu arrangieren. Drei saßen in Hochstühlen, fünf auf normalen Stühlen mit Krankenhaustabletts, die an sie herangerollt wurden. Einige blieben in ihren Betten, mit geöffneten Vorhängen, sodass sie die anderen sehen konnten, wenn sie wollten. Einige der Kinder, die auf waren und aßen, hatten bereits mindestens eine Hauttransplantation hinter sich, und die meisten schon mehrere. Ein paar von ihnen waren in diesen kleinen Halbkreis zu ihresgleichen aufgestiegen, nachdem sie Monate isoliert in den Überdruckkammern am Ende des Ganges verbracht hatten. Für sie war es wie eine Party, hier draußen im Krankensaal sitzen zu dürfen.

Jack konnte den Anblick einiger Kinder gar nicht ertragen. Explodierende Öfen, fehlerhafte Kabel, Kerosinheizungen, ätzende Chemikalien, zischendes Fett, Verbrühung durch Wasser – so sprach Lily von den anderen Kindern, kategorisierte sie anhand der Ursache ihrer Zerstörung. So war Lily: erst dann zufrieden, wenn sie die Geschichte dahinter kannte. Jack war glücklicher, wenn er die »Ursache« nicht wusste. Er klassifizierte diese Kinder nur auf die allgemeinste Art und Weise – Zustand verschlechtert sich, verbessert sich; ans Bett gefesselt, ambulant; entstellt, narbenübersät.

Nur ungefähr zwei Drittel der Kinder sprachen Englisch, deshalb ließ Jack Barney an ein paar Cheerios knabbern, von ein paar Strohhalmen trinken, den stets offen stehenden Mund mit einem Krankenhauskittel abwischen, dann auf einer leeren Liege zusammenbrechen und rülpsen.

»Kann ich mal mit Ihnen reden?«

Jack schaute von seinem Platz auf der Liege hoch. Die kalte Hand mit den ganzen Armbändern gehörte zu Linda, der Sozialarbeiterin des Krankenhauses.

Sie nickte in Richtung von Katies Bett. Jack schaute zu Katie hinüber, die immer noch aß und darüber lachte, wie ein älterer Junge einen Löffel auf dem Nasenrücken balancierte.

Er folgte Linda in Katies Zimmer und schaute auf die Uhr. Er hatte in der letzten Woche so viel Arbeit verpasst. Lily hätte heute Morgen um halb neun hier sein sollen.

»Sie scheinen ein kleines Problem zu haben«, sagte Linda und suchte Schutz hinter dem Schaukelstuhl.

Jack hasste diese Frau. Ihre Betroffenheit war so global, dass es schon lächerlich war.

»Die Ermittlerin in Ihrem Fall, die Sozialarbeiterin, die zu Ihnen nach Hause gekommen ist, hat einen Antrag auf ein Fürsorgeverfahren gestellt, und der Richter hat dem stattgegeben.«

»Was? Wovon reden Sie überhaupt –«

»Es handelt sich um einen zeitlich begrenzten Sorgerechtsbeschluss. Einen zweiundsiebzigstündigen Aufenthalt, währenddessen das Fürsorgeamt weitere Informationen über den Fall zusammenträgt. Es ist ein wenig unorthodox, weil Ihre Tochter immer noch im Krankenhaus liegt, aber ich vermute, dass man ermittelt hat, wann sie medizinisch entlassungsfähig ist. Das Fürsorgeamt hat nun ein paar Möglichkeiten –«

»Sie sind zu mir nach Hause gekommen. Ich habe diese Frau in mein Haus gelassen –« Er schaute auf Katies kleine Schuhe hinab, die fein säuberlich neben dem Kinderbett standen. Er hob sie hoch und drückte sie an seine Brust.

»Ich weiß, dass das sehr hart für Sie sein muss ... schwer zu verstehen.« Linda schwankte leicht und schlug gegen die Stuhllehne, die wieder und wieder gegen sie schaukelte. »Der Staat scheint das Gefühl zu haben –«

»Nein«, sagte Jack, »der Staat hat überhaupt kein verdammtes Gefühl.«

Linda schwankte etwas mehr. »Das Fürsorgeamt hat, wie ich es verstanden habe, Grund zu der Annahme, dass Ihre Tochter zu Hause einem Risiko ausgesetzt ist. Sie haben eine Verpflichtung ...«

Jack dachte daran, was Ben gestern in der Küche gesagt hatte – dass dieser Ort in Wirklichkeit gar kein Krankenhaus sei.

»Es wird eine so genannte Zweiundsiebzig-Stunden-Anhörung stattfinden, zu diesem Zeitpunkt wird der Richter für Sie einen Anwalt bestellen. Aber ... nur unter uns; Ihnen, mir und der Wand«, sagte sie leise. »Ich rate Ihnen dringend, sich jetzt, noch heute, selbst einen Anwalt zu nehmen.«

»Wirklich?«, sagte Jack. Er ließ seine Finger in Katies Schuhe gleiten, kam kaum bis zum zweiten Knöchel. »Ich dachte, Sie hätten gesagt, dass das nicht gut aussehen würde.« Er knallte die Sohlen der Schuhe zusammen. Ein zwei Wochen alter Kiesel hüpfte aus den Rillen. »Genau das habe ich Sie letzte Woche gefragt, als die ganze Sache anfing, erinnern Sie sich?«

»Die Situation ist jetzt völlig anders. Es besteht jetzt die Möglichkeit einer strafrechtlichen Verfolgung Ihrer Frau.« Linda fuhr mit den Händen zwei Spindeln an der Rückenlehne des Schaukelstuhls entlang, sodass ihre Armbänder klirrten. »Aufgrund dessen, was jetzt in Ihren Akten ist, könnten Sie den Fall möglicherweise dem Büro des Staatsanwaltes übergeben. Ihre Frau könnte festgenommen werden. Wenn sie wollten, könnten sie daraus einen Fall machen, möglicherweise, um Ihnen Ihre anderen Kinder ebenfalls wegzunehmen. Sie müssen sich verteidigen. Um genau zu sein, Sie müssen Ihre Frau verteidigen. Die ganze Sache ist eskaliert.«

Jack nickte der Sozialarbeiterin des Krankenhauses zu und schaute auf die Gegenstände in Katies Kinderbettchen – ihre Decke, den Stoffpinguin, den seine Mutter gekauft hatte, den alten, braunen Bär von zu Hause, den die Jungs Tedda nannten –, er würde das alles zurücklassen müssen. Er würde langsam in die Mitte des Krankensaals gehen, wo die Kinder immer noch aßen, würde sie aus ihrem Hochstuhl nehmen, als ob er sie einfach nur in den Arm nehmen wollte, und sich vom Krankensaal entfernen.

Er öffnete den Schutzvorhang und ging an Linda vorbei. Eine der Schwestern hatte Katie bereits aus dem Hochstuhl genommen. Jack hob sie vom Boden hoch, achtete darauf, die Schiene an ihrem rechten Fuß nicht zu berühren. »Komm, Katie – Schatz«, hauchte er in ihr Ohr.

»Boonboon!«, schrie sie, als er mit ihr in den Armen auf die Doppeltüren zuzugehen begann.

»Ist schon okay, Liebling. Mami wartet auf uns.«

»Boon!«, schrie sie. »Boon!«

»Ich glaube, sie sucht das hier«, sagte Linda, berührte ihn durch seinen Papierkittel und gab Katie einen nur noch zur Hälfte aufgeblasenen Ballon mit der Aufschrift »Werde bald wieder gesund«. – »Bitte glauben Sie mir, wenn Sie jetzt gehen, machen Sie alles nur noch schlimmer.«

Jack schaute sich um, sah über Katies klebrige Wange, den sterbenden Ballon, Lindas schwarzgraues Lockennest. Niemand bemerkte, was geschah. Schwestern unterhielten sich am Telefon, räumten Tabletts weg, ein Kind schrie auf Spanisch, Türen quietschten, Toiletten wurden abgezogen. Niemand wusste, dass er sein Baby verlor. Er fühlte das Blut in seinen Fingern pulsieren, als er Katies nackte Arme streichelte. Schutz und Fürsorge. Das war sein Job. Wie konnte sie bei irgendjemand anderem sicherer sein? Wie konnte dies geschehen?

»Du bist mein Mädchen«, flüsterte er, als er Katie auf dem Boden mitten auf der Station absetzte. »Niemand nimmt mir mein Mädchen weg.«

Er drehte sich zu der Sozialarbeiterin um. »Haben Sie etwas Schriftliches?«, fragte er.

»Man wird Ihnen eine Vorladung zustellen.«

»Ich würde meiner Frau gern etwas Schriftliches zeigen.«

Jack

Mittagessen für achtzehn. Das stand auf der Kreidetafel neben dem Telefon. Gedörrtes Gemüse mit Ziegenkäse, Tunfischlenden in Rosmarinsauce, neue Kartoffeln, Erdbeertörtchen zum Nachtisch. Cyn, seine Mitarbeiterin, trennte gerade die Eier für die Crème Anglaise, als er um zehn Uhr siebenundzwanzig hereinkam. Er winkte ihr zu und ging an ihr vorbei zu seinem Spind am Ende der Küche. Er zog sein Poloshirt über den Kopf und schlüpfte in die weiße Kleidung.

»Wie sieht der Tunfisch aus?«, brüllte er ihr zu, während er in dem Kleidersack der chemischen Reinigung nach einem Paar karierter Hosen fischte. Verdammte Knubbelhose. Er würde mit dem Hosenwechsel doch lieber bis mittags warten, wenn er dann in Sichtweite der Leute war.

»Sushi ist es nicht gerade«, sagte sie.

Jetzt konnte er sehen, wie sie die halb leere Palette Eier in das Kühlhaus manövrierte.

»Ich weiß nicht, was ich ohne dich täte, Kindchen«, sagte er.

Sie trat die Kühlhaustür mit einem ihrer schweren, schwarzen Arbeiterstiefel zu. »Was?«

»Bist du ins Schwitzen gekommen?« Er steckte die knotigen Jackenknöpfe durch drei der vier Knopflöcher.

»Der Vorstand kommt, weißt du das eigentlich? Der Vorstand kommt zum Mittagessen«, sagte sie.

»Sechs Leute zum Mittagessen, das schaffst du doch sicher mit links, null problemo –«

»Achtzehn, Jack. Es sind achtzehn, Herrgott noch mal.«

»Verarscht«, sagte er und schloss seine Spindtür. »Ich liebe es, wenn du in Panik gerätst.«

»Du bist ein echter Scheißkerl, weißt du das?« Sie lachte. Um die Ecke hörte er, wie sie die Pfanne auf den Herd knallte. »Was machst du überhaupt da hinten? Machst du dir die Nägel? Wir müssen eine ganze Kiste Ölranken waschen und Spargel schneiden. Wir müssen die Tunfischsauce fertig machen, die Beeren entstielen und schneiden. Frag mich bloß nicht nach diesen verdammten Beeren.«

»Hey, Cyn«, sagte Jack und ging hinüber zu einem stiftzerkratzten Konferenztisch, der ihm als Schreibtisch diente. »Der Geist triumphiert über die Materie.«

Sie hielt die Hand hoch. »Ich weiß, ich weiß, dir geht's auf den Geist, und ich kümmere mich um die Materie.«

Er hatte lange gebraucht, das Krankenhaus zu verlassen. Lily hatte mitten im Krankensaal geweint, als er ihr erzählte, dass Katie für zweiundsiebzig Stunden unter Betreuung gestellt werden sollte. Sie hatte so offen und laut heraus geweint, dass einige der anderen Mütter herübergerannt kamen, die natürlich annahmen, dass sich Katies physischer Zustand verschlechtert hatte.

Später, als sie in dem Spieltherapiezimmer waren, hatte Lily aus dem Fenster gesehen und gesagt: »Gott bestraft uns für irgendetwas.« Jack beobachtete Katie und eine der Ehrenamtlichen, als sie einen gefleckten Hund durch den Kamin eines Little-Tykes-Cottages stopften. Jack hatte die Frau schon früher gesehen und sich der Herausforderung, ihr direkt ins Gesicht zu blicken, gestellt. Die meisten der Ehrenamtlichen waren selbst als Kind Patienten der Brandwunden-Abteilung gewesen. Viele trugen Narben, einige waren transplantiert, nahm Jack an. Doch bei dieser jungen Frau waren Narben und Hauttransplantate die einzigen Botschaften ihres Gesichts.

Dort, wo das Flickwerk nachgiebig genug sein musste, um eine Bewegung zu ermöglichen, um Kiefer und Lippen herum, hing die transplantierte Haut in Wülsten herunter und erinnerte Jack an eine selbst gebastelte Puppe. Jedes Mal, wenn der Plastikhund aus der Vordertür des Plastikhauses herausflog, lachte Katie, als ob sie völlig überrascht und total entzückt wäre. Und jedes Mal, wenn die Frau den Hund wieder auf den Kamin setzte, lächelte Katie sie an, als ob sie ihr vollständig vertraut und wunderschön wäre.

»Warum...«, fing Lily wieder an und schaute zu Jack. »Warum bestraft Gott uns?«

Gott, wollte Jack zu seiner Frau sagen, meinst du den Gott, der nicht zugelassen hat, dass Katie stirbt, den Gott, der sie in der letzten Minute vor einer Hauttransplantation bewahrt hat? Stattdessen stellte er sich neben sie ans Fenster und sagte mit leiser Stimme: »Wenn es wirklich einen Gott gibt, Lillian, so erscheint es mir schmerzhaft eindeutig, dass es Katie ist, die bestraft wird.«

»Wir müssen das zusammen durchstehen«, sagte sie scharf, als wenn sie ihm einen Befehl erteilte.

Cyn trat weit genug vom Ofen zurück, um Augenkontakt zu Jack herzustellen, gerade als Jacks Anruf bei seinem Schwager in Chicago durchging. Sie wandte sich zum Herd um, als sie hörte, wie seine Stimme versagte.

David brüllte dreimal »Hallo« in den Hörer, bevor Jack ein schwaches »Hi« herausbrachte. Es war dumm, David anzurufen. David beschäftigte sich mit Immobilienrecht. Jack wusste, dass David keine Zeit verlieren würde, ihm zu sagen, dass er ihm nicht helfen könnte, und ihn ungläubig zu fragen, ob nicht er oder irgendjemand in seiner riesig großen Familie einen gottverdammten Anwalt da draußen kennen würde. Und er würde den Anruf mit der Frage, ob sie Geld brauchten, beenden. Sag einfach Bescheid!

»Ja, hey, Kumpel, hier ist Jack.«

»Alles in Ordnung? Katie?«

»Gott, Mann, wir haben äh, äh…« Jack setzte sich auf seinen Schreibtisch, mitten auf Speisekarten und Notizzettel und Kulis und Bleistifte. Eine ausgebeulte Dose schwarzer Oliven mit Kernen, die an Monarch zurückgehen würde, rollte auf den Boden. »Wir haben hier ein riesiges Problem. Es ist alles große Scheiße, große Scheiße!«

Jack konnte hören, dass man seine Stimme aus dem Hörerlautsprecher herausgenommen hatte. Er stellte sich vor, wie sein Schwager mit Hilfe einer dieser Telefonkonsolen für den erfolgreichen Geschäftsmann den Hörer an sich presste. Vielleicht hatte er sogar Kopfhörer. Als er David die Geschichte erzählte, wurde ihm bewusst, dass Lily ihm fast nichts mitgeteilt hatte, nichts über das Fürsorgeamt, nicht einmal über den Bericht des ersten betreuenden Arztes.

»Du musst verstehen, dass ich euch nicht vertreten kann.«

»Natürlich«, sagte Jack. »Ich brauche nur einen Namen. Einen guten Namen. Jemanden, der all das ungeschehen machen kann.«

»Scheiße. Was habt ihr zwei denn zu diesen Leuten gesagt? Ich versteh das nicht. Wie konnte es so weit kommen? Das ist verrückt.«

Es piepte in der Leitung.

»Ich muss diesen Anruf annehmen. Du brauchst jemanden, der Familienrecht macht. Ich muss nachdenken, okay? … Privatberatung ist üblicherweise nicht… Ihr steht jetzt unter großem Druck, müsst einen Anwalt finden, der mit diesem Gebiet vertraut ist. Ich meine, wir reden hier über die endlose Wüste vom Gericht bestellter Anwälte. Dieser ganze Sozialinstitutionskram.«

»Der Typ, für den du hier draußen die Bücher geführt hast, vielleicht kennt der einen Anwalt…«

»Ich besorg dir einen Namen. Bist du jetzt bei der Arbeit?«

»Ja.« Jack gab ihm die Nummer.

»Ich ruf dich gegen drei eurer Zeit zurück. Und sag meiner Schwester, sie soll mich anrufen. Ich will genau wissen, was sie dieser Sozialarbeiterin erzählt hat. Das Interview hätte … Sie hätte zuerst mit mir darüber reden müssen.«

»Lily ist –«

»Jack, hör zu, du wirst dich darauf einstellen müssen, hier etwas Geld auf den Tisch zu legen. Solche Dinge können ganz schön teuer werden.«

»Ich verstehe.«

»Garnierung?«, fragte Jack, als er mit ein paar Bündeln frischen Rosmarins zu Cyns Zubereitungstisch ging.

»Garnierung? Scheiß auf die Garnierung. Wir haben keine Sauce, kein Gemüse, kein –«

»Okay, okay.«

»Die Hühnerbrühe ist im Kühlhaus unter dem Tablett mit dem übrig gebliebenen Indian-Pudding – der geht im Sommer nicht, Jack.«

Er salutierte und marschierte um die Ecke. Als er die Klinke zum Kühlhaus herunterdrückte, konnte er es riechen; roch, was für ein Versager er in der letzten Zeit gewesen war, selbst vor dem Unfall. Von seinem Platz auf der Schwelle des Kühlhauses aus sah er einen offenen Suppentopf, voll mit irgendeinem Eintopf, der ganz offensichtlich schlecht geworden war, eine Fünfliterschüssel voll Spargel und Walnussrisotto (er glaubte nicht, dass er nach dem Memorial Day noch einmal Risotto gemacht hatte) und ein lose eingepacktes Paket mit Lammschenkeln, das vor einer Woche hätte eingefroren werden müssen. Er kickte eine Kiste zerlaufender gelber Paprika zur Seite und checkte den Thermostat. Alles, was ihm jetzt noch fehlte, war ein Besuch des Gesundheitsamtes und ein Fall von Lebensmittelvergiftung in der kompletten Gesellschaft.

Wo war er die letzten Monate gewesen? Den Hund bumsen? Er hatte kein geheimes Laster, zu dem er sich während der Arbeitszeiten hingestohlen hatte. Im Gegenteil: Vor dem Unfall war er morgens früher gekommen und abends länger geblieben. Aber er hatte nicht härter gearbeitet. Er hatte kaum Zeit darauf verwandt, seine Menüs für den Sommer zu planen. Gleichzeitig in der Gegenwart und ein paar Wochen im Voraus zu leben war die Aufgabe eines leitenden Küchenchefs; die unmittelbaren Wünsche des Gastes zu erfüllen, während man schon die geheimen Freuden der Zukunft plante. Um derartig nach beiden Seiten hin zu buckeln, musste man »Rogen« in den schmalen Kalender eintragen, den man stets in der Hosentasche bei sich tragen musste. Man musste es als Verlust betrachten, wenn man die kurze Saison für Straußfarn oder weichschalige Krabben verpasst hatte. Um das Verlangen anderer zu befriedigen, musste man selbst Verlangen verspüren. Man musste tiefen Anteil daran nehmen, was reif und saftig und bei der Berührung fest war; was voll und süß war und bereit, aus dem Boden oder Meer gepflückt zu werden. Irgendwo auf dem Weg war ihm seine Sinnlichkeit abhanden gekommen. Was übrig blieb, war ein Job, den er nicht besonders mochte und der ihn kaum fesselte.

»Hast du sie gefunden?«, brüllte Cyn. »Vielleicht hilft es, wenn du beim Arbeiten auch redest? Reden und arbeiten. Arbeiten und reden.«

Endlich tauchte Jack mit der Hühnerbrühe auf und stellte den Topf auf die Flamme. Etwas von der Flüssigkeit schwappte über in die Flamme, die kurz zischte und dann aufflammte.

»Wann entlassen sie Katie nach Hause?«, fragte Cyn und langte nach oben, um den Lautsprecher auf dem Regal über ihrem Arbeitsplatz leiser zu stellen.

»Lass uns doch Tabbouleh statt Kartoffeln machen. Das geht schneller.«

»Tillson liebt Kartoffeln.«

»Scheiß auf ihn. Wir machen morgen auch Frühstück. Er kriegt morgen zwei Mal Kartoffeln.« Jack zog mit einem Spatel die Spargelkiste zu sich. »Scheiße, dann brauchen wir Tomaten. Haben wir Tomaten?«

Cyn drehte sich um und starrte ihn wütend an.

»Entschuldigung, ich bin nicht ganz bei der Sache. Eigentlich gar nicht.« Mit Hilfe der flachen Seite seines Messers ordnete er ein Bündel Spargel zu einer ebenen Fläche. »Katie«, sagte er schließlich. »Sie behalten sie ... zumindest noch ein paar Tage.«

»Es tut mir Leid, Jack. Das muss Lily furchtbar fertig machen.«

Er setzte die Messerspitze auf das Schneidbrett und drückte die Klinge in ihrer ganzen Länge in das Bündel Spargelstangen. Ein paar Enden rollten auf den Boden.

»Redest du immer noch nicht mit ihr?« Cyn stand nun hinter ihm und rührte mit dem Schneebesen die Sauce auf dem Herd.

Er legte noch mehr Spargel bereit. »Ich hab nie gesagt, dass wir nicht miteinander reden.«

»Na ja, nicht direkt – Scheiße, das gerinnt.«

Jack griff nach dem Geschirrtuch, das über seinen Schürzenbändern hing und zog die Crème Anglaise von der Flamme weg.

»Schau dir das an. Genau hier, geronnenes Eigelb. Alles verklumpt.«

Jack nahm ihr den Besen aus der Hand und rührte heftig in der Sauce.

»Das ist alles?«, fragte sie. »So machst du doch nur die Klumpen kleiner. Damit kannst du das Problem nicht lösen.«

Jack tauchte seinen Zeigefinger in die heiße gelbe Mischung. »Schau es dir an. Siehst du irgendetwas? Ich wette, du findest keinen Klumpen. Stell den Topf ins Eisbad, bevor du weitermachst.«

»Ich dachte, du würdest etwas tun, du weißt schon, irgendwas Chemisches«, sagte Cyn, die mit einer Rührschüssel voll Eis zurückkam.

»Sind die Pastetenhälften kalt?«

»Sie sind eingefroren.«

»Hol sie besser raus.« Er schnitt den letzten Spargel, griff dann nach der Lage Erdbeeren auf Cyns Arbeitsplatte und fing an, die grünen Enden abzuschneiden.

Cyn kam mit einem Tablett einzelner Pastetenhälften um die Ecke.

»Es ist ein totales Chaos«, sagte Jack und begann, einige der Beeren in kleine Fächer zu schneiden, wobei die spitzen Enden das Ganze zusammenhielten. »Der Staat stellt Katie zu ihrem Schutz unter Betreuung. Anscheinend hatte die Sozialarbeiterin gestern bei uns zu Hause nicht besonders viel Spaß.«

»O Gott, Jack, das tut mir Leid! Ich dachte, weißt du... Ich hab das gerade am Telefon mitgekriegt... Ich dachte mir schon, dass irgendetwas Schlimmes passiert ist.« Sie arrangierte die Hälften in sauberen Reihen entlang dem Hackklotz. »Du weißt ja, wenn ich irgendetwas tun kann...«

Jack lächelte ihr zu. »Hey, du hast einen gottverdammten Ohrring in der Nase. Du kannst dein Ohrläppchen nicht von deinem Nasenloch unterscheiden, und *du* willst mir helfen?« Er wischte sich den roten Beerensaft von den Fingern und schaute sie an: »Danke, du bist ein Schatz.«

Cyn begann, die warme Sauce in die Pasteten zu schöpfen. »Du musst mit ihr reden, Jack.«

»Ich habe nichts zu sagen.« Er zog den Mülleimer unter der Arbeitsplatte hervor und schob die grünen Stängel mit der Rückseite seines Messers hinein.

»Es muss furchtbar für sie sein.« Cyn langte hinüber und schob sich ein paar Erdbeeren in den Mund.

»Es tut mir so Leid für Katie, und wenn ich dann am Ende eines jeden Tages damit fertig bin, Mitleid für Katie zu empfinden – es ist ganz merkwürdig –, dann habe ich kein Mitleid mehr übrig für Lily. Ich bin ausgepumpt.« Er schob die Edelstahlschüssel mit den geschnittenen Beeren zu Cyn hinüber und öffnete eine Kiste mit Salat. Einen Moment lang schaute er zu, wie sie die Beeren in konzentrischen Kreisen auf jedem Törtchen anordnete. Sie schaute hoch, und er nickte.

»Wie geht's den Jungs?«

»Ich bemühe mich, sie zu beschäftigen.«

»Ja, aber was für einen Eindruck machen sie?«

Jack zupfte an den Salatköpfen, stapelte die schmutzigen Blätter in einem Sieb. »Gut. Es geht ihnen gut. Na ja, sie werden es schaffen.«

»Was erzählst du ihnen?«

Als das Sieb voll mit grünen und roten Blättern war, trug Jack es hinüber zu dem kleinen Gemüsebecken und begann, den Salat sorgfältig unter kaltem Wasser Blatt für Blatt zu waschen. Sie hatten genauso ein kleines Becken in ihrem Laden gehabt. Und bis die Jungs ungefähr drei Monate alt waren, hatten sie die beiden darin gebadet. Mit ausgerollten Geschirrtüchern über der Edelstahlkante, um die weichen Hälse zu schützen, und sie hatten eine saubere, weiße Schürze auf der Anrichte ausgebreitet, zum Einmummeln und Abtrocknen. Als er an diesem Morgen das Krankenhaus verließ, hatten sie nicht darüber gesprochen, was sie Ben und Greg erzählen würden. Nichts. Sie mussten ihnen gar nichts erzählen.

»Für sie ist es auch hart.« Cyn entleerte ein Glas Gelee in einen Topf auf dem Herd.

»Meine Mutter verzieht sie total.« Jack breitete zwei Tücher aus und legte den nassen Salat darauf.

»Vermutlich hilft es ihnen nicht, dass ihre Eltern sich gegenseitig an die Kehle gehen. Ich spreche nur aus Erfahrung – als früheres Kind.«

Das war etwas, das Lily in der Küche nie machte. Nicht, wenn sie arbeiteten. Natürlich redeten sie, aber nicht so. Cyn benutzte Konversation. Sie brauchte Unterhaltung, um sich von der Arbeit, der physischen Arbeit, der Langeweile, die sich beim Kochen großer Mengen ausbreiten konnte, abzulenken. Sie hatte noch nicht gelernt, vielleicht würde sie es auch nie lernen, dass die Wiederholung der Aufgabe zu einer Art Mantra werden konnte, das die Gedanken löste. Er hatte immer seine besten Ideen, wenn er in die Arbeit vertieft war, fünfzig Pfund Kartoffeln schälte oder zwanzig Pfund Käse rieb.

Jack war dankbar, dass er vor dem Aufkommen von Prominentenköchen und dieser neuen Generation von Feinschmeckern ins Restaurantgeschäft eingestiegen war. Kochen war ein Handwerk. Köche waren Bedienstete. Das hatte ihn nie gestört, und für Lily war es eine Art Gegenmittel zu ihrer Kindheit gewesen. Sie hatte ihm einmal erzählt, dass sie sich an dem Tag, an dem sie das erste Mal in eine Restaurantküche gekommen war, zum ersten Mal in ihrem Leben real gefühlt hatte.

»Sushi ist es nicht gerade«, sagte Jack und griff in die mit Plastik ausgelegte Box mit Tunfisch. »Nur Fisch.« Er streichelte das dicke Fleisch, bis er Cyn zum Lachen gebracht hatte. »Fisch«, sagte er wieder und hob das rohe Zeug hoch zu seinen Lippen. »Fisch.« Er küsste es, und sie lachte noch heftiger.

Lily

»Mama«, Katie lachte leise und gedämpft. Ihr Daumen steckte tief in ihrem Mund, als Lily sich zu ihr hinunterbeugte und einen winzig kleinen Fleck Tomatensauce von ihrem Augenlid leckte. Eine der anderen Mütter hatte zum Mittagessen Pizza für die Kinder bestellt. Die Schwestern ermunterten die Eltern immer, Nahrungsmittel mitzubringen, egal, was es war. Gewichtsverlust war eine unvermeidliche Begleiterscheinung bei Brandverletzungen. Die Kinder brauchten ganz einfach Kalorien.

»Wer liebt dich?«, sagte Lily, als sie sich neben Katie auf das Kinderbettchen legte. Der Metallkäfig, der die Matratze umgab, gab an den richtigen Stellen nach, sodass es den Eltern möglich war, ihre Kinder zu trösten; sich selbst zu trösten.

»Mama«, antwortete Katie; der immer noch in ihrem Mund steckende Daumen stellte dabei ein großes feuchtes Hindernis dar. »Mama.«

Lily wickelte eine von Katies schwarzen Locken um ihren Finger, streichelte mit ihrem Handrücken den runden Bauch, steckte ihre Nase in die warme, weiche Fleischgrube an ihrem Hals. Sie konnte nicht aufhören, sie zu berühren. In diesen ersten paar Tagen, als Lily dachte, Katie könne sterben, hatte sie sich selbst dabei erwischt, wie sie ihre Atmung mit Katies synchronisierte. Es war ein Reflex – genauso, wie sie ihren eigenen Mund öffnete, wenn sie den Löffel in den Mund des Babys schob. Während sie in dieser medizinischen Krise steckten, hatte Lily in sich selbst ein beinahe atavistisches Verlangen verspürt, Katie zu heilen, indem sie sie zurück in ihren Körper zog, sodass Lilys eigene Nervenenden den Schmerz tragen könnten, ihre eigene hohe Resistenz die Regeneration der Haut übernehmen könnte. Und jetzt, wo die Bedrohung, von Katie getrennt zu werden, wieder aufgetaucht war, war auch das Verlangen, sie mit Leib und Seele wieder in diesen bereitstehenden Raum aufzunehmen, wieder zurückgekehrt.

Katie war fast eingeschlafen. Lily zog den kleinen Daumen des Babys an ihre eigenen Lippen, und der Anflug eines kleinen Lächelns flog über Katies Mund. Das war die einzige Wahrheit, die es gab.

Lily ging zum Münzfernsprecher in der Halle. Sie suchte in ihrem Portmonee nach etwas Kleingeld und den Überresten einer Xanax. Sie hatte die letzten beiden Pillen zerstört, als sie versucht hatte, sie mit der Seite ihres Subaru-Schlüssels zu zerkleinern.

Ben nahm bei ihrer Schwiegermutter den Hörer ab. Er hatte den Mund voll. »Wir wussten, dass du es bist, Mama. Wir essen gerade zu Mittag.«

»Tatsächlich?«, fragte Lily. Die Worte kamen durch ihre Nase, als sie spürte, wie sie zu weinen begann.

»Wusstest du, dass Oma rote Suppe macht?« Greg hatte an einem anderen Apparat abgenommen.

Lily schüttelte den Kopf, genau wie er es tat, wenn er eine Frage am Telefon verneinte. »Nein, Schatz, wusste ich nicht.«

»Sie hat sie nicht gemacht. Sie kommt aus einer Dose«, sagte Ben. »Mama, wusstest du, dass es rote Muschelsuppe gibt?«

»Nein, ich, ich! Ich will es sagen! Ich erzähl's ihr. Mama«, fuhr Greg fort. »Oma nennt diese Suppe ›Mamis Suppe‹, weil, weißt du, Mama, weißt du, wie sie heißt?«

»Wie, mein Süßer? Wie heißt sie?«

»Manhattan-Muschelsuppe«, warf Ben dazwischen.

»Ich sag's ihr! Ich sag's ihr, Ben! Mama, weißt du, wie sie heißt?«

»Nein, mein Süßer. Wie? Wie heißt die rote Suppe?«

»Manhattan-Muschelsuppe.«

»Wirklich?«, sagte Lily. Sie reckte den Hals und trocknete ihre Augen an der Schulter ihrer Bluse.

»Manhattan ist ein anderes Wort für New York City. Wusstest du das, Mama?«, fragte Greg.

»Das weiß doch jeder«, sagte Ben.

»Also, Mama«, fuhr Greg unangefochten fort, »das bedeutet, dass du sie lieber magst als diese weiße –«

»Neu-England-Muschelsuppe«, sagte Ben in amtlichem Tonfall.

»Weil du von dort herkommst.«

»Eigentlich –« fing Lily an.

»Lil?«, fragte ihre Schwiegermutter vorsichtig.

»Seid ihr alle noch dran?« Lily hörte ein Klicken, Atmen und schließlich einen Knall.

»Sind sie raus, Fran?«

»Wein nicht, Liebling. Oh, Lily. Sie kommt schon in Ordnung.«

»Jack hat dich noch nicht angerufen, oder?«

»Nein.«

»Diese Sozialarbeiterin hat einen Richter dazu gebracht, ein Fürsorgeverfahren einzuleiten. Sie setzen alles daran, solche Sachen durchzukriegen, bevor das Krankenhaus sie entlässt. Das Fürsorgeamt will sie sogar unter Betreuung stellen, während sie entscheiden –«

»O du meine Güte, Lillian.«

Lily konnte hören, wie ihre Schwiegermutter sich einen Stuhl heranzog. »Wie kann dir denn so etwas passieren? Wie kann so etwas passieren? Armes Lämmchen.«

»Gott, Franny, du lässt doch nicht zu, dass sie mir mein Baby wegnehmen, oder …?« Lily schluchzte heftig.

»Wer ist bei dir? Ist jemand bei dir? Ist Jack da? Lily, wo ist Jack?«

Ein langes Schweigen folgte, während Lily heftig schluckte und in ihrer Handtasche nach einem Taschentuch, einer Serviette oder sonst etwas kramte. »Ich hab nichts falsch gemacht, Franny.« Lily schnäuzte sich laut. »Du weißt das, oder? Von allen Menschen weißt du das am besten.«

»Natürlich! Hast du deinen Bruder angerufen? Ich schätze, ihr braucht einen Anwalt. Hast du David angerufen?«

»Nein. Jack hat gesagt, er würde das machen. Er hat mich noch nicht angerufen, seit er hier weg ist. Das war vor zehn. Er hat es zuerst erfahren. Er ist jetzt bei der Arbeit. Er ist zur Arbeit gegangen.«

»Willst du, dass ich zu dir komme? Ich komme sofort zu dir.«

»Ich will nicht, dass die Jungs Angst kriegen. Ich glaube nicht... Ich sehe im Moment nicht so toll aus«, sagte Lily.

»Könnte diese Freundin von dir, gütiger Gott, wie heißt sie noch mal...? Du weißt doch, die mit dem Haus mit der abblätternden Farbe und dem Hund, der das Hautproblem hat.«

Lily lachte. Sie weinte immer noch, aber sie lachte. »Julia. Julia Cozzi.«

»Könnte sie die Jungs heute Nachmittag übernehmen? Ich ruf sie an. Diese Kinder rufen doch ständig hier an und fragen, ob sie mir mit irgendetwas aushelfen können.«

Lily schätzte die Art und Weise, wie ihre Schwiegermutter ihre und Jacks Freunde als »Kinder« bezeichnete. »Es tut mir Leid, dich da hineinzuziehen«, sagte Lily. »Es tut mir so Leid.«

Lily legte den Hörer auf und stopfte die zerfetzte Dunkin-Donut-Serviette, mit der sie ihre Augen abgewischt hatte, in die Tasche ihrer Shorts. Sie wünschte, es gäbe jemanden, den sie anrufen könnte. Normalerweise rief sie Jack an, wenn sie Probleme hatte. Vor Jahren, bevor sie verheiratet waren, hatte sie ihn von einem Münzfernsprecher in der U-Bahn angerufen.

Sie war gerade von einem schlecht gelaufenen Vorstellungsgespräch für eine Stelle als Patissier in einem neuen Restaurant gekommen. Über die Echos in der zugigen Station hinweg erzählte sie Jack, dass der Promi-Gastronom sie gefragt hatte, was zum Teufel er wohl mit einer Barnard-Absolventin in der Küche sollte.

»Wo bist du?«, hatte Jack gefragt.

»Astor Place.«

»Wer bist du?«

»Was?«, fragte sie, allein durch den Klang seiner Stimme und die Intensität seiner Aufmerksamkeit schon ein wenig beruhigt.

»Du bist Lily Sterne, die großartigste Küchenchefin der ganzen Welt!«, schrie er, als ob er die Konkurrenz des heranfahrenden Zuges vorausgeahnt hätte.

»Ja klar.« Sie lachte.

»Es gibt nichts, was du nicht tun kannst, Lily. Ich meine das ernst. Es gibt keine Grenzen dafür, wer du sein kannst. Warum weiß ich das und du nicht? Du lässt irgendeinen drittklassigen Schauspieler über deinen Beruf urteilen? Warum solltest du?«

»Du meinst, wenn ich doch stattdessen dir zuhören kann?«, sagte sie und fragte sich, wie traurig es doch für all die anderen auf dieser Welt sein musste, ohne das hier zu leben.

Jack hatte ihr an diesem Morgen von der bevorstehenden Fremdbetreuung erzählt, hatte ihr die schlechte Neuigkeit übermittelt, als wäre es für ihn überhaupt keine Neuigkeit, sondern eher das vorherbestimmte Ergebnis ihres frei gewählten Versagens als menschliches Wesen. Er hatte nicht ihre Hand gehalten, sie noch nicht einmal beiseite gezogen. Sie war in dieser Sache, und vielleicht auch außerhalb, allein. Zum ersten Mal fragte Lily sich, ob er der Sozialarbeiterin irgendetwas über sie erzählt hatte; etwas Merkwürdiges, das sie irgendwie belastete, etwas, um sie zu bestrafen, ohne sich auszumalen, wie das ausufern würde. Vielleicht hatte er ihr den Staat Massachusetts auf den Hals gehetzt. Die Xanax wirkte nicht.

Lily zog ein paar Handschuhe über und entfaltete einen Kittel. Katies Zimmer war kühl, und sie zog die Baumwolldecke über das dünne Krankenhausnachthemd des Babys. Letzte Nacht zu Hause hatte sie in Katies heißem, kleinen Zimmer geschlafen. Sie hatte sich an die Geräusche in der Brandwunden-Abteilung gewöhnt und hatte die Geräusche des Hauses ganz vergessen, die knarrenden Bodenbretter und das Kratzen der Kiefern gegen die oberen Fenster. Um zwei war sie gekommen und hatte den alten Metallventilator auf Katies Nachttisch angestellt. Sie legte sich neben das Kinderbett, deckte sich mit einer abgetragenen Decke zu und presste ihren Kopf gegen den weichen, schwarzen Schritt von Katies Pandabär. Als Greg sie am nächsten Morgen nach sieben Uhr dort vorfand, sagte er, dass er Daddy fast jede Nacht gebeten hatte, in Katies Bettchen schlafen zu dürfen, aber Daddy hätte immer nein gesagt, weil er ein großer Junge wäre, und er fände das toll, groß zu sein.

Es war nun fast still auf der Station. Die meisten Kinder, ausgenommen die kleinsten Babys, neigten dazu, nach ein paar Tagen in eine ähnliche Routine zu verfallen. Während der Schlafenszeit wurde das Stereogetöse der *Sesamstraße* durch das einander übertönende Geplärre verschiedener Seifenopern ersetzt.

Die Schwester, die die kleine Pearl in ihren Armen wiegte, sah sich *One life to live* an. »Das arme kleine Ding hat gerade einen Katheter bekommen«, sagte sie, als Lily herüberkam.

Lily streckte ihre behandschuhte Hand aus und streichelte die Zehen des Babys. Dieses Baby wusste vermutlich nicht einmal, wie es war, von Haut zu Haut berührt zu werden. Pearl war seit drei Monaten hier, seit sie ungefähr zehn Wochen alt gewesen war. Irgendjemand, Lily wusste nicht, wer, hatte sie kopfüber in einen Topf mit kochendem Wasser getaucht. Man hatte Lily erzählt, dass Pearl niemals Haare oder Wimpern oder Augenbrauen wachsen würden. Ihre Augenlider waren vernarbt, aber ihre Lippen waren weich und rosig und feucht, so wie die Lippen eines Babys sein sollten. Ihre Hände waren immer noch bandagiert. Sie waren auch verbrannt worden. Vielleicht hatte Pearl instinktiv nach den Seiten des Topfes gegriffen.

»Tut es ihr weh, wenn ich ihren Kopf streichele?«, fragte Lily und streckte die Hand aus, um Pearls welligen Kopf zu berühren. Sie kannte die Schwester, aber es war keine von denen, deren Namen sie wusste, die sich um Katie gekümmert hatten.

Die Schwester schaute zum Fernseher. »Und dem Typen sollen wir abnehmen, dass er nicht schwul ist? Schauen Sie ihn sich doch an.«

Lily lachte. »Ich glaube, sie schläft.«

»Die Kleine hier liebt kleine Nickerchen. Darin ist sie ganz groß.«

»Klingt gut«, sagte Lily.

»Mal ganz ehrlich, die Kinder werden nach Hause geschickt, und die Mütter gehen vor die Hunde.«

»Was geschieht mit ihr? Ich meine, wenn sie entlassen wird?«, fragte Lily.

»Mit wem? Unserer kleinen Perle des Meeres hier? O Gott, ich weiß es nicht. Aber, wenn Sie mich fragen, eine Mutter, die so etwas tut, sollte in Öl gebraten werden. Für einige Dinge sollte es niemals eine zweite Chance geben, wissen Sie.«

Lily nickte.

»So ein Pech, dass sie ein Mädchen ist. Für einen Mann wäre es gar nicht so schlimm, keine Haare zu haben. Und ihr Gesicht...« Die Schwester seufzte und rieb den Rücken des Babys, während sie zum Fernseher schaute.

»Ich würde sie gern halten, wenn Sie mal eine Pause brauchen.«

Die Schwester schaute Lily zum ersten Mal direkt an. Sie nickte gedankenverloren, als ob ihr gerade etwas aufgegangen wäre. »Sie haben doch selbst ein Kind zum Schaukeln, oder?«

Lilys Lächeln verblasste etwas, als sie das Zimmer verließ. Jeder wusste es. Man konnte ihr nicht vertrauen.

Lily

Jack saß bereits in Eleanor Snows Büro, als Lily um halb sechs auftauchte. Er wandte sich ab und starrte aus dem Fenster, als sie sich neben ihn in den Ledersessel setzte.

»Ich hab um sieben ein Treffen in Concord, machen wir es also kurz«, sagte Snow in einer Art und Weise, die Lily eher militärisch als geschäftlich vorkam.

»Lassen Sie mich kurz wiederholen, was ich Ihrem Mann gesagt habe.« Die Anwältin glättete den Rock ihres Seersucker-Kostüms, als sie sich auf die Kante ihres Schreibtisches setzte. »Ich will von Anfang an ganz offen zu Ihnen sein. In der Praxis sind meine Kenntnisse und Berührungspunkte mit dem Fürsorgeamt nur tangential. Meistenteils sind meine Klienten eher in Sorgerechtsschlachten mit ihren ehemaligen Partnern als mit dem Fürsorgeamt verwickelt. Ich habe Ihrem Mann heute Nachmittag am Telefon gesagt, dass der für diesen Fall zuständige Jugendrichter einen Anwalt für Sie stellen wird, wenn Sie nicht selbst einen privaten Anwalt, möglicherweise auch einen Anwalt für jeden von Ihnen, engagieren. Diese Vertretung ist gratis. Auch für Ihr Kind wird ein Anwalt gestellt werden.«

Lily schaute sich im Büro um – ein weißer Orientteppich, Rosenholzschreibtisch, Lederstühle, Ausblick aus dem dreiundzwanzigsten Stock. Diese Stunde bei Eleanor Snow, die ihnen nun mitteilte, dass sie sich nicht speziell mit diesem Rechtsgebiet beschäftigte, in das sie nun verwickelt waren, würde vermutlich fast einen Tageslohn von Jack verschlingen. Die Arztkosten waren gedeckt. Das Shriners verlangte kein Geld von ihnen; das war das Prinzip hinter all ihren Kinderkrankenhäusern. Sie und Jack hatten keine Ersparnisse, im Gegenteil, sie hatten annähernd vierundzwanzigtausend Dollar Kreditkartenschulden, die sich angehäuft hatten, als der Delikatessenladen angefangen hatte, sich zu einem Fehlschlag zu entwickeln. »Der Schuldenengel«, hatte Jack eines Tages gescherzt und die Visarechnung auf den Zubereitungstisch fallen lassen. Aber das lag zehntausend Dollar zurück, damals, als sie noch Witze machen konnten, als es immer noch möglich schien, dass sich alles zum Guten wenden würde. Die Anwaltskosten würden ihnen endgültig den Rest geben. Ein Grund mehr für Lily, sich schuldig zu fühlen.

»Ich sehe das so, dass sich der Staat gerade jetzt wegen seiner Bilanz in einigen Misshandlungsfällen sehr in der Defensive befindet.« Snow bewegte sich hinter ihrem Schreibtisch und schlug die erste Seite einer gelben Gesetzesmappe auf. »Ich beziehe mich hier natürlich auf das Kind in Methuen...«

Lily erinnerte sich, wie sie an dem Abend das Küchenradio ausgeschaltet hatte, als die Geschichte von dem sechs Monate alten Baby gesendet wurde, das an seinen Verletzungen gestorben war, nachdem der Freund der Mutter es vergewaltigt hatte.

»Das kleine Mädchen war wegen Verbrennungen auf seinem Po nur ein paar Wochen zuvor im Krankenhaus behandelt worden«, fuhr Snow fort. »Behandelt und entlassen. Dann hatten wir im letzten Winter den Dreijährigen in Worcester, der erfroren ist, nachdem seine Mutter ihn über Nacht schlafend im abgeschlossenen Auto gelassen hat, während sie ihre dritte Schicht absolvierte. Nach seinem Tod kamen eine Menge Nachbarn und Mitarbeiter der Mutter und erklärten, dass sie mehrfach die Polizei gerufen hatten wegen der Art, wie die Mutter das Kind behandelte, doch das Fürsorgeamt war dem nie nachgegangen. Beide Fälle zogen große Aufmerksamkeit der Medien auf sich, und die lautstarke Forderung nach einer totalen Überholung der Fürsorgeabteilung ist aufgekommen, was auch gut so ist.«

Die Anwältin senkte ihren grauen Kopf, um auf ihrem Schreibtisch etwas zu suchen. »Okay, so sieht also das politische Klima zurzeit aus, nur damit Sie es verstehen.« Sie strich sich über ihre Silberhelm-Frisur und zog schließlich einen Haftnotizzettel unter einem Stapel Papiere hervor.

Lily begriff, dass diese Nachrichtenmeldungen, die sie vor Monaten als zwar tragisch, aber weit entfernt als beklagenswert, aber genauso wenig mit ihrem Leben verbunden wie eine Hungersnot in der unteren Sahara oder ein Bürgerkrieg in Osteuropa angesehen hatte, schnell in ihre Familie von Problemen eingeheiratet hatten. Irgendwie waren diese öffentlichen Tode dafür verantwortlich, dass ihr eigenes Privatleben dieser Regierungsbehörde nun als Opfer angeboten wurde. Sie konnten es sich nicht leisten, Eleanor Snow oder jemanden wie sie nicht anzuheuern.

»Der Richter hat dem Fürsorgeverfahren auf Grund der Anschuldigungen der Ermittlerin, der Sozialarbeiterin Mrs. Thoms, richtig?, zugestimmt. Innerhalb von zweiundsiebzig Stunden wird es eine vorläufige Anhörung geben. Die Beweislast liegt beim Fürsorgeamt. Leider sehe ich es so, dass diese Last nicht besonders schwer ist ... Die Sozialarbeiterin des Krankenhauses ... Wie heißt sie noch mal? Sie hat hier eigentlich keinen Einfluss, aber sie hat mir ...«

Lily beobachtete, wie die Anwältin ihren langen gebräunten Hals einzog und so ihre leichten blauen Halbgläser dazu zwang, auf ihre Nasenspitze herunterzugleiten. Über den Rand schaute sie auf ihren Notizblock.

»Linda Polowitz«, sagte Lily.

»Gut«, sagte die Anwältin, ohne aufzublicken. »Diese Polowitz vom Krankenhauspersonal hat mir – sie muss Sie mögen – die Berichte der beiden Ärzte, die mit Katies Fall beschäftigt waren, zugefaxt. Die Berichte an das Fürsorgeamt waren ergebnislos bezüglich einer möglichen Misshandlung.«

Die Anwältin rollte ihren Stuhl vom Schreibtisch weg und streckte die Beine aus. »Sie werden eine komplette Röntgendiagnostik durchführen, das Knochenskelett röntgen, um nach früheren Brüchen Ausschau zu halten. Sie sollten sie darauf vorbereiten. Und falls sie noch keine Aufnahmen gemacht haben, werden sie das vermutlich noch tun. Versuchen Sie, in der Nähe zu sein, so oft Sie es schaffen. Ihre Gegenwart im Krankenhaus« – die Anwältin schwang ihren Blick über den Rand der Gläser und schaute Lily an – »ist nun aus unzähligen Gründen wichtig.« Abrupt nahm Snow ihre Brille ab, und während sie intensiv ihre geschlossenen Augen massierte, fuhr sie zu sprechen fort. »Anscheinend hat die Ermittlerin, obwohl niemand behauptet, am Körper Ihrer Tochter Eintauchränder gesehen zu haben, genug gefunden, um den Verdacht des Arztes in der Notaufnahme, der den Bericht gemacht und das 51A ausgefüllt hat, zu bestätigen. Ich habe den Bericht der Sozialarbeiterin noch nicht, es müsste …« Sie hielt ihren Stift zwischen dem zweiten und dritten Finger fest. »Natürlich.« Sie schob abschätzig die Lippen nach vorn. »Formular 51B sein.«

Lily dachte, dass sie sich vielleicht bezüglich der militärisch anmutenden zwischenmenschlichen Fähigkeiten der Anwältin getäuscht hatte. Was sie bei Eleanor Snow zunächst für einen Upper-Class-Akzent mit heißer Kartoffel im Mund gehalten hatte, konnte möglicherweise auch die modulierte Stimme eines ehemaligen Rauchers sein. Diese Frau, deren Wadenmuskeln vermutlich so straff wie die Saiten ihres Tennisschlägers waren, wirkte zugänglicher, wenn Lily sich vorstellte, wie sie sich durch eine Schachtel Newports arbeitete.

»Ich frage mich«, Lily räusperte sich und rutschte in ihrem

Sitz nach vorn, ihre nackten Beine lösten sich lautstark von dem Lederpolster, »warum wir uns hier verteidigen müssen.« Sie kreuzte die Beine und zog an ihren Shorts. Als sie an diesem Morgen das Haus verlassen hatte, um zum Krankenhaus zu fahren, wäre sie niemals auf die Idee gekommen, dass sie am Abend in einem Anwaltsbüro in der Federal Street sitzen würde. »Ich hatte gehofft, Sie könnten einen Weg finden, die ganze Sache, wenn schon nicht rückgängig zu machen, so doch wenigstens zu stoppen – ein Verfahrensfehler ganz am Anfang... Ich meine, es gibt doch keinen Grund, dass uns so etwas passiert.«

Statt zu antworten, schaute die Anwältin über ihre Gläser zu Jack.

»Sie haben bereits darüber gesprochen?«, sagte Lily verärgert.

»Ihre Tochter hat sehr schwere Verletzungen erlitten, Mrs. Keliher.« Snow beugte ihren Kopf über ein gerolltes Stück Faxpapier auf ihrem Schreibtisch und zitierte: »...teilweise und vollständige Verbrennungen, sowohl als Verbrennungen zweiten als auch dritten Grades kategorisiert...« Die Anwältin schaute nun zu Lily hoch. »Ich habe vor unserem Treffen heute Abend ein bisschen nachgeforscht. Wie ich es verstanden habe, können solche Verbrennungen bei einem so jungen Kind, bei dem die Haut noch dünn ist, tödlich sein. Allein aufgrund der Verletzungen hätte das Fürsorgeamt Grund zum Verdacht. Ihre Aussage, dass es keine Zeugen gab, verbunden mit der Tatsache, dass die Wiedergabe des Unfalls Ihrer Tochter anscheinend unvereinbar mit ihrem Alter und ihrer Entwicklung, ihrer Stärke und Fähigkeit scheint, stellen eine solide Basis für eine echte Anklage gegen Sie dar. Am signifikantesten ist vielleicht, dass die Verletzungen an den Beinen Ihrer Tochter, von denen Sie behaupten, dass es sich um Spritzwunden auf Grund eines Unfalls handelt, fast unmöglich von Verbrennungen zu unterscheiden sind, die man beim vorsätzlichen Eintauchen in kochendes Wasser erleidet.« Die Anwältin schob ihre Brille über ihren knochigen Nasenrücken hoch. »Ein Richter hat diese Anschuldigungen gehört und entschieden, dass Ihre Tochter sich in unmittelbarer Gefahr befindet. Das ist sehr ernst, Mrs. Keliher.«

»Hat mein Mann Ihnen die Geschichte erzählt? Hat er Ihnen erzählt, wie der Unfall sich ereignet hat?«

Die Anwältin nickte.

»Ich war nicht einmal im Zimmer.«

»Das kann niemand bestätigen«, sagte die Anwältin.

»Weshalb brauche ich eine Bestätigung? Ich passe seit tausenden von Stunden auf Kinder auf. Mein Ältester ist sieben...«

»Man hat mir zu verstehen gegeben, dass Sie und Ihr Mann sich bis vor kurzem die Verantwortung, auf die Kinder aufzupassen, geteilt haben. Meistens haben Sie die Kinder betreut, während er in Sichtweite war. Sie haben eine Art Einzelhandel geführt?«

»Delikatessenladen«, sagte Jack leise.

»Spielen Sie hier den Advokaten des Teufels?«, fragte Lily.

»Ihr Mann ist sehr besorgt, Mrs.... Sterne«, sagte die Anwältin, sich selbst berichtigend.

»Mein Mann ist hier im Raum. Vielleicht könnte er mir mal genau sagen, worin seine Sorgen bestehen?« Lily zog ihre Tasche vom Boden hoch auf ihren Schoß, wie um sich zu schützen. »Hast du diese Bedenken gegenüber Mrs. Thoms ausgesprochen?«, fragte sie und wandte sich zu ihm.

Jack hatte die Arme vor seinem Nadelstreifenhemd verschränkt. Zum ersten Mal fiel Lily auf, dass er einen Blazer trug.

»Hast du etwas zu diesem Doktor in Lincoln gesagt?«, fragte sie.

»Ich habe eine Frage gestellt«, sagte er und fuhr mit den Fingern durch sein lockiges Haar. »Als du beim Münzfernsprecher warst und dich nach den Jungs erkundigt hast, habe ich eine Schwester gefragt, welche Temperatur Wasser haben muss, um die Haut zu verbrennen.«

»Und?«

»Und dann habe ich ihr erzählt, dass ich schon in vielen Küchen gearbeitet habe. Ich habe schon ein paar Verbrennungen gesehen, aber noch nie so Schlimmes, nicht einmal, als ein alter Garland direkt vor einem Typen explodiert ist. Sie hat mich gefragt, ob du arbeitest. Ich hab gesagt, dass du ebenfalls eine professionell ausgebildete Köchin bist; und sie hat etwas in der Art gesagt, dass es bestenfalls ziemlich gedankenlos ist, ein Kind unbeaufsichtigt neben einem Herd allein zu lassen. Sie hat gesagt, dass sie manchmal diese Mütter mit einem grenzwertigen IQ hereinbekommen; Frauen, denen ein solcher Fehler passieren könnte, aber einer gebildeten Person...«

»Wenn ich also einen grenzwertigen IQ hätte, wäre ich fein raus?« Lily schüttelte den Kopf. »Was hast du dann gesagt?«

»Du bist ins Zimmer zurückgekommen, und dann kam der Arzt mit dem Rezept wieder herein.«

»Du hast nichts gesagt?«

»Nun, sie hat nicht Unrecht«, sagte Jack fast unhörbar.

»Du denkst, ich würde ein Kind verbrennen, unser Kind?«, fragte Lily fassungslos und schaute auf den Läufer hinunter. »Wie konntest du das von mir denken –«

»Nicht mit Absicht.«

»Was meinst du dann damit?«

»Vielleicht hast du nicht aufgepasst? Ich meine, du weißt, wie du zu Hause herumläufst, laut mit dir selbst redest, nie mitkriegst, was um dich herum gerade passiert –«

»Ich muss den Zeitplan von drei Menschen, nein, vier, außer meinem eigenen im Kopf behalten. Immer an die Wünsche von vier anderen Menschen denken. Ihre Vorlieben und Abneigungen und ihr Kommen und Gehen. Natürlich rede ich mit mir selbst. Ich muss alles in den Griff bekommen.«

»Gibst du wenigstens zu, dass du einen Großteil der Zeit mit den Gedanken ganz woanders bist?«

Die Anwältin nahm die Brille ab und balancierte sie auf dem Turm, den sie mit ihren langen, verschlungenen Fingern gebildet hatte.

Lily schaute sie an. Merkwürdigerweise war es ihr nicht peinlich, dass Eleanor Snow das alles gehört hatte. Das Bild, das hier von ihr gezeichnet wurde, ließ sie kalt, nicht weil sie auf ihr Ego vertraute, sondern weil in ihrem Bewusstsein einfach kein Platz mehr für die Lagerung weiterer Schuldgefühle war. Sie starrte die Anwältin nun an, in der Hoffnung, zumindest dieses Gefühl zu vermitteln.

Nach einem langen Schweigen verlagerte die Anwältin ihr Gewicht in dem Stuhl und sagte: »Was Sie durchmachen, ist extrem belastend. Ihr Privatleben, Ihr Familienleben ist verletzt und zur Schau gestellt worden. Das muss eine Ehe belasten.« Sie öffnete ihre mittlere Schreibtischschublade und schrieb etwas auf einen Notizblock. »Zufälligerweise kenne ich einen erstklassigen Eheberater.«

»Meine Frau hat bereits eine Therapeutin«, sagte Jack leise.

Lily verdrehte zu ihm gewandt die Augen und sagte dann: »Nach der Geburt unserer Tochter hatte ich eine Art postpartale Depression. Ich bin eine Zeit zu einer Psychologin gegangen.« Wie bei allem, was im Moment den Mittelpunkt ihres Lebens bildete, stellte diese Behauptung nicht die ganze, ungekürzte Wahrheit dar, die ungefähr so kompliziert war wie siebenunddreißig Lebensjahre. Lily war über die Jahre immer wieder mal zu dem einen oder anderen Seelenklempner gegangen; und selbst diese Aussage verstellte den Blick auf ihre Vergangenheit, den sie einst als ebenso wesentlichen Bestandteil ihrer Identität wie ein Muttermal betrachtet hatte. Ihren ersten Psychiater hatte sie getroffen, als sie mit sechzehn in der geschlossenen Abteilung in Bellevue in einem Beurteilungszimmer saß.

»Haben Sie irgendwelche Medikamente genommen?«, fragte die Anwältin, die sich nun Notizen machte.

»Zoloft, ein Antidepressivum.«

»Sie hat mit dem Stillen aufgehört, um es zu nehmen«, sagte Jack.

»Katie war sieben Monate alt. Ich habe sie sieben Monate lang gestillt«, erklärte Lily. Sie drehte sich in ihrem Sitz zu Jack um. »Ich war nicht so sorglos, Medikamente zu nehmen, während ich gestillt habe.«

»Könnte das ein Problem darstellen?«, fragte Jack.

»Wann haben Sie aufgehört, das Medikament zu nehmen?«, fragte die Anwältin.

»April«, sagte Lily.

»Sind Sie immer noch bei einem Arzt in Behandlung?«

Jack schaute zu Lily hinüber.

»Wir waren übereingekommen, dass ich Anfang Juni damit aufhören würde. Wir konnten uns das einfach nicht länger leisten.«

Lily war seit zwei Monaten zu Lucy Balsaam gegangen, als Jack sie gefragt hatte, ob ein Ende absehbar wäre. »Nein«, hatte sie gesagt. »Das genau ist ja das Problem.« Nach ungefähr sechs Monaten hatte Jack zugestimmt, dass Lucy – oder Dinsey, wie er sie, als sie anfing, die Pillen zu verschreiben, taufte und so Greg nachahmte, der den Hersteller dieser ganzen Technicolor-Fantasien immer falsch aussprach – ihr half, dass sie glücklicher wirkte. Nach ungefähr neun Monaten hatte er gefragt, ob sie jeden Dienstagabend etwas zu bereden hätten oder ob sie manchmal Dinge erfinden müsse, so wie er angemessene Sünden erfand, während er darauf wartete, dass er mit der Beichte an der Reihe war. Ein paar Wochen später hatte er sich laut gefragt, ob sie, wenn sie aufhörte, genauso diszipliniert Geld sparen würden, wie sie jetzt Dinseys monatliche Rechnungen bezahlten. »Was sie uns berechnet, ist nichts«, sagte Lily. »Ich stehe fast zuunterst auf ihrer gestaffelten Tabelle.« »Trotzdem«, sagte er, »mit der Zeit summiert es sich, könnte sich zu einem Urlaub oder einem Teil der ersten Collegewoche für eines unserer Kinder summieren.«

Lily hatte Lucy Balsaam ein paar Monate nach Katies Geburt aufgesucht, weil sie genug wusste, um zu erkennen, dass alles falsch lief. Sie war auf die Steilkante ihres Lebens hingerollt, und sie fühlte, dass der Fall tief war. Das Baby hätte ihr Schutz und Schirm sein sollen. Sie hatte auf die Ankunft eines neuen Babys gezählt, um den Verlust ihres Geschäfts zu kompensieren, doch das war nicht geschehen, konnte nicht geschehen. Was für eine Mutter konnte angesichts des neuen Lebens keine Freude empfinden? Nur die Allerschlimmste.

Zum Schluss hatte sie ihre Sitzungen bei Lucy aufgegeben, nicht weil Jack es wollte, sondern weil Lucy ihr mit der Zeit geholfen hatte, von dieser Kante hinweg und auf die flache, breite Ebene ihres Lebens hinzurollen. »Ich nehme Platz auf der Couch weg«, sagte sie eines Tages zu Lucy. »Jemand anders braucht diese Zeit vermutlich nötiger.« Lucy hatte zu ihr gesagt, dass ihre Tür immer offen stünde, und Lily hatte in den letzten zwölf Tagen mehr als einmal daran gedacht.

»Könnte es sein, dass man von meiner Therapeutin verlangt, Informationen über mich preiszugeben?«, fragte Lily. Sie dachte nun an all die Behandlungsvermerke, die Lucy auf Anforderung an die Versicherungsgesellschaft, die beständig drohte, selbst den fünfzigprozentigen Zuschuss für die Sitzungen zu streichen, geschickt hatte. Sie und Lucy hatten die Gesuche gemeinsam verfasst, hatten immer »die Notwendigkeit, dass Mrs. Sterne in ihrer Kapazität als Mutter von drei kleinen Kindern funktionierte« hervorgehoben.

»Sie haben sie im Guten verlassen? Alles bezahlt? Sie war auch der Ansicht, dass Sie fertig sind?«, erkundigte sich Snow.

»Ja«, sagte Lily. Was Lucy ihr gesagt hatte, war, dass sie den finanziellen Druck, unter dem sie stünden, verstehen könnte.

»Warum bitten wir nicht diese Ärztin, einen Brief zu schreiben, der Ihrer Akte hinzugefügt wird, bevor wir zulassen, dass sie Informationen von Ihrer Versicherungsgesellschaft ausgraben? Ich werde versuchen, Briefe von Ihren Arbeitgebern, Mitarbeitern –«

»Aber das gilt für Jack. Ich meine, ich bin diejenige, die es nötig hat –«

»Freunde«, sagte die Anwältin. »Jeder, der einen eindrucksvollen Briefkopf besitzt.«

»Die meisten meiner Freunde sind andere Mütter.«

»Sie kennen doch sicher durch das Geschäft, das Sie früher hatten, die Namen von ein paar Leuten, die willens sind, etwas für Sie zu schreiben. Ehemänner von Freundinnen? Ehepaare, mit denen Sie gesellschaftlich verkehren?«

Lily nickte.

»Lehrer, Babysitter. Waren die Kinder jemals in irgendeiner Tagesstätte?«

»Nein«, sagte Jack.

»Und damals, als Sie beide gearbeitet haben?«

Jack schüttelte den Kopf. »Das Geld war recht knapp.«

»Was haben Sie den ganzen Tag lang mit den Kindern gemacht?«

»Damals waren es nur unsere Söhne«, sagte Lily. »Und wir haben sie mitgenommen. Einer von uns hat aufgeschlossen, der andere kam später mit den Kindern nach. Manchmal ist meine Schwiegermutter vorbeigekommen und hat sie für den Mittagsschlaf nach Hause abgeholt, oder wir haben uns abgewechselt. In einem Erker am Fenster hatten wir eine mit Teppich ausgelegte Spielecke mit Spielzeug und Büchern; und einen Laufstall, als sie klein waren. Wenn wir eine große Party geben mussten, hat meine Schwiegermutter auf sie aufgepasst, oder manchmal kam eine Schülerin von der Highschool zum Babysitten.«

»Waren sie die ganze Zeit drinnen?«, fragte die Anwältin.

»Sie waren genauso viel drinnen wie alle anderen Kinder, die das ganze Jahr über in New England leben.« Lily erzählte anderen Menschen eher selten, dass sie und Jack zusammen gearbeitet hatten und sich die Betreuung der Kinder zumeist geteilt hatten. Besonders Frauen reagierten ungläubig oder eifersüchtig, oder beides, als ob Jack und Lily mit irgendetwas davongekommen wären. Jedermanns Laune besserte sich, wenn Lily zu dem Teil kam, wo sie den Laden verkaufen mussten.

»Wir haben nicht viel Geld nach Hause gebracht«, fügte Jack hinzu. »Babysitter sind teuer.«

»Niemand hat sich je wegen der Kinder beschwert? Irgendwelche Probleme mit dem Gesundheitsamt? Frühere Probleme mit dem Fürsorgeamt? Und was ist mit der Schule?«

»Als Ben mit der staatlichen Schule anfing, hielt der Bus an der Ecke, direkt vor dem Laden«, sagte Lily.

»Bis zu dem Zeitpunkt haben Sie sie zu Hause behalten? Bis zur Vorschule?«

»Nein«, sagte Jack. »Nein. Sie sind beide in den Kindergarten gegangen.«

»Und wie ist es im Sommer? Diesen Sommer? Nehmen sie an einem Ferienprogramm teil, an einem Sommercamp? Besuchen sie Verwandte?«

»Warum?«, fragte Lily.

»Eines der Dinge, nach denen der Staat Ausschau hält, ist der Grad, bis zu dem Kinder gefährdet sind, weil sie unbekannte Größen in der Gemeinschaft sind.«

»Wovon reden Sie?«, fragte Jack.

»Sozialarbeiter haben eine Risikoskala. Säuglinge stehen ganz oben. Sie gehen nicht zur Schule. Keine Busfahrer oder Freunde oder Lehrer, die sie beobachten. Und sie können nicht sprechen. Das nonverbale Kind ist laut dem Staat dem größten Misshandlungsrisiko ausgesetzt. Wenn Kinder älter werden und zur Schule gehen, werden Nachbarn, Ladenbesitzer, Lehrer, alle als Verbesserungsfaktoren angesehen – sie und die

Hoffnung, dass die Kinder im Falle einer Misshandlung Bericht erstatten würden, weil sie reden können.« Die Anwältin runzelte die Stirn. »Wenn ein Kind jeden Morgen bei den städtischen Ferienspielen auftaucht, fällt es natürlich jemandem auf, wenn es ungekämmt oder hungrig oder verletzt ist.«

Lily verknotete den dicken Riemen ihrer Tasche und fing bei dem Gedanken, dass Ben an einem so unnachgiebigen Ort wie dem städtischen Park ankam, ohne die Geborgenheit und den Geruch von zu Hause um sich zu haben, zu weinen an.

»Lillian«, sagte die Anwältin nach einer Weile vorsichtig. »Gibt es da noch etwas anderes? Ich muss alles wissen, egal, wie unwichtig es im Moment scheinen mag.«

Lily hob eine Hüfte vom Sitz und suchte in ihrer Shortstasche nach einem Papiertaschentuch, obwohl sie wusste, dass sie keins hatte. Eine Hand berührte ihr ausgestrecktes Bein. Jack bot ihr sein Stofftaschentuch an. »Danke«, sagte sie.

Er nickte.

Sie versuchte nun, seinen Blick aufzufangen, als Hinweis dafür, wie es nun weitergehen sollte, aber er schaute schon wieder aus dem Fenster. Einen Moment wartete sie, ob er das Semester, das sie im Payne Whitney verbracht hatte, erwähnen würde. Aber der Moment verging.

»Okay, dann –« Die Anwältin stand auf.

»Schlimmstenfalls?«, fragte Jack.

»Wir wollen alles vor Katies Entlassung aus dem Shriners geklärt haben. Ich werde versuchen, diese Zweiundsiebzig-Stunden-Anhörung zu beschleunigen.« Snow stützte ihre Ellbogen auf den Schreibtisch und schlug eine Seite in ihrem Terminkalender um.

Das Bild eines Feuerwerkskörpers flog an Lily vorbei.

»Wir haben ein viertägiges Wochenende vor uns«, murmelte die Anwältin vor sich hin. »Die Realität sieht so aus, dass ich als öffentlicher Verteidiger nicht gerade überlastet bin. Ich habe die Zeit und die Quellen, das zu veranlassen.«

»Was geschieht bei dieser Anhörung?«, fragte Jack.

»Der Richter wird Katie identifizieren wollen. Ein paar Leute vom Fürsorgeamt werden da sein, deren eigener Anwalt. Sie werden versuchen, die Anschuldigungen zu untermauern, und wir werden im Grunde genommen nur mit unseren Leumundszeugnissen kommen. Sie haben einen privaten Kinderarzt, zu dem Sie seit Jahren gehen. Er kennt Ihre Familie. Sie sind in der Gemeinde eine bekannte Größe... Ich mache mir mal eben eine Kopie von der Vorladung.«

Lily hatte den tatsächlichen Brief noch nicht gesehen. Er war Jack bei der Arbeit zugestellt worden.

Das Gesicht der Anwältin spannte sich. »Gut. Das werden wir ändern«, sagte sie und starrte immer noch auf die Vorladung auf ihrem Schreibtisch.

»Was?«, fragte Jack.

»Das Datum.« Sie schüttelte den Kopf. »Unglaublich. Sie haben Sie nicht für die zweiundsiebzig Stunden vorgesehen, sondern für eine Erörterung.«

»Was bedeutet das?«

»Das bedeutet, ein schlechter Schreiber hat nur mit seinem Stift das falsche Kästchen getroffen. Ich werde das richtig stellen. Was ist da sonst noch? Sie haben Ihren Nachnamen falsch geschrieben, aber zumindest haben sie ihn zwei Mal falsch geschrieben.« Sie schaute zu beiden hoch. »Wir sind also vorbereitet. Rufen Sie jeden an, der heute Abend noch etwas für Sie schreiben kann, und lassen Sie die Briefe hierhin faxen.«

Die Luft war schwül und sanft, als sie aus der klimatisierten Lobby auf die Federal Street hinaustraten.

»Wo steht der Van?«, erkundigte sich Lily.

»Cyn hat ihn sich ausgeliehen. Sie musste in Charlestown oder so einen Tisch abholen.«

»Oh. Wie kommst du zu deiner Mutter?«

»Wir treffen uns da drüben«, er wies auf eine Bar, die einen halben Block weiter lag.

»Oh. Okay, sind wir uns einig, wer wen anruft, wegen der Briefe und Leumundszeugnisse?«

»Ich schon«, sagte er.

»Gut«, sagte sie. »Ich stehe in einer Parklücke um die Ecke, sonst wäre ich zu spät gekommen.«

»Sag Katie, dass ich sie liebe«, sagte er und wandte sich langsam ab.

»Sag den Jungs...«

Er drehte ihr den Rücken zu. Als er in Trab verfiel, hob er den Arm in die Höhe und winkte.

Lily

»›… vorbei am Mond und seiner fest schlafenden Mama und seinem Papa hin zum Licht der nächtlichen Küche …‹« Als Lily wieder ins Krankenhaus kam, saß Fran im Schneidersitz inmitten einer Gruppe von Kindern auf dem Linoleum. Lily zupfte an ihren Gummihandschuhen und lehnte unbemerkt an der Wand.

»Schau dir diesen armen kleinen Jungen an. Nicht nur, dass er aus seinem Bett herausfällt, er purzelt sogar aus seiner Kleidung heraus.«

Das kleine Mädchen, das sich beide Hände und Unterarme verbrannt hatte, als die selbst gemachte Bombe ihres Bruders explodierte, rutschte auf der Rückseite ihres Krankenhauskittels nach vorn und berührte mit dem Zeh den Rand des Buches. »Wo steht, dass er keine Kleider anhat?«

»Was ist das für ein großes Ding da vor dem Fenster, und wie heißen all die kleinen weißen Dinge?«, fragte Fran und hob das Buch hoch, sodass alle Kinder es sehen konnten.

»Mond und Sterne!«, riefen die Kinder aus und echoten einander, bis alle sieben es gesagt hatten.

»Schaut ihr nachts zum Mond und zu den Sternen hoch, wenn ihr zu Hause seid? Manchmal sieht er groß und rund aus, so wie hier, und manchmal …«

»Manchmal gibt es keinen Mond«, sagte einer der älteren Jungen.

Fran nickte. »Manchmal können wir den Mond nicht

sehen, und manchmal will er uns nur eine ganz schmale Scheibe von sich zeigen, stimmt's? Und wie sehen für euch die Sterne aus, wenn ihr sie anschaut?«

Lily betrachtete die Kindergruppe. Ein paar von ihnen waren noch so jung und schon lange genug im Krankenhaus, um Mond und Sterne vergessen zu haben, außer als Illustrationen in Büchern.

»Wisst ihr, wie sie für mich aussehen?«, fuhr Fran fort. »Sie sehen aus wie Augen, zig Millionen strahlender, kleiner Augen. Wenn wir zu Hause wären, wäre jetzt fast die Zeit, zum Fenster oder nach draußen zu gehen und zu sagen: ›Sternenlicht – strahlend Licht. Der erste Stern, den ich heut seh, hab Acht: Ich wünsche mir, ich wünsch, es ging, erfüll mir meinen Wunsch heut Nacht.‹«

»Ich würde mir alle Power Rangers wünschen, den roten, den blauen, den grünen, den weißen, aber nicht den rosa und den gelben, denn die sind für Mädchen«, sagte ein vierjähriger Junge.

Die anderen Kinder blieben still. Entweder waren sie so jung, dass das Konzept des Wünschens sie verwirrte, oder sie waren älter und skeptisch, ob gute Dinge auf genauso unerklärliche Art und Weise geschehen könnten wie die schlechten.

Fran öffnete wieder das Buch. »›Wo die Bäcker, die bis zum Morgengrauen backen, damit wir morgens Kuchen haben, Mickey in den Teig gemischt haben …‹ Glaubt ihr, es würde euch gefallen, in einer Teigschüssel durch die Nacht zu fliegen?«

Ihre Schwiegermutter las Kindern genauso vor, wie sie mit Erwachsenen sprach; sie schweifte wieder und wieder von der Geschichte ab, drehte und wendete den Kern der ursprünglichen Geschichte nach innen und außen und ergänzte ihn durch Millionen sensorischer Beobachtungen, bis der Zuhörer sich selbst angefüllter und runder wiederfand. Ihre Fähigkeit, Erwiderungen aufzunehmen, vertiefte sich, um einem von

Fran erwarteten Einfühlungsvermögen Raum zu geben. »Vielleicht, wenn er aus Schokolade wäre«, sagte Fran, als sich eine Diskussion über Lieblingsgeschmäcker anschloss. In dem Versuch, Gehör zu finden, kamen die lauteren Kinder näher an das Buch und an Fran heran. Als sie wieder anfing zu lesen, war ein Kind auf ihren Rücken geklettert, und drei andere hatten sich unter ihren Armen verkrochen.

Lilys Eltern hatten ihr beide viel vorgelesen, als sie noch ein Kind war. Freitagnachmittags kam ihre Mutter immer mit einem warmen *Challah*-Brot und zwei Aktentaschen von ihrem letzten Kurs nach Hause. Die eine Tasche war nur mit Bilderbüchern aus der Bücherei in der Nachbarschaft gefüllt. Als Lily älter wurde und bereits selbst las, fing ihr Vater an, ihr vorzulesen. »Der *wahre König Arthur*«, sagte er und förderte einen Band aus seiner eigenen, lange zurückliegenden Kindheit zu Tage; der wahre *Robin Hood,* die wahre *Schatzinsel.* Bis sie selbst Kinder hatte, hatte Lily lieblos gedacht, dass die Energie, die ihre Eltern aufbrachten, wenn sie ihr und David vorlasen – ihr einzigartiger Enthusiasmus für diese eine Eltern-Kind-Aktivität –, nur ein Trick war, um ihr eigenes Leben auf der ganzen Linie zu vereinfachen. Diese Spätnachmittage am Wochenende, wenn ihre Eltern den Tisch im Esszimmer mit Büchern und Papieren vereinnahmten, liefen doch viel glatter ab, wenn beide Kinder mit derselben ruhigen Beschäftigung zugange waren. Doch als Ben alt genug war, um ihm vorzulesen, erkannte sie, dass unter all den Pflichten, die es mit sich brachte, wenn man für ein Kind sorgte, und all den Millionen kleiner Interaktionen das Lesen sowohl Struktur als auch Nähe vermittelte. Es war etwas, das sie abseits der unnachgiebigen Qualität des täglichen Lebens gemeinsam tun konnten. Es fing da an, wo das Stillen aufgehört hatte; es war ein Weg, sowohl innerhalb als auch außerhalb des Mutter-Kind-Lebens zusammen zu sein.

Für ihre Mutter war es ein enormer Sieg, eine Monografie,

eine Erstausgabe, eine Dissertation eines Doktoranden, die letzte Ausgabe der *Russischen Studien* beiseite zu legen, um ihr vorzulesen. Lilys Großmutter, die Mutter ihrer Mutter, Shayna, übernahm das Kochen und die ganze Wäsche, sie putzte Nasen und hielt Hände. Sie lachte immer darüber, dass sie fett war, dass sie endlose Polster von Zeit besaß, alles für Lily. Lily war wie erschlagen von dieser ganzen Zeit. Sie liebte ihre Großmutter sehr, aber sie war schon recht alt, als Lily geboren wurde. Lily konnte sich an keinen Moment erinnern, in dem sie sich nicht der Notwendigkeit, mit Shayna vorsichtig umzugehen, bewusst gewesen wäre. Die Sorge um diese so viel ältere Generation hatte eine ständige Wachsamkeit erfordert, die nach einer Kürzung ihres eigenen Selbst verlangte.

Ihre Mutter hatte die Rolle einer Tochter, die sie für ermüdend hielt, und den Zeit raubenden Job, eine Mutter zu sein, niedergelegt. Weil sie es nicht besser wusste, hatte Lily ihre komplette Jugend damit verbracht, darauf zu warten, dass ihre Mutter diese Rolle wieder zurückfordern würde. Sie wartete immer auf ihre Mutter: darauf, dass sie mit der Arbeit fertig würde, auf die letzte Kursstunde im zweiten Semester, auf die Schlussbearbeitung, auf ihre Rückkehr von der Konferenz in Ann Arbor oder vom Sabbatjahr in Leningrad. Ihre Mutter war vierzig gewesen, als Lily geboren wurde, und ihr Vater siebenundvierzig. Zu dem Zeitpunkt waren sie ein sowohl in romantischer als auch in beruflicher Hinsicht voll eingespieltes Team. Ab dem Zeitpunkt, als Lily alt genug war, die Subtraktion zu beherrschen, hatte sie beständig aufs Neue berechnet, wie viele Jahre es noch bis zu ihrer Pensionierung dauern würde, bis sie mit diesem besessenen Lesen und Schreiben aufhören und anfangen würden, wie alle anderen zu leben.

Sie waren beide ziemlich plötzlich im Abstand von achtzehn Monaten gestorben, als ob sie es geplant hätten, eine letzte Absprache. Jetzt, dreizehn Jahre nach dem Tod ihrer Mutter, hatte Lily durch ihre Therapeutin erkannt, dass man sie nicht eines letzten idyllischen Trimesters beraubt hatte. Sie hätten niemals ihre Aktenschränke zur Seite gerückt, um Platz für ein tragbares Kinderbett zu schaffen, wären niemals zum Cape gezogen, hätten nie ein Auto gekauft oder normale Orte bereist. »Menschen neigen nicht zu abrupten Veränderungen. Nicht mit fünfundsechzig, und nicht, wenn sie mit ihrem Leben relativ glücklich sind«, sagte Lucy. Ein paar Sitzungen lang hatte Lily argumentiert, dass sie nicht glücklich waren, dass sie gestorben waren, bevor sie gelernt hatten, glücklich zu sein. »Sie schlossen sich aus, waren negativ und voreingenommen, zynisch und sarkastisch. Sie haben alles beurteilt, von den Hausarbeiten ihrer Studenten bis hin zu den Ehepartnern und ausgewählten Berufen ihrer Kinder«, hatte Lily gesagt.

»Wer war nicht glücklich?«, hatte Lucy sie gefragt.

»Das erste Mal, dass ihre Eltern Jack getroffen hatten, war am Ende von Lilys Ausbildung beim Wiscasset Way gewesen. Lily hatte die letzte Frühstücksbestellung abgefertigt, war in frische, weiße Kleidung geschlüpft und auf die hintere Veranda des Hotels hinausgetreten, wo ihre Eltern Kaffee tranken. »Er ist so ganz ›anders‹«, sagte ihre Mutter auf ihre typisch entschiedene Art, deutlich hörbar über dem Geräusch der peitschenden Brandung. Als sie bemerkten, dass Lily sich näherte, wechselte ihre Mutter zu abgehacktem Russisch, und ihr Vater stand von seinem Stuhl auf, wie er es selbst zu Hause immer tat, wenn irgendjemand den Raum betrat.

»Hat nicht ganz deinen Elan, oder?«, hatte ihr Vater ein paar Wochen vor der Hochzeit rhetorisch gesagt. Das war ein Jahr, nachdem ihre Mutter gestorben war. Wahrscheinlich vermutete er bereits, dass er krank war. Sie sprachen über Geld. Sie mussten über Geld sprechen. Da war nicht viel, ein bisschen für sie, ein bisschen für David. Vielleicht würde sie irgendwann in der Zukunft einmal einen Wechsel nötig haben. Dafür war das Geld gedacht. »Ich gebe es dir, nicht dir und Jack, ist das klar? Mach damit, was du willst. Du sollst nur wissen, dass es da ist, wenn du jemals einen Ausweg brauchst. Es gibt nichts Schlimmeres im Leben, als keine Wahl zu haben.« Das Geld war mittlerweile vollständig aufgebraucht. Sie hatten die Hälfte für den Aufbau ihres Geschäfts verwendet und die andere Hälfte als Anzahlung für ihr Haus.

»Meine Eltern haben so hart gearbeitet«, hatte sie Lucy schuldbewusst erzählt. »Sie haben niemals ausgespannt. Sie haben immer gearbeitet. Selbst wenn sie bei uns waren, haben beide immer gearbeitet.«

»Wer war nicht glücklich?«, fragte Lucy wieder.

Als sie Fran und die ganzen kleinen Kinder um sie herum nun beobachtete, sehnte Lily sich nach ihrer Mutter, nicht weil diese im Stande gewesen wäre, sich des Albtraums anzunehmen und ihn zu beseitigen; noch nicht einmal, weil sie ihr eine Schulter zum Anlehnen geboten hätte; nein, dafür hatte Lily Fran. Fran konnte ein Haus betreten, in dem jemand starb oder geboren wurde und nahtlos zum Kochen und Putzen und Pflegen übergehen. Fran machte das Leben für andere Menschen leichter. Fran war die Mutter aller Mütter. Lily sehnte sich jetzt nur nach ihrer eigenen Mutter, um, egal wie flüchtig, daran erinnert zu werden, dass auch sie einmal ein Kind gewesen war, dass sie liebevoll umsorgt worden war. Sie hätte eine riesige Summe dafür gegeben, einen Moment lang ein Elternteil von ihr mit seinen Kindern zu erleben, nur um dieses Einblicks willen – von dem sie wusste, dass er Erwachsenen gelegentlich zugestanden wurde –, was in ihrer eigenen Kindheit wahr gewesen sein könnte.

»Noch mal, noch mal!«, schrie der Junge auf Frans Rücken in ihr Ohr. »Lies es noch mal vor.«

Als Fran nach einem neuen Buch griff, bemerkte Katie Lily und streckte die Hände zu ihrer Mutter hoch. Sie sollte eigentlich schon auf ihren heilenden Füßen laufen. Man hatte Lily und Jack gesagt, sie sollten Katie zur Belastung ermutigen und sie nicht herumtragen. Die Oberseiten beider Füße waren verbrannt worden, aber der rechte Fuß war schlimmer angegriffen, weil alle Zehen beteiligt waren. Der Schaden für die Haut zwischen ihrem Knie und ihrem Knöchel am rechten Bein würde letztendlich nur kosmetisch sein. Kein Muskel war beteiligt, nichts, was die Funktion auf Dauer behindern würde. Lily winkte Katie zu sich, und Katie schüttelte den Kopf. Lily winkte wieder, dieses Mal übertrieben, als ob sie ihre Tochter auffordern wollte, von einem Kontinent in einen anderen zu emigrieren. Katie lächelte nun und begann auf Lily zuzukrabbeln, zog sich auf Handflächen und Ellbogen nach vorn, schabte mit dem Bauch über das schmutzige Linoleum, ihr bandagiertes rechtes Bein sicher in die Luft gestreckt. Lily konnte bei dieser armseligen Imitation einer Fähigkeit, die Katie bereits vor fast einem Jahr erlernt hatte, kaum hinsehen.

»Bist du mein müdes Mädchen?«, sagte Lily, hob sie vorsichtig hoch und legte Katies schäbige, sich aufribbelnde weiße Decke um ihren eigenen Hals. Vor dem Unfall war jegliche Erwähnung von Schlaf immer mit Schreianfällen erwidert worden. Jetzt legte Katie ihren Kopf auf die Schulter ihrer Mutter und streichelte mit dem Saum der Decke die Wange ihrer Mutter. Lily drehte das Licht in Katies Zimmer herunter und sank mit ihr in den Schaukelstuhl. Das Baby rollte seinen Körper in Lilys, sog rhythmisch an seinem Daumen und strich mit dem unbandagierten Teil ihres linken Beins an Lilys bloßem Arm auf und ab.

Jetzt, wo sie das sanftmütige Kind hatte, nach dem sie sich noch vor zwei Wochen gesehnt hatte, fühlte sie sich krank. In einer der vielen colafleckigen Elternbroschüren, die in den Wartezimmern verstreut lagen, hatte sie einen kurzen Artikel über die Auswirkung schwerer Krankheiten und Verletzungen auf die Entwicklung gelesen. Der Text zitierte Fälle berühmter Personen, die als Kinder physische Probleme durchgemacht hatten und verändert daraus hervorgegangen waren. Kinder, die sich auf Grund von Traumata, die von einem Bruder oder einer Schwester verursacht wurden, fundamental verändert hatten, wurden mehrfach erwähnt.

Der Gedanke, dass das brühend heiße Wasser Katie gezähmt und ihr Temperament gemindert hatte, ängstigte Lily. Vor dem Unfall hatte Lily gewollt, dass Katie sich beugte, ein gutes Mädchen wäre, still und vernünftig; und dann hatte Lily die Hände gehoben, ihr den Rücken zugewandt, und es war geschehen. Wenn Katie älter wäre, dachte Lily, könnte sie bewusst eine Verbindung zwischen beidem herstellen. Dass sie so jung war, bedeutete nur, dass Lily niemals mit Sicherheit wissen würde, welche Schlussfolgerungen das Kind gezogen hatte.

Als Lily einmal im Büro ihrer Mutter an der Universität für eine, wie es ihr schien, endlos lange Zeit allein gelassen worden war, hatte sie ein Spiel ersonnen, bei dem sie auf dem Bürostuhl mit Rollen kreuz und quer durch das Zimmer sauste. Sie stieß sich an Schreibtischschubladen und Wänden ab, schloss die Augen, während sie über das graue Linoleum wirbelte, versuchte den Moment des Kontakts vorwegzunehmen. Sie griff nach dem Türknauf und stieß sich fest an der Bürotür aus Mattglas ab, und der Sessel segelte gegen einen Turm metallener Aktenschränke, sodass die unterste Eckschublade aufflog. Und da starrte ihr nun aus dem untersten Container ihr eigenes Konterfei in ihrem roten Karokleid entgegen, direkt über dem Bild von David. Shayna hatte sie im vorangegangenen Herbst fein gemacht und zu Best & Co. mit in die Stadt genommen.

Die gerahmten Fotografien lagen zuoberst auf einem unsortierten Stapel. Darunter lagen der Schattenriss, den David im Kunstkurs von sich selbst angefertigt hatte, Lilys Karte zum Muttertag, eine Makkaronikette und der Katzenaschenbecher, den sie gerade im letzten Winter gemacht hatte, ein Ohr war jetzt abgebrochen. Vorsichtig griff Lily hinein. Da lag etwas mit hebräischen Buchstaben drauf, Davids Berichtskarte für die sechste Klasse, ein Beutel, den Lily bei den Pfadfindern genäht hatte, und ein Babyfoto von jemandem mit einem Stapel festgeklebter Papierklipps. Lily zog den Katzenaschenbecher heraus und stopfte ihn in die Tasche ihres Regenmantels. Sie nahm Davids Schattenriss und klebte ihn vorn an den Schreibtisch ihrer Mutter. Sie schob alles hin und her, sodass ihre Mutter wissen würde, dass sie da gewesen war. Als sie die Schublade schloss, sah sie, dass sie klar mit »Zu Hause« beschriftet war.

Sie kletterte auf das Fenstersims im Büro und lehnte ihre Wange gegen das kühle, feuchte Glas. Am Sonntagmorgen war der Campus beinahe leer. Sie rechnete: Noch fünf Jahre, bis sie ein Teenager sein würde; neun, bis sie ihr Elternhaus verlassen würde und zu so einem Ort wie diesem gehen würde; vielleicht nur zwölf, bis sie verheiratet und Mutter war. Noch zwölf Jahre, bis alles startklar sein könnte. »Meine Kinder werden mich lieben«, sagte sie laut und ließ ihre Lippen den schwarzen Fensterrahmen berühren. »Wenn ich eine Mutter bin, werden meine Kinder mich mehr als alles andere auf der Welt lieben.«

»Verzeih mir, Gott«, sagte Lily laut, als sie Katies weiche, runde Arme streichelte. »Es tut mir so Leid, mein kleines Mädchen, so Leid«, sagte sie und schaute in ihre dunklen Augen, während Katie mit dem abgenutzten Saum der Decke Lilys Wange massierte. »Mama liebt dich so sehr, so sehr.« Lily zog Katies Kopf an ihre Lippen, und das Baby ließ es zu, zu fest umarmt zu werden, gerochen und geküsst und beinahe inhaliert zu werden. »Mehr als alles andere auf der Welt.«

Als Lily vor der Station anhielt, um ihren Kittel abzulegen, fand sie ihre Schwiegermutter, die einen Stapel Gummihandschuhe sauber faltete.

»Ich denke, wenn ich drei Dollar gebe, ist das damit abgedeckt«, sagte sie und schaute nervös zu Lily hoch und griff dann in ihrer Jeanstasche nach ein paar zerdrückten Scheinen. »Wasserballons«, sagte sie. »Das werden die Jungs einfach lieben. Mir gehen … die Ideen aus, die Ablenkung, weißt du? Sie müssen abgelenkt werden.«

Lily nickte. »Ich glaube nicht, dass du Geld dafür hier lassen musst.«

»Oh, ich möchte aber.« Sie stopfte die Handschuhe in ihre lilafarbene Umhängetasche und schaute zu Lily hoch. »Wie ist es gelaufen? Weißt du, ich habe Bobby McEvoy gefragt – du kennst die McEvoys. Bobby ist mit Jean oder Erin in eine Klasse gegangen. Wie auch immer, er ist einer der Partner von Fiske und Dolan. Er kennt sie zwar nicht persönlich, aber er weiß etwas über sie, über Eleanor Snow. Er hat von ihr gehört.«

»Gutes?«, fragte Lily.

»Sie ist ›gründlich‹, hat er gesagt.«

Lily zuckte die Schultern.

»Hast du schon zu Abend gegessen?«, fragte Fran. »Irgendwo hier in der Nähe gibt es ein indisches Restaurant. Wie heißt sie noch … Kiley.« Fran wedelte mit der Hand ungefähr in die Richtung, in der, hätte man in Frans Küche gestanden, das Haus der Nachbarin liegen würde. »Sie schwärmt davon. Hättest du nicht große Lust, das auszuprobieren?«

»Wir müssen noch diese ganzen Anrufe erledigen. Anscheinend müssen wir einen Stapel Briefe bereithalten.«

»Oh, Jack ist hier bei dir? Ich hab ihn gar nicht gesehen. Ich dachte …«

»Nein. Er holt die Jungs bei Julia ab, und dann werden sie zu dir nach Hause fahren, schätze ich.«

»Oh«, sagte Fran. »Gut, dann komm. Wir gehen einen Happen essen.«

Lily schüttelte den Kopf.

»Kann ich auch einen Brief schreiben?« Sie öffnete die Umhängetasche und durchsuchte sie nach einem Stift und einem Stück Papier. »Was kann ich tun? Ich mache eine Liste. Ich kann zumindest dabei behilflich sein, ein paar von diesen Leuten anzurufen.«

»Nein, vielen Dank, aber ich muss diese Anrufe wirklich selbst erledigen.«

»Es ist alles großer Mist, weißt du.« Mit angriffslustig gespreizten Beinen stand Fran in ihren Turnschuhen da. »Die ganze Sache ist Mist, das habe ich auf dem Weg hierher entschieden. Jetzt, wo ihr einen Anwalt habt, werden sie ganz schnell nachgeben. Ich habe beschlossen, mir darüber keine Sorgen zu machen. Nächste Woche wird das Ganze nur noch ein Grund dafür sein, dem Beauftragten im Fürsorgeamt einen Beschwerdebrief zu schreiben, und das habe ich fest vor, egal, wer er ist. Ich werde nichts mehr genießen, als diese Unfähigkeit, die schon fast wehtut, aufzudecken.«

»Um genau zu sein, Fran, es gibt da etwas. Ich hasse es, dich in diese Lage zu bringen ... Aber leg doch bei Jack ein Wort für mich ein ... Weißt du, er ist wütend auf mich ...«

»O Lily, ich glaube nicht, dass er per se wütend auf dich ist.« Fran neigte den Kopf zu einer Seite. »Er ist –«

»Er spricht nicht mit mir. Ich meine, er macht mich verantwortlich, weißt du? Und natürlich, ich meine, er hat Recht. Ich war, ich bin verantwortlich.«

»Für einen Unfall?«

»Er ist enttäuscht von mir. Ich habe ihn tief enttäuscht. Ich schätze ...«

Frans Umhängetasche war von ihrer Schulter geglitten; sie hielt sie nun über ihre Armbeuge geschlungen, und sie ließ sie baumeln, während sie ungläubig den Kopf schüttelte. »Was für ein Unfug ist das? Das hat er bei mir zu Hause niemals gelernt. ›Von dir enttäuscht‹ – ich bitte dich. Das habe ich noch zu keinem meiner Kinder gesagt. Das ist kein Konzept, das ich …«

»Nun, du weißt, was ich meine. Du weißt, was er meint. Ich hoffe, er spricht – zumindest mit dir. Erzählte dir –«

»Es war einfach zu viel für ihn. Hierhin hetzen, die Jungen, Arbeit. Er macht sich Sorgen über die Arbeit, denke ich. Wir haben darüber gesprochen.«

Lily nickte. Fran zog am Band ihrer Schweizer Armeearmbanduhr. Sie hatte ihrem Mann gehört, und sie hatte sie seit seinem Tod gelegentlich getragen. Greg nannte sie »Nanas Uhr«. In letzter Zeit schien sie sie immer umzuhaben. Fran wollte nichts Negatives über Jack oder seine Ehe hören. Das war, wie Lily nun wusste, der Grund, dass sie ihrer Schwiegermutter nichts von ihren Besuchen bei der Therapeutin erzählt hatte. Denn wenn sie die ganze Geschichte erzählen würde, würde sie etwas weniger Positives über ihre Ehe erzählen müssen.

»Sag ihm, dass ich ihn liebe«, sagte Lily.

Fran trat auf sie zu, nahm Lilys Hand und sagte: »Mach dir jetzt darüber keine Sorgen. Im Moment zählt nur Katie. Kommst du klar? Brauchst du etwas? Soll ich dir etwas hochbringen, bevor ich mich auf den Heimweg mache?«

Lily schüttelte den Kopf, ließ sich auf die Wange küssen und sah Fran zu, wie sie langsam mit gesenktem Kopf auf den Aufzug zuging.

Lily

Es dauerte eine Weile, bis Lily erkannte, dass man sie ausgetrickst hatte. Sie und Katie hatten im Spielzimmer aus Pappsteinen Mauern gebaut, als Linda sanft ihre Schulter berührte und sie bat, mit in ihr Büro zu kommen. Nur für eine Minute. Sie hielt einen Finger hoch und bedeutete Lily mit einer Geste, ihr zu folgen, als ob Lily taub wäre. Es war halb fünf, als Lily das Spielzimmer verließ und Katie sagte, sie sollte weiterbauen, so hoch sie könnte, Mama würde gleich zurück sein.

»Das sind Warnsignale«, sagte Linda und gab Lily zwei fotokopierte Formulare aus der Aktenschublade in ihrem Schreibtisch. Sie gab Lily zu verstehen, sich hinzusetzen, stand dann über die Stuhllehne gebeugt hinter ihr und wies mit einem Stift nacheinander auf jede Position auf dem ersten Blatt.

»Dinge, mit denen sie nach einer posttraumatischen Erkrankung suchen. Nicht nur bei dem verletzten Kind, sondern auch bei anderen Familienmitgliedern, besonders den Geschwistern.«

Später würde Lily sich daran erinnern, wie sie an der Checkliste und dem Nummer-Zwei-Bleistift vorbeigeschaut hatte, zum Gang hinaus, wo ein Polizist lärmend entlanglief. Die Utensilien aus Leder und Metall um seine Hüften quietschten und klapperten. Sie würde sich daran erinnern, weil es ihr immer Angst einjagte, einen Polizisten in einem Krankenhaus zu sehen. Sozusagen doppeltes Unglück.

Während sie mit Lily sprach, schaute Linda wiederholt auf ihre Uhr.

»Schlaflosigkeit, Bettnässen, regressives Verhalten irgendeiner Art, aggressives Verhalten, Lethargie, Mangel an Interesse an Gleichaltrigen …«

»Vielen Dank«, sagte Lily schließlich und rutschte langsam zur Stuhlkante. »Das wird uns eine Hilfe sein, wenn wir wieder alle zusammen zu Hause sind.« Sie machte sich auf den Weg zur Tür.

»Warten Sie«, sagte Linda. »Wir haben noch gar nicht über Sie gesprochen, oder?« Linda glitt in einen Sitz auf der Besucherseite des Schreibtisches.

»Sobald wir alle wieder zu Hause sind, geht es mir auch gut.«

Linda nickte heftig, als ob sie Lilys unaufrichtige Antwort zu Inspektionszwecken einholen wollte.

»Wissen Sie, ich habe zu Katie gesagt, dass ich sofort zurückkommen würde … Ich hasse –«

»Eltern sind oft diejenigen, die unter den Symptomen am meisten leiden. Ich bin sicher, dass ich Ihnen nichts darüber erzählen muss, wie traumatisch es ist, wenn sich ein Kind auf diese Art und Weise verletzt.«

Auf diese Art und Weise. Lily dachte einen Moment darüber nach und fragte sich, ob Linda ihr einen Köder hinwarf. Alles kam in die Akte. Hoffte sie darauf, dass Lily sich aussprechen würde, oder legte sie es auf einen Kampf an, um zu sehen, was dabei herauskommen würde?

»Auf die Gefahr hin, unhöflich zu klingen«, sagte Lily, »aber wir haben eine Anwältin eingeschaltet, und ich schätze, es wäre nicht angemessen, wenn ich mit Ihnen über irgendetwas diesbezüglich sprechen würde.« Sie wandte sich um und verließ den Raum. Linda sprang von ihrem Stuhl auf und folgte ihr. Als sie den Gang hinunter zurück zum Spielzimmer gingen, drückte Linda Lilys Arm und sagte: »Kaffee?«

Lily ignorierte sie, und ein paar Schritte weiter drückte die Sozialarbeiterin erneut Lilys nackten Oberarm. »Katie wird entlassen«, sagte sie. »Wann?« Lily hielt vor den Türen zu den Toiletten. Der Trinkbrunnen zwischen den Türen klemmte in der »Ein«-Position fest, und sie hörte, wie der Wasserstrahl gurgelnd den Abfluss hinunterrann.

»Jetzt.« Linda schaute auf die Uhr in der Halle.

Es war zehn Minuten vor fünf.

»Ich meine, jetzt ist sie in die Betreuung des Fürsorgeamts entlassen worden.« Linda trat näher an Lily heran, zu nah. Sie hatte eine Grenze überschritten, berührte Lily beim Sprechen, atmete diese Worte direkt in Lilys Nasenlöcher hinein. Lilys Ohren begannen zu sausen. Sie konnte Linda hören, aber noch deutlicher hörte sie das Wasser aus dem Trinkbrunnen gurgeln und keuchen. Langsam drehte sie ihren Kopf von Linda zu den offenen Türen des Spielzimmers am Ende der Halle. Instinktiv begann sie zu rennen, vorbei an den Kindern in den Rollstühlen, vorbei an denen, die sich selbst auf den Liegen vorwärts rollten oder andere Kinder in einer Art Schubkarren schoben.

Die Pappsteine, die aussahen wie Ziegelsteine, waren zu einem hohen Stapel gewachsen. Fast über den Fensterrand hinaus. Die meisten der Kinder und Helfer, die vor zwanzig Minuten da gewesen waren, waren immer noch da, summten und redeten, wimmerten, hauten Plastik gegen Plastik. Sie hörte das müde Klingeln eines überbeanspruchten Spielzeugtelefons, als sie ihre Augen über Haut und Haare und Bandagen wandern ließ, die diese Kinder, die alle die gleichen blaugepunkteten Kittel trugen, unterschied. Das hatte sie schon zahllose Male erlebt, diese Panik: In Läden, auf dem Spielplatz, am Teich; sie rannte Gänge entlang, durch Labyrinthe, zum Ufer des dunklen Wassers; in dem Wissen, dass sie sie in der nächsten Sekunde schon finden, ihren Körper nahe bei sich spüren würde.

»Ich habe empfohlen, dass Ihre Schwiegermutter vorläufig auf sie aufpasst«, sagte Linda, die sie mittlerweile eingeholt hatte. »Von dem, was ich gesehen habe, haben die beiden eine wundervolle Beziehung. Das ist extrem ungewöhnlich … dieser ganze Fall … die Tatsache, dass sie immer noch im Krankenhaus lag, als dieser zeitlich begrenzte Sorgerechtsbeschluss verfasst wurde.«

»Halten Sie die Klappe«, sagte Lily leise. »Halten Sie verdammt nochmal die Klappe.«

Sie ging vom Spielzimmer durch den Warteraum auf die Station zu. Sie steckte ihre Hände halb in die Plastikhandschuhe und drückte die Türen auf.

»Ich dachte, es wäre einfacher so«, sagte Linda, die mit ein paar Schritten Abstand folgte. »Ich *weiß*, dass es so einfacher ist.«

Lily schaute sich in Katies Zimmer um. Die Windeltasche war weg und auch ihre Decke.

»Warum ist Doktor Wheeler nicht gekommen und hat mit mir gesprochen? Warum hat sie uns nicht erzählt, dass sie entlassen werden würde?« Lily starrte zu dem Bettchen hinüber. Sie hatten die Laken noch nicht abgezogen.

»Wie ich es verstanden habe, gab es Bedenken bezüglich der Sicherheit.«

»Was?«

»Wenn der Arzt Ihnen heute gesagt hätte, dass Katie am Morgen entlassen werden würde …«

Lily schüttelte den Kopf. »Sie bekommt doch immer noch Antibiotika. Hat jemand die Medizin? Was noch? Sie muss ihre Bäder nehmen. Gibt es Vorschriften, die ich einhalten muss? Es gibt Dinge, die man für meine Tochter tun muss. Sie muss medizinisch behandelt werden!« Lily schrie nun.

»Mrs. Thoms, die Sozialarbeiterin, hat sich um alles gekümmert. Sie hat Katies Sachen eingepackt. Ich bin sicher, dass alles, was sie braucht, dabei war.«

»War meine Schwiegermutter dabei, als sie sie abgeholt haben? Ist irgendjemand, den sie kennt, im Moment bei ihr?«

»Nein. Ihre Schwiegermutter wird angerufen werden. Höchstwahrscheinlich ist Katie in Mrs. Thoms Büro oder auf dem Weg dahin. Sie fahren mit der Polizei.«

»Wusste mein Mann darüber Bescheid, dass das passiert? Ich meine, sie laufen doch nicht einfach herum und schnappen sich Kinder, oder? Ich meine, Sie müssen es doch den Eltern sagen!«

»Ich werde ihn anrufen«, sagte Linda.

Lily langte hinter das Bettchen, in dem Katie seit fast zwei Wochen geschlafen hatte und griff nach ihrer Tasche. »Kann ich zumindest bei meiner Tochter sein, bis meine Schwiegermutter dort ankommt? Ich hab ihr gesagt, ich würde sofort zurück sein. Sie denkt, dass ich komme... Ihr Typen macht doch verdammt noch mal Witze!«

Lily schaute sich im Zimmer um. Ihre Sachen waren überall; Haarbürste, Zeitschriften, Zeitungen, Adressbuch, Notizen, die sie sich gestern im Büro der Anwältin gemacht hatte, ihr Koffer und ein Turnbeutel voll mit Wäsche. Mit dem Beutel in der einen Hand ging sie schnell durchs Zimmer und stopfte alles, was in den letzten zwölf Tagen zu ihrem Leben gehört hatte, hinein.

»Das Fürsorgeamt wird ein Treffen zwischen Katie und der Person, die das Gericht als Betreuer bestimmt, arrangieren. Rufen Sie mich ruhig an, wenn Sie zu Hause sind.« Linda versuchte, Blickkontakt herzustellen. »Ich bin gerne bereit, mit Ihrem Anwalt zu sprechen. Ehrlich, ich möchte Ihnen helfen.«

Lily ignorierte sie und schaute sich zum letzten Mal in dem kleinen Zimmer um.

Jack

»So, lass mal sehen. Ich habe zwei Dalmatiner, zwei Barneys, einen Power Ranger und ein... die ganzen Planeten.« Jacks älteste Schwester Jean stand auf einem Stuhl in der Küche ihrer Mutter.

»Sonnensystem, Mama«, sagte Jacks Nichte Chris. Die sechs Cousins und Cousinen rannten wild durcheinander und warteten aufs Essen.

»Kate die Große wählt als Erstes«, sagte Jean.

»Sie durfte gestern Abend schon als Erste wählen«, sagte Greg.

»Ich fühl mich wie eine der Frauen auf QVC.« Jack sah zu, wie Jean die Hüften schwang und sich gegen den großen Standventilator lehnte und ihr langes Haar wild um sich herumwirbeln ließ.

»Pass auf, Tante Jean«, sagte Jack lässig, als er an dem wackligen Stuhl, an dem sie lehnte, vorbeiging und sie plötzlich um die Taille packte, als ob er soeben ihr Leben gerettet hätte. Sie schrie, und die Kinder lachten alle.

»Onkel Jackie, mach das noch mal«, sagte Erins kleiner Sohn Pete.

»Jack«, sagte Greg, »mein Dad heißt *Jack.*«

»Jackie ist sowieso ein Mädchenname«, sagte Chris, die Älteste unter den Kindern.

»Mama und Tante Jean nennen ihn Jackie. Und Oma auch«, sagte Pete zu seiner Verteidigung.

»Okay, los jetzt«, sagte Jack. »Suppe ist fertig.«

»*Suppe!*«, schrien alle. »Wir wollen keine Suppe.«

Jack und Jean halfen den Kindern in ihre Stühle, schoben sie an den Tisch, gossen Milch ein. Jack schnallte Katie in den harten Hochstuhl aus Holz, den seine Mutter für ihn und seine Schwestern benutzt hatte. Er holte den Ketchup heraus und schwang herum wie Elvis, knallte die Kühlschranktür mit seinem bloßen Fuß zu. Die Kinder lachten, und Jack verbuchte das als Erfolg seinerseits. Die Kinder seiner Schwestern hatten etwas Spaß verdient. Jeans und Erins Männer arbeiteten gemeinsam in einer Firma, die sie vor über zehn Jahren eröffnet hatten. Sie managten kommunale Golfkurse im ganzen Land. Wenn sie nicht unterwegs waren, waren sie damit beschäftigt, ihr Geld zu zählen. Jack traf sie ungefähr sechs- oder siebenmal im Jahr. Er bezweifelte, dass ihre eigenen Kinder sie im Durchschnitt häufiger sahen.

Jack schaute auf die Anhäufung von Weinflaschen auf der Bar, die Pyramide ungeschälten Getreides, den frisch gebackenen Shortcake. Einen Moment lang versuchte er sich zu erinnern, was der Anlass war.

»Wo ist meine Mutter?«, fragte Ben leise, als Erin einen Hot Dog auf seinen Papierteller legte.

»In Omas Zimmer, am Telefon, Schatz.«

»Mit wem spricht sie?« Jean bewegte nur die Lippen, ohne zu sprechen.

»Mir scheißegal«, sagte er.

»Jaaack«, ermahnte ihn Erin.

»Sie hat Mama erzählt, dass du dich merkwürdig verhältst.« Jean beugte sich über Katie und begann ihren Hot Dog in kleinere Stücke zu zerteilen. »Jack, du kannst einer Einjährigen doch nicht … Schau dir das an!«, sagte sie zu Erin.

Jack bemerkte, dass Erin nicht auf das Essen auf Katies Tablett, sondern auf die Bandagen an ihrem Bein und den Füßen schaute. Sie sahen aus wie fein gewebte Röhrensocken aus Baumwolle. Sie erinnerten Jack an die formlosen Strickmützen, die man Neugeborenen im Krankenhaus aufsetzte.

»Merkwürdig. Er ist immer merkwürdig«, sagte Erin und wandte ihre Aufmerksamkeit ihrem Sohn zu, dessen Hot Dog sie salzte. »Sie hat Mama gebeten, mit dir zu sprechen.«

»Wer?«, sagte Jack, klaute ein Stück von Katies Hot Dog und stopfte es in seinen Mund.

»*Lily.* Wer denn sonst?«, sagte Jean.

»Meine Güte, ihr beide habt eine gottverdammte Phobie, Namen auszusprechen. Mama macht das auch. Als ob Pronomen die ganze Sache eingrenzen würden.«

»Manchmal bist du so ein Idiot, weißt du«, sagte Jean und stellte den Topf mit Makkaroni und Käse zurück auf den Herd.

»Mama macht sich Sorgen um Lily. Sie sieht fürchterlich aus.« Erin ging um den Tisch und schnitt auf jedem Teller den Apfel klein.

»Sie ist beängstigend dünn«, sagte Jean.

»Du bist nur neidisch.« Jack lehnte sich in seinem Stuhl zurück und langte nach dem Topf auf dem Herd. Er kratzte den Rest der Makkaroni mit Käse mit dem gezinkten Metalllöffel heraus und schaufelte ihn in seinen Mund.

»Selbst«, sagte Jean und kniff in das Fleisch über seinem Gürtel.

»Spar's dir«, sagte er ein wenig zu barsch.

»Ich versteh das nicht«, flüsterte Erin, als sie an Jack vorbeiging, um noch etwas Milch zu holen. »Ich meine, wer soll es schon erfahren, wenn ihr Katie heute Abend zusammen mit den Jungs mit nach Hause nehmt? Ich verstehe das ganze Arrangement nicht.«

»Oh, Petunia«, sagte Jean und beugte sich über ihre jüngere Tochter. »Was passiert, wenn wir unsere Milch nicht trinken?« Sie schnitt eine Monsterfratze, die Kyla ignorierte, aber Erins kleiner Sohn fing an zu weinen.

»Im Krankenhaus musst du deine Milch ganz austrinken, stimmt's, Daddy«, sagte Greg. »Denn wenn du deine Milch nicht trinkst, dann werden deine Verbrennungen schlimmer.«

Chris und Ben lachten.

»Vielleicht solltet ihr zwei heute Abend ausgehen«, sagte Jean. »Mama wird schon auf die Kinder aufpassen.«

»Ich pass auf die Kinder auf«, sagte Erin. »Mama hat schon genug durchgemacht.«

»Geht zum Essen aus«, sagte Jean und begann, die Teller abzuräumen. »Irgendwohin, wo es nett ist.«

»Du bezahlst?«, sagte Jack und fing an, die Töpfe im Spülbecken abzuwaschen.

»Um die Wahrheit zu sagen, das würde ich gern machen, wenn es deine Laune verbessern würde.«

Jack lächelte Jean zu. »Danke, aber Lily wird sowieso bei den Kindern sein wollen.«

»Wie sieht denn der Deal aus«, fragte Erin. »Ich meine, wie lange geht das noch so weiter?«

»Durch das Feiertagswochenende ist alles nur noch vermurkster«, sagte Jack.

Seit dem Fürsorgeverfahren zugestimmt worden war, waren vier Tage vergangen, und die Zweiundsiebzig-Stunden-Anhörung lag immer noch vor ihnen. »Es scheint sich um eine Art Euphemismus zu handeln«, hatte Snow ihn am Donnerstagabend informiert. Sie hatte den größten Teil des Tages im Jugendgericht verbracht, nur um herauszufinden, dass die Liste so voll war – mit Fällen überladen, Urlaubsplanung, langes Wochenende um den vierten Juli herum –, dass sie mit Glück Mitte des Monats angehört würden.

»Lily spricht gerade mit der Anwältin.« Jack griff unter der Spüle nach etwas Spüli. »Ich sag euch eins. Ich verbringe keine weitere Nacht mehr in diesem Haus. Mamas Matratzen haben Museumsqualität. Da oben ist es außerdem heiß wie in der Hölle.«

»In dieser Küche ist es heiß wie in der Hölle«, sagte Kyla.

»Hölle ist ein böses Wort und ein noch böserer Ort«, sagte Jack.

»Höllenglocke, Höllenglocke«, sagte Greg und klapperte mit dem schmutzigen Löffel gegen seinen Kopf.

»Wo hat er das denn her?«, fragte Jack und sah zu Benjamin hinüber.

»Oma«, sagte Ben. »Sie sagt das oft.«

Jack zuckte die Schultern. »Cocktails, Mädels?«, fragte er seine Schwestern.

»Das ist auch so eine Sache.« Erin begann, die Tassen vom Tisch abzuräumen. »Mama meint, dass du zu viel trinkst.«

Jack stieß ein Lachen aus. »Das ist doch wohl nicht wahr. Himmel, sie hat in den letzten, sagen wir, zwei Wochen jeden Abend mit mir gleichgezogen.«

Er stellte das Wasser ab, rieb die Hände an seinen Shorts trocken und ging in das Esszimmer, wo seine Mutter im Schrank in der linken Seite des Raumteilers den Schnaps aufbewahrte. Im Esszimmer seiner Mutter herrschte immer Januar. Seit er ein Junge war, hatte das Zimmer ausgesehen wie ein Winterwald: das verschlungene Dickicht aus Kirschholzstuhlbeinen, die schweren, kieferfarbenen Vorhänge. Der orientalische Läufer lag wie eine Schicht Schnee auf dem Teppichboden, so dick unter den Füßen, dass er immer stolperte. Die Hierarchie aus irischem Kristall im Porzellanschrank brach das Licht mitten in das Herz des dunklen, überwucherten Zimmers hinein und erinnerte ihn an einen Morgen nach einem spektakulären Eissturm.

Sein Vater hatte Roggenwhisky getrunken, ganz diszipliniert, immer nur einen pro Abend. Dieselbe fast volle Flasche Canadian Club stand nach drei Jahren immer noch hinten im Raumteilerschrank, teilweise verdeckt von der Zweiliterflasche Wodka, die Jack vor einer Woche gekauft hatte, dem Liter Beefeater, der Kanne Roten, den er zum Kochen benutzt hätte, wenn seine Mutter nicht gesagt hätte, dass er auch ganz prima zum Abendessen schmecken würde.

Er trank gern, genau wie seine Mutter. Sie konnten beide eine Menge vertragen. Das Gleiche galt für Drogen. Als Teenager hatte er immer mehr vertragen als irgendjemand anders im Auto, unten im Keller, draußen beim Wald. Die einzige Droge, die er seine Mutter je hatte nehmen sehen, war Aspirin. Und wenn sie das tat, nahm sie mindestens vier. Oft auch sechs. Weniger wirkte nicht bei ihr, sagte sie. Als er Zigaretten geraucht hatte, hatte er viel geraucht. Er war nicht im Stande gewesen, nur die eine Zigarette nach dem Abendessen oder Sex zu genießen. Wenn er rauchte, dann rauchte er zwei Schachteln am Tag, jeden Tag; genau wie Fran es getan hatte, damals, als sie noch geraucht hatte.

Er hatte immer gedacht, dass das Berufsrisiko eines Kochs im Essen lag, aber seit seinem ersten Job im Restaurant war ihm klar, dass die Laster von Männern und Frauen, die zehn Stunden im Wahnsinnstempo arbeiteten, dabei die ganze Zeit standen und schwitzten, Rauchen und Trinken waren. Jeden Abend vor dem großen Ansturm schickte die Küche dem Barkeeper ein Abendessen, und wenn das Tablett zurückkam, war es voll mit Rum Cola, White Russians oder 7-and-7s. Er hatte eine Menge Alkoholiker kennen gelernt, die in Restaurants arbeiteten. Ein paar der nettesten Menschen, mit denen er je gearbeitet hatte, waren Trinker.

Er erinnerte sich daran, wie er eines Morgens beim Aufschließen den Sous-Chef des Colonial schlafend in einer Ecke des Esszimmers vorgefunden hatte. Les lag zur Kugel zusammengerollt unter einer blauen Leinentischdecke, und Jack dachte, er wäre tot, bis er ihn berührte. Les hustete, wälzte sich herum und tauchte zehn Minuten später in sauberer, weißer Uniform mit gekämmtem Haar und gewaschenem Gesicht an seinem Arbeitsplatz auf.

Les besaß seinen eigenen Satz Henckels. Er erlaubte niemandem, die Messer zu berühren, die er benutzte, um Schwäne aus Äpfeln, Dampfschiffe aus Wassermelonen, komplette blühende Gärten aus Steckrüben, Radieschen und Möhren zu schneiden. An jenem Morgen sah Jack, wie Les eine Zigarette zwischen seinen bleichen Lippen wetzte, seine Messerschublade aufschloss, seine Untensilien herausnahm, sich eine Tasse Kaffee einschenkte und mit zitternden Händen die Köpfe von vier Pfund reinen weißen Babychampignons zu schneiden begann.

Les war ungefähr zehn Jahre älter als Jack; alt, hatte er damals gedacht, bestimmt zweiunddreißig. Jack fragte sich, warum Les beschlossen hatte, sich das anzutun, warum er immer nach der Arbeit in der Bar des Colonial herumhing, statt nach Hause zu gehen, warum er keine Frau hatte, warum er nie irgendwo anders gearbeitet hatte als in diesem zweitklassigen Lebensmitteltempel, wo er doch ganz klar ein Künstler war. Er war gut mit dem Messer und noch besser mit dem Eisstößel. Für das Büfett zum Erntedankfest hatte er einen Truthahn mit ausgebreiteten Flügeln geschnitzt, für einen Hochzeitsempfang Tauben, für eine Party anlässlich einer Pensionierung einen Golfer im vollen Schwung.

»Zu langweilig, das ohne Kater zu machen, was?«, hatte Jack an diesem Morgen zu ihm gesagt.

Les sagte nichts, er legte sein Schneidmesser zur Seite, nippte an seinem Kaffee und steckte schließlich die Zigarette an, die müde zwischen seinen Lippen baumelte.

»Entschuldigung«, sagte Jack. »Was weiß ich denn schon.«

»Verdammt richtig!«, sagte Les, die Worte gleichzeitig mit dem Rauch ausstoßend.

Jack zog die Wodkaflasche hervor und stellte sie auf das Spitzendeckchen in der Mitte des Esstischs seiner Mutter. Vielleicht erwartete er zu viel von anderen Menschen. Er hatte das mehr als einmal von Jugendlichen, die für ihn arbeiteten, gehört. Beinahe jeder enttäuschte ihn, außer Lily. Lily war die einzige Person, abgesehen von seiner Mutter, deren Standards über seine eigenen hinausgingen. Das war es, was ihn an dem Unfall so sehr belastete. Sie war keine sorglose Person. Wenn einem von ihnen so etwas bei der Betreuung passieren musste, dann hätte es ganz klar er sein müssen. Er konnte rücksichtslos sein, gedankenlos, todsicher, dass ihm niemals etwas Schlimmes passieren würde.

Sie war die sichere Bank. Irgendwie hatte er seine Chancen verbessert, sein Leben verlängert, indem er sich im jugendlichen Alter an sie gebunden hatte. Sie repräsentierte eine Art Nüchternheit und Geradlinigkeit, das Glück selbst. Sie war seine Schutzhecke gegen alles, was im Leben falsch laufen konnte, selbst gegen Willkürlichkeit. Es war schrecklich genug, dass dies seinem Baby geschehen war, aber um so vieles schrecklicher, dass es geschehen war, als der vorsichtige Elternteil zu Hause war, denn nun konnte man ihr nicht länger vertrauen, dass sie alle Enttäuschung in ihm und in der Welt ausgleichen würde.

»Zumindest ruft sie auch am Wochenende zurück.«

Lily stand im Türrahmen zwischen Wohnzimmer und Esszimmer. Sie trug ein Kleid von seiner Mutter. Das war jetzt das Neueste. Sie wollte Katie nicht verlassen, nicht einmal für vierzig Minuten, um nach Hause zu fahren und ein paar Kleider zu holen. Er hatte nicht angeboten, ihr Kleider mitzubringen. Er ließ sich da nicht wieder hineinziehen. Er hoffte zu Gott, dass sie zumindest ihre eigene Unterwäsche trug.

»Jean und Erin denken, dass wir zum Essen ausgehen sollten«, sagte er und hob leicht die Augenbrauen. Er wollte nicht schon wieder über Eleanor Snows Kompetenz diskutieren.

»Gott, sie leben in einer Traumwelt«, flüsterte Lily und steckte ihre Hände in die Taschen des Kleides.

»Ich hab ihnen gesagt, dass du Katie nicht allein lassen würdest.«

»Als ob wir dafür Geld übrig hätten.«

»Sie zahlen.«

»Klar. Wir schulden Jean immer noch fünfzehnhundert Dollar für den Van. Sicher lass ich sie für uns das Essen bezahlen. Himmel, wir werden vermutlich so enden, dass wir uns von allen Geld leihen müssen, um Snow zu bezahlen. Der Anwalt, den das Gericht bestellt, wird bei deiner Mutter anrufen, um ein Treffen mit Katie zu vereinbaren. Nun denkt Snow, alles, was wir tun müssen, ist, diese Zweiundsiebzig-Stunden-Anhörung in eine Beweisaufnahme umzuwandeln – uns verhalten, als ob es sich um einen voll ausgewachsenen Fall handeln würde…«

»Das ist es ja auch«, sagte Jack und strich mit seinem Daumen über die Glasnaht an der Rückseite der Wodkaflasche.

»Du weißt, was ich meine. Sie denkt, wir sollten mit echten Charakterzeugen da hineingehen, nicht nur mit Leumundszeugnissen. Sie will, dass wir uns alle psychiatrischen Beurteilungen unterziehen – wir alle: Katie, die Jungs. Sie glaubt nicht, dass es ausreicht, wenn Lucy Balsaam sich für mich verbürgt, selbst wenn ich sie erreiche.«

Jammern. Das war ihr neustes Kommunikationsmittel.

»Sie hat den Namen von einem der Psychiater, die das Gericht einsetzt, denke ich. Sie will mehr über die Schwestern erfahren. Ob wir denken, dass ein paar der Schwestern im Shriners sich vielleicht für uns verbürgen.«

»Wie können wir denn von Leuten, die in der Stadt arbeiten, erwarten, dass sie mit kaum einer oder ganz ohne vorherige Benachrichtigung den ganzen Weg zum Suffield County Jugendgericht hochfahren und auf einen ganzen Tageslohn verzichten? Ich werde das diesen Frauen nicht antun, nicht nachdem sie sich so für Katie und uns eingesetzt haben. Es ist einfach nicht fair.«

»Fair?«, fragte Lily.

»Stehen wir denn so mit dem Rücken zur Wand, dass wir das Gericht voll packen müssen mit –«

»Hey, du bist derjenige, der dafür ist, Snow zu behalten. Ich hab dir gesagt, dass ich denke, dass es ein Fehler ist… Ich meine, sie beendet ihre Rede und besitzt immer noch die absolute… was auch immer, um mir wieder zu erzählen, wie glücklich wir uns schätzen können, dass Fran zur vorläufigen Aufsichtsperson von Katie ernannt wurde und dass ich sogar ohne Beaufsichtigung bei ihr sein darf.«

»Sie versucht nur –«

»Einen Rückzieher zu machen?«

»Nun, sie hat nicht erwartet, dass es so läuft«, sagte Jack. Das hatten sie in den letzten paar Tagen schon mindestens zweimal durchdiskutiert.

»Wir müssen wirklich darüber reden, wie wir das bezahlen wollen«, sagte Lily, wechselte damit aber nur geringfügig das Thema.

»Ist das wirklich wichtig?« Jack nahm den Griff der Wodkaflasche in die Hand.

»Was soll das heißen?«

»Es heißt, dass wir ihre Dienste nicht nach Gutdünken in Anspruch nehmen.«

»Warum sagst du nicht ›Wegtreten‹, wenn du fertig bist? Auf diese Art wäre alles klar, weißt du.«

»Zum Teufel mit dir«, murmelte Jack leise. Er nahm den Wodka und ging um den Esszimmertisch herum auf die Küche zu, nur um nicht an Lily vorbeizumüssen.

»Oh, gut«, sagte Erin, die ihren Kopf durch den Türrahmen der Küche steckte. »Wenn wir uns jetzt beeilen, schaffen wir es um sechs nach St. Stephens. Deine Kinder wollen mitkommen. Ist das okay? Du willst doch auch mitkommen, oder, Jack? Lily wird bestimmt froh sein über den Frieden und die Ruhe, oder Lil?«

»Geht deine Mutter mit?«, fragte Lily.

»Ich weiß nicht. Warum?«

»Katie«, sagte Jack.

Erin wirkte verwirrt.

»Nun, wir können sie mitnehmen, kein Problem.«

Lily seufzte, wandte sich um und ging durch das Esszimmer ins Wohnzimmer.

»Katie darf nicht mitkommen, wenn Mama nicht dabei ist, und sie kann nicht hier bei Lily bleiben; es sei denn, Mama bleibt hier. Verstanden?«, sagte Jack ungeduldig. Er drängte sich mit der Flasche an seiner Schwester vorbei und ging in die Küche.

»Du kannst unmöglich von uns erwarten, dass wir uns jede Minute des Tages an all diese willkürlichen Regeln erinnern«, sagte Erin.

»Sei nett, Erin«, sagte Jean, wrang einen Waschlappen aus, machte ihn bereit für die nächsten soßebeschmierten Lippen und klebrigen Hände. Die kleineren Kinder waren draußen auf der hinteren Veranda, und die älteren schlichen mit Cookies in der Hand in der Küche herum und lauschten den Erwachsenen.

»Mach ihr einen Drink«, sagte Jean zu Jack.

»Vor der Kirche?«, fragte Erin ungläubig, als sie den Küchentisch abwischte.

»Gott trinkt auch«, sagte Jean. »Da bin ich sicher. Kommt ihr mit?«, fragte sie Jack, der im Kühlschrank nach einer Zitrone suchte.

»Für deine Jungs wäre es schön, wenn ihr mitkämt«, sagte Erin.

Jack ignorierte sie.

»Wo ist übrigens Mama?«, erkundigte sich Jean.

Erin schob Jack zur Seite und ließ sich etwas Wasser aus dem Hahn in eine Barbietasse laufen.

»Falls wir in die Kirche gehen, gehe ich nicht nach St. Stephens. Lass uns in die ›Our Lady‹ gehen«, sagte Jack.

»Da unten, wo diese Kistenfabrik, oder was es auch immer war, gewesen ist? Warst du mal in dieser Kirche?« Erin gestikulierte mit der leeren Barbietasse zu ihm. »Die Leute, die in diese Kirche gehen, stinken.«

»Igitt«, sagte Chris und schaute vom Boden, wo sie und Ben und Kyla eine Kiste voll Teddy Grahams herumschoben, zu ihrer Tante hinauf.

»Wir riechen alle irgendwo«, sagte Jack.

»Er ist genau wie Mama«, sagte Jean, die das Lachen kaum zurückhalten konnte. Sie holte ein Highball-Glas aus dem Schrank und schwenkte die Arme, um ihre Mutter zu imitieren: »Warum gehen wir nicht alle in diese wundervolle, alte Kirche auf der Mechanic Street? Sie ist so … die Leute da sind so *real.*«

Sie nahmen eine komplette Kirchenbank in St. Stephens ein. Seine Mutter hatte versucht, die Sitzordnung zu bestimmen, indem sie die Enkel zurückhielt, sodass Jack und Lily gezwungen sein würden, nebeneinander zu sitzen. Doch es hatte nicht funktioniert, genauso wenig wie ihre Manipulationen in der Schotterzufahrt, als sie versucht hatte, den Autos Passagiere zuzuweisen. Zum Schluss saß Jack allein mit seinen Söhnen in dem Subaru.

»Mama geht in die Kirche? Mama geht doch nie in die Kirche. Warum geht Mama in die Kirche?«, hatte Ben ihn zehnmal auf dem Weg nach St. Stephens gefragt.

»In Katies Krankenhaus war auch eine Kirche, oder, Daddy? Oma hat's mir erzählt«, sagte Greg.

»Mama sollte eigentlich nicht zur Kirche gehen, oder Daddy?«, fuhr Ben fort.

»Sie will, dass wir alle zusammen sind«, hatte Jack schließlich gesagt, in der Hoffnung, ihn zum Schweigen zu bringen.

»Deswegen ziehen wir zu Oma, stimmt's, Daddy?«, fragte Greg.

»Wir ziehen nicht zu Oma«, sagte Ben. »Wir bleiben nur da, weil Mama Katie so oft baden muss.«

Jack hatte seiner Mutter durchgehen lassen, was sie »eine kleine Trost-Notlüge« nannte. Und so hatten er und Lily den Jungs erzählt, dass sie eine Weile bei Fran bleiben würden, weil es so viel Arbeit war, Katie dreimal täglich ausgiebig zu baden. Keiner der Jungs hatte das in Frage gestellt.

»Ich weiß, warum Mama in die Kirche mitkommt, Daddy!«, sagte Greg selbstsicher auf dem Rücksitz. »Sie will Christbaum sein wie wir, stimmt's?«

»Katholisch, du Idiot! Und wir sind's nur halb. Das ist sehr, sehr merkwürdig«, sagte Ben.

Die Kniekissen waren schmutzig, und Jack zog sein Taschentuch heraus, um sie abzuwischen. Er stützte seine Ellbogen auf die Kirchenbank vor ihm und drückte die Stirn gegen seine Fingerspitzen. In den letzten beiden Wochen war er öfter zur Messe gegangen als in den vergangen zwei Jahren. Seine Mutter war fast jeden Morgen seit Katies Unfall gegangen, und er hatte sie und die Jungs ein-, zweimal begleitet.

»Sind wir hier die einzigen Menschen von diesem Kontinent?«, hatte er ihr eines Morgens zugeflüstert, als sie sich setzten, und seine Mutter hatte gelacht und gelacht, bis ihr die Tränen aus den Augenwinkeln geströmt waren. Aber die elf uralten Frauen, die in der ganzen Kirche verteilt saßen, waren so taub, dass sich nicht einmal eine umgedreht hatte. Ein paar Mal im Krankenhaus war er losgezogen, um eine Cola zu holen, und war in die Kapelle hineingegangen. Er hatte in diesen vergangenen paar Wochen nur für eine Sache gebetet. Er konnte sich sehr auf eine Sache konzentrieren, wenn man es von ihm verlangte. Und so war er in den letzten drei Wochen jedes Mal, wenn er zum Beten niederkniete, im Stande gewesen, alles außer Katies Gesundheit beiseite zu drängen. Gott um Erholung, das Nachlassen des Schmerzes, um gute Gesundheit anzuflehen, war eine inständige Bitte wie aus dem Textbuch.

Doch die voll besetzte Reihe mit den auf den Füßen wippenden, zischenden, seufzenden Kindern, die sich über den ganzen Weg von seinem rechten Schenkel bis zu Lilys Schoß hin erstreckte, pervertierte nun, was sonst eine perfekte Kommunikation mit seinem Gott hätte sein können. Über die Köpfe von so viel Ablenkung hinweg konnte er nur schreien, um Gott zu sagen, was er nicht wollte – eher in Protest als im Gebet. Er wollte nicht, dass seine Schwestern und seine Mutter den ganzen Sommer lang ihre Nächte damit verbrachten, seine Ehe unter knatternden Ventilatoren zu analysieren, während sie Kannen von Wein leerten. Zumindest sollten sie ihn nicht zwecks Meinungsäußerung oder zur Untersuchung heranziehen, während die Vivisektion im Gange war. Und er wollte nicht, dass Lily unter dem Einfluss von irgendwelchen Tranquilizern in einer nächtlichen Sitzung am Küchentisch ihr Innerstes nach außen kehrte.

Er schaute am Altar vorbei zum gemarterten Jesus und betete darum, weniger Wut zu empfinden. Um sich abzulenken, starrte er auf die Rückseite des frisch frisierten Kopfs vor sich. Er konnte an der Sonnenbräune des Typen, die so eben über den Rand seines Kragens und seiner kurzen Ärmel herauskroch, erkennen, dass er Golfer war. Er hasste Golfer.

Er schaute auf die schmutzigen Zehen seiner Nichten, die aus ihren Sandalen herauslugten, vorbei an den Laufschuhen seiner Schwestern auf die sich auflösenden Leinenslipper seiner Frau. Er hasste sie dafür, dass sie ihnen alles versaute.

Er flüsterte Ben zu, dass er etwas im Auto vergessen hätte, und gerade als Pater Paul sagte: »Wir erheben uns nun«, senkte er den Kopf und beugte die Knie und bat Gott noch einmal um Vergebung für seine Wut. Dann ging er schnell den Gang hinunter durch die Narthex in das Gewitter hinaus.

»Du hast es verpasst, du hast es verpasst, Daddy!«, schrie Ben, als sie alle auf die Autos zurannten. Auf dem Parkplatz war ein Heer von Familien in dünnen Sommerkleidern, die Gemeindeblätter über ihre Köpfe hielten und zwischen anfahrenden Autos entlanghüpften.

»Wo ist meine Mutter?«, sagte Jack, als Lily Katie in den Kindersitz schnallte und dann vorn einstieg und Regenwasser auf ihn spritzte, als sie sich mit den Fingern die Haare schüttelte.

»Sie spricht mit Paul. Es ist schon in Ordnung, fahr los. Jean und Erin warten auf sie.«

»Aber wir haben Katie.« Jack schüttelte den Kopf und schaltete die Zündung aus.

Lily drehte sich um, ihr nasses Kleid quietschte auf dem Kunststoffsitz. Sie lächelte den Kindern hinten zu. Jack warf einen Blick durch den Rückspiegel.

»Ist euch klar, dass wir zum ersten Mal seit vierzehn Tagen alle zusammen sind, allein, nur unsere Familie?«, sagte sie.

»Es ist, weil Katie in diesem Krankenhaus mit den ganzen verbrannten Kindern lag, stimmt's, Mama«, sagte Greg.

»Daddy, du wirst dir wünschen, du wärest nicht gegangen, wenn wir dir erzählen, was du verpasst hast.« Ben stand auf und versuchte seinen Körper zwischen die Schalensitze seiner Eltern zu zwängen. »Pater Paul hat Kate nach vorn gerufen, ganz nach vorn.«

Jack wandte sich um und sah Lily an. Sie lächelte immer noch. Ihr Haar klebte an ihrer Stirn, ihre Wimpern waren dunkel vom Wasser. Verlaufenes Augen-Make-up ließ ihr Gesicht leicht verschwimmen, als ob er sie durch einen Schleier hindurch anschauen würde. Zum ersten Mal seit Wochen sah sie glücklich aus. Er konnte sich nicht vorstellen, weshalb.

»Wirklich?«, sagte er.

»Ich hab deine Mutter mit ihr zu ihm gehen lassen. Greg wollte auch mitgehen.«

»Ja, als Oma schon halb da war – ist er den Gang hochgerannt. Idiot!«

»Benjamin!«, brüllte Jack.

»Na ja«, sagte Ben, der jetzt mit dem ganzen Körper vornüber lehnte, seine schlaksigen Arme um die Oberseite der Autositze geschlungen.

»Es war wirklich schön«, sagte Lily, »und als sie vorn ankam –«

»Am *Altar*«, verbesserte Jack.

»Wie auch immer. Er bat deine Mutter und Katie, sich der Gemeinde zuzuwenden und sagte, er wollte nur ein kleines Mädchen vorstellen, das großes Leid erfahren hätte. Und dass die Gebete und die Fürsorge vom Shriners-Personal sie geheilt hätten und dass die Gemeinde vom Shriners erfahren müsste, selbst wenn sie es noch nicht kennen würde. Er hat erklärt, dass das Shriners kostenlos ist und Kinder von überall her einfliegt. Und dann hat er darum gebeten, dass jeder das Geld, das er möglicherweise für Feuerwerkskörper für den Unabhängigkeitstag ausgeben würde, für das Shriners spenden möge, das zweifellos vollauf damit beschäftigt sein würde, sich um die Vielzahl von Kindern zu kümmern, die am Wochenende bei Feuerwerken zu Schaden kommen würden.«

»Weißt du, er sollte so etwas nicht tun. Ich meine, wenn die Leute für ein Krankenhaus blechen wollen, sollte er sie für das Haus des Heiligen Namens oder so was spenden lassen. Danach hat er seine kleine Wundershow abgezogen, stimmt's?«, sagte Jack.

»Nein. Absolut nicht«, sagte Lily.

»Was für eine Wundershow?«, fragte Ben.

»Nichts.« Jack öffente das Fenster einen Spalt. Die Autoscheiben waren von den aufgeregt ausgestoßenen kleinen Atemzügen von hinten und den tieferen Seufzern vorn beschlagen.

»Pater Paul ist zu Katie gekommen, als sie im Krankenhaus war, und hat für sie gebetet«, sagte Jack.

»Wie auch immer«, fuhr Lily fort, »nach dem Gottesdienst –«

»Der Messe«, sagte Jack.

»Danach kamen die ganzen Leute zu uns und haben uns geküsst und Katie den Kopf getätschelt und sie gesegnet und nach meiner Hand gegriffen. Es war mehr Trost, als ich jemals irgendwo empfunden habe, und es war aufrichtig, die ganzen Sorgen, die ganzen guten Wünsche. Es war wirklich unglaublich.«

»Kurbel mal dein Fenster herunter und sieh nach, ob meine Mutter irgendwelche Fortschritte macht«, sagte Jack.

»Warte mal«, sagte Ben. »Was für ein Wunder?«

»Pater Paul hat für Katie gebetet, und dann ging es ihr besser«, sagte Jack und benutzte seinen Handrücken, um ein Stück Windschutzscheibe frei zu wischen.

Lily wandte sich zu Ben um. »Als es so aussah, als ob Katie eine spezielle Operation für ihre verbrannte Haut benötigen würde, ist Pater Paul gekommen und hat für sie gebetet. Und am folgenden Tag ist durch eine Verkettung von Umständen… du weißt, was das bedeutet, stimmt's? Am nächsten Tag geschah es einfach so, dass es ihr besser ging und sie diese Operation nicht mehr brauchte. Aber… einige Leute… möchten daran glauben, dass er ein Wunder vollbracht hat.«

Jack lachte. »Ganz so einfach ist es nicht. Mit so einer Erklärung spülst du die ganze Grundlage des Christentums die Toilette hinunter.« Jack schaltete den Motor wieder ein und drehte die Belüftung voll auf.

»Wenn man jüdisch ist, glaubt man nicht an Wunder, stimmt's?«, sagte Ben.

»Jetzt hat er dich«, flüsterte Jack.

»Nein«, sagte Lily langsam. »Im Judentum gibt es viele Wunder, die Teilung des Roten Meeres, das Öl, das für acht Nächte reichte.«

»Aber das sind alte Wunder«, sagte Ben.

»Es ist kompliziert«, sagte Lily. »Ich schätze, es hat damit zu tun, dass Priester und Rabbis verschieden sind … Und auch mit Power –«

»Turtle-Power«, sagte Greg abwesend vom Rücksitz. Jack schaute in den Rückspiegel und sah, dass er zwei Action-Figuren einen Ringkampf gegen den Schmutzfänger seines Schalensitzes austragen ließ.

»Du bist so ein Idiot«, sagte Ben.

»Sei nett«, sagte Lily.

»Meiner«, sagte Katie, beugte sich über die Seite ihres Autositzes und versuchte, einen von Gregs X-Men zu greifen.

»Maaama!«, schrie Greg. Jack hörte ein Handgemenge hinter sich, das wiederholte Klappern von Plastik gegen Sitzgurtverschlüsse, gedämpfte Laute, wenn gepresst und gezwickt wurde, ein bisschen gehauen, vielleicht auch gebissen.

»Das reicht!«, sagte er laut, immer noch ohne sich umzudrehen und nach hinten zu schauen.

»Fass ihr Bein nicht an, du Trottel!«, brüllte Ben.

»O Gott!« Lily sprang aus dem Auto und öffnete die Hintertür. »Du darfst niemals ihr Bein anfassen!«, schrie sie. »Verstehst du?! Niemals! Was hast du getan? Verdammt, was hast du getan?!«

»Du solltest jetzt weinen, Greg«, sagte Ben. »Das war ganz böse, und du solltest jetzt weinen. Weinen und Gott bitten, dir zu vergeben.«

»Es reicht«, sagte Jack. Er löste die Halterung an seinem Autositz und schob ihn ganz nach hinten, sodass er sich jetzt oberhalb der Knie seiner Kinder befand.

Katie und Greg lachten.

»Das ist nicht lustig, Daddy«, sagte Ben und schlug mit seiner Faust gegen Jacks Kopfstütze. »Nicht alles ist lustig.«

Jack hasste Ben, wenn er so war. Wenn der Junge wütend war, konnte er in Sekunden um vierzig Jahre altern, einen Berg der Selbstgerechtigkeit ersteigen, von dem aus er zu seinem Vater sprach.

»Du hast Recht, Sohn«, sagte Jack mit seiner besten Mister-Makellos-Stimme. »Nicht alles ist lustig. Genau jetzt zum Beispiel bist du trotz diesem Teil, das dir aus deinem Nasenloch hängt, nicht lustig.«

»Das reicht!«, sagte Ben. »Mir reicht's. Ich hab die Schnauze voll, absolut voll von dir.« Er zog am Türgriff und trat die Tür mit seinem Turnschuh auf. Jack sah zu, wie er über den nassen Parkplatz losrannte.

»Scheiße«, sagte Lily und sah Jack gerade ins Gesicht. Sie brüllte Ben nach, er solle zurückkommen. Sie ging auf Jacks Autoseite. »Nette Familienszene«, sagte sie und wies auf das gesamte Auto. »Es sind noch Leute hier.«

Jack winkte ab und drückte auf den Zigarettenanzünder. Katie weinte jetzt: »Mama, Mama, Mama ...«

Jack blinzelte durch den Nieselregen und beobachtete, wie Lily Ben um die Seite vom St. Stephens herum folgte, während seine Mutter lächelnd und winkend auf das Auto zulief, in völliger Verkennung der ganzen hässlichen Welt, in der er lebte, bis unter die Augenbrauen voll mit irgendeinem Glauben und so blind wie eine verdammte Fledermaus.

Jack

Jack hielt vor dem größten viktorianischen Haus auf dem Fairview. Im Vergleich zu den anderen Häusern auf der Straße, die immer noch mit flatternden Fahnen und roten, weißen und blauen Wimpeln, die über Türen drapiert waren, für den 4. Juli dekoriert waren, sah es nackt aus. Er hatte sich immer gefragt, wer in diesen Ausstellungshäusern wohnte, wer es sich leisten konnte, sie im Winter zu heizen. Seelenklempner. Ja, das machte Sinn.

Er befühlte das schwarz-goldene Schild für den Patienteneingang, das an die Ecke des Hauses genagelt war. Es war schon geschmacklos, ein Schild aus dem Eisenwarenladen an ein Haus dieser Statur zu knallen. Zu vermieten; Zu verkaufen; Aushilfe gesucht... Wir lösen Schecks ein; Gehirnwäsche – hier entlang. Lily hätte zuerst zu diesem Doktor Melick gehen sollen, danach er, danach die Kinder. Doch Katie hatte an diesem Morgen eine Nachuntersuchung bei Doktor Wheeler, und Lily hatte darauf bestanden, mit Fran dorthin zu gehen.

Jack hatte Cyn um sieben Uhr morgens vom Münzfernsprecher im Lauralee-Diner angerufen, um ihr zu sagen, dass er später zur Arbeit kommen würde. Er hatte draußen auf den Vorderstufen gewartet, bis sie aufmachten. Jede Nacht, die er allein in diesem Haus schlief, wachte er früher und früher auf. Er konnte es nicht auf den Lärm schieben, jedenfalls nicht auf echten Lärm. Als er Cyns Nummer wählte, schaute er sich schnell im Diner nach einer Entschuldigung um. »Eichhörnchen«, erzählte er ihr, während er die Gartenbau-Crew an der Theke musterte. Der schmierige Teenager, der ihm am nächsten saß, trug ein Chip-'n-Dale-T-Shirt, vielleicht auch Chippendale, er konnte es nicht sagen. »Chipmunks oder Eichhörnchen«, sagte er zu Cyn, »sind letzte Nacht in den Dachboden gekrochen. Herrgott, die richten jede Menge Schaden an.«

»Zeig Herz«, sagte sie. »Du kennst doch diese Dinger. Hol eine Falle mit Herz. Versprich mir, dass du das tust.«

Als er Melicks Wartezimmer betrat, hörte er aus einem entfernten Winkel des Hauses das Kläffen irgendeines kleinen Hundes. Ein Seelenklempner mit einem kleinen Hund. In dem Wartezimmer lagen keine Zeitschriften, nur Bücher. Ein billiger Seelenklempner. Gedichte... Robert Frost, Elizabeth Bishop, Dylan Thomas, Robert Lowell, Anne Sexton, na prima. »Vielleicht bringt es dir etwas«, hatte Lily gesagt, als er letzte Nacht von seiner Mutter gekommen war. »Versuch es«, sagte sie. »Versuch einen Nutzen daraus zu ziehen.« Dieser Termin diente seiner Beurteilung, war nicht frei gewählt, um seinem Leben mehr Bedeutung zu geben. Wie konnte sie nicht verstehen, dass hier ihrer beider Fähigkeit, sich um ihr Kind zu kümmern, ausgelotet wurde. Dieser Typ würde die Szenerie nach Gewalttätigkeit und Funktionsstörungen durchkämmen. Nichts davon war darauf angelegt, dass er als glücklicherer Mensch wieder daraus hervorkam.

»Charles Melick.« Ein kleiner, dünner Mann mit Bart trat in das Wartezimmer und nickte, die Hände hinter dem schmalen Rücken verschränkt.

Jack stand auf und streckte seine Hand aus.

»Passen Sie auf«, sagte der Psychiater. Ein kleiner Ball aus weißem Fell rannte zwischen Jacks Beine, als er Melick über einen schmalen Dielengang folgte. Der Hund bellte so laut, dass es ihn vor Kraft beinahe zu schütteln schien. Melick drückte den außerhalb des Büros gelegenen Knopf der Apparatur, die dumpfes Geräusch erzeugte, bedeutete Jack einzutreten und schob dann zwei riesige, gleitende Eichentüren hinter ihnen zu.

»Sie wissen, na ja, vielleicht auch nicht, dass das, was sie heute zu mir sagen, in der Anhörung zum zeitlich begrenzten Sorgerechtsbeschluss verwandt wird. Leider ist dies keine private Sitzung. Es ist alles für die Akten.«

Jack nickte und schaute auf seine Uhr. »Wir müssen alle unsere Arbeit tun.«

Der Psychiater lächelte.

»Eine Menge Kleenex«, sagte Jack und nickte in Richtung der drei verschieden großen Boxen.

»Manchmal arbeite ich mit Familien.«

Jack nickte.

Der Psychiater lächelte.

Jack schaute wieder auf seine Uhr.

»Kommen Sie zu spät zu irgendetwas? Einem anderen Termin?«

»Nur zur Arbeit«, sagte Jack und verlagerte sein Gewicht auf der Couch. Er wünschte sich, er hätte sich nicht darauf gesetzt. Er saß in der Mitte, zu weit entfernt, um eine der Armlehnen zu erreichen. »Ich bin nur ein bisschen … ungeduldig, das Ganze ins Rollen zu bringen.«

»Selbstverständlich«, sagte der Psychiater und nahm ein Notizbuch zur Hand. »Was möchten Sie mir erzählen?« Er kreuzte die Beine.

»Nichts. Ich meine es gibt nichts Außergewöhnliches zu erzählen. Wir sind in der Norm, genau in der Mitte, so weit es uns als Eltern betrifft. Wir sind durchschnittlich gute Eltern. Es geht uns gut, vielleicht besser als gut.«

Der Psychiater nickte heftig. »Sie denken, Sie sollten nicht hier sein, stimmt's?«

»Nun, irgendwie war es schon unsere Entscheidung. Unsere Anwältin dachte, es wäre eine gute Idee.«

»Sie glauben dennoch nicht, dass Sie hier sein sollten?«

»Glauben Sie das?«, sagte Jack. »Mal ehrlich, ich bin sicher, Sie haben über uns gelesen, über den Fall. Und jetzt schauen Sie mich an. Ich meine, ich bin nicht mit Tattoos übersät und trage keinen Siebentagebart.«

Der Psychiater strich durch seinen eigenen Bart.

»Ich schlage meine Kinder nicht.«

»Das hat auch niemand unterstellt.«

»Gut.«

»Ich habe viel über Ihre Familie gelesen, und von dem, was die Sozialarbeiterin sagt, ausgehend, scheint da eine gewisse Spannung zwischen Ihnen und Ihrer Frau zu herrschen.« »Sie hat mich niemals befragt. Die Sozialarbeiterin hat mich niemals befragt«, sagte Jack.

»Jemand vom Fürsorgeamt ist aber zu Ihnen nach Hause gekommen. Ja?« Melick nickte, als ob er seine eigene Frage beantworten würde. »Sie behauptet, dass sie einen Streit zwischen Ihnen und Ihrer Frau gehört habe, und dass Ihre Frau … Gut, warum beenden Sie den Satz nicht für mich?«

»Natürlich hatten wir einen Streit.« Jack stieß hörbar die Luft aus. »Wir hatten jemanden in unserem Haus, der uns beurteilte, uns beobachtete. Das lässt einen ausrasten.«

»Fühlen Sie sich verantwortlich für das Verhalten Ihrer Frau?«

»Sie ist ein großes Mädchen.«

Melick legte sein Notizbuch auf den kleinen Glastisch neben seinem Sessel. Jack bildete sich ein, dass der tiefblaue Sessel mit allen möglichen Mechanismen ausgestattet war und irgendwie mit der Patientencouch verkabelt war und so im Stande war, ihm unfrisierte Antworten zu entlocken.

»Wir haben nur dieses eine Treffen. Ich habe nur diese eine Chance bei Ihnen. Lassen Sie mich also ehrlich sein bezüglich dessen, was ich weiß. Und ich hoffe, dass Sie Ihrerseits sich ebenso verhalten. Dies ist alles nur zum Besten Ihrer Tochter, richtig? Die Sozialarbeiterin, die den Hausbesuch, die Bestandsaufnahme, durchführte, schreibt, dass Sie für Ihre Frau gelogen haben, dass Sie sie gedeckt haben.« Er nahm sein Notizbuch auf. »Sie sagt, dass Ihre Frau an dem Tag, als sie zu Besuch war, in der Küche mit etwas nach Ihnen geworfen hat.«

»An dem Tag ist eine Pflanze, eine Topfpflanze, kaputtgegangen.«

»Zufällig?«, fragte Melick.

»Sie fiel vom Küchentisch. Schlechtes Timing«, sagte Jack.

»Im 51B sagt die Sozialarbeiterin aus, dass Sie Ihre Frau gedeckt haben; sagt im Wesentlichen, dass Sie für sie gelogen haben.«

»Es gab nichts zu lügen«, sagte Jack langsam. »Es war … ein Unfall.« Er fühlte den ersten Teil des Wortes auf seiner Zunge zischen und ausrutschen, und es schockierte ihn, wie bestimmt das Ende des Wortes herauskam.

»Hat sie jemals mit etwas nach Ihnen geworfen?«, fragte Melick.

»Ich weiß nicht. Nein.« Jack lachte. »Doch, einmal, mit einer Baked Potato.«

»War sie heiß?«

»Sie hat mich verfehlt. Sie traf die Wand, und die Kartoffel zerplatzte.«

»Wirft sie mit Gegenständen nach den Kindern?«, fragte Melick.

»Nein.«

»Glauben Sie, dass sie einen Topf mit heißem Wasser werfen könnte?«

»Scheiße, nein … Schauen Sie, sie haben eine Zwanzigjährige in unser Haus kommen und Verbinde-die-Punkte spielen lassen.«

»Haben Sie Angst vor Ihrer Frau, Jack?«

»Sehe ich so aus?«

»Was meinen Sie?«, fragte Melick und legte nachdenklich das Notizbuch nieder.

»Ich wiege circa vierzig Kilo mehr als meine Frau.«

»Angst ist nicht immer physisch.«

Jack starrte den Psychiater an.

Schließlich nahm Melick das Notizbuch wieder auf. »Warum erzählen Sie mir nicht etwas über Ihre Beziehung zu Ihrer Frau.«

Sex. Wenn er sich überhaupt auf diese Prüfung vorbereitet hatte, dann auf diese Frage und nur auf diese Frage. Darüber wollten Seelenklempner doch immer reden, oder? Lily hatte gesagt, dass sie mit Dinsey nicht viel über Sex gesprochen hatte. Sie hatte ihm das einmal erzählt, aber er hatte ihr nicht ganz geglaubt. Sie hatte ihm auch erzählt, dass sie diese merkwürdigen, erotischen Träume gehabt hatte, als sie mit sechzehn im Payne Whitney gewesen war. Die kamen von den Medikamenten, da war sie sich sicher. Und es gab einen Zeitraum in ihrem gemeinsamen Leben, irgendwann bevor sie geheiratet hatten, in dem sie ihn bewusst damit erregt hatte, dass sie ihm diese alten, merkwürdigen Träume erzählte.

»Sie meinen Sex?«, fragte Jack.

»Wenn er wichtig ist.«

»Normalerweise ist es ein Plus, wenn er das ist.« Jack beugte sich nach vorn und zog einen seiner Socken hoch.

»Wie hoch würden Sie auf einer Skala von eins bis zehn Ihre Ehe bewerten?«

»Jetzt im Moment?«

»Oder vor dem Unfall, vor diesem ganzen Trubel.«

»Ich meine, es wurde gerade einfacher. Wir waren dabei, uns an eine ziemlich große Veränderung zu gewöhnen.«

»Wie das?«

»Wir haben vor über einem Jahr unser Geschäft verloren«, sagte Jack.

»Also um die Zeit herum, als Ihre Tochter geboren wurde?«

Jack nickte. Er hatte die beiden Ereignisse nie in einen Zusammenhang gebracht. Auf keinen Fall kausal. An den meisten Tagen machte er die beschissene Wirtschaft von New England dafür verantwortlich. Die Leute holten sich auf dem Weg von der Arbeit nach Hause keine gefüllte Hühnerbrust mit sonnengetrockneten Tomaten, wenn sie keine Arbeit hatten. Leitende Angestellte schienen fast völlig davon abgekommen zu sein, private Einladungen zu geben, seit die Budgets dafür gestrichen worden waren. Manchmal verglich Jack diese Monate, als klarer und klarer wurde, dass sie ihr Geschäft würden aufgeben müssen, mit den Monaten, in denen Lily dicker und dicker geworden war. Aber er hatte niemals eines seiner Kinder mit Lilys Schwangerschaften assoziiert. Wenn überhaupt hatte Katie, dieses im Impuls empfangene dritte Kind, *in utero* eine Art Maskottchen für ihr Team, das eine außergewöhnlich schlechte Saison hatte, dargestellt.

»In quantitativen Studien bezüglich der Hauptstressfaktoren im Leben steht der Verlust der Arbeitsstelle beinahe ganz oben auf der Liste«, sagte Melick.

»Na ja, wir haben alles verloren.«

»Wie das?«

»Geld. Wir haben eine Menge Geld verloren. Niemand wollte uns das Geschäft abkaufen. Wir hatten Probleme, aus unserem Mietvertrag herauszukommen. Wir konnten nicht einmal die Ausstattung zu einem anständigen Preis loswerden. Wir bekamen am Ende die Hälfte, weniger als die Hälfte, von dem, was es wert war.«

»Hat es Ihnen Spaß gemacht, mit Ihrer Frau zu arbeiten?«

»Das war das, was wir immer getan haben. So haben wir uns getroffen. So haben wir einander kennen gelernt. Wir haben immer zusammen gearbeitet.«

»Sie müssen das doch vermissen. Sie sind nun den ganzen Tag über getrennt. Es braucht seine Zeit, sich daran zu gewöhnen, nicht wahr?«

»Na ja. Wir sind nicht abhängig voneinander«, sagte Jack. »Wir hatten immer unser eigenes Leben. Es ist einfach nur nicht das, was wir geplant hatten. Aber, hey, so ist das Leben, stimmt's? Ich meine, wir haben Glück. Jeden beschissenen Tag sage ich mir, wie viel Glück wir eigentlich haben.«

Doktor Melick schwieg eine Weile. Dann sagte er: »Sie sind wütend, nicht wahr?«

»Ist das nicht jeder?«

»Ich frage Sie«, sagte Melick.

Jack verlagerte sein Gewicht auf dem zu weichen Sofa. »Ich denke viel darüber nach. Ich verbringe viel Zeit damit, über das Geld, das wir verloren haben, nachzudenken. Und im letzten Jahr oder so habe ich schließlich erkannt, dass das, was mich so sehr daran fuchst, weniger das ist, was wir verloren haben, sondern eher, dass jemand anders, ja sogar viele Leute von diesem Verlust profitiert haben. Verstehen Sie, was ich meine? Der Esel, der unser Zeug, unsere Öfen, den Mixer, die Kühlfächer, all das für weniger, viel weniger als das, was es wert war, gekauft hat. Der Vermieter, der sich umgedreht und den Raum weitervermietet hat, während wir immer noch für fünf Monate Geld ausspucken mussten. Sie haben das alles auf unserem Rücken ausgetragen, verstehen Sie? Es wäre mir egal gewesen, wenn das Geld einfach nur verbrannt wäre, abgefackelt wäre, aufgehört hätte zu existieren, sowohl für uns als auch für jedermann sonst.«

»Gerechtigkeit«, sagte Melick.

»Ja, genau.«

»Darüber machen Sie sich Gedanken?«

»Sicher.«

Melick kritzelte zum ersten Mal, wie es Jack vorkam, etwas in sein Notizbuch. Ganz sicher war Jack jedoch nicht. Er hatte Melick nicht so wachsam beobachtet, wie er sich vorgenommen hatte. Tatsächlich hatte er vor ein paar Minuten den Überblick über dieses gesamte Treffen verloren.

»Was bedeutet Ihnen das Wort Gerechtigkeit?«, fragte Melick, der immer noch schrieb.

»Ich weiß nicht.« Jack fasste nach seinem Ohrläppchen. »Fairness, schätze ich.« Alles, woran er denken konnte, waren dumme Sprichwörter aus seiner Kindheit. »Gerade Pfade«, »Fair ist Ehr«, »Gerechte Gerichte«. Er erinnerte sich daran, wie seine Schwester Erin einmal tatsächlich ein Lineal an den Tisch geholt hatte, als sie einen Kuchen aufteilen mussten. »Ich habe keine Angst, dass man mich ausnimmt. Ich meine, ich bin nicht paranoid. Davon rede ich nicht. Ich hoffe doch, dass ich einen größeren Kontext anspreche. Kosmische Fairness, denke ich.« Er lachte.

»Ein Wertesystem?«

Jack nickte. »Also, wenn man dieses Wertesystem voraussetzt, was fühlen Sie dann bezüglich des Unfalls Ihrer Tochter?«

»Ich denke nicht darüber nach«, sagte Jack und erkannte erst, nachdem er es ausgesprochen hatte, dass er tatsächlich die Wahrheit sagte.

»Was geschieht, wenn Sie es tun?«

Letzte Nacht, als er Katie in der Mischung aus Wasser und Babyöl ihr drittes tägliches Bad verabreicht hatte, hatte er die verdickte Haut ihrer Füße und Zehen und Beine massiert und darüber nachgedacht, was mit unterschiedlichen Lebensmitteln passiert, wenn man sie blanchiert. Grünzeug vertieft seine Farbe, wenn man es in kochendes Wasser wirft. Spinat schrumpft und wird schlaff. Geflügelhaut wird fest und verschließt sich selbst. Blanchiert, die Haut seines Babys war blanchiert worden.

»Wie fühlen Sie sich, wenn Sie an den Unfall denken?«, hakte Melick nach.

»Schlecht«, sagte Jack. »Ich fühle mich schlecht.«

Der Doktor nickte, neigte seinen schmalen Körper nach vorn, verbeugte sich beinahe, wie um Einfühlungsvermögen zu demonstrieren. »Was glauben Sie, fühlt Ihre Frau bezüglich des Unfalls?«

»Ich weiß es nicht«, antwortete Jack.

Melick reckte den Kopf in die Höhe.

»Ich denke, dass es sie erschüttert. Ich meine, ich weiß, dass es sie erschüttert. Sie lässt unsere Tochter nicht aus den Augen. Sie ist den Kindern gegenüber im Moment sehr anhänglich.«

»Und Ihnen gegenüber? Wie ist sie Ihnen gegenüber?«

Jack zuckte die Schultern.

»Es interessiert Sie nicht besonders, wie sie sich fühlt. Oder?«

»Im Moment nicht.«

»Machen Sie sie verantwortlich?«

»Es war ein Unfall«, sagte Jack. Das Wort glitt ihm am Ende eines Seufzers aus dem Mund.

»Vertrauen Sie ihr mit den Kindern?«

»Es war ein Unfall«, sagte Jack.

Der Doktor lehnte sich in seinem Sessel zurück und stülpte die Kappe über seinen Stift.

»Ich habe diese Stoßstangenaufkleber gesehen, Sie sicher auch: ›Shit Happens‹«.

»Stimmt«, antwortete Jack. »Und Scheiße passiert immer wieder.«

Jack

Als er um halb elf bei der Arbeit ankam, waren zwei Mitteilungen für ihn auf die Tafel am Telefon gekritzelt. Oben stand »Ruf zu Hause an« und darunter »Geh zu Norris«. Neben Norris' Namen befand sich ein Bild eines Feuerwerkskrachers, oder zumindest interpretierte er es so. Norris wollte, dass das Mittagessen den 4. Juli zum Thema hatte? Gestern war der Feiertag gewesen. Die Familie hatte sich bei Erin zum Barbecue getroffen. Sie hatte darauf bestanden, dass sie in der sengenden Hitze zu irgendeinem Spielfeld in der Stadt wanderten, um sich den Auftritt einer lokalen Blas- und Marschkapelle anzuhören. Jack hatte kaum hinschauen können, als die zumeist älteren Männer in langen, roten Mänteln mit Wollhosen und kniehohen, schwarzen Stiefeln um das Fußballfeld marschierten. Es war, als würde man darauf warten, Zeuge einer Herzattacke zu werden. Katie hatte bei dem hohlen Donnern der riesigen Trommeln geweint, und Lily hatte einen hörbaren Schrei ausgestoßen, als die Musketen abgefeuert wurden.

Danach spielten sie Volleyball. Erin hatte ein Volleyballfeld in ihrem Garten aufgebaut. Sie hatte die offiziellen Maße herausgefunden. Das Feld war vorschriftsmäßig. Sie hatte den ganzen Morgen dazu gebraucht. Um genau zu sein, hatte sie so lange gebraucht, dass sie wirklich keine Zeit mehr gehabt hatte, sich um das Essen zu kümmern. Lily entschuldigte sich vom Volleyball und machte sich mit Jean auf den Weg in die Küche. Und Jack und seine Mutter, Erin und seine Schwager und viel zu viele Kinder, wie es ihm vorkam, hatten zwei Stunden lang in einem Garten, der nicht einen einzigen Schatten spendenden Baum aufwies, erbarmungslos Volleyball gespielt.

Er fragte sich, ob Melick Aufsehen um seinen Sonnenbrand machte. Heutzutage hielten die Leute es für gedankenlos, sich einen Sonnenbrand einzufangen. Als er den Hörer abnahm, um Norris' Büro anzuwählen, drehte er sein rechtes Handgelenk. Er hatte bei dem Spiel gut was abbekommen. Norris' Sekretärin bat ihn, nach oben zu kommen. Es würde nur eine Minute dauern. Jack hatte in dem Jahr oder so, seit er dort arbeitete, nicht mehr als fünf- oder sechsmal mit Norris gesprochen. Norris hatte ihn angestellt. Er war der einzige Partner, der es für sehr wichtig hielt, einen privaten Speiseraum zu haben. Er war fett. Ein großer Fan der Nouvelle Cuisine, hatte er Jack beim ersten Interview erzählt, und Jack hatte höflich gelächelt. Er hatte sowohl im Büro als auch zu Hause einen Weinkeller. Er würde weiterhin für den Einkauf sorgen, es aber Jack überlassen, die entsprechenden Weine für jede Mahlzeit auszuwählen.

Als Jack in der siebten Etage ausstieg, fragte er sich, ob einer der Partner Norris letztendlich eine Pistole gegen den Magen gedrückt und ihm gesagt hatte, dass der Speiseraum ein Luxus war, den sie sich nicht länger leisten konnten. Die Partner reisten häufig. Es hatte im letzten Jahr Tage gegeben, an denen er und Cyn relativ raffinierte Mahlzeiten für ein oder zwei Personen vorbereitet hatten. Und gelegentlich war der Speiseraum ganz leer.

»Und, will er mich rausschmeißen, oder was?«, sagte Jack und nahm eine Ausgabe des *Institutional Investor* von Lous Schreibtisch. Lou war Norris Sekretär, war früher Caddie in seinem Club gewesen. »Geht er auf Diät? Was ist hier los?«

»Haben Sie noch was von diesem Zeugs mit dem geschichteten Kuchen und der Creme?«

»Schichtkuchen?«, fragte Jack.

»Nein, nein«, sagte Lou. »Es hat einen italienischen Namen.«

»Tiramisu?«

»Ja. Haben Sie davon noch etwas übrig? Cyn hat mir letzte Woche etwas davon gebracht… hervorragendes Zeug.«

»Jack.« Norris winkte ihm von seinem Büro zu. Jack ließ die Tür hinter sich offen, nachdem er eingetreten war, und Norris machte keine Anstalten, sie zu schließen. Er schob einen Formularblock auf seinem extrabreiten Fensterbrett zur Seite und ließ sich schwer auf den Belüftungsschlitz fallen. Normalerweise schließen die Leute die Tür und setzen sich hinter einen Schreibtisch, wenn sie jemanden feuern wollen, dachte Jack.

»Lou hat mir letzte Woche ein Fax nach Falmouth geschickt. Sie benötigen Leumundszeugnisse?«

»Ja. Ich wollte Sie selbst anrufen, um die Situation zu erklären, aber ich wollte Sie nicht in Ihrem Urlaub stören.«

»Ich gebe die Nummer vom Cape nicht heraus«, sagte Norris und glättete eine Falte am Ausschnitt seines gestärkten Hemdes.

Jack nickte.

»Sind Sie in ein Gerichtsverfahren verwickelt?«

»Jetzt schon… Ja.« Jack schaute aus dem Fenster in die morgendliche Hitze unten auf den Bürgersteig. Die Küche hatte keine Fenster, nur Edelstahl.

»Ich habe letzte Woche nicht darauf reagiert, ich wollte auch nicht darauf reagieren, ohne vorher mit Ihnen gesprochen zu haben.«

Jack nickte wieder.

»Sie werden verklagt? Wegen Vernachlässigung?«

»Nein«, sagte Jack. Er verlagerte sein Gewicht von einem Fuß auf den anderen. »Meine Tochter hatte zu Hause, bei uns zu Hause, einen Unfall, und irgendwie, auf Grund einer Serie von Missverständnissen, vermute ich mal, hat das Fürsorgeamt sich eingemischt und einen zeitlich begrenzten Sorgerechtsbeschluss durchgesetzt.«

»Klingt ernst, Jack«, sagte Norris und starrte zu ihm hoch.

»Ist es auch. Unsere Anwältin hat vorgeschlagen, dass wir ein paar Leumundszeugnisse besorgen. Leumundszeugnisse bezüglich unseres Charakters, die wir dem Richter vorlegen können. Nun, um genau zu sein, brauche ich jetzt Charakterzeugen, die kurz bei einer Anhörung auftreten.«

Norris hob die Augenbrauen, als ob Jack über etwas gänzlich Fremdes und Widerwärtiges wie das Verspeisen von Affenhirnen reden würde. »Über was für eine Art … Unfall reden wir hier?«

»Ein Topf mit heißem Wasser kippte um und landete auf den Füßen und zum großen Teil auf einem Bein meiner Tochter«, sagte Jack. »Mein kleines Mädchen ist fast siebzehn Monate alt. Sie hat den Topf vom Herd zu sich hin gezogen.«

»Meine Güte«, sagte Norris beeindruckt. »Geht es ihr gut?«

»Jetzt ist sie okay.«

»Gut. Halten Sie mich auf dem Laufenden.«

Jack nickte und wandte sich zum Gehen. Er dachte darüber nach, was der Psychiater am frühen Morgen über sein Wertesystem und Gerechtigkeit gesagt hatte. Das würde ihn jetzt wohl den ganzen Tag beschäftigen. Jack drehte sich in der Tür um und sah Norris an.

»Die Anhörung wird vermutlich Ende der Woche stattfinden. Wir suchen so viele Menschen wie möglich, die für uns bürgen können. Als mein Arbeitgeber –«

Norris' Hand lag auf der Telefongabel. »Ich sehe keinen Sinn darin, den Namen der Gesellschaft mit hineinzuziehen … Wir haben es hier mit einem Gerichtsverfahren zu tun.« Er schaute wieder nach unten und begann auf die übergroßen Tasten seines Telefons einzuhacken.

Lily

»Der Bus holt ihn bei Mama ab«, sagte Jean zu Lily, als sie in Erins Küche standen und versuchten, den 4. Juli zu feiern. Jean ließ den Großteil eines Zweiliterglases Hellman's in einen Hummertopf voller Makkaroni gluckern.

»Welcher Bus?«, fragte Lily. In den letzten paar Tagen – jetzt, wo ihr Leben öffentlich und kein privater Diskussionsgegenstand war – war mehrmals die Rede davon gewesen, die Jungs ins Sommerlager zu schicken. Aber erst vor fünf Minuten hatte Lily begriffen, dass Jean Ben bereits für das von der Freizeitabteilung in Winstead veranstaltete Fußballcamp angemeldet und für ihn bezahlt hatte und dass Greg an einem Juniorenprogramm in Frans Stadtviertel teilnahm.

»Ich habe Mamas Adresse angegeben. Der Bus holt ihn von da um halb neun ab und lässt ihn um eins wieder raus. Gott, wie hält sie es nur in dieser Küche aus?«, sagte Jean und schaute auf die Papierstapel auf Erins grüner Marmortheke.

Lily saß ganz still und starrte auf den Haufen von rohem Gehackten vor sich. »Du hast doch nicht den Namen deiner Mutter als Gregs Vormund oder so eingetragen?«

»Nein.«

»Gut, und was ist nächste Woche, wenn wir wieder zu Hause sind?«

Jean schnitt Sellerie, machte lange, rücksichtslose Schnitte durch den Rücken eines jeden Stängels. »Ich dachte, das wäre sowieso noch nicht ganz endgültig.«

»Na ja, morgen werden wir mehr wissen. Wir müssten bis morgen einen Anhörungstermin haben.«

»Kannst du das öffnen?«, sagte Jean und hielt ihr ein Glas mit Pepperonis hin.

»Ich meine, in einer Woche sind wir alle wieder zu Hause.« Lily klopfte den Glasdeckel gegen Erins Fleischwolf.

»Dann geht er einfach nicht mehr weiter hin, oder du fährst ihn rüber.« Jean griff nach den Pepperoni. »Mach aus 'ner Mücke doch keinen Elefanten.« Sie griff mit den Fingern in das Glas und zog ein Gesicht. »Igitt. Mag die wirklich irgendjemand?«

Lily überlegte, ihr zu sagen, sie möge eine Messerspitze benutzen.

»Wenn ich Ben nach Winstead fahre, dann bin ich noch nicht einmal zurück, wenn Gregs Bus kommt.«

»Mama aber.«

Lily drückte ihre eigene Hand in einer Art Versuch, sich selbst zu trösten. Niemand schien zu verstehen, wie sie sich fühlte. Man entriss ihr ihre Kinder, zuerst Katie, jetzt die Jungs, als ob sie eine Art strangulierendes Unkraut wäre, vor dem man die Kinder retten müsste. Nichts war mehr wie früher. Es gab keine Regeln mehr. Keine Routine, keine Logik, keine Schwerkraft. »Er ist noch nie Bus gefahren.«

»Herrgott«, sagte Jean und brach die großen Pepperoni mit den Fingern auseinander. »Was wettest du, dass das ganz schnell zu seiner Lieblingsbeschäftigung wird? Sie lieben den Bus, alle.«

»Das Fürsorgeamt kann alles verwenden«, sagte Lily. »Ich meine, mir wäre der Gedanke verhasst, dass sie dieses Anmeldeformular zum Camp als Beweis dafür nehmen, dass ich die Kinder bei deiner Mutter abgeladen habe.«

»Schau dir das an.« Jean zog leicht an den Schubladengriffen und verfolgte, wie die Schubladen sanft herausglitten. »Und in keiner ist auch nur ein einziger Löffel.«

Lily hörte, wie Stifte und Spieße und Tesafilmrollen hochgehoben und angewidert wieder fallen gelassen wurden.

»Ich dachte, die Anwältin hätte euch geraten, die Kinder ins Camp zu schicken. Das würde den Eindruck machen, dass sie eine abgerundete Erziehung bekommen oder etwas in der Art.« Jean lachte. »Außerschulische Aktivitäten für die Bewerbung beim College.«

Lily vergrub ihre Hände im Hackfleisch und begann, flache Brötchen zu formen. »Sie hat gesagt, so würden wir normal wirken, eingebunden. Das Ganze ist so lächerlich, so unfair. Es ist mittelalterlich. Dieses ganze Erlebnis passt nicht ins 20. Jahrhundert.«

»Im Gegenteil, Lil«, sagte Jean und schob den Nudelsalat, den sie umgerührt hatte, zur Seite. »Es ist das Ergebnis, wohin alles geführt hat.« Sie zog einen Hocker unter der Arbeitsplatte hervor und setzte sich.

»Was hat wohin geführt?«, fragte Lily.

»Nur ein weiteres Beispiel für den langen Arm des Gesetzes.«

Hier ging es um ihr Leben, ihre Kinder, ihr Selbst. Es war kein Futter für anregende Konversation. Es war keine Abstraktion. »Das ist keine Verschwörung«, sagte Lily, obwohl sie selber manchmal während der letzten Tage durchaus dieser Meinung war. »Es ist willkürlich … unglückselig. Es ist wie ein weiterer Unfall.« Das glaubte sie nicht wirklich. Die Vorstellung, dass Verantwortung und Schuld angesichts von unglücklichen Ereignissen nicht existent sein könnten, war zwar attraktiv, aber durch und durch zweifelhaft.

Jean lächelte und schüttelte den Kopf. »Es gibt kein Privatleben mehr. Ihr seid das Opfer von zu viel Sozialgesetzgebung, stimmt's? Wir werden alle zu hoch besteuert und reglementiert. Man lässt die Bundesregierung machen …«

Lily schichtete die Frikadellen auf einen Pappteller. »Du solltest mal ein paar von den Kindern sehen, Jean. Da ist dieses Baby – dieser Säugling im Krankenhaus –, das man mit Absicht verbrannt hat. Wenn dieser Arm des Gesetzes, den du für so lang und schrecklich hältst, nicht wäre, würde es zu dieser Mutter zurückgegeben und würde vermutlich getötet werden. Möchtest du in einer Gesellschaft leben, die sich nicht um verbrannte Babys kümmert?«

»Solche Frauen dürften erst gar keine Babys haben, aber das ist nicht der Punkt. Warum sollen alle anderen dafür bestraft werden, nur weil einige Leute nicht im Stande sind, in einer freien Gesellschaft zu leben?«

Lily nahm den letzten Rest vom Hackfleisch und tupfte damit die vielen kleinen rohen Fleischfäden vom Fleischwolf ab.

»Alles wird dem kleinsten gemeinsamen Nenner geopfert.«

Lily schnappte sich einen Schwamm aus dem Spülbecken. »Alles oder jeder?«

»Nun, hier ist ein perfektes Beispiel.« Jean stülpte eine Papiertüte mit Tomaten auf ihrer Ablage um. »In der Schule der Mädchen haben sie die ganzen Programme für hoch begabte und talentierte Kinder komplett gestrichen, während sie die Förderprogramme für Lernschwache erweitern. Ist das denn richtig?« Sie nahm ein stumpfes Schneidmesser und machte sich daran, die dicke Schale einer Tomate zu durchschneiden.

»Willst du in einer Welt alt werden, in der die Menschen nicht lesen können?«, sagte Lily.

»Na ja, auf jeden Fall will ich nicht in einer Welt leben, deren Ziel es ist, jeden auf ein bequemes mittelmäßiges Niveau zu bringen.«

»Vielleicht ist keinem der Kinder damit gedient, insbesondere den Kindern in der Mitte nicht, die weder Förderprogramme noch Begabtenunterstützung erhalten – was ist mit denen?«

»Herrgott, ich schwöre, du bist Mama so ähnlich«, murmelte Jean. »Willst du nicht das Beste für deine Kinder?«

»Will das nicht jeder?«, fragte Lily. »Ich meine, auch die anderen Kinder in der Klasse haben jemanden, dessen wichtigstes Anliegen sie sind, oder es zumindest sein sollten.«

»Das ist genau das, was ich sage.«

Lily sah das nicht so. »Wir können uns nicht nur um unsere eigenen Kinder kümmern.«

Jean lachte. »Ja, aber wenn wir es täten, und wenn jeder wirklich pflichtbewusst für seine Kinder sorgen würde, dann *brauchten* wir das Fürsorgeamt nicht einmal, stimmt's? Und das wäre alles nicht passiert. Ich sage dir, Lily, du bezahlst den Preis dafür, dass andere Leute sich kriminell verhalten. Deine Kinder bezahlen den Preis.«

Lily drückte eine Spanische Zwiebel fest gegen das Schneidbrett und begann sie zu schälen. Sie achtete darauf, nicht das Wurzelende abzuschneiden und auf diese Art den Saft freizusetzen, der sie zum Weinen bringen würde. Irgendwie beneidete sie Jean. Sie war vorbereitet, immer bereit, ihre Erfahrungen zu durchkämmen und sie so zu ordnen, dass es Sinn machte. Lilys Mutter war genauso gewesen.

In der achten Klasse hatte Lilys Sozialwissenschaftslehrer sie dazu aufgefordert, ein Kapitel über den Goldrausch zusammenzufassen. Lilys Zusammenfassung war länger als das Kapitel selbst gewesen. Ihre Mutter hatte sich am Esstisch über die Seiten gebeugt, eine lange, braune Zigarette in der linken Hand und einen Rotstift in der rechten.

»Lilliput«, hatte sie gesagt. »Hier geht es darum, Entscheidungen zu treffen. Was zählt und was nicht. Du musst dem Ganzen Struktur geben. Deine Struktur. Gib mir das Buch.«

Lily gab ihr den dicken, gelben Text und schaute ihrer Mutter zu, wie sie tat, was sie immer mit Büchern tat: die Seite mit dem Copyright aufschlagen, sich die Namen der Autoren, des Verlags, das Datum ansehen und dann schätzen, was man ihnen für »dieses idiotische Vergnügen« bezahlt hat.

»Nicht alles ist gleich wichtig, stimmt's?«, sagte sie. »Eine Zusammenfassung ist eine Art Hierarchie, eine Hackordnung. Hier hast du die ganzen gekrönten Häupter mit den römischen Zahlen und da unten all die kleinen Vasallen mit ihren kleinen

Buchstaben.« Mit ihrem Stift überflog sie Lilys Seiten und begann, große Teile aus Lilys Arbeit herauszustreichen. Sie schüttelte den Kopf. »Wenn du einmal richtig drin bist, wirst du erkennen, dass es wirklich Spaß macht. Es ist deine Chance, das Buch ansprechbar zu machen, weißt du?«

»Ich mag die ganzen Details. Das ist das interessante Zeug«, sagte Lily.

»Du musst die herausragenden Punkte erkennen.«

»Es ist gemein, das ganze Zeug einfach loszuwerden. Es ist nicht richtig.«

»Guter Gott, Lillian, manchmal erschreckst du mich.«

»Ich hab nicht gesagt, dass ich es nicht könnte. Es gefällt mir einfach nicht.«

»Nun, so ist Arbeit. Sie ist schwer.« Ihre Mutter zog heftig an ihrer Zigarette.

»Das ist es nicht. Ich finde es einfach falsch. Es gefällt mir nicht, Dinge auszulassen.«

»Das ist neurotisch«, sagte ihre Mutter und durchblätterte den Index am Textende.

»Wie kannst du sicher sein, dass du Recht hast? Was, wenn alles gleich ist und nichts wichtiger als etwas anderes ist?«

Ihre Mutter drückte die Zigarette aus und schaute sie an. »Wo kommst du bloß her?«

Lily schnitt die Wurzel der Zwiebel durch, tat das Gleiche bei der nächsten und der nächsten, ließ die Tränen in einem unaufhörlichen Strom fließen, während Jean mit Tabletts voller Teller und Tassen und Silberbesteck zur Veranda hin- und zurücklief. Sie beneidete Jean um ihre politischen Ansichten und ihre Religion, nicht deren Inhalt, aber die Struktur, die sie ihr boten. Wenn Lilys Mutter an Gott geglaubt hätte, wäre aus ihr bestimmt eine erstklassige Zelotin geworden. Sie hätte Menschen bekehren, sogar Missionarin werden können. Sie hätte vielleicht hunderte oder tausende von Seelen gerettet.

Lily

Die Tage nachdem Katie aus dem Krankenhaus entlassen wurde, erinnerten Lily an die Wochen direkt nach der Geburt. Sie lebte ihr Leben auf einer unwirklichen Ebene, in der Zeit und Erwartung von ihren üblichen Fesseln gelöst schienen. Was in diesem Krankenhaus geschehen war, war brutal gewesen, und die einzige Möglichkeit, die Erinnerung daran zu überdecken war, vollständig in der Gegenwart zu leben.

Sie war im Bann einer merkwürdigen Hochstimmung, als ob sie in diesem manischen Grenzzustand nach der Biopsie und vor der Diagnose existierte, verzweifelt darauf bedacht, dass alles, was im Universum lebendig war, sich ihr zeigte, ihr einflößte. In diesen Tagen nach dem Unfall und vor der Anhörung verliebte sie sich erneut in Katie, genau wie sie es bei jedem ihrer Kinder in ihren ersten Tagen getan hatte. Die Vernarrtheit war unkontrollierbar und unvorhersehbar, und jedes Mal, wenn sie im Garten ihrer Schwiegermutter um die Ecke bog, oder sich in ihrer Küche vom Spülbecken abwandte und ihr kleines Mädchen dort stehen sah, nah genug, um sie zu berühren, erntete sie ihren Lohn.

Die Anhörung wurde schließlich auf Dienstag, den zwölften, gelegt. Bis dahin schwelgte sie vollständig in ihren Kindern. Sie machte Gregs Anmeldung für das Ferienlager rückgängig, und jeden Morgen legten sie und Fran und die Kinder die vierzig Minuten nach Winstead zu Bens Fußball zurück. Dann begleiteten sie und Greg und Katie Fran bei ihren Einkäufen. Lily brachte zum Jiffy Lube am Dienstag Puppen mit. Am Mittwoch, während Fran sich die Haare schneiden ließ, setzte Lily sich und die Kinder unter die Trockenhaube und spielte mit ihnen Astronaut.

Nachmittags gingen sie am See in Winstead schwimmen, sodass die Kinder ihre Freunde treffen konnten. Lily spielte unzählige Male das Wasserpferd, ließ sich besprühen und bespritzen und ging nicht einmal zum Strand hoch. Sie brachte nicht einmal die Zeitung mit, hatte seit Wochen keinen Blick hinein geworfen. Und wenn jeden Tag um Viertel vor vier der Eiswagen unter den Kiefern zum Halt ausrollte, rannte sie mit ihren Kindern dort hin, um sich anzustellen. Danach saßen sie auf dem Bett aus braunen Kiefernnadeln, Traubensaft vom Eis am Stiel kleckerte auf ihre Arme, ihre Schenkel. Sie hatten keine Servietten, machten sich keine Gedanken über Unordnung oder Abendessen oder Geld. Und die ganze Zeit wiederholte Lily für sich selbst: »Ich bin eine gute Mutter. Schaut her, ich tue Gutes.« Und all das baute sie selbst auf. Je mehr sie sich in die süße, klebrige Welt ihrer Kinder fallen ließ, desto mehr Spaß hatten sie und desto glücklicher war sie. Bis es sich anfühlte, als ob sie alle auf dem Gipfel einer außergewöhnlichen Höhe kreisen würden, gemeinsam in einem ekstatischen Orbit.

»Wie schön, ihr habt eure Großmama bei euch.« Carol Ellis trat von ihren Söhnen weg, die für Eiscreme anstanden, und kauerte sich zwischen Ben und Katie. Katie schaute zu ihr hoch, fischte dann eine Hand voll Vanilleeiscreme vom oberen Teil ihres Badeanzugs.

»Katie sieht genauso aus wie sie«, sagte Carol und nickte in Richtung Fran, die im Schatten eines nahe stehenden Ahorns las. Frans Finger und Zehen waren das Einzige, was unter ihrem Panamahut, der Sonnenbrille und dem langen Hängekleid, das sie aus zwei Strandlaken gemacht hatte, von ihr sichtbar war.

Lily lächelte. »Die Mutter meines Mannes.« Sie kannte Carol kaum. Die Sportmütter sahen für sie alle gleich aus. Gnadenlos gut gelaunt und völlig unironisch, öffneten einfach ihre grellfarbigen Golfregenschirme entlang der Seitenlinien, wenn es während des Trainings anfing zu gießen, während Lily zum Auto rannte, um ein paar Zeitungsabschnitte zu holen.

»Toller Sommer«, sagte Carol. »Habt ihr Kinder einen tollen Sommer?«

Die Jungs nickten. Katie versuchte, die Eiscremetropfen auf ihrer Brust mit ihrer Zunge zu erreichen.

»Ein heißer Sommer«, sagte Lily.

»Ich liebe das, kann gar nicht genug kriegen. Clark flippt einfach aus, wenn ich die Klimaanlage abschalte und die Fenster öffne, aber ich liebe es. Ich schätze, ich bin einfach so aufgewachsen.«

Lily lächelte.

Carol schien nicht mehr weiterzuwissen, was sie noch zum Austausch von Höflichkeiten beisteuern könnte, und gerade als sie dabei war, sich wieder zu ihrer vollen Größe aufzurichten, bemerkte sie Katies Fuß und Bein. Die neue Haut war unter einer doppelten Schicht Strickverband geschützt. Man hatte Lily aufgetragen, die Stelle mindestens ein Jahr lang nicht der Sonne auszusetzen.

»Was für eine Menge Verbände für ein kleines Mädchen. Versuchst du, mit deinen großen Brüdern Schritt zu halten?«

»Nein. Sie hat Verbrennungen an ihren Füßen und auch an einem Bein gehabt«, sagte Greg und machte sich weiter über sein Karamelleis her.

»Nun, wenn ihr den ganzen Tag hier draußen seid, muss es ja schon besser sein«, sagte Carol.

Lily stand auf und klopfte die Kiefernnadeln vom Hosenboden ihres Badeanzuges ab. »Vielleicht treffen wir uns mal wieder. Wir sind beinahe jeden Nachmittag hier.«

»Sie war im Krankenhaus«, fuhr Greg fort. Ben kniff ihn,

und Greg rammte seinem Bruder seinen kleinen, aber spitzen Ellbogen in die Rippen.

Carol schaute zu Greg und dann mit hochgezogenen Augenbrauen zu Lily hoch.

Lily nickte und lächelte. »Es geht ihr jetzt wieder gut.«

»Sie ist fast gestorben«, sagte Greg.

Lily lachte, und Ben schlug Greg auf den Hinterkopf. »Nein, das ist sie nicht, du Idiot«, sagte Ben.

Greg schaute zu seinem Bruder hoch, eher verletzt als wütend. »Wieso hast du mir das dann erzählt?«, sagte er. Sein Karamelleis tropfte auf sein Handgelenk.

Lily schaute zu Carol hinüber, verspürte das Bedürfnis zu erklären. »Es sah zunächst so aus, als würde sie eine Hauttransplantation benötigen.«

»Du bist so dumm. Gott, ich wünsche, du würdest sterben«, sagte Ben. Er warf seine Eiscreme in Richtung der weißen Kiefern hinter sich und rannte auf das Wasser zu.

»Entschuldigung«, sagte Lily und hielt ihre Augen auf Ben gerichtet. Blondes Haar, dünner, brauner Rücken, fluoreszierende, grünpurpurne Badehose.

»Alles Gute dann. Und du Kleines, gute Besserung!« Carol ging zu ihren eigenen Söhnen zurück, die am Anfang der Schlange angekommen waren und nach ihr riefen, weil sie mehr Geld brauchten.

»Setzt euch für eine Minute zu Oma.« Lily joggte vom Picknickplatz zum Wasser hinunter. Ben war nicht hineingegangen. Er war immer noch ihr Benjamin, ihr vorsichtiger und gehorsamer Erstgeborener.

»Die Eiscreme muss ja wirklich verdorben gewesen sein«, sagte sie und nahm sein Tempo auf, als er vom Schwimmbereich auf den Teil des Sees, den die Kinder »Sumpf« nannten, hinüberging.

»Mach das nicht«, sagte er und schwang seinen Arm, als ob er sie schlagen wollte. »Dad macht das. Ich hasse das.«

»Was?«, sagte Lily ungeduldig.

»Aus allem einen Witz machen. Das ist nicht lustig.«

»Wenn mein Dad jetzt hier wäre, würde er deinen Arm packen und sagen: ›Was ist los? Hast du deine gute Laune verloren?‹ Denn ›Gute Laune‹ war die Eiscremesorte, die Marke, die wir immer in New York bekommen haben. Zumindest vom Eiscremewagen.« Lily schlang ihre Arme um ihre Taille und bekämpfte das Verlangen, ihn zu berühren.

»Mein Vater ist nicht gestorben, als ich ein Kind war«, sagte Ben und trat beim Gehen gegen den nassen Sand.

»Meiner auch nicht«, sagte Lily.

»Nein?« Ben hielt einen Moment lang inne. »Aber er hat mich nicht gekannt.«

»Nun, er ist gestorben, bevor du geboren wurdest, aber ich war damals schon erwachsen und verheiratet.«

»Oh.«

»Gibt es einen Grund dafür, dass du übers Sterben nachdenkst?«

»Ich denke nicht darüber nach«, sagte er. Für einen Siebenjährigen konnte er ganz schön barsch sein.

»Oh«, sagte Lily. Sie schaute zurück zu Fran und den Kindern. Fran wischte etwas von ihrem Strandkleid. »Hast du wirklich gedacht, dass Katie sterben würde«, sagte Lily nach einer Weile.

»Ich weiß es nicht«, antwortete Ben mit schmerzerfüllter Stimme, als hätte sie seine Achillesferse getroffen. Es saß weit tiefer, als sie beide erwartet hatten.

»Du hast Recht, dass manche Kinder an Verbrennungen sterben. Vielleicht hast du das irgendwo gelesen oder in den Nachrichten gehört. Aber damit das geschieht, muss schon eine Menge des Körpers verbrannt sein.«

»Ich weiß«, sagte er.

»Gut.« Sie hatten den Strand verlassen. Hier war der See von hohem Gras und stellenweise von Lilien gesäumt. Der Boden unter den Füßen war dick und grau und matschig. Da und dort kauerten Wildenten. Lily presste ihren Fuß in den Matsch und sah zu, wie die Erde zwischen ihren Zehen hervorquoll. »Weißt du«, sagte sie, »du kannst mir alles erzählen. Das ist mein Job. Fürchte dich nie davor, mich etwas zu fragen oder mir etwas zu erzählen.«

Zum ersten Mal, seit sie liefen, schaute er zu ihr hoch. Er griff nach unten ins schlammige Wasser und versuchte, den Dreck zu einem Ball zu formen. Der Matsch tropfte wie rohes Ei durch seine Finger. »Das ist nicht wahr«, sagte er.

»Was?«, sagte sie überrascht. »Was ist nicht wahr?«

»Manche Dinge kann ich dir nicht sagen.«

Ihr Instinkt verlangte, dass sie fragte: »Was zum Beispiel?« Sie umfasste sich noch enger. »Ich wünschte, du würdest nicht so fühlen.«

»Tu ich aber«, sagte er und klang mehr wie ein Teenager als ein kleiner Junge.

Eine Weile blieb Lily neben ihm stehen, während er mit seinen unförmigen Schlammbällen auf verschiedene Lilienbüsche zielte. Als er fertig war, zog er seine Hände durch das schlammige Wasser und machte sich auf den Rückweg zum Schwimmbereich.

»Du machst keinen sehr glücklichen Eindruck«, sagte sie.

»Das sagst du immer«, sagte er und lief nun durch den flachsten Teil des Wassers.

»Tu ich das?«

»Du willst immer, dass alle glücklich sind. Das macht keinen Sinn. Man kann nicht immer glücklich sein«, sagte er.

Lily seufzte. »Nein. Ich vermute, das kann man nicht«, sagte sie.

Lily

Während die Kinder kriechend Kämpfchen unter den abgenutzten Möbeln in Doktor Melicks Wartezimmer veranstalteten, führte Lily über ihre Psychiater Buch. »Mit dem Neuen sind es dann insgesamt sechs«, dachte sie. Zuerst und immer gegenwärtig war da Doktor Treadwell, der sie aus Bellevue verlegt und ins Payne Whitney eingewiesen hatte. Er hatte sie seit der Zeit, als sie sechzehn war, bis zum Ende ihres zweiten Studienjahres behandelt. Während ihres Abschlussjahres hatte sie drei Sitzungen bei jemandem von der öffentlichen Behandlungseinrichtung für psychische Krankheitsfälle gehabt, der, wie sie später herausfand, auch im Zulassungsbüro arbeitete. Dann war da die Frau im Poughkeepsie, die sie etwas weniger als zwei Jahre lang zweimal wöchentlich gesehen hatte, während sie im Kulinarischen Institut war. Dann, als sie in New Hampshire gelebt hatten, gab es den Sozialarbeiter in der Klinik in Conway, zu dem sie gegangen war. Dann war sie eine lange Zeit »clean«, wie Jack gern scherzhaft sagte, bis Lucy kam. Das machte insgesamt sechs, wenn sie diesen neuen Typen mitzählte. Sechs Psychiater, einer mehr als die Anzahl von Männern, mit denen sie in ihrem Leben geschlafen hatte.

Fran war angespannt. Sie schien übermäßig mit dem Benehmen der Kinder beschäftigt. Sie zog Katie, die auf einem alten Sessel stand, nach unten und befahl Ben, doch bitte nicht die empfindlichen Bücher anzufassen. Es war geplant, dass die Jungs zuerst zusammen hineingingen, dann Lily. Fran hatte gesagt, dass sie mit den Kindern auf ein Eis zur North Street hinauflaufen würde, während Lily »drinnen« war. Im Auto hatte sie auf dem ganzen Weg hierher darauf bestanden, Melick als Betreuer zu bezeichnen, bis Greg schließlich gefragt hatte, wie denn das Ferienlager hieße.

Lily ging im Wartezimmer umher und schaute sich die Gedichtbände an. Sylvia Plath, Sharon Olds und natürlich Robert Bly. Bevor sie Lucy gefunden hatte, war Lily aus dem Wartezimmer einer Psychologin in Acton herausgegangen. Sie war zu ihrer ersten Sitzung bei der Frau sehr früh gekommen, hatte aber ziemlich lange gebraucht, um die inspirierenden Botschaften der gerahmten Poster, die zwischen Amish-Decken und der Sammlung antiker Ahornzuckerdosen hingen, aufzunehmen. Kurz vor dem Termin las sie die Unterschrift auf einem der gerahmten Fotos: »... Und als der Mann dorthin zurückschaute, woher er gekommen war, sah er, dass den ganzen Weg entlang eine zweite Fußspur zu sehen war, im Einklang mit seiner ...« Überzeugt davon, dass sie überreagierte, durchblätterte sie schnell die Magazine auf dem Kaffeetisch. Unter einer Ausgabe von *Kunst und Antiquitäten – wöchentlich* fand sie einen dicken Band mit dem Titel *Biblische Heilung: Schriftlesungen zu Heilungszwecken.*

Katie weinte, als Doktor Melick ihren Brüdern das Büro zeigte. Greg schaute einmal zurück, und Lily erinnerte ihn daran, dass sie hinterher einen Ausflug in die Eisdiele machen würden. Bevor der Doktor Melick die Tür zum Wartezimmer schloss, hörte Lily, wie Greg ihn fragte, ob es eine Spritze geben würde.

»Er wirkt ganz nett«, sagte Fran und schaute aus dem Fenster in den Hintergarten des Doktors. »Er ist ein kleiner Mann. Das ist gut für die Jungs, weniger bedrohlich.«

Lily biss sich auf die Lippen.

»Vielleicht sollten wir nach draußen gehen, einen Spaziergang machen. Hier gibt es nichts für Katie. Hast du irgendwelches Spielzeug mitgebracht?« Fran schob ihre Finger unter ihre Brille mit der Drahtfassung und rieb sich die wässrigen blauen Augen.

Fran war müde. Das war alles zu viel für sie gewesen.

»Manchmal denke ich darüber nach, was geschehen wäre, wenn du nicht da gewesen wärest, gewillt und im Stande, Katie zu übernehmen«, sagte Lily.

»Du musst ein bisschen mehr Vertrauen haben. Vertrauen darauf, dass die Dinge sich schon regeln werden!«, sagte Fran scharf.

Lily sank auf das Sofa nieder und schlug die Beine unter ihrem langen Jeansrock übereinander. Lucy hatte das oft gesagt. »Du musst darauf vertrauen, dass die Dinge im Allgemeinen gut laufen, dass am Ende alles gut wird.« Keine einzige Faser ihres Körpers funktionierte gemäß dieser Annahme. »Das Glas ist halb leer oder halb voll«, hatte Lucy gesagt. Aber Lily wusste, dass es weit komplizierter war. Man konnte nicht einfach sein komplettes Glaubenssystem abschütteln, mit dem man aufgewachsen, sogar empfangen worden war. Pass auf, wo du hintrittst, schau hinter dich, mach dir nichts vor, das hatte sie immer wieder gehört. Sei wachsam, sei aufmerksam, verpass kein Anklopfen oder einen flüchtigen Blick oder ein Wispern oder den leisesten Hinweis auf den entfernten Geruch des Verderbens. Verschaff dir einen Vorsprung, lass dich von nichts überraschen und von niemandem zum Narren halten. Das Voraussetzen von Sicherheit, Vertrauen, wie Fran es nannte, spielte bei dieser Denkart keine Rolle, und Lily wusste, dass es eine besondere jüdische Denkart war, so sehr, dass es zum Witz geworden war. Ein übertriebenes ethnisches Charakteristikum. Aber Lucy Balsaam und Fran Kelliher enthüllten, dass es bei ihr eher ein unglücklicher und zu verbessernder Charakterzug denn ein genetischer Makel, wie Lily vermutete, war. Vielleicht hatten sie Recht. Fünfzig Jahre nach Auschwitz, hundert Jahre nach dem Pogrom im zaristischen Russland hatte dieser Zug, das Misstrauen, das die Juden noch vor dem Spanien des 15. Jahrhunderts, bereits seit der Zeit Ramses II. auf Trab gehalten hatte, vielleicht den gewünschten Zweck erfüllt und war nun veraltet, sogar schädlich fürs Überleben. »Es hält dich zurück«, hatte Lucy zu ihr gesagt. »Deine Furcht«, hatte sie es genannt. »Deine Furcht hält dich im Leben zurück.« Aber ihre Furcht war ein Teil von ihr. Sie war untrennbar mit ihrem Selbst verbunden.

»Denkst du, dass all das geschieht, weil du eine Weiße bist?«, fragte Fran plötzlich. Sie beugte sich hinunter, um ihre Autoschlüssel gegen den Stapel gebundener Bücher, den Katie aufzubauen versuchte, einzutauschen.

Fran hatte gestern genau das Gegenteil gesagt, nachdem sie mit Katies vom Gericht bestellten Anwalt gesprochen hatte. Die Frau hatte erklärt, dass sie, obwohl sie bereits für den Fall bestimmt war, seit der ursprüngliche temporäre Sorgerechtsbeschluss erlassen worden war, ihre Klienten normalerweise einmal zu einem Anhörungstermin traf. Nachdem sie die Akte gelesen hatte und mit Fran gesprochen hatte, entschied sie, das Treffen aufzuschieben. Es gab andere Fälle, in denen die betroffenen Kinder völlig von ihrer anwaltlichen Beratung abhängig waren.

»Rechtliche Prioritäten«, sagte sie. Fran hatte den Hörer aufgelegt und gesagt: »Gott sei Dank waren wir alle auf dem College und beziehen keine Lebensmittelmarken.« Jack sagte: »Gott sei Dank hat Mama so einen hohen Charmefaktor.«

»Ich habe darüber nachgedacht, und ich glaube, es könnte eine Art umgekehrter Diskriminierung sein«, sagte Fran und schaute aus dem Wartezimmerfenster. »Von der ich denke, dass sie eigentlich wirklich am Platz ist, weißt du ... Damit das Pendel wieder in die Mitte zurückschwingt.«

»Ich weiß nicht«, sagte Lily. »Letzte Woche hat die Anwältin uns gewarnt, dass das Amt eine Menge neuer Sozialarbeiter eingestellt hat. Sie haben Mist gebaut. Es sind Kinder gestorben, mehr als nur ein paar Kinder sind im letzten Jahr in diesem Staat gestorben.« Diesen letzten Teil flüsterte Lily, die es hasste, dass ein Kind, auch wenn es sich dessen nicht bewusst war, diese Information mitbekam.

»Warum? Warum sonst würden sie den Fall verfolgen, dich verfolgen? Anders könnte ich mir im Leben nicht vorstellen, warum sie das Ganze nicht schon längst ad acta gelegt haben.« Fran seufzte und streckte die Hand aus, um Katies glattes, dunkles Haar zu streicheln.

Lily dachte, dass Fran die Fähigkeit hatte, Gefühle auf eine merkwürdig atmosphärische Weise auszudrücken. Sie hatte ein Talent dafür, Zweifel und Missfallen an anderen so auszudrücken, dass es einen geradezu überfiel, so wie ein schwankungsintensives High, nachdem man selbst angebautes Hasch geraucht hatte. Es zwang einen, mehr und mehr Zeit damit zu verbringen, seine eigene Wahrnehmung anzuzweifeln. Sie konnte wirklich unaufrichtig sein. Lily versuchte herauszufinden, ob das jetzt einer dieser Momente war, ob Fran auf komplizierte Art Missfallen an ihr ausdrückte.

»Wenn sie das mit dir machen, dann können sie das mit jedem machen. Und wir bezahlen dafür. Unsere Steuergelder bezahlen für dieses... Feme-Gericht.« Fran hockte sich neben Katie auf den Boden und drückte auf die Hupe ihres eingebildeten Autos. »Eltern machen alles Mögliche, um den Tag zu überstehen. Drei kleine Kinder den ganzen Tag um sich zu haben... ein paar von diesen Richtern, die ihre Kinder in Tagesstätten geben, sollten das einmal ausprobieren. Wenn man mit dir redet, kann jeder Idiot sehen, dass du eine liebende, pflichtbewusste Mutter bist, die nichts zu verbergen hat.«

Frans fantastisches, völlig gegen den Uhrzeigersinn laufendes System des Zorns würde einen immer breiteren Pfad schlagen und so alles, was in seinem Gefolge strukturell nicht haltbar war, ausmerzen. Die Angst, dass die letzte Person, auf die sie sich verlassen konnte, drauf und dran war, sie zu denunzieren, versetzte Lily dermaßen in Unruhe, dass sie selbst kaum hörte, was sie sagte. »Es war mein Fehler.«

Fran saß mit gesenktem Blick auf der abgenutzten Baumwolldecke, wo sie abwechselnd die Hacken in die Pedale von Katies eingebildetem Auto drückte.

»Ich hab sie unten gelassen, während ich hochging, um bei einer Radioshow anzurufen, was ich dann doch nicht getan habe. Ich habe da oben nur Zeit vergeudet.« Vom Ende der Diele konnte Lily jemanden husten oder lachen hören, vielleicht auch das Schließen einer Tür. Sie konnte es über dem Summen der Apparatur, die das weiße Rauschen erzeugte, nicht ausmachen. »Ich weiß nicht, für wie lange. Vier oder fünf Minuten. Nein, wahrscheinlich länger.«

Als Fran schließlich zu ihr hochschaute, sah Lily, dass sie blass war und ihre Haut papiertrocken wirkte. »Als wir in der Broadbridge Avenue gewohnt haben, habe ich Jack immer an einen Baum angebunden. Drei Kinder, alle jünger als fünf. Ich hatte keine Wahl.«

Lily hatte das schon oft gehört. Der Türknauf zum Wartezimmer drehte sich in eine Richtung, dann in die andere, und dann hörte Lily das Pochen einer kleinen Faust. Es war Greg.

»Er will, dass ich hier warte und Ben drinnen bleibt. Dann tauschen wir, hat er gesagt.«

Lily schaute auf ihre Uhr. »Wie war es?«

Greg zuckte mit den Schultern. »Darf ich auch fahren?«, fragte er Fran.

»Zuerst musst du die Motorhaube aufmachen. Probleme mit dem Motor.«

Greg lachte und kniete sich vor seine Schwester und Großmutter auf den Boden.

»Fünf Minuten Nabelschau oder was auch immer. Guter Gott! Ehrlich, du solltest mal deinen Gesichtsausdruck sehen. Die Katze, die den Kanarienvogel verschluckt hat! Meine Schwägerin Thea hat immer…« Fran lachte. »Sie hat immer das Fernsehen angemacht, den Telefonhörer von der Gabel genommen, die Kinder im Haus eingesperrt und ist zum Cleveland Circle gefahren, um sich die Haare machen zu lassen. Einmal die Woche, jahrelang, ehrlich. Keine Sicherheitsgurte. Die Kinder sind im Auto herumgesprungen, als wäre es ein Spielplatz. Als Jean zehn war, habe ich sie bei den anderen beiden Babysitten lassen. Ich meine, wir sind den ganzen Weg nach Duxbury gefahren, um meinen Bruder zu besuchen. Wir sind nie vor eins nach Hause gekommen. Als ich in der Highschool war, war ich Babysitter bei den Nachbarn. Diese Leute sind jeden Abend in der Woche ausgegangen. Ich bin um sieben gekommen, die Mädchen waren im Nachthemd, und Mrs. Blumenthal sagte immer, wenn sie nicht um halb zwölf zurück sein würden, sollte ich einfach nur abschließen und nach Hause gehen, sie würde mich dann am nächsten Tag bezahlen. Diese Kinder waren fünf und sechs oder so. Wir waren jung und dumm, und es hat alles prima funktioniert. Die Mütter heutzutage tun mir so Leid … dieses ganze Bewusstsein … und wohin hat es sie geführt? Mutter zu sein ist kein Beruf, es ist eine Funktion. Eine wundervoll wichtige, manchmal göttliche Funktion, aber sie kann sich nicht den Qualitätskontrollen stellen, die Karrierefrauen ihnen aufzwingen wollen, oder der Befriedigung des eigenen Egos, die sie daraus ziehen wollen.«

Fran fuhr fort, die steifen, imaginären Pedale zu bearbeiten, bog und streckte ungestüm ihre Knöchel. »Es ist kein Beruf. Es ist nicht vergleichbar mit irgendetwas anderem. Es gibt weit mehr Spielraum …« Sie machte eine Handbewegung. »Ehrlich, ich wünschte, wir hätten einen Spiegel im Raum. Du solltest dich mal sehen. Die Angst. Ich habe das wirklich satt. Frauen verbringen ihr ganzes Leben in panischer Anspannung, immer auf der Suche, was sie falsch gemacht haben – ein unfreundliches Wort oder eine Geste, ein Vergessen, Vernachlässigung. Es sind Frauen, die die ganzen ›Wie-man-es-macht‹-Bücher, die Elternratgeber, die Eheratgeber kaufen. Diese ganzen Verbesserungen... das ist nur eine Art von Frauenfeindlichkeit. Das ist alles Quatsch. Ich hab es so satt!«

Lily hatte Fran erst einmal so wütend erlebt. Das war im Winter nach dem Tod ihres Mannes gewesen, als sich der anstehende Antrag auf Steuerrückerstattung zum reinsten Chaos entwickelte. Weder der Anwalt, der das Testament beglaubigt hatte, noch der Steuerberater, noch Fran selbst fanden irgendeinen Beleg dafür, dass Kevin seine Steuern fürs dritte Quartal bezahlt hatte. Lily und Jack waren herübergekommen, um zu helfen. Sie waren im Keller in Kevins Büro. Fünfundzwanzig oder dreißig Garelick-Farms-Milchkartons, alle voll gestopft mit Aktenordnern, bedeckten den Boden.

»Schau dir dieses Durcheinander an, das er mir hinterlassen hat«, zürnte Fran. Lily sah ihrer Schwiegermutter zu, wie sie durch das Labyrinth von Kartons lief, wartete darauf, dass Fran alles umstülpte, zweiunddreißig Jahre voll Papier auf die Waschmaschine und den Trockner, den Extrakühlschrank, den Stapel liegender Fahrräder und zerbrochener Hockeyschläger entlud. Doch stattdessen begann Fran, wie wild Telefonnummern zu wählen. Sie rief Kevins Freunde an, alte Geschäftskunden, öffentliche Institutionen.

Als Lily methodisch die stornierten Schecks der letzten sechs Monate durchging, hörte sie zu, wie Fran sich in der Hierarchie der Steuerbehörde nach oben telefonierte. »Hallo. Ich bin Fran Keliher. Und wer sind Sie...? Oh. Es ist mir ein Vergnügen, mit Ihnen zu sprechen, Lawrence, Dave, Kenneth, Roland. Vielleicht können Sie mir helfen? Um genau zu sein, ich bin sicher, dass sie mir helfen können. Sie klingen wie ein sehr hilfsbereiter Mensch. Ich bin seit kurzem Witwe.« Das ging stundenlang so weiter, während Lily die letzten Schecks in Augenschein nahm, die Kevin ausgestellt hatte: an den Mechaniker und die Abwasserbehörde. Dann ging sie die Schecks durch, die Fran ausgestellt hatte. Für das Beerdigungsinstitut, den Friedhof, den Supermarkt für die Platten mit Appetithäppchen, das Krankenhaus für die Dienste, die sie einem toten Mann geleistet hatten.

Als der letzte Angestellte der Steuerbehörde nach Hause gegangen war und die schmutzigen Kellerfenster schwarz geworden waren, sagte Fran, Jack und Lily sollten nach Hause gehen. Sie setzte sich vor eine alte elektrische Schreibmaschine und begann, darauf herumzuhacken. »Ich habe eine Liste«, sagte sie, »neunzehn Namen, und sie werden alle von mir hören. Eine geschätzte Zahlung von fünftausendachthundert Dollar. Ich will verdammt sein, wenn ich das nicht anerkannt bekomme. Macht euch ein Sandwich, bevor ihr geht.«

Lily dachte, dass Fran einem Nervenzusammenbruch nahe wäre und nicht allein gelassen werden sollte. Als sie auf dem Weg zu ihrem Auto am erleuchteten Kellerfenster vorbeigingen, sagte Jack: »Das ist ihre Art. Einige Menschen kriegen einen Koller und werfen mit Gegenständen. Meine Mutter pflegt sich selbst zu wiederholen, sie zermürbt sich eher, anstatt dass es sie umhaut.«

Drei Tage später erhielten sie einen Brief. Er war an alle Geschwister adressiert. Sie erzählte ihnen, wie sie die ganze Nacht aufgeblieben war und neunzehn Briefe geschrieben hatte. Neunzehnmal denselben Brief. Die Nonnen, die sie in der Schule unterrichtet hatten, hatten etwas gewusst. *Mit Auswendiglernen kann man immer was erreichen und das Bewusstsein entzünden. Mit jedem Brief, den ich diesen Erbsenzählern geschrieben habe, habe ich euren Vater laut verflucht, weil er seine Geschäftsunterlagen so mangelhaft geführt hat, wegen seines massiven Mangels an Organisation, seiner Unaufmerksamkeit gegenüber Details. Ich dachte an den Augenblick, in dem ich ihn zum ersten Mal gesehen habe. Er hat vor Dunster House einen Handstand gemacht, vor irgendeinem Mädchen angegeben, und alles, aber auch alles purzelte ihm aus den Taschen. Brieftasche, Schlüssel, Münzen, Stifte, Kaugummi, Kamm, und auf seinem roten Gesicht lag das größte gottverdammte Grinsen, das ich jemals gesehen habe. So war euer Vater. Wenn ihm danach war, machte er einen Handstand und kümmerte sich nicht im Geringsten darum, dass alles herausfiel. Euer Vater hat ein glückliches Leben gehabt. Habt keine Geheimnisse, Kinder. Habt Spaß, gottverdammt! Und hinterlasst ein Chaos, wenn ihr einmal sterben werdet.*

In den nächsten Monaten kamen weitere Briefe, einer pro Woche, manchmal mehr. Nach einer Weile riefen Jack und seine Schwestern sich gegenseitig nicht mehr an, wenn sie sie erhielten. Die Briefe kreisten häufig um eine Anekdote, eine Erinnerung an Kevin, die den Kindern bis dahin unbekannt gewesen war. Viele waren intim, aber niemals peinlich, dachte Lily. Als die Zeit verging, konzentrierten die Briefe sich mehr und mehr auf Fran selbst, ihre Kindheit, ihre Eltern, Erfahrungen, die sie den Kindern niemals erzählt hatte, Gefühle, die sie niemals vor jemand anderem zugegeben hatte. *Es ist eine unmenschliche Last, das einzige Behältnis für die eigenen Erinnerungen zu sein,* schrieb sie.

Manchmal war Lily versucht, ihr zurückzuschreiben, ihr zu antworten, oder einige dieser intimen Bekenntnisse zu kommentieren. Es schien ihr so falsch, die Briefe entgegenzunehmen, wie Jack es tat, ohne ein Wort des Dankes oder der Ermutigung. Doch angesichts von so viel unverfälschter Emotionen kamen Lilys Antwortbriefe ihr vor wie ein reiner Akt der Etikette. Sie bedankte sich höflich dafür, lebenslange Geheimnisse mitgeteilt zu bekommen, antwortete aber niemals, indem sie ihre eigenen Geheimnisse teilte. Und dann endete die Gelegenheit. Die Briefe hörten auf. Fran ging irgendwie gestärkt aus dem Ganzen hervor, als ob sie nun sicher wäre, dass sie nicht auch sterben würde, ohne dass sie ihrer Familie die Bedeutung dessen, wer sie war, vermittelt hätte.

»Fran«, sagte Lily nun leise, in der Hoffnung, sie einen Moment lang von Katie und Greg wegzuziehen. »Es gibt da noch etwas. Das Fürsorgeamt vertritt die Ansicht, dass ich eine Art Vorgeschichte haben müsste. Ich bin fast ein Jahr lang zu einer Therapeutin in Holloway gegangen, kurz nachdem Katie geboren wurde. Eine Zeit lang war ich in medikamentöser Behandlung. Das ist für die ein gefundenes Fressen, vermute ich.«

Fran glättete mit den Händen die Ausbeulung, die ihre Knie in den weißen Baumwollhosen hinterließen, so wie die Kinder den Sand auf ihren Eimerchen glatt strichen, bevor sie sie umstülpten, um daraus Burgen zu bauen. »Wie geht es dir jetzt?«

»Ich nehme seit Februar keine Medikamente mehr. Es war hauptsächlich eine postpartale Sache, denke ich.«

»Und … gehst du noch zu einem Therapeuten?«

Lily schüttelte den Kopf.

»Weißt du, du hättest mir das sagen können.«

Lily nickte.

»Es tut mir Leid. Es tut mir Leid, dass ich dir nicht mehr helfen konnte … Ich wusste ja nicht … Wann ist das alles passiert? Du wirktest so richtig gut mit dem Baby. So glücklich, ein Mädchen zu haben. Na ja, ich bin wohl keine gute Beobachterin.«

Lily lachte, erleichtert, dass diese Hürde genommen war. »Es war keine große Sache«, log sie. »Es war mir peinlich.«

»Jack hätte es mir erzählen sollen. Dafür ist die Familie doch da.«

»Ich habe ihn gebeten, es nicht zu tun.«

»Er hätte es trotzdem tun sollen.« Fran massierte ihre Augenwinkel, und beide Kinder lachten, als ob sie ihnen spaßige Gesichter schnitt, um sie zum Lachen zu bringen. »Eure alte Oma sieht lustig aus, stimmt's?«

Lily schaute auf ihre Uhr. »Das dauert sehr lange, meinst du nicht?«

Fran stand vom Boden auf und ließ sich in den Stuhl gegenüber Lily sinken.

»Oma, du hast vergessen, die Tür zuzumachen«, sagte Greg.

Fran gehorchte und machte mit ihrer Zunge ein schnalzendes Geräusch. »Was noch?«, sagte sie und schaute Lily an.

Lily lächelte den Kindern zu.

»Nein, ich meine dich, Liebes. Was noch?«

»Nun«, sagte Lily und atmete tief ein. »Die andere Sache, die bei der Anhörung zur Sprache kommen könnte, ist jetzt völlig irrelevant, zwanzig Jahre nachdem sie geschehen ist.« Sie bedeutete Fran, sich neben sie zu setzen, außer Hörweite der Kinder. »Als ich sechzehn war, habe ich einige Zeit in der Psychiatrie verbracht. Die Polizei hat mich eines Tages nach der Schule aufgelesen, als ich vor dem East Side Highway vor ein paar Autos gesprungen bin.« Sie konnte Fran nicht ansehen, als sie das sagte. Sie neigte den Kopf, hoffte einen Moment lang, unbekümmert zu wirken. »Statistisch gesehen ist das eine recht unübliche Methode eines Selbstmordversuches bei einer jungen Frau. Ich kann es nicht besonders ernst gemeint haben.«

»O Gott!«, sagte Fran. Sie presste ihre kleinen Hände zusammen. »Was ist… vorher geschehen?«

»Ich wurde erwachsen«, sagte Lily. Jetzt, wo sie »erfolgreich geheilt« war, war sie nicht mehr im Stande, aus der Perspektive dieser Sechzehnjährigen zu antworten. Ihre Großmutter war im März ihres Junior-Highschool-Jahres gestorben. Die Ärzte hatten Lilys Eltern gesagt, dass Lily an einer psychotischen Trauerreaktion litt. Woran sie sich jetzt erinnerte, war, dass man sie nicht hatte trösten können. Sie hatte nicht gedacht, dass sie ohne Shaynas Liebe und Schutz leben könnte.

»So viel Kummer und Leid«, sagte Fran.

»Nichts im Vergleich dazu, was dein Sohn mich gerade durchmachen lässt.« Lily lachte.

»Nein, ehrlich. Die Mädchen und ich sagen immer, wie tapfer du bist. Unerschütterlich. Du bist unerschütterlich.«

»Ich wollte nur vermeiden, dass du während der Anhörung einen Schock erhältst. Der Richter oder eine andere Person könnten es auf den Tisch bringen.«

»Du warst nicht im Stande, es mir zu erzählen?«

»Ich war sechzehn. Es war unwichtig. Es ist nicht so, dass es ein Geheimnis war.«

»Deine Vergangenheit macht dich zu der Person, die du bist.« Fran hielt inne. Ben stand neben ihnen, war ohne Vorwarnung aufgetaucht. Lily streckte die Arme nach ihm aus, und er setzte sich auf die Couch neben sie.

»Ich dachte schon, du wärst verloren gegangen«, sagte Dr. Melick vom Türrahmen aus.

Lily schaute verwirrt zu ihm hoch.

»Ich habe Benjamin geschickt, um seinen Bruder zu holen.« Er schaute auf seine Uhr. »Bestimmt schon um halb nach der Sommersprosse.«

Greg lachte, und Benjamin starrte auf den Boden.

»Greg, magst du Bauklötze?«, fragte Dr. Melick.

Greg sprang von der Stelle, wo er mit seiner Schwester gespielt hatte, hoch und rannte zum Doktor hinüber. »Ich bin sofort zurück«, sagte er und wies mit dem Zeigefinger auf Lily. »Lass Katie nicht mit dem Auto fahren, während ich weg bin. Sie könnte einen Crash bauen.«

Lily nickte. Nachdem er das Zimmer verlassen hatte, tippte sie gegen Bens Bein. »Bist du durch das große, alte Haus gestreift?«

Er zuckte die Schultern.

»Ist es schon länger her, dass Dr. Melick dich geschickt hat, um Greg zu holen?«

»Kann sein.«

Lily schaute zu Fran hinüber. Sie fragte sich, ob Benjamin ihr Gespräch mitgehört hatte.

Um halb zwei war Lily dran. Das Büro war auf der Vorderseite des Hauses. Eine komplette Zimmerwand wurde von einem Erkerfenster mit gepolsterten Kordsitzkissen eingenommen. Alles in dem Raum war weiß, außer dem abgenutzten, blauen Sessel, in dem Melick saß. Die Bauklötze waren genau so, wie Greg sie hinterlassen hatte, und Lily ging hinüber, um zu schauen, was er gebaut hatte. Sie konnte entfernt hören, wie ihre Schwiegermutter im Wartezimmer mit den Kindern sprach, ihnen erzählte, dass sie jetzt einen Abenteuerspaziergang machen würden.

»Bahnhof«, sagte Melick und nickte zu den Bauklötzen hinüber.

Lily nickte. »Er liebt Züge.«

»Ihre Kinder sind entzückend«, sagte der Doktor.

Sie war klug genug, sich zu bedanken.

»Sie und Ihr Mann haben da gute Arbeit geleistet.«

Deswegen bin ich ja hier. Lily lächelte.

»Ihre Anwältin hat am Telefon erwähnt, dass Ihre den Ereignissen vorgreifende Aktion teilweise damit zusammenhängt, dass Ihre ›Vorgeschichte‹ genau untersucht werden sollte. Ein Versuch zu entscheiden, ob es nun tatsächlich ›Geschichte‹ ist. Vielleicht könnten wir ein wenig darüber sprechen.«

Lily fragte sich, wie viel Snow ihm erzählt hatte. »Ich hatte eine Art postpartale Depression nach der Geburt meines letzten Kindes.«

»Das Kind, das verbrannt wurde. Und das ist das Problem, weshalb Sie im letzten Jahr behandelt wurden?«

Lily nickte und setzte sich auf die Couch gegenüber seinem Sessel. Sie sank in den Spalt zwischen den zwei Schaumkissen und zögerte einen Moment, um sich zu entscheiden, zu welcher Seite hin sie rutschen sollte.

»Die Geburt Ihrer Tochter hat Sie also ein wenig aus dem Gleichgewicht gebracht?«

Lily öffnete ihre Hände und schaute einen Moment lang auf ihre Handflächen, bevor sie antwortete. »Das war die Diagnose auf dem Formular für die Versicherung. In unserem Leben sind eine Menge Dinge gleichzeitig geschehen, und ich hatte Probleme, das alles zu ... verarbeiten.«

»Was für Dinge?«

»Mein Mann und ich hatten ein Lebensmittelgeschäft. Wir sind beide Köche. Nun, er arbeitet immer noch als Koch. Wir hatten einen Delikatessenladen. Das war ein wichtiger Teil unseres Lebens. Wir haben alles in unser Geschäft investiert, und am Ende sind wir einfach leer ausgegangen.«

»Sie haben Ihre berufliche Identität verloren?«, sagte Melick und verlagerte sein Gewicht in dem großen Ohrensessel.

»Das und viel Geld. Keine gute Kombination.« Sie lächelte.

Melick hob anscheinend in Einverständnis die Augenbrauen. »Also war es vielleicht eher ein Adaptionsproblem.«

»Ich weiß es nicht. Meine Therapeutin hat mir Medikamente verschrieben, und es hat geholfen. Daher ist es schwer, das richtig zu beurteilen.«

»Wie alt war Ihre Tochter, als Sie anfingen, Medikamente zu nehmen?«

»Sieben Monate.«

»Und Sie sind dabei geblieben ... Was wurde Ihnen verschrieben?«

»Zoloft.«

»Zoloft«, sagte er laut und machte sich eine Notiz. »Zoloft war das erste Medikament, das Sie ausprobiert haben?«

Lily war verzweifelt darauf aus, das Gespräch auf die jüngste Vergangenheit zu beschränken. Es gab keinen Grund, davon auszugehen, dass seine Frage sich auf irgendetwas anderes bezog. »Ja«, sagte sie.

»Und Sie sind bei dem Medikament geblieben bis ...«

»April.«

Melick goss sich ein Glas Wasser aus einer Chromkaraffe auf dem Kaffeetisch zwischen ihnen ein. Er bot Lily etwas an, und sie lehnte ab. »Ich nehme an, dass Sie mit der Therapie fortgefahren sind, nachdem Sie die Medikamente abgesetzt haben?«

»Ich habe gerade erst vor einem Monat aufgehört, zu meiner Therapeutin zu gehen.«

»In Studien über postpartale Depressionen, über das, was chemisch mit Frauen passiert, nachdem sie gebären, hat sich ergeben… Wir haben herausgefunden, dass dieser Zeitraum sich nicht auf sechs Wochen oder sogar, sagen wir, sechs Monate beschränkt.«

»Ich habe das auch gelesen.« Lily hatte vier oder fünf einander widersprechende Deutungsmöglichkeiten bezüglich dieser Aussage. Das Interview erinnerte sie viel zu sehr an die endlosen Variationen eines Spieles, das sie immer mit ihrem Bruder gespielt hatte. Ihre Grundschulversion der ganzen Serien über Spione im kalten Krieg im Fernsehen, *Mission Impossible, The Girl from U.N.C.L.E.* Der Höhepunkt des Spieles war immer, das Geständnis zu erzwingen. Zum Schluss blieben die Guten unanfechtbar, übermenschlich in ihrem Bemühen, ihre Geheimnisse zu wahren.

»Sie sind offensichtlich eine intelligente, gebildete Frau. Denken Sie, dass dieser Unfall etwas mit dem Wiedererlangen Ihres… seelischen Gleichgewichts zu tun haben könnte?«

»Kennen Sie Lucy Balsaam? Sie praktiziert in Holloway. Ich war fast ein Jahr in Therapie. Sie kennt mich in- und auswendig. Sie wird Ihnen gern bestätigen, dass ich meine Kinder nicht schlage. Anscheinend ist sie momentan außer Landes –«

»Sie sind wütend.«

»Wären Sie das nicht auch, wenn Sie mittendrin wären, mit einem Unfall klarzukommen… mit einem ernstlich verletzten Kind, und ganz plötzlich beschließt jemand, dass Sie die Verletzung verursacht haben und dass Ihnen Ihr Baby weggenommen werden soll? Ich werde zu Unrecht einer wirklich furchtbaren Sache beschuldigt.«

Melick nickte. »Gerechtigkeit. Merkwürdig, das Wort kam auch Ihrem Mann in einem anderen Zusammenhang in den Sinn. Sie sehen überrascht aus.«

»Wir sind nicht immer auf derselben Wellenlänge«, sagte Lily.

»Stört Sie das?«

»Natürlich. Nun ja, nicht immer. Er ist mein Mann. Ich liebe ihn. Man kann nicht immer gleicher Meinung sein.«

»Sie mögen keine Konflikte.«

»Wie die meisten Menschen«, sagte Lily und schlug die Beine übereinander.

Melick nickte. »Kleinkinder schaffen eine Menge Konflikte, um genau zu sein, sie liegen beinahe kontinuierlich mit sich selbst im Konflikt.«

Lily nickte. Sie waren wieder bei *The Girl from U.N.C.L.E.* angelangt.

»Das Bedürfnis nach Unabhängigkeit stößt mit der Furcht vor Trennung zusammen … Nun, ich bin sicher, Sie kennen das alles. Sie haben noch zwei Kinder, die den Übergang größtenteils sehr gut überstanden zu haben scheinen.«

»Sie sind der Erste in diesem ganzen Verfahren, der das bemerkt zu haben scheint. Ich meine, wenn ich meine Kinder misshandeln würde, warum hätte ich dann nicht auch meine Söhne misshandelt. Wenn ich so eine beschissene Mutter bin … wenn ich die beiden Älteren misshandelt hätte, wäre das nicht offensichtlich?«

»Vielleicht.«

»Haben Sie Kinder?« Lily hatte Lucy niemals eine direkte, persönliche Frage gestellt. Das war gegen das Gesetz. Das Gesetz im Psychiaterland. Als Patient war es ihre Aufgabe zu antworten, zu reflektieren, allerhöchstens eine rhetorische Frage zu stellen, die der Psychiater im Wesentlichen immer als eine Art Antwort ansah.

Melick nickte.

»Andere Menschen sagen einem nicht gerade ständig, wie toll man seine Kinder erzogen hat, oder?«

»Ich habe nur ein Kind, und ich habe Ihnen sofort am Anfang, als Sie hereinkamen, gesagt, dass Ihre Kinder eine wahre Pracht sind.«

»Meine Kinder sind mein Arbeitszeugnis, denke ich. Aber in diesem ganzen Albtraum hat niemand mir auch nur für einen Pfennig… was auch immer… Ich will keine Anerkennung… aber Vertrauen, Vertrauen.« Lily starrte konzentriert auf die Kondensation an der Außenseite der Wasserkaraffe. Während sie redete, beobachtete sie, wie sich Wassertränen auf der Oberfläche des Glastischs sammelten. Als sie schließlich hochschaute, sah sie Melick wild schreiben.

»Macht es Ihnen etwas aus, wenn ich ein paar Vorschläge mache, Mrs. Keliher?«

Lily lächelte.

»Sie wissen doch, wenn in diesen Frauenzeitschriften diese Listen über die stressigsten Erfahrungen im Leben auftauchen, dann sind das immer die üblichen Dinge. Aber ich wage zu behaupten, dass eine Untersuchung durch das Fürsorgeamt ganz oben steht. Vielleicht denken Sie darüber nach, wieder für eine Weile zu Dr. Balsaam in Behandlung zu gehen. Das kann alles nicht leicht für Sie gewesen sein. Ich würde Ihrem Mann dasselbe vorschlagen. Aber er wirkte auf mich ziemlich… widerspenstig.«

Lily lachte.

»Vielleicht braucht er auch jemanden zum Reden.«

Lily schob sich auf dem tiefen Sofa nach vorn, da sie spürte, dass Melick zum Abschluss kam.

»Eine Sache noch«, sagte er, als er seinen Stift in sein Notizbuch schob. »Achten Sie auf die Kinder.«

»Natürlich«, sagte Lily und stand auf.

»O nein.« Melick hielt eine Hand hoch, lachte. »Nein, nein. Ich meine, achten Sie auf ihre Reaktionen in Bezug auf all das. Es ist sehr, sehr erschreckend, wenn ein Geschwisterkind so schwer verletzt wird, dass die tägliche Routine wochenlang auf den Kopf gestellt wird. Ihr ältester Sohn… lassen Sie das alles nicht zu lange versickern.«

Jack

Das Anhörungszimmer stand offen. Jack setzte sich an den langen Bankett-Tisch in der Mitte und legte seine Ausfertigung der Vorladung vor sich, als ob es seine Platzkarte wäre.

Vorladung zum Fürsorgeverfahren
Erstinstanzliches Gericht von Massachusetts.
Abteilung Bezirksgericht
Registernummer: 571195

Im Antrag benannte(s) Kind(er):
Katherine Sterne Keliher
Name des Antragstellers:
Virginia W. Thoms, Fürsorgeamt.
Name und Adresse des Vormundes,
Erziehungsberechtigten oder einer anderen Partei:
John N. Keliher und Lillian N. Sterne,
Checkerbury Lane, Winstead, Mass.

Zu oben genannter Partei: Diesem Gericht wurde ein Antrag eingereicht, in dem behauptet wird, dass das oben genannte Kind oder die oben genannten Kinder, die unter achtzehn Jahre alt sind und der Rechtsprechung dieses Gerichts unterliegen, der Fürsorge gemäß den Bestimmungen des Massachusetts General Law Kapitel 119, Abschnitt 24 bedürfen.

Hiermit werden Sie vorgeladen, am oben notierten Erscheinungsdatum vor diesem Gericht zu erscheinen, um triftige Gründe vorzulegen, warum das genannte Kind oder die genannten Kinder nicht dem Fürsorgeamt von Massachusetts unterstellt werden oder einer anderen angemessenen Anordnung unterliegen sollten. Falls obiges Kästchen mit der Aufschrift »zweiundsiebzig Stunden (Notfall)« angekreuzt ist, wird das Gericht bei der Anhörung ebenfalls entscheiden, ob eine zurzeit gültige Sorgerechtsregelung fortgeführt wird.

Sie haben das Recht, sich durch einen Anwalt vertreten zu lassen. Sind Sie nicht im Stande, sich einen Anwalt zu leisten, haben Sie das Recht, dass das Gericht einen Anwalt für Sie bestellt. Falls Sie vorhaben, das Gericht zu bitten, einen Anwalt zu bestellen, der Sie vertritt, kontaktieren Sie das Gericht unverzüglich nach Erhalt dieser Vorladung.

Das Gesetz verlangt vom Richter, das/die in dem Antrag benannte/n Kind/Kinder zu sehen (»identifizieren«). Sie sind angewiesen, oben genanntes Kind oder oben genannte Kinder zu Identifikationszwecken ins Gericht mitzubringen.

Das letzte Kapitel der Seite war sowohl in Spanisch als auch in Chinesisch verfasst, aber das gesamte Dokument las sich wie eine Fremdsprache. In den letzten beiden Wochen hatte Jack das Papier immer und immer wieder angefasst. Ein konträrer Rosenkranz, der nichts bot außer einem beständigen Ring aus Schmerz. Dennoch hatte er sich am Eingang des Gerichtsgebäudes nur widerwillig davon getrennt, als der Sicherheitsbeauftragte ihn anwies, durch den Metalldetektor zu gehen und seinen Rucksack zum Durchleuchten abzunehmen. Die Vorladung war sein Pass, sein Kompass in dieser Hölle.

Das letzte Mal, dass er in einem Gerichtsgebäude gewesen war, war vor über zwanzig Jahren gewesen. Sein Vater hatte ihn hingefahren, und sie hatten seinen Anwalt, Dunleavy oder Donohue oder Donnelly, er wusste es nicht mehr genau, dort getroffen. Erin hatte ihn den »Hinterhof-Rechtsverdreher« genannt, weil er bei bestimmten Gruppen von Highschool-Schülern dafür bekannt war, Anklagen wegen Trunkenheit am Steuer verschwinden zu lassen. Jack war siebzehn. Er war angehalten worden, als er seine Großmutter nach der Hochzeit seines Cousins Paul nach Hause gefahren hatte. Jacks Vater hatte den Beamten verunglimpft, als er kam, um ihn abzuholen. Kevin Keliher trank niemals ausschweifend und konnte nicht glauben, dass sein Sohn das getan hatte. Jack hatte weniger als sieben Minuten in einem staubigen Gerichtszimmer, in dem der Putz bröckelte, verbracht, bevor die ganze Sache auf einen »geringfügigen Rechtsverstoß« reduziert wurde.

»Keine anschließenden Blutungen, keine Infektionsgefahr. Was für ein Operateur«, hatte Erin gesagt, als er damals nach Hause gekommen war. Er hatte sich schuldig gefühlt wegen des Arrests und hatte trotz der verminderten Strafe keine Erleichterung verspürt. Jacks Vater entschied sich, den ganzen Vorfall als Sieg über die Vorstadtpolizei zu sehen, von denen jeder wusste, dass sie ganz heiß darauf waren, auf Teenager draufzuschlagen. Wochen vergingen, bevor Jack seinem Vater gerade ins Gesicht sehen konnte. Er wusste nicht, welche Demütigung schlimmer war, die Tatsache, dass er die Erwartungen seines Vaters so sehr enttäuscht hatte oder dass sein Vater anscheinend keine Ahnung von seinem Scheitern hatte.

Diesen Morgen, auf der Hinfahrt, hatte seine Mutter ihn als Vogel Strauß bezeichnet. Über fünfundzwanzig Minuten lang hatte er mit extremer Geduld, wie er fand, zugehört, wie Lily und seine Mutter wieder und wieder die Minikrise erörterten, dass Ben Frans Kruzifix gestohlen hatte. Lily hatte es erst an diesem Morgen bemerkt, als sie sich auf den Weg zum Gerichtsgebäude machen wollten. Das zwanzig Zentimeter hohe, silberne Kruzifix war von seinem Platz über Frans Ankleide weggenommen und mit einer ganzen Menge Tesafilm an der Wand über Bens Bett befestigt worden. Die Art, wie diese »Diskussion« ausuferte, erinnerte ihn an einen dieser handbetriebenen Eisenbahnwagen. Seine Frau und seine Mutter setzten alles daran, um die Angstmaschine anzuschmeißen, ihr genügend Zündstoff zu geben, sodass sie aller Vernunft davonlief und es kein zuverlässiges Mittel gab, sie anzuhalten, es sei denn durch einen gewalttätigen Zusammenprall mit irgendetwas oder irgendjemandem.

»Natürlich weißt du«, hatte seine Mutter zu Lily gesagt, »dass ich niemals einem Kind Religion auf diese Art aufzwingen würde. Das weißt du doch, oder?«

Lily, die Katie auf dem Rücksitz mit einem Spielzeugakkordeon unterhielt, entgegnete: »Natürlich habe ich keine Einwände gegen das Kruzifix.« Was, wie Jack wusste, eine komplette Lüge war. »Es ist ... Bens Geheimnistuerei, sein Verlangen, ein Geheimnis zu haben, das mir Sorgen macht.«

Jack dachte, das Tolle an der Angstmaschine war, dass sie seine Mutter und Lily von der Notwendigkeit befreite, ehrlich zu sein. Es war so, dass die Angstmaschine durch Übertreiben und Leugnen gedieh. Jack wartete, bis er das Auto in der kommunalen Tiefgarage gegenüber dem Gerichtsgebäude geparkt hatte, bevor er anmerkte, dass das wahre Problem hier doch beim Stehlen lag. Lily schnalzte mit der Zunge und schüttelte den Kopf, und seine Mutter ließ dieses Kopf-in-den-Sand-Gerede vom Stapel und hörte den ganzen Weg durch das Labyrinth der Tiefgarage nicht auf, bis Lily einwandte, sie würde jetzt entweder ohnmächtig werden oder sich übergeben oder beides.

»Es ist ganz schön kalt hier drinnen.« Eleanor Snow schwang ihren wildledernen Diplomatenkoffer auf den Tisch im Anhörungszimmer und setzte sich neben Jack. Sie hatten sich täglich gesprochen, seit er sie in ihrem Büro besucht hatte, aber er hatte sie nur das eine Mal gesehen, und jetzt, inmitten dieser endlosen Weite aus Linoleum und fluoreszierender Beleuchtung, dachte Jack, dass sie kleiner und grauer aussah, fehlbarer.

Lily hatte Snow fallen lassen wollen, als klar wurde, dass es ihr nicht gelingen würde, das Anhörungsdatum zu verschieben, und dass sie sich an die nachlässigen Regeln der ursprünglichen Vorladung würden halten müssen. Jack war anderer Meinung gewesen. »Wir haben keine Vergleichsmöglichkeit«, hatte er gesagt. »Ich weiß nicht, wie du dir unseren Traumverteidiger vorstellst.«

»Das ist ja ein starkes Stück«, sagte Lily. »Du bist gewillt, im Zweifel zu ihren Gunsten statt zu meinen zu entscheiden.« Sie waren oben im stickigen Schlafzimmer seiner Mutter, Jack hielt die Sprechmuschel gegen den weißen Chenille-Bettüberwurf gepresst und wiederholte, was Snow am Vorabend gesagt hatte und jetzt am anderen Ende der Leitung erneut von sich gab – dass sie die Zeit vor der Anhörung nutzen sollten, sie für sich arbeiten zu lassen bei ihrem Versuch, das Sorgerecht wiederzuerlangen. Sie brauchten diese zusätzlichen zehn Tage, um die Leumundszeugen zu beschaffen, die genau das richtige Bild der Familie erstellen würden. Die zusätzliche Zeit könnte ihnen Gelegenheit geben, endlich Lucy Balsaam zu erreichen, deren Nachricht auf dem Anrufbeantworter nur besagte, dass sie bis Ende Juli weg sein würde, und den Namen eines Vertretungstherapeuten angab.

Lily machte jedes Mal eine Szene, wenn er mit Snow telefonierte. Sie lief im Schlafzimmer seiner Mutter umher, nahm ein Buch oder eine Bürste oder Nagelclipper, was immer sie finden konnte, und schlug es in regelmäßigen Abständen gegen die Ankleide, das Nachttischchen oder den Fensterrahmen. Dann murmelte sie wieder, wurde dabei aber immer lauter, bis er nur noch seine Lippen bewegte, und sie diejenige war, die die Laute ausstieß; zuweilen kam er sich vor wie ein Schauspieler in einem schlecht synchronisierten Film. Schließlich waren sie dazu übergegangen, getrennt mit Snow zu kommunizieren.

»Wir werden in ungefähr fünf Minuten beginnen«, sagte Snow und drückte ihre Daumen gegen die Metallschließen auf ihrer Aktentasche. Sie schaute sich in dem leeren Zimmer um.

»Sie sind draußen, auf den Stufen… schnappen ein wenig Luft«, sagte Jack. Er hatte Lily mit ihrem Kopf zwischen den Knien am Fuß der Treppen, die ins Gerichtsgebäude führten, zurückgelassen. Fran bestand darauf, bei ihr zu bleiben, daher war er gezwungen gewesen, ihr Katie zu überreichen.

»Feller?«, sagte Snow.

Jack wandte sich um und sah Melick zögernd auf der Schwelle stehen. Der Psychiater ging wieder hinaus, überprüfte die Zimmernummer und kam dann herein, klopfte sich zärtlich auf die Brust. Jack war nicht ganz klar, wer in dieser Situation den Gastgeber spielen sollte. Er stopfte seine Hände in die Taschen, gab ein »Hey, wie geht's Ihnen« von sich und wanderte hinüber, um die Flagge in der Ecke des Raums zu inspizieren. Die lateinische Inschrift um den Indianer in der Mitte der Flagge herum lag außerhalb seiner Highschool-Kenntnisse: *Ense petit placidam sub libertale quietem.* Frieden und Ruhe?

»Sie sollten sie lieber holen«, sagte Snow plötzlich. Sie schaute zur Uhr an der Wand und dann zurück auf ihre Armbanduhr. »Während Sie draußen sind, halten Sie Ausschau nach Feller.«

Dr. Feller war der Kinderarzt, zu dem sie seit Bens Geburt gegangen waren. Er war nicht gewillt gewesen, über das obligatorische Maß hinaus in die Sache hineingezogen zu werden. Snow hatte ihre Tauglichkeit unter Beweis gestellt, indem sie ihn schließlich dazu bekam, heute zu erscheinen, sogar ohne Vorladung.

Jack war kaum draußen im Foyer, als Katie auf ihn zuwackelte. Er klatschte in die Hände, und sie beschleunigte ihr Tempo, breit lächelnd über ihre eigene Vorstellung. Jacks Mutter folgte dahinter. Sie unterhielt sich angeregt mit einer älteren farbigen Frau. Als sie ihn erreichten, stellte seine Mutter sie als »die Anwältin des Babys« vor, und Jack brach in unkontrolliertes Gelächter aus. Er versuchte aufzuhören, schüttelte seinen Kopf, beugte sich hinunter, um Katie hochzuheben, erinnerte sich daran, wo sie sich alle befanden. Das unterdrückte Lachen ließ ihm Tränen in die Augen steigen. Er sah aus, als ob er weinte.

»Jack.« Seine Mutter rief laut seinen Namen, so als wollte sie ihn entweder zurechtweisen oder zur Vernunft bringen, er war nicht sicher, welches von beiden zutraf. Er wollte etwas sagen, sich bei der Anwältin entschuldigen, aber er wagte es nicht, seinen Mund zu öffnen. Er hatte keine Ahnung, was herauskommen würde.

»Jack«, sagte seine Mutter wieder. Er schaute hoch, sah über ihre kleine Gruppe hinaus weiter auf den Flur. Lily und Pater Paul näherten sich schmerzhaft langsam; Arm in Arm, trauernde Witwe und tröstender Pastor auf dem Rückweg vom Friedhof. Aus zwanzig Metern Entfernung konnte Jack ihren gebeutelten Gesichtsausdruck erkennen, als ob sie weiter nichts erwarte außer vielleicht eine Anhäufung weiteren Unglücks. Dieser »Schlag-mich-doch-noch-einmal«-Gesichtsausdruck würde ihre Chancen hier nur zunichte machen. Woher war Pater Paul gekommen. Jack hörte auf zu lachen.

»Und das hier muss wohl Miss Katie selbst sein?« Snow schaute über ihre Brillengläser, als Jack sich mit Katie auf seinem Schoß hinsetzte und alle anderen sich auf ihrer Seite des Tisches versammelten. »Ich hab schon viel von dir gehört«, sagte Snow und streckte ihren kleinen Finger nach Katie aus.

»Wer hat den Pastor angerufen?«, flüsterte Jack Snow zu, als sie einen müden Versuch startete, Katies Gunst zu gewinnen.

»Ihre Frau«, flüsterte Snow zurück. »Es kann nicht schaden. Er... stellt etwas dar, das ist alles.« Sie verlagerte ihre

Aufmerksamkeit wieder auf Katie. »Und ich habe etwas zum Naschen mitgebracht.«

Lily schüttelte nachdrücklich ihren Kopf, als Snow einen Lollipop aus ihrer Aktentasche zog.

»Vielleicht, wenn meine Mutter sie mit ins Foyer hinausnimmt. Nachdem der Richter sich gründlich ihrer Perfektion vergewissert hat«, sagte Jack.

Katies Erscheinungsbild bei der Anhörung war bei Lily zur fixen Idee geworden. Sie hatte drei Kleider gekauft und zurückgebracht, bevor sie eins gefunden hatte, von dem sie dachte, dass es die Bandagen weder versteckte noch zur Schau stellte. Sie hatte am Morgen jeden Zentimeter des Babys gründlich gewaschen. Sie hatte sogar Barney gewaschen, indem sie ihn aus dem Kinderbettchen nahm, nachdem Katie eingeschlafen war, und anschließend die duftende, aber deutlich verblasste Version neben sie legte, bevor sie wieder aufwachte.

»Beeindruckende Sammlung«, sagte Snow. Sie zog einen Aktenordner mit der Aufschrift »Keliher – Leumundszeugnisse« aus ihrer Tasche und knallte ihn auf den Konferenztisch. »Ich habe dem Richter vorab Kopien zugesandt, zusammen mit einer Erklärung bezüglich des Fehlens eines Briefes von der Therapeutin Ihrer Frau.«

Lily hatte erfolglos versucht, Lucy Balsaam zu erreichen, die, wie sich herausstellte, sechs Wochen lang die Türkei bereiste. Soweit es Jack betraf, hatte Snow ihrer aller Haut gerettet, indem sie die Einschätzung durch Melick arrangiert hatte.

»Okay«, sagte Snow, schaute zu Lily und Fran, dann zu Jack. »Denken Sie daran, die Beweislast liegt bei denen. Rein gesetzmäßig ist der nächste Schritt ein riesiger. Kein Richter nimmt eine derartige Einmischung in elterliche Rechte leicht. Die müssen beweisen, dass Katie zu Hause immer noch einem Risiko ausgesetzt ist.«

»Das war sie nie«, sagte Lily.

Snow ignorierte sie. »Denken Sie daran, was ich gesagt habe. Der Richter hält Ausschau nach proaktiven Veränderungen der Situation.«

Weiteres Schuheklappern und Quietschen auf dem Linoleum. Jack schaute sich um und sah Mrs. Thoms mit einem Mann mittleren Alters und einer Frau eintreten. Direkt hinter ihnen kam Dr. Svanda herein. Svanda war der Ankläger aus der Notaufnahme, der die ganze Sache entfacht hatte. Snow hatte ebenfalls vergessen zu erwähnen, dass er heute hier sein würde.

»Das Baby sollte auf Lilys Schoß sitzen, oder?«, flüsterte Lilys Mutter zu niemandem im Besonderen.

»Guten Morgen, ich bin Richter Pua.« Eine kleine, malaysisch aussehende Frau ging auf den Tisch zu, gefolgt von einer kräftigen Frau, der Gerichtsschreiberin. Als die Richterin sich näherte, sah Jack, dass sie auf dem Stuhl am Kopf des Tisches, ihm am nächsten, Platz nehmen würde. Er wandte sich zu Snow, um mit ihr den Platz zu tauschen. Seine Mutter ging mit Melick und Pater Paul in die zweite Reihe Stühle, genau hinter ihm. Es missfiel Jack, Pater Paul im Rücken zu haben. Er fing an, sich einzugestehen, dass er ihn nicht mochte, egal, wo er war und was er tat. Welche Motive hatte der Kerl? Er konnte ihm nicht vertrauen, wenn er nicht wusste, was er wollte.

»Hat Feller Sie angerufen?«, flüsterte Snow Jack zu.

»Ich geh raus und schaue nach ihm«, sagte Jack.

Snow schüttelte den Kopf. »Sie können jetzt nicht gehen. Scheiße.«

Lily starrte Jack an. Es war offensichtlich, dass Snow nervös war. Sie hat keinen Grund, jetzt schon in Panik zu geraten, dachte Jack.

»Lass uns Paul bitten, in Fellers Büro anzurufen«, sagte Lily.

»Paul?«, sagte Jack verwirrt.

»Pater Paul«, sagte Lily.

Snow schüttelte den Kopf.

Die Richterin legte ihre verhüllten Arme auf den Tisch. »Ich gehe davon aus, dass sämtliche beteiligten Parteien wissen, dass es sich um eine Anhörung, nicht um ein Gerichtsverfahren handelt. Und es ist ein Erörterungstermin und keine Beweisaufnahme.« Sie schaute sich im Zimmer um und seufzte. »Dies ist eine geschlossene Anhörung. Sämtliche Unterlagen werden beschlagnahmt. Wir sind heute hier, um zu entscheiden, ob das Fürsorgeamt das Sorgerecht behalten sollte, während eine komplette Untersuchung vorgenommen wird.«

Sie schaute sich wieder im Zimmer um, ein wenig dramatisch. Die riesige schwarze Seidenschleife auf ihrem Hinterkopf kratzte laut gegen ihre Robe. »Ich sehe hier eine Menge Leute. Zu viele. Ich wage jetzt eine kühne Behauptung und nehme an, dass die Eltern kampfentschlossen sind.« Sie schaute wieder hoch. »Eine Menge Leute.«

Sie öffnete den Ordner vor sich. Ohne aufzuschauen fuhr sie fort. »Ich bitte die anwesenden Personen, sich vorzustellen. Denken Sie auch daran, Ihre Beziehung zu dem Kind zu erläutern.«

Als Katies vom Gericht bestellter Anwalt an der Reihe war, Katie zu identifizieren, stand die Richterin auf und ging zu Katie hinüber, die auf Lilys Schoß saß. Sie war eine kleine, runde Frau, und als sie sich auf den Boden vor Katie hockte, dachte Jack, dass sie eine verblüffende Ähnlichkeit mit diesen eiförmigen Figuren, die mit einem lauten Klick in Katies Plastikschulbus einrasteten, aufwies.

Katie lächelte der Richterin zu, streckte die Hand aus und zog eine Hand voll Haare aus ihrem Knoten. Die Richterin beugte sich weiter vor und ließ sich ein paar Sekunden länger anschauen. »Na fein, Katherine. Willst du sehen, was ich heute dabei habe?«

Katie zappelte von Lilys Schoß herunter und ließ schließlich das Haar der Richterin los. Pua machte keine Bewegung, um ihre Frisur wieder herzustellen. Stattdessen öffnete sie den Reißverschluss am Oberteil ihrer Robe, griff hinein und zog eine kleine Plastikkatze heraus. Sie war klein genug, um aus einer Kaugummimaschine zu stammen, winzig, mundgroß. Katie starrte auf das Spielzeug in der Handfläche der Richterin, zögerte gerade lang genug, bis Lily die Geistesgegenwart bewies, hastig danach zu greifen.

»Sie steckt immer noch alles in den Mund«, sagte Jack in dem Versuch, die Geste abzumildern.

Katie trommelte mit den Fäusten auf Lilys Knie und begann zu schreien. Jack versuchte, sie zu halten. Fran bewegte sich, um Barney aus der Windeltasche zu holen. Die Richterin ging zurück zu ihrem Platz am Kopf des Tisches. »Jetzt wäre ein guter Zeitpunkt für den temporären Vormund, das Kind bitte zu entfernen.«

Jack bündelte das Baby in seinen Armen, ihre Füße pumpten wild in die Luft, trafen gelegentlich seine Schulter. Als er Katie seiner Mutter übergab, flüsterte Snow ihr zu, dass sie Feller anrufen möge.

Nachdem sie das Zimmer verlassen hatten, gab es eine lange Stille. Pua las ein paar vor ihr liegende Papiere und verbrachte einige Zeit damit, Lily und Jack einfach anzustarren. »Ich bin froh zu sehen, dass Katie auf dem Weg der Besserung ist. Als ich vor zwei Wochen diesem dringlichen Sorgerechtsbeschluss zugestimmt habe…« Sie hob die Augenbrauen, als ob sie damit ihr Sichtfeld erweitern wollte. »…hatte der medizinische Zustand dieses Kindes in meinem Bewusstsein oberste Priorität. Sie hatten ein sehr ernstlich… verwundetes Kind.« Jack dachte, das Wort verwundet klang aus ihrem Mund wie ein leises Stöhnen. Er hätte denselben Laut von sich geben können, würde er es zulassen.

»Verbrennungen zweiten und dritten Grades auf einem

Zwölftel ihres Körpers. Dehydrierung, Schwellung, Infektion. Der Berichterstatter, Dr. Svanda, aus dem Lincoln Hospital ist hier«, sagte sie, las nun in den Papieren vor sich. Obwohl sie begann, sich Svanda zuzuwenden, fuhr sie fort, Lily anzustarren. Lily saß in einer Richtung, sodass alles, was Jack von ihr sehen konnte, das schnelle Zucken einer Seite ihres Kiefers war.

»Es hat einfach nicht zusammengepasst«, fuhr Svanda fort. »Sie sagte ...«

»Die Mutter?«, verdeutlichte Pua.

»Ja, die Mutter sagte, dass das Baby einen großen Topf vom Herd gezogen hätte. Wie? Das Kind, nun, Sie haben sie ja gerade gesehen, sie kann nicht größer als einen Meter sein. Nein, weniger. Die Mutter hat nie etwas davon erwähnt, dass sie hochgeklettert wäre, nichts dergleichen.«

Snow unterbrach. »Wenn ich das eben klarstellen darf. Meine Klientin, Mrs. Sterne, hat ausgesagt, und ich bin sicher, sie hat es an diesem Tag im Krankenhaus gesagt, dass das Kind zurzeit des Unfalls in einem Hochstuhl saß.«

Svanda zuckte die Schultern. Jack sah, wie der Doktor unwillkürlich den Tisch umklammerte und seinen Stuhl auf die Hinterbeine kippte.

»Ist das korrekt, Mrs. Sterne?«

Lily nickte.

»Haben Sie diese Information ebenfalls?« Pua schaute in Richtung der Gruppe vom Fürsorgeamt. Es schien Jack, dass sie immer noch dabei war, die Spieler zuzuordnen.

»Sie hat den Hochstuhl längsseits der Anrichte abgestellt, an der sich der Herd befand«, sagte Mrs. Thoms enthusiastisch.

»Okay?«, fragte Pua und schaute Svanda an. »Was noch?«

»Die Mutter kam mir ... merkwürdig vor. Sie war still, sehr still. Irgendetwas war nicht in Ordnung.«

Pua schaute Thoms an, ob sie das bekräftigte.

Mrs. Thoms las von einem Papier auf dem Tisch. »Die Mutter fühlte sich unbehaglich, schien in ihrem eigenen Haus fehl am Platz zu sein, als ob sie etwas zu verbergen hätte.« Jack wünschte, er hätte dieses Interview gehört, wünschte, er wüsste genau, wie Lily es für sie versaut hatte.

»Sie schien eine Menge Wut in sich zu tragen«, fuhr Thoms fort.

»Mrs. Thoms, darf ich fragen, ob Sie eine ausgebildete Sozialarbeiterin sind?«

»Nein, bin ich nicht«, sagte sie und spielte mit dem goldenen Ring in ihrem Ohr.

Pua nickte. »Aber eines Tages werden Sie es sein, stimmt's?«

»Ich bin gerade dabei, meinen Abschluss zu machen.«

Jack fragte sich, welchen.

»Okay. Welche anderen physischen, medizinischen Befunde haben Sie heute für uns? Was wissen Sie nun, was Sie nicht wussten, als Sie die Eingabe bei Gericht machten?«

»Die Verbrennungen waren unterschiedlich schlimm und wiesen ein Spritzmuster auf«, sagte Mrs. Thoms und las wieder von den Papieren vor sich ab.

»Röntgenaufnahmen, alte Brüche?«

»Keine«, sagte Mrs. Thoms.

»Gut. Können wir also sicher davon ausgehen, dass wir es hier nicht mit einem Wiederholungstäter zu tun haben.«

»Nun, nicht ganz«, sagte Mrs. Thoms und öffnete einen sehr dicken Ordner, der vor einem ihrer Aufseher gelegen hatte. »Es scheint, dass Mrs. Keliher ständig den Zeitpunkt der Schutzimpfungen überzog.«

»Sind sie auf dem neuesten Stand?«, fragte Pua.

»Das Baby nicht.«

Herrgott, dachte Jack.

»Ich gehe davon aus, dass einer der Männer da drüben Ihr Hausarzt ist, Mrs… Heißen Sie Sterne oder Keliher? Können wir das jetzt klären?« Pua klang ungeduldig.

Snow flüsterte einen Moment lang mit Lily: »Mrs. Sterne hat nach ihrer Heirat mit Mr. Keliher ihren Mädchennamen behalten. Der Kinderarzt heißt Dr. Roland Feller. Er sollte heute eigentlich hier sein, um als allgemeiner Leumundszeuge die Kompetenz der Eltern zu bestätigen und auch die gesunde Konstitution –«

»Und?«

Snow zuckte die Schultern: »Ich denke, er ist aufgehalten worden.«

»Warum hat Ihr Baby nicht die nötigen Impfungen, Mrs. Keliher?«

Zum ersten Mal dachte Jack, dass ihm heute etwas Furchtbares eröffnet werden könnte.

»Das muss ein Fehler sein. Normalerweise bin ich –«, sagte Lily.

»Ein Fehler. Heißt das, Sie haben es übersehen oder das Fürsorgeamt hat es übersehen? Oder Ihr abwesender Kinderarzt?«

»Ich bin ziemlich sicher, dass alle meine Kinder sämtliche Impfungen haben. Katie hat ihre erste kombinierte Diphtherie-Keuchhusten-Tetanus-Impfung nicht vertragen, und ich habe beschlossen, das Risiko nicht –«

»Das ist es«, rief Mrs. Thoms aus.

»Alle Ihre Kinder? Wie viele haben Sie?«, fragte Pua, als ob Lily Mother Hubbard wäre.

»Wir haben drei.«

»Das höre ich zum ersten Mal, vielen Dank.« Die Richterin schaute zur Tischseite des Fürsorgeamtes. »Seit wann arbeiten Sie für das Fürsorgeamt?«

Mrs. Thoms flüsterte mit der älteren Frau, die neben ihr saß. Der Anwalt des Fürsorgeamtes schüttelte seinen Kopf. »Das ist mein dritter Fall ohne Beaufsichtigung«, sagte Mrs. Thoms schließlich.

Unter dem Tisch drückte Lily Jacks Schenkel.

»Was noch? Was, außer den Verbrennungen selbst, hat Sie an diesem Fall beunruhigt?« Die Richterin schien mehr mit sich selbst als mit Mrs. Thoms zu sprechen.

»Ihre emotionale Instabilität?«, sagte Thoms beinahe so, als wäre es eine Frage.

»Die des Babys?«, fragte Pua. Sie weitete ihre Augen, als ob sie die Sozialarbeiterin verschlucken wolle.

»Die Mutter hat eine psychiatrische Vorgeschichte.«

Pua betastete ihre in Unordnung geratene Frisur. »Ja, der alles entscheidende Faktor in diesem Fall, danke.« Sie schaute nach unten und blätterte durch einige Formulare. »Richtig, Mutter wegen Depressionen in medikamentöser Behandlung.«

Lily drehte sich zu Jack um, um ihm eine Notiz zuzustecken, und er roch Zitronen. Keine echten, sondern Laborzitronen. Sie benutzte Parfum oder Puder oder sowas von seiner Mutter. Er las das Gekritzel am Rand ihres Stenoblocks. »Gott, wie sind wir bloß hierhin geraten?«

Snow schüttelte den Kopf. »Meine Klientin ist seit einiger Zeit nicht mehr in medikamentöser Behandlung. Leider ist die Therapeutin, die sie während des letzten Jahres konsultiert hat, außer Landes in Urlaub. Aber Dr. Charles Melick, ein diesem Gericht bekannter Psychiater, hat jedes Mitglied der Familie Keliher beurteilt, und er ist heute hier.«

Pua wandte sich Dr. Melick zu, der hinter Jack und neben Pater Paul saß. »Was können Sie uns erzählen, was wir nicht bereits wissen, Doktor?«

Jack sah, wie Melick langsam seine Hände vor sich faltete, als würden sie nicht zu seinem Körper gehören. Im Gegensatz zu allen anderen begutachtete er nicht erst seinen Stapel Papiere, bevor er sprach. »Ich habe diese Eltern als gewissenhaft, gut informiert über die verschiedenen Stadien der Kindesentwicklung und voller Liebe für ihre Kinder kennen gelernt. Es gab ein Problem bezüglich der Umgewöhnung der Familie an die veränderte berufliche Situation des Mannes. Abgesehen davon habe ich keine weiter gehende Funktionsstörung als bei jeder anderen glücklichen Familie gefunden.«

Der Anwalt des Fürsorgeamts sprach nun zum ersten Mal: »Ich bitte darum, entsprechend zu vermerken, dass diese sozialpsychiatrische Beurteilung nicht unparteiisch war, sondern vom Anwalt der Eltern angeordnet wurde. Das ist zu diesem Zeitpunkt extrem unüblich.« Der Anwalt des Amts schien sich direkt an Eleanor Snow zu wenden: »Um genau zu sein, so etwas macht man einfach nicht.« Er räusperte sich laut.

»Danke, Mr. Gallione. Es scheint, dass es hier dann nichts Neues gibt –«

»Entschuldigen Sie –«

»Ja, Mr. Gallione? Ich hatte angenommen, Sie wären fertig?«

»Entschuldigen Sie, aber die mit diesem Fall betraute Sozialarbeiterin hat Informationen aufgedeckt, die, wie ich glaube, von entscheidender Bedeutung sind.« Der Anwalt des Fürsorgeamts wirkte nun aufgeregt.

Die Richterin durchschnitt mit ihren Händen große Massen Luft. »Lassen Sie hören«, sagte sie.

»Wir haben die Krankengeschichte der Mutter ein wenig durchleuchtet. Wir denken, dass es wichtig ist, vorher von der Mutter ausgelassene Informationen bekannt zu machen. Hauptsächlich, dass sie eine schwer wiegende Vorgeschichte bezüglich psychischer Erkrankung hat, inklusive langer Krankenhausaufenthalte und versuchtem Selbstmord.«

»Wovon redet sie?« Snow lehnte sich zu Jack hinüber und starrte Lily einen Moment an, bevor sie sich leise, aber eindringlich an Jack wandte. Er konnte auf ihrer Oberlippe einen feinen Schnurrbart aus Schweiß entdecken.

»Dr. Melick?« Pua wandte sich ihm zu.

Melick schaute auf seinen Bart hinunter: »Weder Mrs. Sterne noch ihre Anwältin haben mir davon irgendetwas erzählt.«

»Entschuldigen Sie, Euer Ehren«, unterbrach Gallione.

»Das ist genau das, was das Fürsorgeamt beunruhigt. Dieses Muster der Geheimhaltung seitens der Mutter. Es mag da auch gut und gerne noch andere Dinge geben, die wir einfach nicht wissen.« Langsam schüttelte er seinen Kopf.

»Die gibt es immer«, sagte Pua.

Jetzt sprachen alle durcheinander. Eleanor Snow kritzelte heftig auf ihren Block, während Lily sie endlich einweihte. Lily hatte Jack davon überzeugt, dass es unnötig war, die weit zurückliegende Vergangenheit vor Snow auszubreiten. Jack wusste jetzt, dass er in seiner Aufmerksamkeit in Bezug auf ihr Urteilsvermögen nachlässig gewesen war. Er hatte sich der Entscheidung angeschlossen, aus Nostalgie für eine Frau, die tatsächlich die richtige Entscheidung treffen konnte. Himmel, er lernte langsam.

»Entschuldigen Sie, ganz klar, ich habe ebenfalls gerade erst…« Snow trommelte schnell mit ihrem Stift. »Wenn ich nur erklären dürfte, dass die Vorfälle, die hier bezüglich Mrs. Sternes Hintergrund erwähnt werden, sich vor über zwanzig Jahren ereignet haben.«

Die Richterin schaute zur Bestätigung Thoms und Gallione an.

»Ja«, sagte Mrs. Thoms, »aber es liegt in der Natur psychischer Erkrankungen, nun, sie neigen dazu, in Stresszeiten wieder aufzutauchen. Mrs. Sterne hatte bereits… sie war jahrelang in Behandlung, und dann dieses jüngste, sehr junge Erlebnis mit der medikamentösen Behandlung. Die Zeit hat nicht gereicht, die Behandlungsunterlagen der ganzen Jahre zu beschaffen. Eine vollständige Untersuchung würde dafür jedoch ausreichen. Ich denke, dass das Kind dieses Mal Glück gehabt hat. Wenn wir das durchgehen lassen…«

»Bitte Mrs. Thoms, kein Schlussplädoyer«, sagte die Richterin. »Was noch? Von wem haben wir noch nichts gehört?« Die Richterin schaute sich mit ihrem Schleiereulenblick um. »Der Vater«, sagte sie.

Jack hatte keine Ahnung, was er sagen sollte. Erwartete man von ihm, dass er die Gesundheit seiner Frau verteidigte; erwartete man von ihm, ihre Fähigkeiten als Mutter zu verteidigen; oder erwartete man von ihm, seine eigenen Fähigkeiten als, als was, als Fürsorger, als Beschützer herauszustellen?

»Ja. Schießen Sie los, Vater«, sagte die Richterin und ermutigte Pater Paul zum Reden.

Er glaubte es verdammt noch mal nicht.

»Lily bat mich, heute als – ich glaube, was sie sagte, war ›allgemeiner Leumundszeuge‹ – herzukommen.« Er lächelte und öffnete seine großen, weißen Hände, faltete sie dann wieder, klatschte sie beinahe aneinander. Er schüttelte seinen Kopf. »Ich eigne mich recht gut für diese Aufgabe, denn ich bin bereits vor Wochen gebeten worden, Zeugnis über ihren Charakter abzulegen, und vertrauen Sie mir«, er lächelte breit, »es gibt nichts Allgemeines, nichts Gewöhnliches oder Banales über diese Frau zu sagen. Man muss sie nur mit ihrer Tochter sehen, die, wie Sie sagen, in so einem kritischen Zustand war. Man muss nur dabei gewesen sein, wenn die beiden im Krankenhaus zusammen waren. Ich habe einen langen Arbeitstag in meiner Gemeinde, und wenn ich die kleine Katie Keliher in Shriners Burns Institute besucht habe, war es normalerweise spätabends. Lily war immer da. Ich meine nicht in dem Gebäude. Ich meine, an der Seite ihrer Tochter. Trotz der überaus großen Belastung, der sie ausgesetzt war, blieb sie stark in ihrer Bindung an ihre Tochter, stark in ihrem Glauben, dass die Liebe einer Mutter …«

Gütiger Gott. Jack meinte es nicht ertragen zu können.

»Ich kenne ihren Mann schon fast mein ganzes Leben lang. Ich habe mit ihm gespielt, ich habe mit ihm gebetet …«

Jack machte eine Handbewegung zu Snow, um ihn zum Schweigen zu bringen, aber sie schien wie hypnotisiert. Alle starrten ihn verzückt an.

»Jack lebt sein Leben nach Moralvorstellungen, einem Wertesystem, das man selten antrifft, um ganz offen zu sein, nicht einmal unter meinen Kollegen.«

Er erntete seinen Lacher.

»Ich kann mir niemanden vorstellen, der besser geeignet wäre für die Aufgabe, ein Kind zu ernähren, zu führen und für ein Kind zu sorgen.«

Richterin Pua lächelte ihn an. »Vielen Dank, Vater. Okay, okay, was haben wir hier? Noch mehr Zeit für das Fürsorgeamt, die Krankengeschichte der Mutter zu durchleuchten! Das als Grund dafür, habe ich Recht, die Sorgerechtsregelung zu verlängern? Es missfällt mir sehr, dass die Mutter so etwas vor ihrer eigenen Anwältin zurückgehalten hat, vor dem beurteilenden Psychiater. Schlechtes Urteilsvermögen? Ich weiß nicht. Verstehen die Eltern den Ernst der Lage nicht? Diese Missachtung der Wahrheit missfällt mir, missfällt mir sehr. Also, was soll ich tun?

Lassen Sie uns alles andere anschauen.« Pua blätterte den Ordner mit Leumundszeugnissen, den Snow ihr zuvor gegeben hatte, durch. »Was für ein einfallsreicher Briefkopf. Ein dicker Stapel. Was noch? Dr. ... Svanda, richtig? Weder Sie noch die Ärzte im Shriners haben jemals von einem Immersionsrand gesprochen.« Sie musterte beim Reden sämtliche Papiere durch und legte sie dann fächerförmig aus. »Was bleibt uns also anderes übrig, als es eine Spritzverbrennung zu nennen. Wir müssen ausschließen, dass das Kind vorsätzlich ins Wasser geworfen wurde. Gut, das wird nun schwierig.« Sie starrte Mrs. Thoms an: »Der Behälter... ein Topf... für Messungszwecke nicht vorhanden. Gewicht des Kindes? Ist hier irgendwo angegeben. Manuelle Geschicklichkeit zu diesem Entwicklungszeitpunkt fehlt ebenfalls in diesem Bericht. Was noch? Ich sehe nun, dass jeder Name, jede Schreibweise, jedes Datum, jedes Geburtsdatum im 51B von den Informationen, die wir von dem Personal der beiden Krankenhäuser und den Eltern erhalten haben, abweicht. Sehr viele Unstimmigkeiten auf Seiten der beteiligten Fachleute. Die hier zur Schau gestellten grundlegenden Aufnahmefähigkeiten sind absolut erschreckend.

Keine Spuren trockener Verbrennung. Der Hochstuhl, falls tatsächlich ein Hochstuhl in die Sache verwickelt war, wurde niemals untersucht; und bis diese Sache mit den Impfungen aufkam, wusste ich nicht einmal, dass es noch andere Kinder in dem Haus gibt.« Sie senkte ihre Stimme, und es schien Jack, dass sie mit sich selbst redete und es für sie keinen besonderen Unterschied machte, ob jemand lauschen wollte oder nicht.

»Wenn diese Kleine sich in akuter Gefahr befand, warum sind die anderen Kinder nicht auch der Aufsicht entzogen worden?« Sie starrte Mrs. Thoms nun wütend an.

»Darf ich?« Mrs. Thoms Gesicht war feuerrot, und ihre Hände zitterten. »Wir haben dieses Kind, das jüngste, als das Ziel des irrationalen und aggressiven Verhaltens der Mutter identifiziert.« Sie las von ihren Notizen ab. »Vom Temperament her ist Katherine die schwierigste. Das wurde mehr als einmal von beiden Eltern bei der Befragung im Krankenhaus angegeben.«

Pua schaute sie an und sagte: »Passen Sie mit Ihren Adjektiven auf. Sie sind sehr teuer, sehr teuer. Sie schreiben, dass ›die Beziehung zwischen den Eltern bestenfalls angespannt, möglicherweise gewalttätig wirkt. Die Mutter hat wenig Kontrolle über ihre Impulse, kommt mit Ereignissen nicht angemessen zurecht, hat wenig Selbstbewusstsein. Es mangelt ihr an sozialen und emotionalen Kontakten außerhalb der Familie.‹ Nun, unter Berücksichtigung der psychiatrischen Geschichte der Mutter klingt das wie ein Rezept für Missbrauch.

Es ist ein Problem. Also bleiben mir nur Dr. Melick, der vermutlich, sagen wir, nur dreißig Minuten lang mit ihr gesprochen hat, und ein Pastor, der die Familie seit Ewigkeiten kennt. Der Pastor…« Pua drehte sich um und schaute Pater Paul an. »Vater, Ihr Bild der Familie unterscheidet sich grundlegend von dem, das das Fürsorgeamt in den letzten paar Wochen gezeichnet hat. Das ist es, was hier geschieht. Das Amt erkennt, dass ein Kind einem Risiko ausgesetzt ist, und dann befinden wir uns alle in der Position, dass wir versuchen müssen, die Welt, in der dieses Kind lebt, zu erhellen, ein so klares Bild wie möglich zu erhalten von dem Leben zu Hause, zu dem es zurückkehren wird. Wie Mr. Gallione selbst sagte, gibt es Dinge, die wir einfach nicht wissen. Das tägliche häusliche Leben widersetzt sich einer zufrieden stellenden Untersuchung. Es ist das Herz des Mysteriums, wie jeder, der sich um kleine Kinder gekümmert hat, weiß. Habe ich mit dem Herzen des Mysteriums Recht, Vater?«

Pater Paul lächelte.

»Erklären Sie mir etwas, Mutter, Vater.«

Jack wartete darauf, dass sie die Frage stellte, aber sie zuckte nur die Schultern. Es gab ein langes Schweigen, nach dem Jack und Lily gleichzeitig zu sprechen begannen. »Wir lieben unser Kind«, sagte Jack.

»Es war ein Unfall«, fügte Lily hinzu. »Ich bin eine gute Mutter.«

»Nun, schauen Sie«, sagte die Richterin und stand auf. »Es scheint mir ein sehr unwahrscheinlicher Unfall, wenn ich ehrlich bin. Ein furchtbarer Unfall. Unwahrscheinlich, aber nicht unmöglich. Wichtiger Unterschied. Was das andere angeht, soweit ich weiß, entzieht der Staat Massachusetts Kinder nicht dem Haus einer jeden Mutter, die Prozac nimmt, zumindest bis jetzt noch nicht. Warum vergessen wir diese ganze Sache nicht einfach? Die elterlichen Rechte werden wiederhergestellt.«

BUCH ZWEI

Jack

Es hatte seit beinahe drei Wochen, seit Ende Juli, nicht mehr geregnet. In dem ländlichen Vorort, in dem seine Mutter wohnte, war es seit dem 4. Juli verboten, den Rasen zu bewässern, aber hier draußen, wo er und Lily lebten, hatte jedermann einen Brunnen. Es war das Vorrecht des Eigentümers, ihn versiegen zu lassen. Als Jack das Auto parkte und ausstieg, sah er, dass sich auf dem verbrannten Rasen ein Teich gebildet hatte, auf dem ein Sandeimerchen, ein paar mit Wasser vollgesogene Tennisbälle und eine alte Shampooflasche trieben. Irgendjemand hatte den Rasensprenger so eingestellt, dass er nur eine armselige Halbwelle von sich gab und beständig das gleiche Rasenstück bewässerte. Katies kleine Plastikrutsche war so aufgestellt, dass man direkt in die immer tiefer werdende Matsche hineinrutschte. Ein verblasstes Budweiser-Strandlaken und zwei alte Spültücher lagen wie Frotteeschlangen im Gras.

Jack drehte den Wasserzulauf an der Seite des Hauses ab und beobachtete, wie das letzte bisschen Wasser aus den Chromlöchern des Rasensprengers herauspulsierte und dann langsam aufhörte, aus den ungefähr zwanzig Löchern im Schlauch herauszuspritzen.

Sobald das Wasser abgestellt war, konnte er sie alle in der Küche hören. Er ging um die leuchtend orangefarbenen Tigerlilien herum, die sie beim Einzug gepflanzt hatten. Die Blumen waren wild gewuchert, hatten sich vervielfältigt und verdickt, aber ihre fetten, grünen Blätter verdeckten fast vollständig den unebenen Boden vor dem Haus. Durch die Hintertür konnte Jack sehen, dass sie alle zusammen etwas kochten.

Lily hatte die Pasteten-Kasserolle herausgeholt. Sie sprach mit einem Akzent, imitierte jemanden. Shayna, ihre Großmutter. »Aaach, wer braucht schon de Ofen in Juh-li? De Blintz, de kann man kochen oben auf de Herd. Das ist das Schöne von de Blintz.« Die Kinder lachten, und die Jungs begannen »Blintz, Blintz, Blintz« zu singen, als ob es ein Spottvers wäre. Und *sie* warf *ihm* vor, seine Kindheit zu beschönigen! Nichts erzürnte ihn mehr, als wenn sie diese *Winchell-Mahoney-Hour*-Show mit ihrer Großmutter abzog. Bei jeder Vorstellung wirkte die Frau weniger wie eine tatsächliche Ahnin und mehr wie ein aufklappbarer Pfau aus einem Malbuch. Sie gab sich zu viel Mühe, übertrieb maßlos. Er hörte es in ihrer Stimme, hörte darin ihr verzweifeltes Bemühen, bei dem alles erlaubt war, dass die Kinder an etwas Mythischem aus der Vergangenheit klebten, dass sie ihre Familie liebten – selbst wenn es nur für sechs Minuten war –, sie genauso sehr liebten, wie sie alles und jeden aus der Familie Keliher umarmten. Er spürte, dass die Kinder es auch wussten, dass zumindest Ben eine Antenne für ihr Bedürfnis hatte und so antwortete, wie sie es sich wünschte, um ihre Gefühle nicht zu verletzen.

Gerade fragte er seine Mutter, ob Messing so etwas wie Gold wäre. Jack sah die Sabbatkerzenhalter auf der Anrichte beim Spülbecken. Lily reinigte sie nie und dachte nur an vier oder fünf Freitagabenden im Jahr daran, sie anzuzünden. Das Telefon klingelte, und keiner schien es zu bemerken. Katie aß eine Hand voll Blaubeeren auf einmal direkt aus dem Schälchen. Das Telefon klingelte wieder, und Lily murmelte etwas, das er nicht hören konnte. Als es zum vierten Mal klingelte, drückte er die Hintertür auf. »Die Lichter sind an, aber niemand ist zu Hause«, sagte er, als er in die Küche ging.

Greg und Katie kreischten »Daddy!« und rannten auf ihn

zu. Ben setzte zum Aufstehen an, setzte sich dann aber wieder hin. »Hallo, Dad«, sagte er. »Wir machen Blaubeerblintzen.«

»Was zum Teufel ist das denn für ein Essen«, sagte er und zwang sich, ein trotteliges Gesicht aufzusetzen.

»Jüdisches Essen«, sagte Greg und versuchte, an einer Seite seines Körpers hochzuklettern, als ob er eine steile Felswand wäre.

»Ist das nicht toll? Dass wir alle wieder zusammen in unserem Haus sind?«, sagte Lily.

»Wir sind schon seit einer Woche alle zusammen in unserem Haus«, sagte Ben.

»Seit Dienstag«, verbesserte Lily.

»Kann Oma zum Abendessen kommen?«, fragte Greg und versuchte, in Jacks Weichteilen Fuß zu fassen.

»Wir waren einen Monat lang bei ihr«, sagte Ben.

»Und?«

»Oma braucht eine kleine Pause«, sagte Jack, als er Greg auf den Boden schwang und an Lily vorbei zum Herd ging.

»Ist es nicht toll, wenn wir nur im Kreis unserer Familie sind!«, sagte Lily enthusiastisch.

»Kommt bei dir irgendetwas aus dem Wasserhahn?«, fragte Jack, als Katie nach seinen Händen griff und zum gleichen Aufstieg ansetzte wie zuvor ihr Bruder.

»Was meinst du?« In der gusseisernen Pfanne zischte Fett.

»Wie lange ist es her, dass ihr drei kleinen Schweinchen euch im Schlamm gewälzt habt? Der Rasen ist überflutet, und der Brunnen ist –«

»Scheiße«, sagte Lily. »Entschuldigung.« Sie schlug sich mit der Hand vor den Mund. »Wir sind abgelenkt worden.«

»Habt ihr nicht gehört, dass das Wasser da draußen läuft?«

»Wir sind reingegangen, um Eis am Stiel zu machen.«

»Ja, Dad, das ist gaaanz einfach«, sagte Greg. »Du nimmst Limonade und du tust sie in das Eisding mit den ganzen kleinen Kästchen –«

»Den Eiswürfelbehälter«, sagte Ben abfällig.

»Aber Mama hatte keine solchen Stäbe, also sind wir in den Wald gegangen und haben Stäbe geholt und sie dann hier reingesteckt, und jetzt haben wir Stäbe aus dem Wald in unserm Gefrierschrank.«

»Wahnsinn!«, sagte Jack.

»Mama hat gesagt, wir essen im Esszimmer«, fuhr Greg fort.

»Was ist mit dem Telefon?«, fragte Jack und schaute hinüber zur Küchentheke, wo beim Anrufbeantworter unter »Anzahl der Nachrichten« eine »Elf« aufblinkte.

»Es ist Schabbes. An Schabbes gehen religiöse Juden nicht ans Telefon«, fing Ben an.

»Ja ...«, sagte Jack.

Lily lachte. »Es hat nicht aufgehört zu klingeln, seit wir mittags hier reingekommen sind. Ich hätte den ganzen Tag am Telefon verbracht, wenn ich jedes Mal abgenommen hätte. Ich dachte, es wäre besser, es klingeln zu –«

»Ist dir mal der Gedanke gekommen, dass es sich eventuell um einen Notfall handeln könnte... dass es vielleicht einen verdammt guten Grund dafür geben könnte, dass es sich die Seele aus dem Leib klingelt?«, sagte Jack.

Die Kinder wurden still. Nur Katie schien die Spannung im Raum nicht wahrzunehmen. Sie war wieder mit den Blaubeeren beschäftigt, summte vor sich hin und ließ die grünen Überreste auf den Tisch fallen.

»Was für ein Notfall? Wir sind alle hier«, sagte Lily zaghaft.

Das Telefon klingelte wieder, und Lily starrte es an.

»Und?«, sagte Jack.

Lily machte mit dem Arm eine dramatisch ausschweifende Geste und verbeugte sich dann. Die Kinder lachten mit ihr, über ihn. So lief es normalerweise in ihrem Haushalt nicht ab.

Jack griff grob nach dem Telefon und bellte ein »Hallo« in die Sprechmuschel.

»Ist da das Haus von Mr. und Mrs. Keliher?«, fragte eine zerbrechliche Stimme am anderen Ende der Leitung.

»Ja«, sagte Jack.

»Sie beide sollten sich was schämen.«

»Wer ist da?«, fragte Jack. Die Stimme war eindeutig weiblich und alt, aber er konnte sie mit niemandem, den er kannte, in Verbindung bringen.

»Gott hat Pläne, große Pläne... mit Perversen wie euch.«

Jack knallte den Hörer auf, aber die Stimme der Frau hatte sich bereits in sein Bewusstsein eingeprägt. Und in den nächsten paar Sekunden, als Lily wieder und wieder fragte, wer angerufen hatte, fühlte er, wie sich sein Puls beschleunigte und seine Lippen taub wurden.

»Obszöner Anruf«, flüsterte er Lily schließlich zu. »Ein Streich oder so was.«

»Was hat er gesagt?«, fragte Lily und nahm die Pfanne von der Platte.

»Was ist obszön, Dad?«, fragte Ben, als Katie anfing, sich intensiv mit dem rohen Teig zu beschäftigen.

»Nicht nett«, sagte Jack. Er zog eine Flasche Absolut aus dem Gefrierschrank und goss etwas in ein Longdrink-Glas, eins von den beiden, die Lily und er vor Jahren an einem Winternachmittag im Ritz eingesteckt hatten. Er schnitt ein Stück Zitronenschale von einer schrumpeligen Zitrone ab, die er für genau diesen Zweck im hinteren Teil des Butterfachs aufbewahrt hatte, und ging zum Anrufbeantworter. Bevor er auf »Play« drückte, drehte er sich zu seinen Söhnen um und sagte: »Wenn wir wirklich im Esszimmer essen wollen, dann solltet ihr jetzt mit dem Decken anfangen.«

»Mach die lustige Restaurantrede für uns«, sagte Greg. »Du weißt schon, ›Dinner im Lilack's‹.«

Lilack's war der Name, den Jack für das Restaurant ersonnen hatte, von dem er gedacht hatte, dass er und Lily es eines Tages besitzen könnten. Dummerweise hatte er die Kinder in etwas eingeweiht, was er nun als Codewort für sein eigenes Scheitern betrachtete.

»Bitte«, sagte Greg und hopste auf und ab.

»Tisch für fünf um sieben Uhr, mit ein paar Wadenbeißern«, sagte Jack.

»Was ist das? Was ist das, Wadenbeißer?«, fragte Greg und wand sich vor Lachen.

»Weißt du's?«, fragte Jack Ben.

Ben dachte einen Moment lang nach, schüttelte dann seinen Kopf.

»Teppichkriecher«, sagte Jack.

»Babys?«, rief Ben.

»Ja, Kinder.«

»Ha!«, sagte Greg, während er mit seiner kleinen Hand auf sein bloßes Bein klatschte. »Wadenbeißer!« Er hielt einen Moment lang inne und schaute dann zu Jack hoch. »Kapier ich nicht.«

»Es ist ein Hinweis auf die Größe, beziehungsweise mangelnde Größe«, sagte Jack und hielt seine Hand knapp über den Boden. Er ging zu den offenen Regalen, in denen die Platzdeckchen und Servietten aufbewahrt wurden, zählte vier von jedem ab und gab sie den Jungs. Als sie den Raum verlassen hatten, drückte er auf »Play«. Lily wandte sich vom Herd um, während der Anrufbeantworter die Nachrichten zurückspulte.

»Es ist Freitagmorgen, wo seid ihr? Hier ist Ellen, ich wollte nur hören, wie es euch allen geht. Ruft mich an!«

»Verbrennt. Verbrennt...«

»Warte, warte, was war das? Spul das zurück«, sagte Lily.

Jack ignorierte sie.

Die nächste Nachricht war von Julia Cozzi: »Warum habt ihr es mir nicht erzählt? Es tut mir so Leid...«

Danach kam Mrs. Hines, eine Stammkundin von ihnen, für die sie immer noch gelegentlich das Catering übernahmen: »Ich weiß nicht, was ich sagen soll. Ich habe gerade den *Roos-*

ter aufgeschlagen … gibt es irgendetwas, was ich tun kann? Ich kenne einen hervorragenden Anwalt in der Stadt.« Der *Winstead Rooster* war ihre Lokalzeitung. Sie kam jeden Freitag heraus.

»Stopp das«, sagte Lily und ging zum Anrufbeantworter.

»Nein«, sagte Jack. »Ich will den Rest hören.«

»Hi, Jack? Ich bin eine Freundin Ihrer Mutter, ich gehe in dieselbe Kirche. Ich stelle Stoffpuppen für Mädchen her, und ich habe eine, die ich liebend gern Ihrem kleinen verbrannten Mädchen geben würde. Darf ich sie irgendwann vorbeibringen. Meine Nummer ist …«

»Zu schade, dass Hitler euch nicht alle erwischt hat … ihr Babykocher …«, sagte eine Teenagerstimme zaghaft.

»Das reicht, es ist genug.« Lily stellte die Platte mit den Blaubeerblintzen auf die Anrichte. »Lass uns die Polizei rufen.« Sie schüttelte den Kopf und knallte die Pfanne ins Spülbecken.

Jack gab ihr ein Zeichen ruhig zu sein. Er hörte sich die letzten fünf Nachrichten an. Vier waren anonyme Hassanrufe, und der letzte kam von Bens Betreuer im Camp. Er sollte nächste Woche zwei Dollar für eine Party, die sie veranstalten wollten, mitbringen.

»Lösch das nicht«, sagte er zu Lily, als er den Rest seines Drinks zu sich nahm und sein Hemd in die Hose steckte. »Ich laufe eben zum Laden rüber und hol den *Rooster.*«

»Ich weiß nicht, vielleicht sollten wir doch die Polizei anrufen, auch wenn ich …«

»Lass uns erst sehen, was in der Zeitung steht.« Er schaute zu Katie, die jetzt mit einer Packung Textmarker und Lilys Supermarktcoupons unter dem Küchentisch saß. »Sag nichts zu den Kindern.«

»Du hast für keine zehn Pfennig Vertrauen zu mir, oder?«, sagte Lily, ohne sich umzudrehen und ihm ins Gesicht zu sehen.

Sie hätte klug genug sein sollen, ihn jetzt nicht weiter zu reizen. »Lass es gut sein.« Jack ging auf die Hintertür zu.

»Ich tu die ganze Zeit nichts anderes.« Lily drehte sich um und lehnte sich gegen den Herd.

»Nichts stimmt allerdings«, murmelte er.

»Was zum Teufel soll denn das heißen?«

»Das Wasser läuft, das Telefon schellt... wer hat denn hier die Verantwortung? Ich meine, schau dich doch mal um. Herrgott, dieses Zimmer, dieses ganze verdammte Haus sieht zum Fürchten aus. Schau hin, schau es dir an –« Er wies auf Katie, die nun Lebensmittelcoupons in kleine Stücke zerriss und in ihre herunterhängende Windel fallen ließ. »Sie sieht aus, als wären sie seit Tagen nicht mehr gewechselt worden.« Er beugte sich vor und hob sie hoch, instinktiv streichelte er mit der Hand über die neue Haut auf ihrem Bein. »Jesus«, sagte er, als er an ihrem Po roch.

Lily streckte ihre Arme nach Katie aus, und sie strebte zu ihrer Mutter hin.

»Sie ist nur nass«, sagte Lily kurz angebunden und versuchte, ihm Katie wegzunehmen.

»Mama«, weinte Katie, und Jack ließ sie los.

Er wandte ihnen den Rücken zu und steckte seine Hände in die Taschen, um sich zurückzuhalten. Er machte ein paar Schritte zur Tür hin, kehrte dann zurück, lehnte sich über den Tisch und griff nach einer von Lilys Blintzen. Sie war aber immer noch so heiß, dass er sich die Handfläche verbrannte. Als sie am Fenster genau über dem Spülbecken auftraf, platzte die Pastete auf, und die zähflüssige Blaubeerfüllung verschmierte die Scheibe.

Jack ging nicht zum Gemischtwarenladen, der weniger als eine Meile von ihrem Haus entfernt lag. Dort kannte ihn jeder, wenn auch nicht namentlich, dann doch gut genug, um »Hallo« zu sagen und nach den Kindern zu fragen. Stattdessen fuhr er die fünf Meilen bis zur Autobahnauffahrt, wo ein Amoco war. Dort kannte ihn keiner. Er zog eine Ausgabe des *Winstead Rooster* heraus und lehnte sich gegen die Eiscremebox.

Die Neuigkeiten standen immer im Abschnitt A. Jack schlug vorsichtig die Vorderseite um und klemmte die Inserate »Pferde« und »Sommerspaß« zwischen seine Beine. Auf Seite zwei standen die Todesanzeigen, auf Seite drei das Polizeiregister. Dort schaute er zuerst. Den Herausgebern der Zeitung zufolge passierte niemals etwas wirklich Schlechtes in ihrer Stadt. Autos stießen auf nassen Straßen zusammen; Werkzeuge verschwanden aus unabgeschlossenen Garagen; Minderjährige entwendeten manchmal Autoradios; und es wurde berichtet, dass man Störungen nachging. Das Polizeiregister enthielt nichts über sie und ihre Verbindung zum Fürsorgeamt. Er wusste, dass die Anhörung offiziell abgeschlossen war, aber er wusste mittlerweile auch genug über das Rechtssystem, um zu erkennen, dass das verteufelt wenig zu bedeuten hatte.

Er überflog die Artikel über das Wachsen der Bibliothek; die beantragte Genehmigung für eine Autowaschanlage in der Stadt; das Problem der Überfüllung an der Highschool. Sie standen auf der letzten Seite, achte Spalte, genau über dem »Schwarzen Brett«:

> Der Säugling von Lilian Sterne und John Keliher aus der Checkerberry Lane ist vom Fürsorgeamt wegen der noch laufenden Untersuchungen der schweren Verbrennungen, die das Kind erlitt, während es sich unter der Aufsicht der Mutter befand, der elterlichen Betreuung entzogen worden. Das Kind wurde zunächst unter Betreuung des Shriners Hospital in Boston und anschließend des Staates Massachusetts gestellt. Die Kelihers haben zwei ältere Kinder, die bis jetzt noch nicht aus dem Haus in der Checkerberry Lane geholt worden sind.

Jack erwog, zu Fred Stowes Haus hinüberzufahren. Die Familie Stowe war Eigentümer der Zeitung. Jeder kannte das antike Haus auf der Main Street, in dem sie wohnten, und jeder wusste, dass ihre Mitteilungen bereits überholt waren, wenn sie wöchentlich in den Briefkästen landeten. Stattdessen ging er nach draußen zum Münzfernsprecher und hinterließ eine Nachricht für Eleanor Snow. Die Zeitung druckte normalerweise pro Woche eine halbe Seite voller Berichtigungen.

Er ging wieder hinein und griff nach ein paar weiteren Zeitungen. Seine Mutter hatte das immer getan, wenn irgendjemand von ihnen in der Zeitung erwähnt wurde. Sie kaufte fünf oder sechs Ausgaben und schnitt sorgfältig die Seite aus, auf der von ihrem Siegeslauf oder Tor oder Chor-Solo berichtet wurde; achtete immer sorgfältig darauf, dass das Datum oben deutlich sichtbar blieb.

Die Telefongesellschaft wollte fünfundvierzig Dollar für die Umwandlung ihrer Nummer in eine Geheimnummer, und es würde fünf Arbeitstage dauern, bis der Auftrag durch wäre. Lily beschwerte sich, dass die Freunde der Jungs sie nicht mehr anrufen könnten und dass sie den Großteil der nächsten Woche damit verbringen müssten, Leute über die veränderte Nummer zu informieren; und sie sagte, dazu hätte sie genau so viel Lust, wie sie beim Abkratzen der Blaubeeren vom Küchenfenster empfunden hatte.

Als Jack schließlich gegen neun an diesem Abend das Telefon ausstöpselte, waren achtzehn Nachrichten auf dem Band. Nachdem die Kinder schlafen gegangen waren, hörte er die ersten beiden ab und drehte dann den Ton ab. Für Lily stellten die Nachrichten »Beweise« dar, also löschte er sie nicht. Beweise wofür, fragte er sich. Aber er redete nicht mit ihr, also fragte er auch nicht. Nachdem sie nach oben ins Bett gegangen war, blieb er unten im Wohnzimmer und las.

Er hatte fast einen ganzen Monat ohne Lily hier gewohnt,

und er hatte begonnen, das ganze Haus als sein Eigentum zu betrachten, als würde sie nicht länger existieren. Er empfand Lilys Rückkehr als Einmischung in sein Privatleben. Er wollte das nicht. Er hatte vorgehabt, seine Wut zu ignorieren, in der Hoffnung, dass sie sich mit der Zeit verringern würde und Lily schmerzlos zurück in sein Leben gleiten würde.

Seit Dienstagnacht, seit sie alle gemeinsam wieder in das Haus gezogen waren, schlief er im Wohnzimmer. Am Mittwochmorgen hatte Ben ihn auf der Couch vorgefunden und gefragt, ob er die ganze Nacht dort geschlafen habe. Er hatte gesagt, dass er beim Fernsehen eingeschlafen war, aber seitdem hatte er sorgsam darauf geachtet, den Wecker auf sechs zu stellen und sein Bettzeug und Kissen in den Wäscheschrank zu stopfen, bevor die Kinder aufwachten.

Heute Nacht herrschte kein Frieden im Haus. Er hörte das Quietschen der Bettfederung bis nach unten, als Lily sich wütend herumwälzte. Die harten Panzer fliegender Insekten knallten gegen die alten Metallrollläden an den Fenstern im Untergeschoss. Und jedes Mal, wenn er einatmete, klang die Telefonstimme in ihm wieder: »Gott hat Pläne, große Pläne, mit Perversen wie euch.«

Stunden nach Sonnenuntergang betrug die Außentemperatur immer noch um die dreißig Grad, und im Haus war es noch wärmer. Sowohl die Vordertür als auch die Küchentür standen offen, um Durchzug zu ermöglichen, genau wie jedes einzelne Fenster. Jack schloss zuerst die Türen und legte die Riegel vor. Dann schob er die Staffelei der Kinder vor die Küchentür und schloss alle Fenster im ersten Stock. Bevor er das Licht ausschaltete, ging er in den Keller, griff sich einen Baseballschläger, legte sich damit auf das Sofa im Wohnzimmer und schwitzte sich in den Schlaf.

Es war immer noch dunkel draußen, als er aufwachte, weil Ben ihn unsanft mit beiden Händen schüttelte. »Steh auf, Dad. Steh auf!«

»Was?« Er griff um seinen schmerzenden Rücken herum und ertastete den Griff des Schlägers.

»Was machst du denn hier?«

»Und du?«, sagte Jack und rieb über seine verkrusteten Augenwinkel. Verdammte Allergie. Er legte seine Hand auf Bens Schulter. Er trug seinen Red-Sox-Pyjama.

»Ich hab etwas gehört«, sagte Ben.

»Mein Schnarchen vermutlich«, sagte Jack und schloss die Augen, als Ben die Hand zum Ende der Couch ausstreckte und die Stehlampe anknipste.

»Hier unten ist es heiß, Dad.«

»Wir haben Juli.«

»Die Fenster sind alle zu«, sagte Ben.

»Insekten.«

»Ich habe Angst«, sagte Ben.

Jack stützte sich auf einen verschwitzten Ellbogen und schob sich auf der Couch nach hinten, so weit er konnte. Er klopfte auf das Kissen und zog Ben zu sich herunter. »Angst wovor, Kumpel?«

»Schlimme Sachen«, sagte er.

»Wir haben alle Angst vor schlimmen Sachen«, sagte Jack.

»Das ist nicht witzig, Dad.«

»Ich habe nicht die Absicht, witzig zu sein, Ben.«

»Was ist ein Feuersturm?«, fragte Ben nach einer langen Pause, in der Jack ziemlich sicher gewesen war, dass er wieder eingeschlafen war.

»Hmm?«, sagte Jack und versuchte, wach zu werden.

»Im Radio habe ich gehört, wie sie gesagt haben, dass es irgendwo Feuerstürme gäbe und dass sie sich ausbreiteten.«

»Oh, so was wie Buschfeuer. Ich denke, das sind große Feuer, riesig große, die man nicht unter Kontrolle bekommt. Manchmal passiert das im Sommer im Westen, wenn es sehr windig ist und eine Zeit lang nicht geregnet hat.«

»Werden da auch Menschen verbrannt?«

»Es gibt da diese Ranger«, sagte Jack und war sich nicht ganz sicher bezüglich der Information, die er da von sich gab. »Sie bekämpfen solche Feuer.«

»Können sie eine ganze Stadt verbrennen?«

»Nun, ich denke, diese Dinge geschehen meistens in der Wildnis.« Jack schloss wieder die Augen.

»Hier nie?«

»Das wäre unmöglich, Kumpel, unwahrscheinlich.«

»Aber in der Hölle verbrennen Menschen, stimmt's?«

»Willst du, dass ich dich in dein Zimmer hochtrage? Es ist schon eine ganze Weile her –«

»Wenn man ein Kreuz hat, kommt man nicht in die Hölle, stimmt's, Dad?«

Jack langte hoch und strich Bens feuchte, blonde Locken aus seiner Stirn.

Ben griff nach seiner Hand: »Wir müssen in die Kirche gehen, Dad. Am Sonntag.«

»Mach dir keine Sorgen über die Hölle, Kumpel. Wenn man sieben ist, dann muss man sich keine Sorgen über die Hölle machen, okay? Du willst wirklich am Sonntag in die Kirche gehen? Vielleicht gehen wir beide zur Kathedrale in Süd-Boston. Sie ist wunderschön und hat riesige Fenster mit Glasmalereien, ganz in Blau und Rot und Gelb, genau wie in Europa.«

Ben schien sich ein wenig zu entspannen. Er lehnte sich gegen Jack, ließ seine Hand eine Minute lang auf der seines Vaters liegen. »Hast du dir die Sox im Fernsehen angesehen?«, fragte Ben und schaute auf den Baseballschläger, als Jack ihn von der Couch hochhob, um ihn ins Bett zu tragen.

»Ja«, sagte Jack.

»Oh«, sagte Ben, als sie die Treppen hinaufgingen. »Ich dachte, du hättest beim Abendessen gesagt, dass sie einen Reisetag einlegen würden.«

Irgendwie schien sein Versuch, die Beine auszustrecken – was nicht funktionierte –, die Türklingel dazu zu veranlassen, wieder und wieder zu läuten. Er hatte vergessen, dass er auf der Couch lag. Seine Schienbeine stießen gegen die gepolsterte Sofalehne, und die Kissen waren feucht vom Schweiß. Es klingelte wieder, und er wartete. Die Kinder würden schon gehen. Es war hell draußen, zu hell. Jack schaute auf seine Uhr auf dem Kaffeetisch. Es war halb neun. Die Kinder schliefen nie so lange. Lily schlief nie so lange. Als es wieder läutete, ging er ins Bad im Erdgeschoss, griff nach einem Handtuch und befestigte es um seine Hüfte. Aber erst als er die Tür bereits entriegelt hatte und dabei war, sie zu öffnen, erinnerte er sich an die telefonischen Beschimpfungen, die Verrückten da draußen.

»Marnie Dowd.« Eine große, kräftige Frau streckte eine ringgeschmückte Hand nach ihm aus. »Von der Kirche Ihrer Mutter, von St. Stephen's.«

Jack fuhr sich ein paar Mal mit der Zunge über seine Zähne und sagte dann: »Hallo.«

»Ich habe eine Nachricht auf Ihrem Anrufbeantworter hinterlassen. Ich bin die Puppenmacherin. Ich habe eine eigens für Ihre kleine Tochter angefertigt. Sie hat eine Bandage am Bein. Man sagt, das hilft den Kleinen dabei, ihr Anderssein nicht so zu empfinden.« Sie übergab Jack eine Lebensmitteltüte mit etwas in Geschenkpapier Verpacktem darin.

Jack nickte und bedankte sich.

»Ich werde weiterhin für Sie alle beten«, sagte sie, während ihre keilförmigen Schuhe sie zurück zu ihrem Auto trugen.

»Für den Fall weiterer Katastrophen«, sagte er, als sie außer Hörweite war. »Gott segne Sie!«, schrie er ihr unaufrichtig nach und winkte ihr zu.

Später, als Katie aufwachte und das Päckchen öffnete, fühlte er sich wie ein echter Scheißkerl. Die Puppe war hochkompliziert gestaltet, mit dunklem Haar wie Katie, blauen Augen, einem blauweiß gestreiften Kleid und Bandagen über dem ganzen rechten Bein und der Spitze des linken Fußes. Lily erklärte, welche Teile handgestrickt waren und an welchen Stellen die Frau eine Maschine benutzt hatte. Jack verstand nicht, wie man so viel Zeit auf ein Geschenk für ein Kind, das man nicht kannte, aufwenden konnte. Was brachte Menschen dazu, solche Dinge zu tun? Es war eine große Geste. Normalerweise fühlte er sich bei großen Gesten unbehaglich. Wie sollte man mit so etwas umgehen?

Jack war nicht der Ansicht, dass er wenig gefällig war. Er wusste, dass man das wirklich nicht sagen konnte. Als Kind hatte er gern die Zufahrt des alten Mannes, der am Ende der Sackgasse wohnte, frei geschaufelt. Wenn es geschneit hatte, war er morgens schon hingegangen, noch ehe seine Mutter ihn darum gebeten hatte. Er wechselte als Überraschung das Öl im Auto seines Vaters. Und jedes Jahr bot er sich beim Dinner von Boston für die Essensausgabe und Suppenküche an. Aber nichts davon ließ sich mit dieser Geste messen. Er sah zu, wie Katie die Bandagen der Puppe abrollte. An Stelle einer Narbe hatte die Frau kleine purpurfarbene Herzen eingenäht.

»Wie nennst du sie?«, fragte Jack, hob Katie hoch und küsste sie.

»Weh, weh«, sagte Katie.

»Ja, sie hat ein Wehweh. Aber wie nennst du sie?«

Katie zappelte, um nach unten gelassen zu werden. »Wehweh!«, sagte sie lauter, als ob er taub wäre.

In den nächsten Wochen trafen weitere Geschenke ein. Lily wurden Blumen ohne Grußkarten geschickt. Ein alter Kellner aus dem Angelo's, einem Restaurant, für das Lily gebacken hatte, als sie ihren Laden eröffnet hatten, brachte fünf Tickets für ein Spiel der Red Sox vorbei. Alte Kunden, Freunde seiner Mutter, Tanten, Onkel, die Apotheke in der Stadt und die kleine Druckerei, die sie benutzt hatten, als sie ihren Laden hatten, sandten Karten. Katie bekam eine Menge Bücher. Einige waren ganz offen religiös, einige ansatzweise »moralisch«. Gemeindemitglieder von St. Stephen's sandten Schmuck, ein Ehepaar von St. Christopher's Medaillons und vier Kruzifixe, die Lily alle schnell versteckte.

»Ein Unfall reicht diesen Leuten nicht«, sagte Lily und ließ ein kleines, goldenes Kreuz an einer Kette baumeln. »Es wäre ein Wunder, wenn einem achtzehn Monate alten Kind dieses Ding nicht in der Speiseröhre stecken bliebe.«

Ein Karton Rosenkranzperlen kam zusammen mit einem Briefchen an. »Bitte lassen Sie den Geist Ihres kleinen Engels Gottes darauf strahlen und schicken Sie die Perlen in der beigelegten Packung zurück. Wir haben ebenfalls Krankheit in unserem Haus und beten darum, dass Sie Ihre Heilung mit uns teilen.« Lily hatte die Kiste geöffnet, während Jack bei der Arbeit war und hatte sie auf dem Wohnzimmertisch stehen gelassen, damit er sich darum »kümmerte«. Jack wartete ein paar Tage, wickelte die Perlen dann in Kaugummipapier ein und schickte sie zurück.

Die Hassanrufe nahmen ab, nachdem die nächste Ausgabe des *Rooster* erschienen war. Die Geschichte auf der Titelseite und das dazugehörige Foto beschäftigten sich mit zwölf Kätzchen, die in der Mülltonne hinter dem Haus der obersten Sittenwächterin der Stadt gefunden worden waren. Zwei Wochen später berichtete das Blatt, dass der Pastor der örtlichen Episkopalkirche wegen Ehebruchs des Amtes enthoben wurde. Danach hörten die Anrufe bei Jack und Lily vollständig auf. Entweder hatten die Nachbarn jetzt größere und verlockendere Ziele, oder sie waren tatsächlich von der aus einem Satz bestehenden Zurücknahme des *Rooster,* die besagte, dass die Information bezüglich der Keliher-Familie unvollständig und versehentlich in der Ausgabe vor zwei Wochen gedruckt worden war, beeinflusst worden.

Jack begann, die unteren Fenster alle wieder aufzulassen. Er lag nachts auf der Couch und erlaubte sich, über die Gegenwart nachzudenken, sogar ein wenig zu planen. Er wünschte, er könnte die Kinder für eine Woche mit zum Strand nehmen. Ein Cottage am Cape mieten, so wie es seine Familie immer getan hatte. Aber das Geld war mehr als knapp.

Eleanor Snows Rechnung war schließlich gekommen: Zweitausendvierhundert Dollar. Er musste seinem Schwager das Geld für Bens Fußballcamp zurückzahlen. Sie versuchten, jeden Monat fünfhundert Dollar zusammenzukratzen, um die Visakartenabrechnungen von vor zwei Jahren zurückzuzahlen. Und dann der Van. Er hatte Jeans zinsloses Darlehen immer noch nicht vollständig zurückgezahlt.

Er wollte, dass seine Kinder den Sommer ebenso liebten, wie er es getan hatte. Er wollte, dass sie glücklich waren. Er konnte sich nicht vorstellen, dass sie zufrieden damit waren, den ganzen Morgen mit Lily im Haus herumzuhängen, jeden Nachmittag pflichtbewusst zu diesem Rattenloch, das sie als See bezeichneten, hinüberzumarschieren, dann um fünf zurückzukommen, um fernzusehen. Sie ließ sie zu viel fernsehen. Er hasste das. Fernsehen im Sommer. An Sommerabenden sollten sie draußen sein und Taschenlampenfangen spielen, nach der Venus Ausschau halten. Er befürchtete, dass Lily den Kindern nicht genügte. Sie kümmerte sich zwar um sie, passte jetzt mehr denn je auf sie auf, aber formte sie sie wirklich zu widerstandsfähigen und geselligen Individuen?

Lily. Sie hatte letztens einen bewussten, beinahe gewissenhaften Versuch gestartet, ihn zu berühren. Als sie einander zufällig in der Küche über den Weg gelaufen waren, hatte sie ihre Hände auf seine Hüften gelegt, als er vorbeiging. Sie küsste ihn zum Abschied, wenn er es zuließ; und abends, nachdem die Kinder ins Bett gebracht waren, folgte sie ihm mit einem Glas Wein auf die Vorderstufen und zwang sich, ihm irgendeine amüsante Anekdote des Tages zu erzählen; versuchte dabei, sein Interesse zu wecken, indem sie über seinen Arm strich, sein gebeugtes Knie tätschelte, ihre gebräunten Beine ausstreckte.

Eines Abends, als er im Garten herumwanderte, war sie auf ihn zugegangen und hatte den Rasensprenger auf ihn gerichtet. »Komm, wir ziehen uns aus und machen uns nass«, hatte sie gesagt. Er hatte den Kopf geschüttelt und war ins Haus zurückgegangen. Je mehr sie drängte, umso schlimmer war es natürlich. Es war nicht so sehr das Problem der physischen Anziehung, denn er konnte ihren Körper nicht einmal mehr anschauen. Jedes Mal, wenn er in ihre Richtung sah, sah er durch ihre Kleidung, ihre Haut, ihr Blut und ihre Knochen hindurch. Sie war zu einem Gefäß für die Niederlage geworden, ihrer ebenso sehr wie seiner.

Einige Wochen nachdem die Drohanrufe aufgehört hatten, träumte er, dass er ein Kratzen auf den Scheiben der Küchenfenster hörte. Zuerst war es leise. Aber als es lauter wurde, wusste er, dass er von der Couch aufstehen und nachsehen musste. In seinem Traum schaltete er das fluoreszierende Licht in der Küche ein, das ihn erhellte und die Ursache des Lärms draußen verbarg. Er wusste, dass er das Licht ausmachen musste, um zu sehen, wer draußen war.

In seinem Traum stand er, wie ihm schien, eine Ewigkeit, mit seiner Hand auf dem Kippschalter und spürte langsam, wie sich etwas gegen ihn presste. Er wachte halb auf, um festzustellen, dass er eine Erektion hatte und dass Lily auf ihm lag. Er meinte, gesagt zu haben: »Was machst du?«, aber er konnte es nicht gesagt haben, denn sie wiederholte immer wieder: »Ich bin es. Ich bin es.«

Er versuchte, nicht zu sehr aus seinem Traum aufzutauchen. Er war genug bei Bewusstsein, um zu wissen, dass er, wenn er wach würde, dies nicht geschehen lassen würde. Er schloss seine Augen, schloss sie fest. Ihre Brüste hingen über seinem Gesicht, streiften seine Augenlider. Sie hatte Parfum aufgelegt; Blumen, Vanille. Sie schob sich plötzlich auf ihn, glitt so schnell über ihn, dass er überrascht war und sich einen Moment lang fragte, ob es gewalttätig werden würde, ein Fick zur

Strafe. Aber dann machte sie es langsam, schaukelte vor und zurück, bewegte sich ganz über den Schaft seines Penis, als ob sie viel Wert auf das Ergebnis legte. Ihre Finger strichen beständig an seinen Seiten auf und ab, glitten dann unter ihn und zwischen seine Pobacken und die Sofaunterlage. Sie zog ihn wieder und wieder an sich. Er lauschte auf das Zirpen der Insekten draußen, das Rattern eines Trucks, der irgendwo eine Straße hinunterfuhr, ihre feuchten Bäuche, die sich rhythmisch voneinander lösten.

Als es vorbei war, rollte er sein Gesicht zur Couchwand und zog das Laken über sich. Er fühlte, wie sie eine Weile dastand, bevor sie sich umwandte und die Stufen zum Schlafzimmer wieder hinaufging. Er erwähnte es am nächsten Tag nicht und sie zu seinem Erstaunen auch nicht.

Lily

»Rosa wie ein Schweinchen«, sagte Greg, langte hinüber und berührte die hellere Haut am Bein seiner Schwester, als sie zusammen in der Badewanne saßen.

Lily goss das Öl hinzu, das sie jetzt seit sechs Wochen benutzte, um das neue Gewebe auf Katies Bein und Füßen aufzuweichen. Sie massierte den Bereich mit einem Waschlappen, um so die abgeschuppte Haut zu entfernen. Die Haut war intakt, aber nicht länger dieselbe. Die Struktur war anders, die chemische Zusammensetzung verändert. Nur langsam kehrte das Melanin in das neue Gewebe zurück. Dr. Wheeler hatte sie davon in Kenntnis gesetzt, dass es Jahre dauern könnte.

Aber Katies Heilung schritt voran. Lily und Jack hatten sogar Unterlagen erhalten, die formal die Niederlage der Klage durch das Fürsorgeamt bestätigten; und doch gelang es Lily nicht, nach vorn zu schauen. Es war, als würden der Unfall, der Krankenhausaufenthalt, die Anhörung immer wieder von neuem geschehen und so alles andere in den Hintergrund drücken. Sie blickte auf und fand sich auf halbem Weg zu Frans Haus wieder. Die Kinder saßen auf dem Rücksitz des Autos, und sie hatte keine Ahnung, wie sie hierhin gekommen waren. Sie war damit beschäftigt gewesen, die letzten Julitage umzuschreiben. Warum hatte sie Eiersalat gemacht? Keiner aß mehr Eiersalat. Warum hatte sie Katie nicht beigebracht, sich an den Laufstall zu gewöhnen? Denn wenn sie im Laufstall gewesen wäre… Sie ertappte sich, wie sie vor der Waschmaschine stand und lauschte, wie das Wasser in das Becken schoss. Ihr Herz klopfte, wenn sie an das Geräusch dieser Whirlpoolwannen im Krankenhaus zurückdachte, wo das Debridement stattgefunden hatte. Sie roch noch den Raum, spürte den leisen Hauch von Metallen und Salzen auf der Zungenspitze und das Schreien. Ein Schreien, das man überall hören konnte.

»Es ist ein Sturm«, sagte Greg. »Ein richtig schlimmer Sturm mit vielen Wellen.« Er schöpfte Wasser in seine Hände und bespritzte seine Schwester.

Katie beugte sich vor und biss ihn in den fleischigen Teil seiner Schulter. Er schaute sie an und lauschte. Sie grub ihre Zähne fester in ihn und knurrte: »NEIN.«

»Hört mit dem Mist auf!«, brüllte Lily. Pater Paul würde in zwanzig Minuten zum Abendessen kommen, und sie hatte noch nichts vorbereitet, nur das Spielzeug aufgesammelt. Jack war seit Mittwoch fort und würde nicht vor Montag zurück sein. Die Geschäftspartner brauchten ihn und Cyn für irgendein Geschäftsessen außerhalb; drüben in Nantucket.

Lily hatte es bis jetzt versäumt, sich bei Pater Paul angemessen dafür zu bedanken, was er alles getan hatte: Katie im Krankenhaus besucht, bei der Anhörung für sie Zeugnis abgelegt, seitdem drei- oder viermal angerufen, um sich nach ihnen allen zu erkundigen. Sie wusste, dass es gewiss eine bessere Möglichkeit gegeben hätte, ihren Dank zum Ausdruck zu bringen. Eine, bei der eine Geldspende eine Rolle spielte, aber das kam nicht in Frage. Abgesehen davon sehnte sie sich nach der Gesellschaft Erwachsener. Fran war mit Erin und Pete in Montreal. Jean und ihre Kinder waren oben in Bar Harbor zu Besuch bei ihren Schwiegereltern. Julia und Ellen waren für den Rest des Monats weg. Das Leben in Winstead schien abgeebbt zu sein. Der See war auf dem niedrigsten Stand der letzten fünf Jahre und sah wirklich Mitleid erregend aus, war schließlich zu einem glorifizierten Schlammloch geworden, als das Jack ihn schon immer bezeichnet hatte. Heute Nachmittag hatten so wenige Autos auf dem Parkplatz gestanden, dass der Eiscremewagen sich nicht einmal die Mühe gemacht hatte anzuhalten.

Lily ließ das Badewasser abfließen und sah mit den Handtüchern in der Hand zu, wie Greg und Katie auf ihren nassen, runden Bäuchen in der Porzellanwanne auf und ab rutschten.

»Wir sind Fische«, kreischte Greg. »Wir brauchen Wasser zum Leben.«

Lily nickte. Sie schaute auf die Uhr über dem Spülkasten. Sie hatte noch nicht einmal den Tisch gedeckt. Sie umfasste Katie und nahm sie aus der Badewanne, griff unter ihre glitschigen Achseln. »Ich bin ein Pelikan, ein Pelikan«, sagte sie mit wenig Enthusiasmus. »Stell dir vor, ich bin ein Pelikan, und du bist mein Abendbrot.« Sanft tupfte sie die neue Haut trocken und kniete nieder, um eine Hand voll Lotion einzumassieren. »Gutes Mädchen, Katie«, sagte sie, als das Kind ganz ruhig auf der Badematte stand.

»Gute Mumma«, murmelte Katie mit dem Daumen im Mund, mit der anderen Hand tätschelte sie leicht Lilys gebeugten Kopf.

Das Telefon schellte in dem Moment, als Lily Greg in seinen Schlafanzug half. Sie spürte die Vibrationen des Klingelns irgendwo zwischen ihrer Brust und ihrer Kehle. Die Anrufe hatten am Mittwochnachmittag erneut begonnen, nachdem Jack nach Nantucket aufgebrochen war. Es war immer dieselbe Person, eine Frau mit zittriger Stimme, eher älter, dachte Lily, es sei denn, es war aufgesetzt. Das Telefon klingelte wieder, und Ben brüllte von unten, dass er drangehen würde.

»Nein«, schrie sie. »Nein. Ich hab's schon.« Sie nahm in ihrem Schlafzimmer ab und dröhnte ein drohendes »Ja?« in die Sprechmuschel.

»Sie sollten sich was schämen«, begann die Frau. »Gott hat

Ihnen diese drei wundervollen Kinder gegeben, aber Sie haben seinen Willen pervertiert. Sie verdienen Ihre Kinder nicht. Ihre Strafe wird gerecht sein und Sie schnell ereilen ...«

Lily legte auf, bevor sie fortfahren konnte. Es kam ihr nie in den Sinn zu antworten. Seit drei Tagen war sie mit dieser Frau konfrontiert; hörte sich häufig die gesamte bedrohliche Nachricht an; wie ein Kind, das seine Augen bedeckt und glaubt, dass man es so nicht sehen kann. Wenn sie weder sprach noch hörbar in den Hörer atmete, dann würde es dieser Frau vielleicht nicht gelingen, Lilys Seele zu berühren.

Lily bestrafte sich selbst dafür, dass ihr der Wille und die Stärke fehlten, den Anrufer aufzuhalten. Natürlich gab es Dinge, die sie tun könnte – die Polizei benachrichtigen, den Anruf zurückverfolgen lassen, die Telefonnummer wechseln. Sie konnte nicht einfach das Telefon ausstöpseln. Jack würde sich Sorgen machen. Sie hatte ihm nichts von den Anrufen erzählt. Diese Nachrichten waren ganz klar an sie gerichtet, und sie schämte sich.

»Warum machen wir das jetzt immer«, knurrte Ben, als sie am Sideboard im Esszimmer standen und die Schabbeskerzen anzündeten. Der Sonnenuntergang war noch weit entfernt, aber Lily wollte die Kerzen anzünden, bevor die Kinder ins Bett gingen. Als Lily noch ein Kind gewesen war, war ihre Großmutter im Sommer bis ein oder zwei Uhr nachts aufgeblieben, bis die Flammen von selbst erloschen. Lilys Mutter hatte das für lächerlich gehalten. »Ich bin noch nicht einmal sicher, ob es Gott nicht egal ist, ob man sie überhaupt anzündet«, sagte sie immer. »Und dann soll er auch noch Wert darauf legen, dass du sie nicht ausbläst, damit du schlafen gehen kannst?« Lily liebte diese Sommersabbatabende, wenn sie ganz sicher wusste, dass, egal wie lange es dauerte, bis sie eingeschlafen war, ihre Großmutter immer noch auf sein und im Wohnzimmer sitzen würde, »um den Kerzen Gesellschaft zu leisten«.

Lily zündete die Kerzen an und begann, den Segen aufzusagen. »Baruch ata, Adonai…« Greg fiel zwischendurch bei ein paar gut zu merkenden Silben ein. Lily strahlte ihn an, und er strahlte zurück.

»Du weißt noch nicht einmal, was du da sagst«, sagte Ben und starrte seinen Bruder an.

»Wir danken Gott für das Licht, und das kann verschiedene Dinge bedeuten«, sagte Lily.

»Feuer!«, sagte Ben und rollte mit den Augen.

»Gütiger Schabbes«, sagte Lily und beugte sich nieder, um erst Katie und dann Greg zu küssen. Ben wandte sich ab, als er dran war. Katie bestand darauf, sie alle dreimal zu küssen.

»Schieb sie etwas nach hinten, Mama«, sagte Greg und starrte die Flammen an. »Man weiß nicht, wer, weißt du…«

Lily nickte und drückte die Messingkerzenhalter ein Stück nach hinten zur Wand.

»Toll«, sagte Ben, als er aus dem Zimmer ging. »Jetzt geht das ganze Haus in die Luft.«

Lily hatte nicht die Kraft dazu, etwas anderes zu tun, als ihn zu ignorieren. Er hatte sich schon die ganzen letzten Wochen merkwürdig benommen, aber als er am Sonntag vom Campingwochenende mit Jean und Erin und seinen Cousins nach Hause gekommen war, war er ausgesprochen feindselig gewesen.

Lily und Paul hatten Gin Tonic am Küchentisch getrunken, während die Kinder den Nachtisch aßen. Paul erzählte eine Geschichte von einem alten Pastor, der ihn ausgebildet hatte und der so dick gewesen war, dass er tatsächlich an einem Sonntagmorgen während der Messe einen Stuhl zerbrochen hatte, einfach weil er sich darauf gesetzt hatte. Die Kinder lachten alle, sogar Ben. Daher fuhr er fort mit einer Geschichte über einen Messdiener, der ein Problem mit seinen Darmwinden hatte. Benjamin kugelte sich vor Lachen. Und als es Bettzeit war, war sogar er damit einverstanden, dass Paul sie nach oben brachte; unter der Voraussetzung, dass er noch eine Geschichte erzählte.

Paul war immer noch oben mit den Kindern, und Lily rieb Parmesan in den Salat, als das Telefon wieder schellte. Sie nahm beim ersten Klingeln ab und brüllte ein »Ja?« in den Hörer. Das Adrenalin schoss ihr in den Kopf, ließ ihr die Glieder schwach werden.

»Lily?«

Es war Jack. Die Verbindung war schlecht. Sie hörte Menschen im Hintergrund reden und noch etwas, eine Art Rauschen, so etwas wie New Age Musik.

Er sprach von einem Mobiltelefon, machte gerade am Strand ein Fischpicknick. »Benehmen die Kinder sich gut?«

»Meistens«, sagte sie.

»Wo sind sie? Es ist so still.«

»Pater Paul. Ich hab ihn zum Abendessen eingeladen. Er liest ihnen oben vor.«

»Geschieht ihm recht. Lily, bist du noch dran? Du kannst dir dieses Haus nicht vorstellen.«

Das Gleiche hatte er bei den beiden anderen Malen, als er angerufen hatte, auch schon gesagt.

»Guy, Guy Waller hat tatsächlich vom Haus zum Strand einen Weg für die Golfcars angelegt, und er hat auch welche. Für uns ist das toll. Wir können das ganze Zeug nach hier unten fahren.«

»Gut«, sagte sie.

»Stimmt was nicht?«

Sie hörte Cyns Stimme im Hintergrund. Vielleicht hätte Lily darum bitten sollen, auf dieser Veranstaltung mit Jack zusammen zu arbeiten. Es wäre für sie gut gewesen.

»Ach ja«, sagte er. »Bevor ich es vergesse: Wir machen morgen Mittag Bananeneis zum Nachtisch. Muss der Rum beim ersten oder beim zweiten Einfrieren zugegeben werden?«

»Am Schluss«, sagte sie. »Sonst würde der Alkohol verhindern, dass es genügend friert. Wegen der Konsistenz, weißt du.« Sie wusste, dass er das wusste.

»Gut, danke. Pass auf dich auf. Gib den Kindern einen Kuss von mir. Ich rufe dich morgen wieder an.«

Als Paul nach unten kam, goss er ihnen beiden noch etwas Gin nach und fragte, ob er den Tisch decken könne. Sie zog den Barbecuegrill in die Nähe der Steckdose an der Küchentür und stöpselte den elektrischen Stecker ein. Das Gras war so trocken, dass es wehtat, mit bloßen Füßen darauf zu gehen. Es war ein trockener Sommer gewesen, zu trocken. Sie schaute zum Himmel und dem sich verdunkelnden Dunstschleier hoch. Sie nahm an, dass es immer noch hell genug sein würde, wenn es an der Zeit war, den Heilbutt aufzulegen.

»Mama?«

Lily zuckte zusammen und schrie kurz auf.

Ben lachte.

Sie hatte ihn weder kommen gesehen noch gehört, aber jetzt war er hier, genau neben ihr.

»Herrgott, du hast mir einen Schrecken eingejagt, Schatz.«

»Entschuldigung.«

»Was ist los?« Er trug eins von Jacks alten T-Shirts, das seine Beine bis unter seine Knie bedeckte.

»Muss ich jetzt schlafen gehen?«

Lily biss in die Innenseite ihrer Wange. Sie hatte für heute mit den Kindern fertig sein wollen. »Bist du müde?«

Er schüttelte den Kopf. »Okay. Möchtest du reingehen und eine Weile fernsehen?«

Er nickte und ging so leise davon, wie er gekommen war, betrat das Haus durch die Vordertür.

In den paar Minuten, in denen sie draußen war, hatte sich die Dunkelheit über den Gartenrand, wo das Gras in den Wald überging, gesenkt. Es war schwül und still, zu still. Ihre Augen glitten wieder über den Garten, die Schaukel, den Schuppen, das Fußballtor, die Reihe heller Kiefern.

Gegen neun bat sie Ben, den Fernseher abzuschalten und ins Bett zu gehen, und sie und Paul setzten sich zum Essen hin. Es war still, während sie aßen. Paul wirkte ihr gegenüber nun schüchtern, jetzt, wo nur noch sie beide da waren. Sie hörte auf das Geräusch der Gabel, die gegen den Boden der hölzernen Salatschüssel kratzte.

»Deine Gemeindemitglieder waren fantastisch, haben Katie Geschenke geschickt. Sehr aufmerksam«, sagte sie nach einer Weile.

Er nickte eifrig. »Das ist hervorragend«, bemerkte er und wies auf seinen Teller.

»Oh, gut, das freut mich«, sagte sie; fast überrascht, ein Kompliment zu erhalten.

»Ich habe sehr viel Glück, in St. Stephen's zu sein.« Er nickte wieder. »Es ist eine warme, fürsorgliche Gemeinde. Klein genug, dass man sich gut kennt.«

»Wir haben da eine sehr merkwürdige Sache zugesandt bekommen – na ja, es war eigentlich kein Geschenk, es war eher eine Bitte, denke ich. Schien mir jedenfalls sehr merkwürdig. Jemand hat uns seine Rosenkranzperlen geschickt zusammen mit dem Anliegen, dass Katie sie segnen möge. Ich weiß nicht … heilige Hände oder so was, denke ich.«

Paul furchte die Brauen. Er griff nach etwas Brot und fuhr fort zu essen.

Lily schenkte ihnen beiden Wein nach. Vielleicht war ihr Zynismus zu deutlich gewesen.

»Butter«, sagte sie und stand vom Tisch auf.

»War es jemand von St. Stephen's?«, fragte er, als sie aus der Küche zurückkam.

»Ich denke schon. In dem Briefchen wurde ein krankes Familienmitglied erwähnt. Ich weiß nicht. Das Ganze wirkte nur ungewöhnlich … hoffnungslos, schätze ich.«

Er nickte heftig, und sein gerades schwarzes Haar fiel ihm nach vorn ins Gesicht.

»Ich meine, wenn man die demografische Zusammensetzung deiner Gemeinde bedenkt, schien mir das eher so eine Randerscheinung –«

»Wenn man fürchtet, den Menschen zu verlieren, an dem man am meisten auf dieser Welt hängt, dann bin ich nicht sicher, ob es einen interessiert, wie man auf andere wirkt. Was hieße es denn, *zu* weit zu gehen?« Er schob sich das Haar aus dem Gesicht und schaute sie über den Tisch direkt an.

Lily rutschte auf dem Esszimmerstuhl hin und her und zog einen Fuß unter ihr anderes Bein. Sie kannte ihn nicht gut genug, um zu erkennen, ob die Frage rein rhetorisch war. Was für ein merkwürdiger Mann. Bei der Predigt vor einer Kirche voller Menschen und der Ansprache in einem Gerichtssaal voller Feindseligkeit hatte er weit entspannter gewirkt als hier in ihrem Esszimmer. In der einen Minute erzählte er den Kindern Witze übers Furzen, in der nächsten belehrte er sie über die Exzesse der Liebe.

»Wie weit würdest du gehen, um Jack zu halten?«, fragte Paul und schnitt sauber die Spitze einer festen grünen Bohne ab.

»Du meinst, wenn ich aus dem zwölften Stock baumeln würde?« Sie lachte und nippte an ihrem Wein. »Es tut mir Leid, wenn ich irgendjemandes Ansicht über Glauben beleidigt habe. Es ist nur, wenn jemand dich darum bittet, dass dein achtzehn Monate altes Kind Rosenkranzperlen anfassen soll, um ihre Heilkräfte weiterzugeben, ist das doch …«

»Irrational?«

»Absurd«, sagte sie. »So was wie der kindliche Glaube an Zauberkräfte … dass jemand etwas berühren kann und eine Art von Kraft weitergeben kann.«

»Physische Berührung kann ganz außergewöhnlich sein.« Er kreuzte seine langen, dünnen Arme über dem schwarzen Hemd. Im Kerzenlicht hob sich das Weiß seines Talars von seinem Adamsapfel ab wie ein Leuchtfeuer.

»Ich weiß nicht. Ich weiß nicht, was ich davon halten soll«, log sie. »Ich weiß, dass eine Menge Leute an so etwas glauben. Ich meine, Katie ging es danach auf jeden Fall besser. Nur, bei meinem Hintergrund kann ich ihren verbesserten Gesundheitszustand nicht wirklich darauf zurückführen, dass du deine Hände auf ihren Körper gelegt hast.«

Paul lachte und grinste breit. »Was ist mit physischer Liebe? Ich würde meinen, dass du von allen Menschen die Reaktion von Haut auf Haut am meisten zu schätzen weißt.«

Lily lehnte sich vom Tisch zurück und zog auch ihr anderes Bein unter sich, sodass sie nun im Indianerstil auf dem Stuhl saß. Ihr missfiel die Art, wie diese Unterhaltung sich entwickelte. War er besessen von Sex? Natürlich, Menschen, die nie Sex hatten, waren immer davon besessen. Sie schenkte noch mehr Wein ein und hob ihr Glas zu ihrer Brust.

»Lily«, sagte er und lehnte sich über seinen Teller auf die purpurnen Kerzen in der Mitte des Tisches zu. »Ich rede von Mutterliebe. Die heilende Berührung, die ich meinte, war deine. Die Kraft von Müttern, durch Berührung zu heilen, das ist die außergewöhnliche Kraft.«

»Oh«, sagte sie, »als du physisch gesagt hast –«

»Na ja, was kann physischer als diese Beziehung sein?«

Lily zuckte die Schultern.

»Was ist los? Du siehst… skeptisch aus. Du glaubst mir nicht.«

»Nein. Es ist nur diese Tendenz, die die Menschen haben, zumindest manche Menschen, Mutterschaft zu idealisieren. Ich meine, das wirkliche Leben ist ganz einfach nicht so.«

»Und was meinst du mit dem ›wirklichen Leben‹?«

»Den Alltag, mein tägliches, weltliches Leben.«

Er nickte gedankenverloren. »Müssen wir diese Trennung vornehmen? Es ist alles eins, es ist alles heilig.«

»Für dich«, sagte sie und strich über die Fransen auf ihrer Serviette.

»Für jeden, der sich entscheidet, es dazu zu machen.«

Sie schüttelte den Kopf. »Die meisten Menschen fällen keine Entscheidungen. Sie lassen alles über sich ergehen. Sie setzen einen Fuß vor den anderen, und wenn sie Glück haben, teilt man ihnen vielleicht diese vereinzelten Glücksmomente oder so was zu.« Sie schnitt ein Gesicht in dem Versuch, sich über ihre eigene schwammige Einsicht lustig zu machen.

»Du hast echt die Schnauze voll, stimmt's?« Er schob seinen leeren Teller zur Seite.

Sie lachte. »Kaffee?«, sagte sie, im Begriff aufzustehen.

»Nein, nein, warte.« Er tippte mit seinen langen, schlanken Fingern auf den Tisch. »Erzähl's mir.«

Sie stand auf, vom Gin und dem Wein etwas unsicher auf den Beinen.

»Lily«, er streckte seine blassen, unbedeckten Arme über den Tisch. »Da ist etwas ... zerbrochen in dir ...«

Sie fühlte, wie ihr die Röte ins Gesicht schoss, und sie schaute unter den Tisch nach der Sandale, die sie von sich geschleudert hatte. Sie würde mit keinem Pastor, selbst mit diesem nicht, über ihre Ehe sprechen. Sie wollte ihm gegenüber nicht verletzlich werden. »Zeit für den Nachtisch.« Sie begann, den Tisch abzuräumen.

»Setz dich eine Minute«, sagte er. »Ich möchte etwas tun.«

»Was?« Sie lachte nervös. Sie konnte die Situation nicht länger deuten oder vorhersagen, was als Nächstes geschehen würde. Und das nahm sie ihm übel.

»Ich will das nur machen, wenn du dich dabei wohl fühlst. Sei also ehrlich.«

Sie schaute zu Paul hinüber, ganz sicher, dass er im Begriff war, etwas so Fremdes und Unseriöses zu tun, dass sie sich für ihn schämen würde.

»Lass mich für dich beten. Nur eine Minute lang.«

»Was ... beinhaltet das?«, fragte sie, fand schließlich ihre Sandale und zog sie mit dem großen Zeh zu sich heran.

»Deinen Kopf und dein Herz«, sagte er. »Zuerst lege ich meine Hände auf deinen Kopf und bete, und dann auf dein Herz.«

Sie lachte wieder. Sie hatte genug getrunken, um einverstanden zu sein. »Was soll ich tun? Soll ich …«

Paul ging um den Tisch herum. Lily lehnte sich mit gekreuzten Beinen in ihrem Stuhl zurück.

»Schließ deine Augen«, sagte er. »Atme ein paar Mal langsam durch die Nase ein und durch den Mund wieder aus. Genau so. Entspann dich. Denk an etwas. Was ist das Problem?«

»An was soll ich denken?« Er war groß. Viel größer als Jack, und sie konnte ihn hinter sich und über sich fühlen.

»Ich möchte, dass du an ein Licht denkst. Sonnenlicht, Feuerlicht, Kerzenlicht. Stell dir vielleicht sogar diese Kerzen auf der Anrichte vor. Das sind Sabbatkerzen, stimmt's?«

Sie nickte. Sie fühlte die Wärme seiner Handflächen über ihrem Haar, aber er hatte sie noch nicht berührt. Sie hoffte, dass er schnell machen würde. Kerzen, Feuer, Verbrennungen. Licht war für sie keine beruhigende Vorstellung. Sie hatte niemals mit Erfolg meditiert; war sich des Prozesses immer zu bewusst gewesen, um sich fallen zu lassen. Sie war jedoch fähig, sich ganz und gar hinzugeben. Manchmal, wenn sie kochte, etwas Kompliziertes und möglicherweise Unmäßiges, konnte sie sich verlieren. Und natürlich beim Sex. Sie war im Stande gewesen, sich in den konzentrischen Kreisen dieses wachsenden Vergnügens ganz und gar zu verlieren.

Er hatte ihren Kopf noch nicht berührt. Warum also verhielten seine Hände nun über ihren Brüsten? Das war ein Fehler, ein Riesenfehler. Sie hatte zu viel Wein getrunken – deshalb wohl wollte sie doch tatsächlich, dass die Hände dieses heilenden Priesters sie liebkosten.

»Okay«, sagte er. »Hast du etwas gespürt?« Er tippte ihr leicht auf die Schulter. »Du kannst deine Augen nun öffnen, Lily. Manche Menschen verspüren eine Art Wärme oder

Hitze ausgehend von dem Körperteil, über dem ich gebetet habe.«

»Irgendetwas«, sagte sie, »ich bin mir nicht sicher, was. Aber ich habe definitiv etwas gefühlt.«

Sie war erleichtert, als Paul endlich ging. Sie stapelte das Geschirr im Becken und überprüfte die Sabbatkerzen über dem Sideboard, um sicherzugehen, dass sie aus waren. Sie war entsetzt, dass sie sich für einen flüchtigen Moment zu Pater Paul hingezogen gefühlt hatte. Zweifellos ein Nebenprodukt des Entzugs. Ihr fiel ein, dass sie die Grillabdeckung draußen vergessen hatte. Sie würde sich noch darum kümmern müssen, bevor sie abschloss und zu Bett ging. Pauls Anziehung war nicht physisch. Es war sein Glaube, der so verlockend war. Wenn man mit jemandem schlief, der glaubte, dass alles im Leben heilig war, fing man sich vielleicht wie einen Virus diesen Gedanken ein und würde so auch glauben können.

Barfuß trat sie auf die Hinterstufen. Eine Brise war aufgekommen, und die Nacht wurde kälter. Die Steinstufen hatten die Wärme der Tageshitze verloren. Sie schaute hoch in die Wolken, die über dem nächtlichen Himmel zogen. Gestern am See hatte sie Greg und Katie im Wasser getragen, jedes Kind auf einer Hüfte, und war wie ein Stehaufmännchen auf und ab gehopst, immer und immer wieder, während sie lachten und schrien; und während einem dieser Momente, als sie zum zehnten Mal in die Knie ging, um den sandigen Grund des Sees von den Fußsohlen abzuschütteln, fühlte sie einen Strom der Dankbarkeit, dass sie immer noch klein genug waren, sich halten zu lassen und immer noch jung genug, um für ihre Mutter eine Quelle solchen Glücks darzustellen. Vielleicht war das Freude.

Sie musste den Löffel ins Gras fallen gelassen haben, als sie mit dem Braten des Fisches fertig war. Sie griff nun neben dem Grill nach unten, und als sie aufstand, sah sie die Puppe auf dem Grill liegen. Die Kohlen waren wohl nicht so heiß gewesen. Sie konnte die Puppe immer noch als ihre Puppe identifizieren, die Puppe, die ihre Großmutter jeden Morgen auf den beiden kleinen gehäkelten Kissen auf ihrem eigenen Bett platziert hatte. »Glynda«, hatte ihre Großmutter sie genannt, die gute Hexe, die Fee. Ihr gelbes Haar war fast versengt, und der Arm, der den Zauberstab gehalten hatte, tropfte durch die Schlitze des fettigen Grills. Aber Teile des Goldbrokatkleidchens und der zu blauen Augen waren immer noch sichtbar.

Sie warf die kuppelförmige Abdeckung über den Grill und rollte ihn vom Haus weg, da sie befürchtete, die Puppe könnte noch Feuer fangen. Anschließend rannte sie die Hintertreppe hinauf und zog beide Türen hinter sich zu. Lily konnte sich nicht einmal erinnern, wo sie die Puppe zuletzt gesehen hatte. Nach dem Unfall hatte sie sie irgendwo versteckt. Sie hatte Angst gehabt wegen des Zauberstabs; Angst, dass Katie daran nuckeln könnte oder ersticken würde oder sich die Augen ausstechen würde.

Sie schenkte sich den Rest Wein vom Abendessen ein und wählte die Nummer in Nantucket, die Jack ihr gegeben hatte. Es war zwanzig vor zwölf. Der Mann, der ans Telefon ging, klang, als ob er geschlafen hätte. Lily wurde gebeten, »doch bitte am Telefon zu bleiben«, während er die Küche anwählte. Es folgte eine lange Stille, dann klickte es ein paar Mal, und schließlich hörte sie Jacks Stimme, die gegen die Geräusche klappernder Gläser und laufenden Wassers ankämpfte.

Sie erzählte ihm von der brennenden Puppe, und dann, als ob es alles eine Geschichte wäre, von den Anrufen.

»Warum hast du mir davon vorher nichts gesagt?«, erkundigte er sich.

Sie hörte, wie an seinem Ende der Leitung Türen auf- und zuglitten. Er muss jetzt draußen sein, dachte sie, vielleicht an Deck. »Ich war es leid, der Überbringer schlechter Nachrichten zu sein.«

»Sind die Kinder okay?«

»Was meinst du?«, fragte Lily zu laut. Ihr brach der Schweiß aus; er setzte am Haaransatz an und schien entlang der Innenseite ihrer Schenkel hinunterzulaufen.

»Ich weiß es nicht«, sagte Jack defensiv.

Lily ließ das Rollo an dem Küchenfenster herunter. »O Gott«, sagte sie. »Ich geh besser hoch und schau nach.«

»Ich ruf dich zurück!«, sagte Jack.

»Nein!«, brüllte Lily ins Telefon. »Entschuldigung. Ich meine, leg nicht auf. Bleib dran, während ich hochgehe.«

»Okay«, sagte Jack.

Sie legte den Telefonhörer auf der Geschirrablage ab und ging langsam aus der Küche. Sie wollte sich schnell bewegen, aber sie schaffte es kaum über die Schwelle in die Diele. Nach ein paar Sekunden wurde ihr klar, dass sie den Atem anhielt. Als sie die Diele erreicht hatte und dabei war, die Treppen hinaufzusteigen, war sie überzeugt, dass noch jemand im Haus war. Sie verfluchte sich dafür, dass sie nie dazu gekommen war, die beiden kleinen Fenster, die die Eingangstür flankierten, abzudecken. Die Metallstangen, an denen man normalerweise Vorhänge aufhängte, waren immer noch ungenutzt und von den Vorbesitzern. Jeder konnte draußen stehen und hatte einen klaren Blick in das wackelige Haus und auf die Frau, die sich darin die Treppenstufen hinaufkämpfte, als würde sie mit jedem Schritt Sauerstoff verlieren.

Sie hielt sich an der Türleiste außerhalb des Zimmers der Jungen fest und steckte ihren Kopf hinein, halb darauf gefasst, von einem stumpfen Gegenstand getroffen zu werden. Mit dem Fuß öffnete sie von der Diele aus die Schranktür und sprang dann in die Mitte des Zimmers. Greg wälzte sich bei dem Lärm herum, aber das obere Bett war leer. Lilys Herz klopfte. Katie lag nackt im Kinderbettchen, ihre Windel hatte sie auf den Boden geworfen. Lily ging schnell am Wäscheschrank vorbei und weiter auf ihr Zimmer zu. Das Licht war an. Benjamin lag schlafend und mit einer Taschenlampe in seiner Hand auf der Überdecke.

Lily ging nach unten. Das Haus gehörte ihr. Die Wände waren wieder Bollwerke, die Türen echte Barrieren.

»Ich rufe die Polizei an«, sagte Jack, als sie den Hörer wieder aufnahm. »Cyn meint, ich soll die Polizei anrufen und sofort nach Hause fahren. Die nächste Fähre geht erst morgen früh.«

»Gut, und was denkst *du?*«, fragte Lily. Jetzt, wo sie keine Angst mehr hatte, war sie ärgerlich.

»Ein Scherzbold. Ein perverser Scherzbold. Provinzliga-Scheiße. Eine schwarz gefärbte Barbie.«

»Das war keine Barbie. Das war Shaynas Puppe.«

»Ich weiß«, sagte er. »Ich wollte dich nur zum Lachen bringen. Ich dachte, einmal herzhaft lachen –«

»Nun ja, ich bin nicht diejenige in einem großen Herrenhaus am Meer mit einem Haufen voller Menschen, die alles verdrecken.«

»Ja«, sagte er, »igittigittigitt. Cyn und ich spülen gerade die dritte Fuhre Gläser. Die Verleihfirma nimmt sie hier nur sauber zurück, und diese Menschen sind immer noch da draußen und machen noch mehr schmutzig.«

»Ich würde sofort mit dir tauschen«, sagte sie.

»Ich weiß«, sagte er; seine Stimme war weich, beinahe warm. »Es ist schon ein Mist.«

»Muss ich Angst haben?«, fragte sie.

»Nein. Das Schlimmste ist vorbei«, sagte er zuversichtlich.

»Du meinst, du hasst mich nicht mehr?« Sie baute aus den Baguettekrumen auf der Anrichte eine Pyramide. Sie hatte zu viel getrunken.

»Ich meine Katies Verbrennungen, den Unfall, ihre Verletzung.«

»Ich weiß«, sagte Lily.

»Ich wünschte, es wäre so, Liebling. Ich wünschte, es wäre so.«

Lily legte den Hörer auf, bevor er noch etwas sagen konnte. Sie schenkte sich etwas Heaven Hill aus der Flasche ein, die sie letzte Weihnachten zum Backen von Früchtekuchen gekauft hatte. Die fettige Fischhaut ließ sie auf den Tellern im Spülbecken hart werden. Das Brot, die Biscotti, den bereits verwelkten Dill: alles ließ sie auf der Anrichte stehen. Sie machte sich nicht einmal die Mühe, die Silberbesteckschublade oder die Schranktüren zu schließen. Lily ging aus der Küche und in die Diele, überprüfte nicht einmal mehr die Schlösser an den Türen. Sie war zu traurig, um Angst zu haben. Als sie langsam die Stufen zu ihrem Schlafzimmer hochstieg, dachte sie, wer mir was tun will, muss erst durch all das hier durchwaten.

Als sie aufwachte, war es draußen hell, und jemand klopfte an die Tür. Nicht an ihre Schlafzimmertür, sondern an die Haustür. Ben schlief immer noch neben ihr im Bett. Aus dem Schlafzimmerfenster konnte sie ein Polizeiauto in der Zufahrt sehen. Sie zog Gymnastikshorts an und ging nach unten.

Sie erkannte den Officer. Er war einer der jüngeren Polizisten der Stadt. Er war schon öfter in den Laden gekommen. Sie sah, dass er jedes Mal, wenn er von seinem metallbedeckten Notizblock hochschaute, versuchte, sie einzuordnen.

»Bitte«, sagte sie, »kommen Sie herein.« Es wirkte unhöflich, ihn in der jetzt schon sengenden Sonne, die auf die Vorderstufen traf, draußen stehen zu lassen. Als er seine Füße überflüssigerweise auf der Türmatte abzutreten begann, fiel ihr das Chaos in der Küche wieder ein. Das Haus roch nach Fisch.

Das Essen auf der Anrichte hatte wohl eine Erinnerung in ihm freigesetzt. Er zog einen Küchenstuhl hervor und sagte: »Station Break, stimmt's?«

Sie lächelte.

»Küchenchefs müssen immer experimentieren. Das ist der

Unterschied zwischen einem Koch und einem Chef, da gehe ich jede Wette ein.«

Lily fragte, ob er Kaffee wollte. Was sie wirklich wollte, war, hochzurennen und einen BH und längere Shorts anzuziehen und, je nachdem, warum er hier war, ihre Kinder in einem geheimen Durchgang zu verstecken, den er niemals finden würde. Sie spülte die Kaffeetasse vom letzten Abend aus und füllte den Wasserbehälter mit kaltem Wasser.

»Haben Sie diese Drohanrufe gemeldet, als sie anfingen?«

Richtig, deshalb war er hier. Sie fuhr mit den Fingern durch ungebürstetes Haar und musste zur Kenntnis nehmen, dass sich richtig schlimme Kopfschmerzen ankündigten.

»Nein«, sagte sie. »Ich meine, ich dachte nicht, dass es anhalten würde. Wir dachten, wenn wir es einfach ignorieren ... Nun, es hat für eine Weile, drei oder vier Wochen lang, aufgehört.«

Der Polizist schob die Flasche Balsamico und die verkrustete Knoblauchpresse zur Seite und schlug seinen Notizblock auf. Sie war froh, dass er so jung war. Vielleicht ließ ihn deshalb der Zustand der Küche gänzlich unbeeindruckt.

»Redet die Anruferin Sie mit Namen an?«

»Sie weiß, wer wir sind.« Lily legte ihre Daumen unter ihre Augen. Vermutlich hatte sie letzte Nacht nicht einmal das Make-up entfernt. »Sie erwähnt einen Vorfall –«

»Die Sache mit der Kindesmisshandlung«, sagte der Polizist gleichgültig.

Lily starrte ihn einen Moment lang an. Sie wünschte, dass dies alles schon vorbei wäre. Sie wollte nicht, dass die Kinder aufwachten und einen Polizisten im Haus vorfanden.

»Wir kennen die Geschichte«, sagte er.

»Wir wurden fälschlicherweise beschuldigt«, sagte sie.

Er zuckte die Schultern. Sie schenkte ihm etwas Kaffee ein und zog die Schüssel vom Vorabend mit den grünen Bohnen in Walnussöl unter seiner Nase weg.

»Als Ihr Mann uns heute Morgen anrief, sagte er, dass sich letzte Nacht ein Zwischenfall bezüglich dieser Anruferin ereignet hat.«

Lily öffnete die Hintertür und führte den Polizisten in den Garten. Sie wies auf den Grill, blieb aber auf den Stufen stehen, als er durch den Garten ging.

Mit der Grillabdeckung in der Hand suchte er im Gras nach einem Stock. Er hob einen von Gregs Plastikgolfschlägern auf und stocherte damit in der Puppe.

»Die Grillablage ist hinüber«, sagte er. Nach einer Weile schmiss er den Golfschläger zurück ins Gras und deckte den Grill wieder ab. »Haben Sie letzte Nacht Autos gehört? Irgendetwas? Sie haben hier eine lange Zufahrt.« Er folgte Lily ins Haus und nahm vor seinem Kaffee Platz.

Lily, die sich gerade selbst etwas Kaffee einschenkte, schaute hoch und sah Ben am anderen Ende der Küche stehen.

»Ben, das ist Officer … Blaise?«

»Blaisedell«, korrigierte er und streckte seine Hand aus.

Ben starrte ihn nur quer durch den Raum an.

»Es ist alles in Ordnung«, sagte Lily.

»Darf ich fernsehen?«, fragte er und schaute dabei sowohl Lily als auch den Polizisten an.

Sie nickte, und er drehte sich schweigend um und ging ins Wohnzimmer.

»Entschuldigung, wissen Sie, wenn sie gerade aufwachen, dann …«

»Darf ich Sie um etwas Milch bitten?«

»Entschuldigung.« Lily schaute sich im Raum nach einem Milchkännchen um und stellte dann einfach die Zweiliterpackung aus Plastik auf den Tisch.

»Wo war die Puppe vorher?«, fragte er.

»Im Haus. In einem Schrank, denke ich.«

»Es war ganz sicher ein Unikat?«

Lily nickte.

»Jemand müsste dann ins Haus gekommen sein.«

»Ich glaube schon«, sagte Lily.

»Haben Sie in letzter Zeit irgendwelche Schlüssel verloren? Haben Sie neue Babysitter? Putzfrauen?«

»Nein.«

»Servicetechniker? Handwerker?«

Lily schüttelte den Kopf.

»Leben Sie und Ihr Mann getrennt?«, fragte er nach und schaute auf seinen Notizblock hinunter.

»Nein, warum?«, fragte Lily und ließ die Rollos etwas hoch.

»Oh, Entschuldigung«, sagte er. »Es ist nur, als er uns anrief, war er ...«

»Auf Geschäftsreise«, sagte Lily.

»Haben Sie eine Alarmanlage?«, erkundigte er sich und schaute auf die Tür.

»Nein.«

»Einen Hund?«

»Muss ich mir Sorgen machen?«, fragte sie verärgert.

Der Polizist trank seinen Kaffee aus und stand vom Tisch auf. »Meistens ziehen Kinder solche Sachen ab. Es könnte ein Teenager sein, der Ihnen übers Telefon einen Streich spielt.«

»Und das ist gut, wenn es ein Teenager ist? Ich meine, macht es das Ganze weniger ernst? Weniger bedrohlich?«

»Gestern war ich drüben in einem Haus in Rose Lane. Die Leute sind aus dem Urlaub zurückgekommen, und alles war weg, einfach alles.« Er schüttelte den Kopf. »Vielen Dank für den Kaffee. Rufen Sie an, wenn Sie weitere Probleme haben.«

Während die Kinder ihr Müsli aßen, ging Lily in den Keller und holte ein paar Koffer herauf. Sie war es leid zu warten; darauf zu warten, dass Jack nach Hause kam, dass die Freunde der Kinder aus den Ferien zurückkamen, dass der Sommer vorbei war, dass das Wetter kühler wurde, dass es regnete, dass sie genug Geld hatten, um eine Klimaanlage zu kaufen, dass weitere Drohanrufe kamen, dass irgendetwas anderes Furchtbares passierte, dass Jack aufhörte, sie zu hassen. »Kinder, wollt ihr dieses Wochenende runter zum Cape fahren?«, rief sie von den Kellerstufen hinauf.

Ben und Greg kreischten und jubelten, und Katie fing von dem Lärm verschreckt zu weinen an.

Auf einer ihrer Visakarten waren noch achthundertsiebzig Dollar Guthaben. Lily wollte mit ihnen allen nach Wellfleet fahren, in einem dieser unzähligen Motels entlang der Route 6 würde es schon noch ein Zimmer geben. Sie würden einen Sonnenschirm mitnehmen, und sie würde Katies Bein und Fuß dreifach bandagieren, vielleicht sogar Bens Laufsocken über die Bandagen streifen, um ganz sicherzugehen.

»Was ist mit Dad?«, fragte Ben, der im Türrahmen der Küche lehnte. »Kommt Dad auch dahin?«

»Dad arbeitet«, sagte Lily, als wäre das Erklärung genug.

»Ja, das weiß ich«, sagte Ben.

»Warum hast du dann gefragt?« Lily stellte die Koffer in die Diele.

»Wann ist er fertig mit arbeiten?«, sagte Ben.

»Er wird nicht vor Montag fertig sein. Und am Montag muss er dann wieder in Boston arbeiten. Wir lassen ihm eine Nachricht da.«

»Wir wollen Daddy«, fing Greg an zu singen und trommelte dabei übermütig mit seinem Löffel gegen die Seite des Küchentisches. »Wir wollen Daddy!«

»Da, Da, Da«, sagte Katie und trommelte im Einklang mit Greg mit den Fäusten auf das Hochstuhltablett.

»Vielleicht besorge ich euch allen einen Babysitter und fahre allein«, sagte Lily und hob Katie aus dem Hochstuhl.

»Was ist mit Oma? Oma kann babysitten. Oma, wir wollen Oma...«, sagte Greg.

»Scheiß drauf«, sagte Lily laut. »Ich versuche, etwas Nettes für euch zu tun …« Sie trat die alten Stoffkarokoffer zur Seite und begann die Stufen hinaufzusteigen. Katie weinte und schrie, aber Lily konnte nicht ausmachen, ob sie »Oma« oder »Mama« sagte.

Sie warf sich auf ihr Bett. Sie fühlte sich heiß und verkatert, und sie wollte diesen Job heute nicht verrichten. Vielleicht konnte sie es einfach nicht. Wenn man Kinder hatte, war es nur noch ein Handeln und Machen und Geben. Von irgendwoher musste das aber kommen, doch ihr Vorratstank war leer. Ihre eigenen Eltern hatten sich regelmäßig eine Auszeit genommen, sowohl von zu Hause als auch von der Universität. Sie brauchte eine Auszeit.

Was würde passieren, wenn sie jetzt im Moment ginge, sie einfach zurückließ. Wie würde es sich anfühlen, ganz allein in dieses Auto zu steigen? Wie machten die Leute es, wenn sie ihre Kinder verließen? Legten sie ein Video ein und schlichen zur Hintertür raus? Vielleicht sollte sie einfach irgendetwas völlig Unverantwortliches tun, um dem Ganzen die Krone aufzusetzen und so die Annahme zu bestätigen, dass sie tatsächlich eine schlechte Mutter war.

Als Ben eine Woche alt war, hatte sie ihn in seiner Korbwiege angestarrt. Er war wach, still, schaute mit weit geöffneten blauen Augen zu ihr zurück. Und einen Moment lang, irgendwo zwischen Müdigkeit und Erschöpfung, hatte sie einen objektiven Blick auf sie beide erhascht, auf die neue Mutter und das neue Baby, und sie hatte sich gefragt, ob sie all das richtig mache. Woher wusste sie, ob sie ihn richtig liebte? Wie viel Liebe war genug? Während der letzten sieben Jahre hatte sie mehr als tausendmal an diesen Moment zurückgedacht. Wie hätte sie damals denn erkennen können, was sich mit der Zeit zwischen Mutter und Kind entwickeln würde? Wie diese wahnsinnige Liebe mit jedem Tag anstieg, sich verdoppelte und verdreifachte und dann außerhalb jeder zählbaren Menge anwuchs? Und ganz, ganz selten, so wie heute, dachte sie an diesen Moment in der ersten Woche zurück und erkannte das Körnchen nackter Wahrheit in der Angst dieser frisch gebackenen Mutter. Wie viel Liebe war genug?

Der Babysitter kam herübergeradelt. Lily hatte Katie seit dem Unfall nicht allein gelassen. Sie beobachtete, wie Samantha vorn auf das Haus zukam. Zumindest war sie groß. Lily nahm an, dass die Kinder heute mit einer Vierzehnjährigen mit besten Empfehlungen besser dran waren als mit ihrer entnervten Mutter. Sie gab Samantha zwölf Dollar, damit sie eine Pizza kommen lassen konnte, und sagte ihr, dass sie vor Einbruch der Dunkelheit zurück sein werde.

Als sie am Auto ankam, sah sie Ben auf dem Vordersitz sitzen. Er hatte geweint.

»Also«, sagte sie. »Willst du an den Strand gehen?«

Jack

Jack hatte sich noch nie vom Wasser eingeschlossen gefühlt, aber er war auch noch nie in Nantucket mit seinen Fähren und dem alles bestimmenden Fährfahrplan gewesen. Er war um vier aufgewacht, nachdem er am Abend zuvor mit Lily gesprochen hatte, und hatte nicht wieder einschlafen können. Er hatte etwas davon erzählt, dass er die erste Fähre zurück nach Hyannis nehmen müsste, aber Cyn konnte das Samstagabend-Dinner wirklich nicht allein bewältigen.

Um fünf ging er auf Zehenspitzen die Treppenstufen des Bedienstetenflügels hinunter. Die Handtücher hier waren so groß und dick, dass man sie sich kaum unter den Arm klemmen konnte. Jemand im Hause der Wallers mochte wohl den Weg für die Golfcars nicht, denn ein zwar schmaler, aber ausgetretener Pfad führte durch das Dünengras zum Strand. Er hätte zu Lily sagen sollen, sie möge die Kinder doch ins Auto packen und übers Wochenende herkommen. Er hätte irgendwo ein Motelzimmer für sie gefunden. Aber im August kostete hier draußen wohl alles mehr als zweihundert Dollar pro Nacht. Und außerdem würde sie das Auto an einem Samstag nie hier herüber bekommen. Verdammte Insel.

Es war hell draußen, obwohl die Sonne erst in einer Stunde aufgehen würde. Die Wallers hatten eine »Gezeiten-Info« an der Wand in ihrer Küche, als ob ihr Inselleben tatsächlich von Ebbe und Flut und abnehmendem Mond bestimmt würde. Das Wasser war niedrig, kam gerade wieder herein.

Jack war in den vier Tagen, in denen er jetzt hier war, noch nicht schwimmen gewesen. Arbeit war Arbeit, Schwimmen war privat. Er wollte nicht, dass Waller ihn sah, wie er sich auf irgendeine Art und Weise vergnügte. Waller hatte die unangenehme Angewohnheit, Jack Drinks anzubieten und zu sagen, er möchte sich von dem Essen bedienen, das Jack gerade vorbereitet hatte, als ob er auch einer von seinen geldbeladenen Kumpels wäre, der übers Wochenende angereist war, als ob der Schweiß, der sich hinten an seiner Taille sammelte, das Produkt einer Runde Golf wäre und nicht der Beweis für einen Nachmittag in einer stickigen Küche. Jack wusste, er hätte auf Berufskleidung für Cyn und sich bestehen sollen. »Nein, nicht in dem Haus da draußen«, hatte Waller gesagt, als Jack das Thema letzte Woche auf den Tisch gebracht hatte. Auf der Insel sind wir ganz leger.« Verdammte Insel.

Jack zog sich aus, knüllte seine Shorts zusammen und warf sie gegen die Düne. Er rannte durch die beinahe kühle Luft, die vom Atlantik aufstieg, und tauchte ein. Es war kalt, selbst jetzt noch, Mitte August. Der Golfstrom. Die Leute nahmen sich wohl gern selbst auf den Arm. Sein Großvater väterlicherseits hatte ein Haus in Rockport gehabt, als er noch ein Kind gewesen war. Und Jack und seine Schwestern hatten dort am Strand gesessen und zugeschaut, wie er sein tägliches Zwanzig-Minuten-Schwimmen vollzog. Er zog sich eine vom Salz verblichene, rote Wettkampfbadekappe über seinen kahlen Kopf und lief ohne jede erkennbare Reaktion ins Wasser mit seiner immer eisigen Temperatur und der häufig bewegten Brandung. Dann schwamm er, parallel zum Strand, und Jack und Erin und Jean joggten neben ihm her. Er schwamm immer genau bis zur Hafenmole, drehte dann um und kam zurück. Am Wendepunkt rief er ihnen immer etwas zu. Es war weder Jubel noch Spott, aber irgendetwas dazwischen, etwas Ambivalentes. Etwas, so erkannte Jack nun, das seine eigenen Gefühle ihnen gegenüber widerspiegelte.

Der Ozean war hier nicht annähernd so kalt wie das Wasser vor Cape Ann, aber als Jack wieder und wieder auftauchte und seine nackte Rückseite der wärmeren Luft aussetzte, fühlte er sich von innen nach außen durchgefroren, als ob das Blut in seinen Adern vereist und transfundiert worden wäre. Jack machte ein paar lange Züge entlang der Küste in der Hoffnung, sich an die Temperatur zu gewöhnen. Er trieb auf dem Rücken mit dem Gesicht zum Strand und zu Wallers Palast. Die Möwen stießen auf die Reste des gestrigen Picknicks herab. Jack ließ das Wasser gegen seinen Kopf schwappen und seine Ohren füllen. Das vom Salzwasser umgewandelte Geräusch seines eigenen Atems erinnerte ihn an den fernen und dennoch alles umgebenden Laut eines U-Dopps, das den Herzschlag seiner Kinder *in utero* verstärkte. Vielleicht hätte er nach Hause fahren sollen.

Er wickelte sich in das Handtuch ein und wartete auf den Sonnenaufgang. Ein paar Mal drehte er sich um, spürte jemanden hinter sich, aber es waren nur die Möwen. Einen Moment lang versuchte er sich vorzumachen, dass das sein Strand war, hinter ihm sein Haus, seine Zuflucht, seine verdammte Insel. Natürlich würde er es anders machen. Er hob einen Stein auf und skizzierte in dem nassen Sand das Gelände. Wer würde nicht gern ein Stück vom Atlantik besitzen? Jeder New Engländer wollte das. Das Gelände würde hauptsächlich aus einem Restaurant, seinem Restaurant, bestehen, dann an den Seiten ein paar Hütten, vielleicht eine Loge mit einer abgeschirmten Veranda und einem Platz für Basketball. Die Wohnung war für sie, die Familie, nicht vorrangig. Das Restaurant würde so offen wie möglich sein, mit breiten Bodenbrettern, Holzwänden, Holzblöcken mit vielen Fensteröffnungen. Nein, das passte nicht. Er hatte einmal nördlich von Portland, Oregon, in einem Restaurant gearbeitet, das so aussah. Das war für hier nicht das Richtige. Es irritierte ihn, dass er hierfür keine Vision bereit hatte.

Er schaute hoch und erkannte, dass er den genauen Moment, an dem die Sonne hinter dem Ozean auftauchte, verpasst hatte. Es war passiert, während er im Sand herumgekritzelt hatte. Die Sonne stand oben und war kaum sichtbar, blutete in die niedrigen Wolken. Ein unvollständiger Sonnenaufgang, und er hatte ihn verpasst. Er warf seinen Malstein ins Meer.

Das Land hier, Wallers Parzelle, musste Millionen gekostet haben. Sautieren und Schmoren würde ihm nicht einen einzigen Flecken der verdammten Insel einbringen. Er streifte seine Shorts über und ging auf den Golfpfad zu. Er wollte daran denken, die Polizei anzurufen, ihnen von der Geschichte mit der Puppe zu erzählen. Er wusste, dass Lily Angst hatte.

Es würde wieder ein heißer Tag werden. Vielleicht würden sie sogar wollen, dass er das Mittagessen drinnen servierte. Eine verdammte Mahlzeit im Sitzen, nur damit Waller irgendeinen Deal auf die Reihe kriegen würde. Der natürlich für die Wallers obligatorische schwarze Labrador sprang durch das Dünengras auf ihn zu. Er würde aufpassen müssen, wo er langging. Jack hatte versucht, Waller zu sagen, dass sie die Schauplätze für die Mahlzeiten variieren müssten. Das Picknick war eine gute Idee gewesen. Der verdammte Hund war wahrscheinlich genau so ein Weichteilschnüffler wie sein Herrchen. Jack sah zu, wie der Hund auf ihn zugaloppierte. Er war so sehr auf den Hund konzentriert, dass er zuerst nicht bemerkte, dass er auf die abgedeckte Feuerstelle vom gestrigen Picknick getreten war. Fluchend hüpfte er auf dem kühlen Sand herum und rannte zum Wasser hinunter. Der Hund folgte ihm, schoss auf ihn zu, als ob das Ganze ein Spiel wäre. Lange saß Jack am Rand des Wassers mit seiner geringfügigen Brandung, und der Hund schnüffelte an seinem Rücken. Er beobachtete, wartete, wie sich die Blasen formten und füllten. Er und Cyn hatten das Feuer gestern Mittag angemacht, vor etwas weniger als zwanzig Stunden. Die Stelle, auf die er gerade getreten war, konnte nicht so heiß gewesen sein. Es würde schon keine ernste Verbrennung werden, sagte er sich. Es tat höllisch weh, aber es war nichts Ernstes.

Cyn hatte eine blumengeschmückte Hutschachtel voller Phiolen und Salben. Keine davon entsprach dem, was er suchte. »Gott sei Dank hast du deinen Schlüsselblumenextrakt nicht vergessen«, sagte er und wühlte sich durch die merkwürdige Zusammenstellung von Heilmitteln und Kräutern. »Codein, Demorol, Valium, extra starkes Tylenol, so ein Zeugs suche ich.« Er saß auf der Kante der Badewanne, die Füße in kaltem Wasser.

»So schlimm, hm?«

Er hatte es vom Strand hierher geschafft, indem er jeden Fuß in ein Ende des Handtuchs eingepackt hatte und so weit wie möglich auf den Hacken gelaufen war.

»Vielleicht gibt es an deinem Körper ein paar Pressurpunkte –«

»Glaub mir, der Schmerz sitzt in meinen Füßen«, sagte er.

Sie kniff die Augen zusammen, als ob er sie veräppeln wollte. »Nichts ist so einfach, Jack. Schmerz ist komplex.« Sie setzte den Deckel wieder auf die Hutschachtel. »Außerdem dachte ich, du wolltest heute Morgen wieder nach Hause fahren.«

»Wie soll ich das denn machen? Ich brauche diesen Job, das weißt du. Ich meine, ich muss sie sowohl körperlich als auch finanziell schützen.«

»Du machst Witze«, sagte sie.

»Warum?«, sagte er verwirrt.

»Manchmal bist du so rückschrittlich«, sagte sie.

»Nun, weißt du, Cyn, so ist das Leben als Kerl.«

»Was? Rückschrittlich zu sein?«

Er drehte seinen Körper auf dem Badewannenrand und schaute sie im Spiegel über dem Waschbecken an. Sie trug einen Kinderpyjama. Zum ersten Mal, seit er vor fünfzehn Minuten an ihre Tür geklopft hatte, bemerkte er, dass ihr Oberteil mit Barbies übersät war. »Bei dir passt nichts zusammen«, sagte er.

»Passt nicht wozu zusammen? Zu deiner eingefahrenen Idee, wer ich sein sollte?«, sagte sie, im Begriff den Raum zu verlassen.

»Hey, so sehr interessiert mich das gar nicht!«, sagte Jack.

Das Problem lag darin, dass er zum Aufbau der Omelettstation ständig zwischen Küche und Deck hin- und herlaufen musste. Sein rechter Fuß war schlimmer als der linke. Nachdem er Cyn beleidigt hatte, die jetzt Edelstahlschüsseln auf die Edelstahltheke knallte, hatte er etwas Aloe-Vera-Gel in einem Medizinschränkchen gefunden. Er hatte seine Fußsohlen damit getränkt und dann ein paar dicke Socken übergezogen. Jedes Mal, wenn er auftrat, hob er bewusst seinen Fuß an, ohne ihn zu beugen, als ob seine Zehen mit der Vorderseite seiner Knie verbunden wären wie bei einer Marionette.

Er erkannte nun, wie isoliert er doch von Katies physischem Schmerz gewesen war. Sie war zu jung, um zu sagen: »Es tut weh wie... es tut weh wie...« Wie was?, dachte er jetzt. Er fand die Bezeichnung nicht, wie weh es tat. Es tat höllisch weh, wie Fran sagen würde.

Ein paar Frühaufsteher waren bereits an Deck, klapperten mit den Stühlen, sahen für Jack zu sauber rasiert, zu gut ausgeruht, zu zufrieden aus in ihren Golfshirts und Deckliegen. Wie jeden Morgen erhob sich nach der Zeitungszustellung generelles Murren. Zum Glück war der Markt geschlossen, und sie hatten die Mobiltelefone oben gelassen.

Schneebesen. Jack war klug genug gewesen, einen Satz mitzubringen; und natürlich war das etwas, was vermutlich auf der verdammten Insel vorhanden war. Er hatte die tragbaren Herde so aufgestellt, dass er an Deck sitzen, vor sich hin schimpfen und seine Füße entlasten konnte. Er schnippte etwas Wasser auf die Teflonpfanne und sah zu, wie sich langsam Perlen bildeten.

»Du bist viel zu hübsch, um die Stirn zu runzeln«, sagte einer der vielen Geschäftskapitalisten laut zu Cyn, als sie ein Tablett mit Saft herausbrachte. Jack rollte mit den Augen, als sie auf dem Weg zurück in die Küche an ihm vorbeikam, aber sie dachte nicht daran, den verschwörerischen Blick zurückzugeben.

»Was ist los mit dem da?«, sagte der Mann, dessen Gang sogar das solide Deck erschütterte. Er war groß und durchtrainiert, sein gegeltes Haar war aus der Stirn gekämmt. Ein bisschen übertrieben für einen Financier in den Fünfzigern, dachte Jack.

»Was kann ich Ihnen heute Morgen zubereiten, Sir?«, fragte Jack fröhlich.

»Wieder Eier, hm? Waller zahlt Ihnen ein riesiges Geld dafür, dass Sie Rühreier servieren?«

»Ich mache Ihnen alles, was Sie wünschen«, sagte Jack. Er würde es diesem Kerl mit seinem Charme unmöglich machen, einen Streit vom Zaun zu brechen.

»Alles? Na gut…« Er atmete aus und blies eine Wolke Mundwasser über einer Schicht Scotch von gestern Abend in Jacks Richtung. Jack erkannte langsam, dass das derselbe betrunkene Narr war, der beim Dinner am Donnerstag damit geprahlt hatte, dass er nie, aber auch nie kalifornischen Wein kaufen würde. Was Waller sich denn dabei denken würde, das richtige Zeug, das französische Zeug, für die Dreißig-Prozent-Spieler aufzuheben.

»Ich dachte, hier am Ende der Welt würden alle geräucherten Schellfisch essen?«

Jack lächelte.

»Und?«

»Ich habe geräucherten Lachs in der Küche«, sagte Jack.

»Ich rede hier nicht von Judenessen«, sagte der Mann und beugte sich zu ihm. »Ich rede von einem anständigen New-England-Frühstück.«

»Judenessen?«, wiederholte Jack. Diesen Ausdruck hatte er das letzte Mal gehört, als er acht gewesen war. Er war mit seiner Großtante Claire in einen Delikatessenladen in Brookline gegangen, wo die glänzenden, goldenen Fische in der Kiste die Aufschrift »Weißfisch« trugen. Er hatte danach gefragt, und sie hatte ihre Nase gerümpft: »Was weiß ich«, hatte sie gesagt. »Judenessen.«

»Sie wissen schon, was ich meine, Bagels und Lox«, sagte der Mann.

»Oh, klar. Wir Juden essen nichts anderes«, sagte Jack, und der Schmerz in seinen Füßen feuerte seine Zunge an. »Jetzt«, sagte er und gestikulierte mit seinem Spatel, »müssen Sie sagen, ›komisch, Sie sehen gar nicht…‹«

Der Mann lächelte und schüttelte seinen Kopf: »Hey, 'nen Juden riech ich auf 'ne Meile.«

»Wenn ich Sie wäre, würde ich nicht direkt über dem offenen Feuer atmen«, sagte Jack und tippte mit seinem Spatel gegen die Bratpfanne.

»Du kleiner Scheißer«, sagte der Mann. Nicht seine Lautstärke alarmierte die anderen an Deck, sondern sein plötzlicher Griff über den Herd hinweg nach Jacks Ohr. Jack sprang zurück gegen das Deckgeländer, und der jüngste und magerste der reichen Typen rief den Betrunkenen zurück und schlug vor, dass sie alle in die Stadt frühstücken gingen.

»Riesenvorstellung«, sagte Cyn, nachdem er endlich die Omelettstation abgebaut hatte und mit allem zurück in die Küche gehumpelt war. »Was hast du getan? Ihn auch noch beleidigt? Du hast echt ein Problem, weißt du das?«

»Ich habe deine Ehre verteidigt. Der Typ ist ein Hinternbetatscher.«

»Nein, ein Tittengrabscher.«

»Er ist ein Schwein«, sagte Jack; erleichtert, dass Cyn wieder mit ihm sprach.

»Wir kochen also für Schweine, wir servieren Schweine, das ist ja nichts Neues. Das bedeutet aber nicht, dass du dich benehmen musst wie ein Schwein.«

»Hab ich nicht«, sagte Jack.

Waller pfiff laut, um sie wissen zu lassen, dass er kam.

Klopf, klopf, der König kommt.

Er steckte seinen silbernen Kopf in die Küche. »Ich hab gehört, dass Ambi heute Morgen ziemlich gehässig geworden ist.«

Jack zuckte mit den Schultern.

»In der Garage sind ein paar Mountainbikes. Bedienen Sie sich. Man kann fantastisch durch die Dünen radeln. Gehen Sie aus der Küche raus. Vergnügen Sie sich. Haben Sie Spaß.« Er zog die Arme über den Kopf und streckte sich, bis sein Rücken krachte. Er war gerade auf dem Weg zur Tür hinaus, als er sich mit der Hand gegen die Stirn schlug und sich umwandte. »Wir werden heute Abend ein paar mehr sein.«

»Wie viele?« Jack ließ sich in einen Stuhl sinken.

»Ein paar Nachbarn werden uns Gesellschaft leisten, ein paar der Ehefrauen kommen heute Nachmittag her. Ich würde sagen, fünfundzwanzig. Das schaffen Sie schon. Ich habe eine Menge positives Feedback über das Essen erhalten, sehr positiv.« Er starrte nachdenklich aus dem Fenster und tippte sich an die Lippen. »Wie wäre es mit Blaubeeren zum Dessert? Sie wachsen wild auf der ganzen Insel.« Er holte mit dem Arm zu einer umfassenden Geste aus und schlenderte dann aus der Küche.

»Ich lass mir eher das linke Ei abschneiden, als radeln und Beeren sammeln zu gehen«, sagte Jack, nachdem er die Vordertür zuknallen hörte.

»Na ja, ich würde wahnsinnig gern Mountainbike fahren

und Blaubeeren sammeln.« Cyn öffnete ihre Schürze und faltete sie sauber auf der Theke. »Und wenn es mich von deiner Gegenwart befreit, umso besser. Ich bin zu dem Schluss gekommen, dass du giftig bist... wie brennendes Gummi. Du verströmst giftige Dämpfe.« Sie zog ihren Walkman aus einer Schublade unter der Mittelinsel und ging.

Um halb eins rief Waller vom Club aus an und sagte, dass sie beschlossen hätten, alle dort zu essen. Jack stellte den Hähnchensalat mit frischen Himbeeren und Fenchel zusammen mit dem Julienne-Gemüse, dem Aioli und der Focaccia in den Kühlschrank. Er goss sich einen Schuss voll Absolut ein und ließ sich in der Bibliothek nieder, um sich die Sox auf Wallers Großbildfernseher anzuschauen. Mitten im dritten Inning rief er Lily an und hatte ein Mädchen am Apparat, die nicht wusste, wer er war, selbst nachdem er sich vorstellte.

»Sie ist mit dem großen Jungen irgendwohin gefahren«, sagte sie, bevor sie Jack erzählte, dass sie jetzt auflegen musste, weil das Baby weinte.

Er goss sich noch einen Drink ein, gab dieses Mal Tonic hinzu. Es erschien ihm falsch, an einem Sommertag drinnen zu sitzen; falsch, mitten am Nachmittag zu trinken, selbst wenn der Wodka den schlimmsten Brand unter seinen Füßen gelöscht hatte. Es fühlte sich falsch an, so weit weg von seinen Kindern und auch von Lily zu sein. Er vermisste Lily. Er hatte sie seit Mittwoch nicht gesehen, und er hatte seit Juni nicht mehr mit ihr geredet.

Seit sie aufgehört hatten, zusammen zu arbeiten, beklagte Lily sich regelmäßig, dass er den einfachen Weg einschlug, zur Arbeit abhaute und alles hinter sich ließ. Aber er würde sich viel lieber mit der Scheiße seiner Kinder abgeben als mit der Scheiße von Typen wie Ambi oder auch Waller. Es war ganz falsch, diesen Mist von Fremden hinzunehmen, wenn er das genauso gut auch von seiner eigenen Familie haben konnte. Während er zusah, wie Greenwell im sechsten Inning einen leichten Flugball verpasste, entschied er, dass er sein Leben hasste. Mitten im achten Inning begriff er, dass es eigentlich sein Job war, den er hasste. Aber jetzt gerade fühlte es sich an, als bestünde sein ganzes verdammtes Leben aus seinem Job.

Er war gut angeheitert, als er zu purem Tonic überging und anfing, die Marinade für den Seebarsch zu mixen. »Etwas Orientalisches«, hatte Waller ihm letzte Woche aufgetragen, als sie im Groben den Speiseplan für dieses Wochenende aufgestellt hatten. »Asiatisch, Pazifikküste«, hatte Jack gesagt und genickt, als würden sie dieselbe Sprache sprechen.

Der Barsch wurde von einem Typen in einem verbeulten Oldsmobile angeliefert, der, wie Jack vermutete, die Morgendämmerung draußen auf seinem Fischerboot zugebracht hatte, die Mitte des Tages hinter einer Fischtheke verbracht hatte und am Ende des Tages mit dem Ausliefern seines Fangs beschäftigt war. Er fragte sich, was so ein Kerl im Jahr nach Hause bringen konnte – wenn man bedachte, dass ein Jahr nur fünf oder sechs Touristenmonate lang andauerte, dass die Regierung jederzeit Fischgründe schließen konnte und ihm vermutlich sein Boot noch nicht einmal vollständig gehörte. Mit dem Fischen war es wie mit dem Kochen; die Leute romantisierten den Beruf, seufzten wehmütig, weil sie diesen Pfad nicht beschritten hatten, als ob Fischer und Küchenchefs für Spiel und Spaß bezahlt würden. Öffne dich gegenüber den Möglichkeiten deines Hobbys, streich Geld dafür ein, dass du fischst, streich Geld dafür ein, dass du dich mit Lebensmitteln beschäftigst.

Jack unterschrieb für den Fisch und gab dem Mann ein Sam Adams aus Wallers Kühlschrank. Der Fischer schaute erst Jack und dann das Bier an, als wäre das Ganze ein Trick; und Jack sah, dass er zwar bestimmt schon volljährig, aber noch sehr jung war. Typen, die draußen arbeiteten, räsonnierte Jack, waren entweder jung oder alt. Niemand, der sechs bis acht Stunden täglich draußen verbrachte, sah jemals aus, als wäre er im mittleren Alter.

»Okay!«, sagte der Junge, um sich für das Bier zu bedanken. Er schaute sich einen Moment lang in der Küche um. »Ganz schön groß, hm?«

Jack sah, dass er an der Wand nach einem Öffner suchte, als ob er hinter einer Bar stünde.

»Sie lernen bei den Wallers bestimmt 'ne Menge cooler Orte kennen, hm? Sie reisen überall hin, nach Japan, nach Florida, überallhin.«

Jack gab ihm einen Flaschenöffner. Er sah keinen Sinn darin, den Jungen aufzuklären. Er lag wahrscheinlich auch völlig falsch, was dessen Leben betraf. Vermutlich hatte der Junge niemals einen Fuß in irgendetwas anderes als seinen grünen Oldsmobile gesetzt, der mit einer Ladung Fisch auf Eis diese schlechten Straßen rauf und runter holperte.

»Aber ich könnte niemals eine Uniform tragen«, sagte er. »Mich kriegt keiner in irgendeine Organisation.«

»Na ja, wir tragen alle Uniformen…«, begann Jack philosophisch.

»Scheiße«, sagte der Junge. »Dann weißt du, dass sie dich wirklich am Haken haben. Bis dann.«

Jack schnitt die Frühlingszwiebeln und presste den Knoblauch aus. »Es ist wie ein Aufbaustudium, nur dass es nichts kostet«, hatte er zu seinen Eltern gesagt, als er seinen Abschluss beim BC bekommen hatte und sie darüber informiert hatte, dass er in so vielen Küchen wie nur möglich arbeiten würde. »Ein Mittel zum Zweck«, hatte er gesagt. Der Zweck war, selbstständig zu arbeiten, und jetzt, mit achtunddreißig, war er Schauspieler in einer Episode von *Upstairs, Downstairs*.

Er hatte in seinen vorangegangenen Jobs weit mehr Demütigungen erfahren als heute. An einem Sommerabend, als er für den Lawn and Racquet Club gearbeitet hatte, hatte der Manager ihn angewiesen, seine Eisskulptur in Form eines Schwanes aus dem klimatisierten Esszimmer auf die Veranda vor eine Phalanx von Ventilatoren hinauszutragen, sodass die Mitglieder-Gäste während der folgenden Cocktailstunde »Aircondition« hatten.

Die Skulptur war innerhalb von zwanzig Minuten nicht mehr als Vogel erkennbar gewesen. Es hatte ihn vier Stunden gekostet, diesen Schwan zu formen, und keiner außer dem Tellerwäscher hatte ihn wirklich gesehen.

Er legte ein Backpapier voller Piniennüsse in den gerade aufgeheizten Ofen. Als er im Stadtzentrum von La Fortuna gearbeitet hatte, hatte man ihn gebeten, im Beth Israel das Catering für eine »postoperative Party« im Privatzimmer des Vaters des Eigentümers zu übernehmen. Er musste das kleine Badezimmer neben dem Zimmer des alten Mannes als Einsatzbasis benutzen und hatte den Alkohol in Depends-Kartons auf die chirurgische Station geschmuggelt. Und dann war da der Chef in Sonoma gewesen, ein Ex-Marineinfanterist, der ihn jedes Mal, wenn er ihn ansprach, »Schwulibär« nannte. Das war alles schlimmer gewesen als die Situation jetzt. Aber all das war passiert, bevor er sechsundzwanzig wurde. Man konnte sich mit beinahe allem abfinden, wenn man jung war. Die Vorstellung der Zukunft schwebte wie ein allumfassender Balsam vor einem. Man konnte alle Beleidigungen tolerieren, weil der Rest des langen Lebens endlose Chancen zur Wiedergutmachung bot.

Er weichte die Spieße für das Lamm-Saté ein. Es gab keine andere Erklärung. Er hatte es versaut. Ende nächsten Monats würde er neununddreißig werden. Er hatte vierundzwanzigtausend Dollar Schulden auf seinen Kreditkarten, ganz zu schweigen von den ausstehenden Anwaltskosten, und hier stand er nun: ein Bediensteter, ein verdammter Hausangestellter, ohne den leisesten Schimmer eines Plans, wie er alles zum Besseren wenden könnte.

Krabbentoast. Waller bestand auf Krabbentoast. Jack stellte den mit Crevetten gefüllten Mixer an. Es war unerklärlich. Er hatte in der gesamten Schulzeit gute Noten gehabt, hatte ein Stipendium fürs BC erhalten. Er war niemals gefeuert oder entlassen worden. Er hatte von jedem Chef, für den er gearbeitet hatte, hervorragende Referenzen erhalten. Sogar der Tierarzt oben in Maine, der ihn im Kühlraum eingeschlossen hatte, hatte schließlich dazu beigetragen, dass er den Job als Küchenchef in Bellemeade bekommen hatte. Alle Zeichen hatten auf Erfolg gestanden, und doch stand er jetzt hier. Es war ein verdammtes Wunder mit falschen Vorzeichen.

Cyn kam um halb sechs sonnenverbrannt und stoned wieder. Sie nahm ihren Walkman ab, und Jack konnte eine kreisrunde weiße Scheibe auf jedem knallroten Ohr sehen. Er war noch nicht mal in der Stimmung, sie zu necken. Er schluckte vier Tylenol und öffnete eine Cola, deckte den Barsch mit zwei Schichten Folie ab und legte ihn in den Kühlschrank. Er fragte sich, was seine Kinder von ihm denken würden, wenn sie heranwuchsen. Er hatte immer gedacht, dass sein eigener Vater hätte mehr erreichen können. Er wusste, dass es ihm egal gewesen war. Er war ganz gut klargekommen, ohne zu hart zu arbeiten, und das hatte ihm gut gefallen. »Dad fehlt das Motivationsgen«, hatte Erin mehr als einmal gesagt. Vielleicht fehlte es Jack auch. Er dachte daran, wie hart er und Lily in ihrem eigenen Geschäft gearbeitet hatten, damals, als es ihm noch wichtig gewesen war. Pech. Er hatte Pech gehabt, und jetzt saß er hier am Rande des Atlantiks und wartete darauf, dass das Pech ihn weiter verfolgte.

Sein Fuß begann wieder zu pochen, und er schenkte sich ein Glas Wein aus einer bereits geöffneten Flasche Ferrari-Carano ein. Er schälte die dicke, braune Haut von der Ingwerwurzel ab und presste das Fleisch gegen die Reibe. Die ganzen Tage, als Katie im Krankenhaus gewesen war, war er entweder zu verängstigt oder zu wütend gewesen, um darüber nachzudenken, wie sie sich fühlen mochte. Er hatte eine Million Tricks auf Lager gehabt, sich von ihr zu distanzieren. Sie war klein, sie war ein Mädchen, sie hatte ja ihre Mutter. Letzten Endes war sie in jeder Beziehung so verschieden von ihm, dass es unmöglich war, zu wissen, wie sie sich fühlte. Jetzt zwang sein eigener physischer Schmerz ihn dazu, beschämt zuzugeben, dass er sie im Stich gelassen hatte. Schmerz war wie eine Arterie. Schmerz konnte einen direkt ins Herz von fast allem oder jedem versetzen.

Als er ging, war das komplette Mahl vorbereitet. Der Barsch lag auf dem Grill, die Krabbentoasts und Satés wurden herumgereicht, das Lo Mein und die Ingweraubergine waren fertig, die Kokosnusshälften waren ausgehöhlt, bereit für die kalte Currysuppe. Selbst die Crème fraîche für das Dessert war geschlagen. Die letzte Fähre ging um neun. Er sagte Cyn, dass er ihr seinen Lohn für den letzten Tag geben würde – am Sonntag war nur noch das Frühstück zuzubereiten. Er fragte nicht, ob es ihr etwas ausmachte, nicht einmal, ob sie damit klarkäme. Er rief Waller, der gerade an Deck beschäftigt war, zu sich in die Küche. Jack erzählte ihm von den Drohanrufen und der brennenden Puppe. Er veränderte das Datum der Geschichte, rechtfertigte das vor sich selbst damit, dass ihn die Neuigkeiten hier draußen auf der verdammten Insel ja auch gerade erst erreicht hatten.

Lily

Lily und Ben schafften es nicht bis zum Cape. Am Ende der Zufahrt drehte Ben sich zu ihr um und sagte: »Wenn Daddy nicht hier ist, ist es, als ob er tot wäre.«

»Ich weiß, dass es dir wie eine sehr lange Zeit vorkommt«, sagte Lily und fragte sich, warum der Tod bei diesem Kind ein ständig wiederkehrendes Thema war. »Aber du weißt doch, dass er in zwei Tagen zurückkommt.«

»Ich habe ihn praktisch den ganzen Sommer über nicht gesehen«, sagte Ben.

Lily lachte über die Übertreibung, erkannte zu spät, welch Schnitzer das war. »Es war ein schwerer Sommer«, bot sie an. »Wegen Katies Unfall war es kein normaler Sommer, oder?« Sie hielt das Auto am Ende der Zufahrt an, unsicher, wohin sie fahren sollte.

»Warum bleiben wir hier einfach sitzen?«, sagte Ben ungeduldig. »Los jetzt, Mama.« Er trat mit seinen schweren Schuhen gegen die Armaturen, als er versuchte, sich anders hinzusetzen.

»Na ja«, sagte sie langsam. »Ich weiß nicht, wohin wir fahren sollen. Ich würde gern zum Strand fahren ... würdest du –?«

»Es gibt eine Menge Dinge, die du nicht weißt, eine ganze Menge«, sagte er und trat wieder gegen die Armaturen, dieses Mal bewusst.

Lily bog rechts ab. Sie konnten zum Diner an der Autobahn fahren. Sie würde ganz sicher nicht zwei Stunden mit einem

Kind fahren, das am Rande eines Nervenzusammenbruchs zu stehen schien. Einen Moment lang kam es ihr so vor, als wäre sie wieder die Mutter eines Säuglings, völlig seinen unvorhersehbaren Bedürfnissen ausgesetzt, nicht wagend, zu viele Meilen zwischen sich und die Homebase zu legen. »Es tut mir Leid, dass ich vorhin im Haus so wütend geworden bin.«

»War mir egal«, sagte er.

»Für mich war es auch ein schwerer Sommer. Ich dachte, dass wir alle einen Szenenwechsel gut gebrauchen könnten. Mein Vater hat daran geglaubt, dass Salzwasser alles heilen kann.«

»Was soll *das* denn bedeuten?«, sagte Ben.

Als sie vor dem Diner vorfuhren, hatte Benjamins Stimmung jedes Bedürfnis, das sie vor vierzig Minuten noch gehabt zu haben glaubte, erstickt. Er ging mit gesenktem Kopf auf das Restaurant zu, seine langen, dünnen Arme schwangen bei jedem Schritt gegen seinen Torso. In der verspiegelten Kuchenauslage vor dem Diner konnte sie sehen, dass seine Augen leer und ausdruckslos waren. Er hatte sämtliche Lebendigkeit verloren. Sie dachte daran, wie Jack ihr immer sagte, dass sie ihre Dunkelheit in sich sammelte, wenn sie fühlte, wie sie in eine Depression hineinglitt.

Sie war nicht hungrig, aber sie bestellte Pfannkuchen, weil sie wusste, dass es lang dauern würde, sie zu essen. Als Ben der Kellnerin keine Antwort gab, bestellte sie dasselbe für ihn. Als die Kellnerin die Bestellung aufnahm, schaute sie Lily in einer Mischung aus Mitleid und Entrüstung an, sicher, dass etwas mit dem Jungen nicht stimmte, aber unsicher, wer dafür die Verantwortung trug.

»Wir können Dad anrufen, wenn du magst«, sagte Lily und rutschte in die Sitzgruppe hinein, um der Sonne auszuweichen, die in das verrauchte Diner hineinstrahlte. Sie hoffte, dass seine Probleme mit sieben immer noch leicht zu lösen waren, dass der Grund seiner steigenden Traurigkeit beseitigt werden konnte, dass er so abgelenkt werden konnte, dass er Glück empfand, dass es irgendwie nicht ihr Fehler war.

»Irgendwie ist das doch wirklich ganz nett«, sagte sie dümmlich, als die Kellnerin den Kaffee einschenkte, »den Tag gemeinsam zu verbringen, ohne dass die Kleinen dabei sind.« »Dates«, hatte Ben ihre gemeinsamen Ausflüge genannt, als Greg noch ein Säugling war und Lily eine große Show daraus gemacht hatte, das Baby mit Jack allein zu lassen, während sie beide gemeinsam loszogen. Sie konnte dieses Wort jetzt nicht benutzen.

»Ich hasse mich«, sagte Ben plötzlich.

Lily griff über den Tisch, und er zog sich zurück in die Sitzgruppe.

»Warte. Du wirst mich auch hassen. Und Dad auch.« »Du bist unser Junge«, sagte Lily voller Panik, wo das alles hinführen sollte. »Wir werden dich immer lieben, egal was passiert.«

»Sag das nicht!«, verlangte er. »Wenn ich es dir sage … dann muss ich in so eine Art Gefängnis für Kinder. So schlecht bin ich.«

»Benjamin, beruhige dich«, sagte sie ungeduldig, da seine theatralische Art sie auf unangenehme Weise an sich selbst erinnerte. »Du bist nicht schlecht.«

Er schüttelte den Kopf. »Du weißt nichts, Mama. Du kennst mich nicht wirklich. Es gibt 'ne Menge Dinge über mich, die du nicht weißt. Ich hab das mit deiner Puppe gemacht. Ich habe diese Puppe, die du so geliebt hast, verbrannt.«

Lily starrte ihn an. Vor zwei Minuten schien er noch vor einem Tränenausbruch zu stehen, aber als er ihr das erzählte, wurde seine Stimmer stärker, klarer, beinahe stolz.

Sie nippte an ihrem Kaffee, schaute aus dem Fenster. Der Parkplatz war in ständiger Bewegung. Sie hatte keine Ahnung, wie sie jetzt weitermachen sollte. Sie hätte es wissen müssen, hätte es sich denken müssen. Sie verfluchte Jack, weil er sie mit all dem allein ließ. Nach einer langen Weile sagte sie: »Warum?«

Er schaute mit diesen ausdruckslosen Augen zu ihr hoch und zuckte die Schultern.

»Diese Puppe hat meiner Großmutter, Shayna, gehört. Sie war mir wichtig.« Das Verlangen, ihn zu schlagen, überkam sie. Sie dachte daran zurück, wie viel Angst sie letzte Nacht in ihrem eigenen Haus gehabt hatte, wie sie über ihre Schulter geschaut hatte, von Raum zu Raum gerannt war, zu einem Kind reduziert worden war. Sie hatte die Zeit der Polizei in Anspruch genommen, und was noch wichtiger war, sie hatte erneut die öffentliche Aufmerksamkeit auf ihr Privatleben gezogen, indem sie die Polizei gerufen hatte.

»Du musst mir sagen, warum du das getan hast«, sagte sie und wurde sich erneut der Tatsache bewusst, dass etwas Furchtbares geschehen war, während ihre Aufmerksamkeit anderswo gewesen war. Während sie den Sommer damit verbracht hatte, in ihrer Ehe zu bohren, hatte ihr Sohn sich so aufgebäumt und verdreht, dass man ihn kaum wieder erkannte.

Die Kellnerin ließ die Teller von ihrem Unterarm auf den Tisch gleiten. »Hey, mach ein freundliches Gesicht«, sagte sie zu Ben, als sie einen Behälter mit Sirup zwischen ihn und Lily stellte. »Die Schule fängt erst in zwei Wochen wieder an.« Sie lachte und zwinkerte Lily zu.

Ben nahm seine Gabel und fing an, große Stücke aus dem dampfenden Pfannkuchen herauszuzerren.

Lily langte hinüber und drückte seine Hand, presste sie auf den Tisch. »Du musst mir sagen, warum du das getan hast.«

»Au!« sagte er. »Du tust mir weh. Warum hast du dir überhaupt Kinder angeschafft?« Er schob seinen Teller gegen ihren und rannte vom Tisch weg. Lily nahm einen Bissen zu sich und blieb sitzen. Sie konnte den größten Teil des Parkplatzes vom

Fenster aus sehen. Er war noch nicht draußen. Er war ihr Kind, das immer noch zögerte, sich im Einkaufszentrum mehr als zwei Körperlängen von ihr zu entfernen und ungern allein in den Red-Brick-Gemischtwarenladen ging, um eine Kanne Milch zu kaufen. Er würde ihr nicht davonrennen.

Das junge Paar auf der anderen Seite des Ganges starrte sie an. Die Kellnerin kam vorbei und fragte, ob sie die Rechnung wolle. Er würde zum Tisch zurückkommen und weinen oder sich entschuldigen, denn so war er, war er immer gewesen, es würde ihm peinlich sein, dass er eine Szene gemacht hatte. Sie sah zu, wie der Sirup an den Seiten ihres Pfannkuchens herunterrann. Wie hatte er den Deckel vom Grill abbekommen? Er hatte immer Angst vor Feuer gehabt. Er hatte Angst gehabt, ihr an Gregs letztem Geburtstag zu helfen, die Kerzen auf dem Kuchen anzuzünden, hatte Panik vor der Wärme des tropfenden Wachses. Der Grill war immer noch heiß gewesen, die Abdeckung schwer, unhandlich für jemanden seiner Größe. Irgendwie musste er seine Furcht überwunden haben, um sich zu beweisen.

Lily ließ zehn Dollar auf dem Tisch liegen und rannte in die Vorhalle des Diners, halb in der Erwartung, Ben an einem der Flipperautomaten vorzufinden. Sie ging nach draußen und schaute über den Parkplatz. Die Church Hill Road war voller Autos, die an einem Sommersamstag zum Tanken und Essen von der Autobahn abfuhren. Sie drehte sich um, ging wieder in die Vorhalle und öffnete die Tür zur Männertoilette einen Spaltbreit. Ein älterer Mann kam gerade heraus. Sie lächelte, und er tippte mit seinem gelben Fingernagel auf das Schild »Männertoilette«, als er an ihr vorbeiging. Als er außer Sichtweite war, öffnete sie die Tür wieder: »Ben, wenn du da drin bist, sag's mir nur, okay?« Keine Antwort. Sie ging zurück zum Eingang des Diners, dann dahin, wo sie gesessen hatten, dann wieder zurück zum Parkplatz.

Sie drückte die Tür zur Männertoilette diesmal ganz auf

und brüllte in den gefliesten Raum: »Ich meine es ernst, Ben. Komm sofort da heraus. Das reicht jetzt!« Ein Mann mit Pferdeschwanz stand am Urinal. Sie schaute in Richtung der Waschbecken, bewegte sich jedoch nicht.

Schließlich kam Benjamin aus der letzten Kabine. »Geh weg von mir. Ich hasse dich.«

Der Mann am Urinal zog seinen Reißverschluss hoch und schaute sie an. Er trug Lederhosen und eine Lederweste ohne Hemd, ein Biker. Sie schaute die schmutzigen blauen Fliesen entlang, vorbei an dem Mann, der jetzt seine Hände wusch, zu ihrem Sohn. Der Biker schaute zuerst Ben, dann Lily an. Er trocknete seine Hände ab, zog eine Zigarette aus seiner Westentasche und zündete sie an.

»Alles okay?«, sagte er zu Ben. Er nickte in Lilys Richtung. Kennst du sie?«

»Ich bin seine Mutter«, sagte Lily. Der Mann hielt den Kopf schräg und schaute beide ein letztes Mal an. Ben sagte nichts.

»Man kann heutzutage nicht vorsichtig genug sein«, sagte er und rieb seine Nase mit derselben Hand, die die Zigarette hielt. »Männer... Frauen... alle möglichen Leute entführen Kinder... belästigen sie... machen Gott weiß was.«

»Es ist alles in Ordnung«, sagte Lily, ging an dem Mann vorbei und legte ihre Hände auf Benjamins Schultern.

Sie führte Ben aus dem Waschraum heraus, die Stufen der Diners hinunter und auf den Parkplatz. Sie ließ ihre Hände auf ihm ruhen, erinnerte sich daran, wie Pater Paul gestern Nacht über ihr gebetet hatte. Sie konnte Benjamin nicht mehr hochheben, und sie glaubte auch nicht, dass sie ihn fest genug halten konnte, dass er sich nicht losmachte. Sie bezweifelte, dass ihre Berührung ihn heilen könnte.

»Mir ist heiß«, weinte er.

»Du musst mit mir reden, Benjamin!« Sie stupste ihn am Auto vorbei und um die weißen Geranien längs der Seitenwand des Diners vorbei, als ob der aufgezwungene Marsch ihn zum Beichten bringen würde. »Wir werden diesen Parkplatz nicht verlassen, bis du mir erzählt hast, was los ist. Du machst mir Angst«, sagte sie, ohne es zu wollen. Sie hatte sich nicht bloßstellen wollen, hatte nicht gewollt, dass er auch nur einen verwundbaren Atemzug hörte.

»Du tust mir weh!« brüllte er und wand seine Schultern unter ihren Händen. Sie waren nun an der Rückseite des Restaurants. Zwei Männer, die in der Küche arbeiteten, lehnten rauchend am Müllcontainer.

»Darf ich mich wenigstens hinsetzen«, sagte er und versuchte noch einmal, ihren Griff abzuschütteln.

Lily führte ihn zum Rand des Pflasters, setzte sich auf den Bürgersteig und zog ihn neben sich.

»Ich weiß nicht, warum ich es getan habe. Manchmal tue ich einfach böse Dinge. Eine Menge Leute tun böse Dinge und wissen nicht warum.«

»Du hast niemals so etwas gemacht.«

»Es ist einfach passiert.«

»Hast du eine lange Zeit vorher darüber nachgedacht?«, fragte Lily.

»Nein«, sagte er und sah sie direkt an. »Es war ein Unfall.« Sie schaute ihn prüfend an. Von seinen dünnen, braunen Beinen über seine schwarzen Strickshorts bis zu seinem Bruins-T-Shirt. Er war ihr so vertraut und doch so fremd. »Ich weiß immer noch nicht, warum du es getan hast«, sagte sie.

»Und?« Er stand auf und griff nach einem heruntergefallenen Ast, der ein paar Meter entfernt am Waldrand lag.

»Sei nicht frech.«

»Ich bin nicht frech.«

»Gut. Warum hast du es dann getan?«

»Warum hast du Katie verbrannt?«, sagte er und schaute zu Boden. Sein Zeh steckte in der Astbeuge.

»Denkst du das wirklich, Benjamin? Oder versuchst du nur, grausam zu sein?«

»Deswegen hat Daddy uns verlassen, stimmt's?«, sagte er beinahe mitleidig.

»Daddy hat uns nicht verlassen, Schatz!« Sie wollte sich neben ihn stellen und ihn umarmen. Aber sie wusste, dass eine Umarmung nur ihr Trost spenden würde. »Er ist nur für ein paar Tage weg, macht ein Catering, eine große Party, das weißt du doch. Ich dachte, du verstehst das. Ich schätze, es gibt eine Menge Dinge, von denen ich einfach angenommen hab, dass du sie verstehst.«

»Ich bin nicht dumm«, sagte er.

»Gott, das weiß ich doch Benjamin. Das weiß ich. Glaubst du, ich würde jemals irgendeinen von euch verletzen? Da würde ich eher mich selbst verletzen. Ihr seid doch … mein Segen, meine Kinder. Was mit deiner Schwester geschehen ist, war ein Unfall. Ich war oben. Sie hat diesen Topf allein heruntergezogen.«

Er trat in die Astbeuge, und sie zerbrach sofort. Er warf beide Stücke zurück Richtung Wald, und jetzt, da er beide Hände frei hatte, bedeckte er damit seine Augen.

Lily ging zu ihm und stellte sich ganz eng neben ihn. »Du bist so traurig«, sagte sie und fing selbst an zu weinen. Er warf sich einen Schritt nach vorn gegen ihre Brust und schluchzte ein paar Mal tief und lautlos.

»Ich bin deine Mutter«, flüsterte sie sich selbst zu. »Mütter tun ihren Kindern nicht weh. Sie lieben sie. Das ist ihre Aufgabe.«

»Meistens«, sagte er.

Jack

Der Nantucket Sound war still und dunkel. Jack humpelte durch die leeren Sitzreihen zum Fährdeck. Die Luft war kühl, der Himmel sternenlos, und es schien ihm, als ob er allein die Überfahrt anführen würde; der Erste, der spürte, wie der Bug durch jede Welle gerade vor ihm schnitt.

Es wäre das Beste, wenn Waller ihn rausschmiss. Eigentlich hätte er ihn schon vor Monaten rausschmeißen sollen. Er hatte nicht hart genug gearbeitet. Jack konnte sich nichts Abtötenderes vorstellen, als einen Job zu haben, bei dem so wenig von ihm verlangt wurde. Bei harter Arbeit, Druck, Leistung blühte er auf. Im Speisesaal der Firma erwartete man nie von ihm, dass er über sich hinauswuchs, nur dass er da war. Und je niedriger die Erwartung war, desto schwieriger war es für ihn gewesen, sie zu erfüllen. In seiner Enttäuschung hatte er sich der Arbeit für die Quabbin Group zugewendet. Wie eine plötzlich verwitwete Frau hatte er den Job sowohl wegen der Ablenkung vom Verlust seines eigenen Geschäfts als auch wegen des Gehalts angenommen.

Es war ein Tod, über den sie niemals sprachen. Die letzten Kisten aus dem Kühlraum waren vor über einem Jahr weggekarrt worden, und weder er noch Lily brachten je das Thema auf den Tisch, was denn in Station Break falsch gelaufen war, was sie in Zukunft anders machen könnten. Es war, als wären sie gar nicht wirklich gescheitert und als würde es kein nächstes Mal geben. Sie hätten das Geschäft retten können, wenn sie ihre ganze Energie ins Catering gesteckt hätten. Es gab wenig Konkurrenz im Ort, niemanden mit ihrer Klasse. Aber sie hatten bezüglich des Caterings gemischte Gefühle gehegt, weil es immer bedeutete, dass sie die Kinder für beinahe den ganzen Tag und die Nacht bei Fran oder seinen Schwestern abladen mussten, und immer am Wochenende nach einer langen Arbeitswoche.

Jack lehnte sich über die Seitenreling und schaute zurück auf das grauweiße Kielwasser. Es drehte sich alles um die Kinder. Sie hatten versucht, jedem gerecht zu werden. Sie hatten Zeit gestohlen, das Familienleben mit dem Küchenleben verbunden und gedacht, dass sie deshalb allen anderen voraus wären. Aber es hatte nicht funktioniert, und sie waren gezwungen, das übliche amerikanische Eins-zu-eins-Spiel zu spielen: einer ganztags bei den Kindern, einer ganztags im Job. Und das nervte beinahe genauso wie die Tatsache, nicht genug Geld zu haben.

Natürlich nervt nichts so sehr, wie tief in Schulden zu stecken. Jedes Geschäft war eine Belastung, wenn man eine Menge Geld schuldet. Jeder Arbeitstag war retroaktiv. Es gab nur die Vergangenheit, die eiserne Tatsache des Verschleuderns und die Zukunft, die verschleierte Möglichkeit der Solvenz, der Tilgung. Die Gegenwart, die die meisten Menschen mit Wünschen und Befriedigung füllten, mussten sie sich versagen. Wenn man so viele Schulden hatte wie sie, durfte man nicht eine verdammte Sache begehren.

Vielleicht hatte sein Problem auch darin gelegen. Man konnte sich keine Wünsche erfüllen, daher hatte er in jeder Hinsicht aufgehört, sich etwas zu wünschen. Er hatte seine Tage und Wochen und Monate um eine aktive Abstinenz herum organisiert. Er litt unter der beunruhigenden und unausweichlichen Vorstellung, dass man den Konsum dessen, was das Leben ausmachte, einfrieren konnte, für ein oder zwei Jahre aufschieben konnte, nur bis sie aufgeholt haben würden.

Er konnte die Werft in Hyannis jetzt gerade eben erkennen. Von da, wo er stand, war es unmöglich zu sagen, ob die Lichter, die beide Seiten des Docks säumten, große Anwesen mit Meeresblick oder feuchte Ein-Raum-Bungalows erleuchteten. Er sah die Cottages vor sich, zum Bersten voll mit hart arbeitenden Paaren, die an die fünfzig Wochen lang doppelte Schichten geschoben hatten, nur damit sie sich sieben Nächte lang bei dem Geräusch der Bucht, die fast an die Bettkante schlug, lieben konnten.

Sex und Geld waren beinahe zur selben Zeit versiegt. Nachdem das Geschäft geschlossen worden war, war er von einem Tag bei der Quabbin Group nach Hause gekommen und hatte Lily am Tischgrill vorgefunden, wie sie den Kindern Abendessen zubereitete. Er hatte sie seit Monaten nicht mehr in der weißen Kochuniform gesehen. Nie wirkte sie verheißungsvoller für ihn, als wenn sie eine frisch gestärkte Jacke mit zwei knotig verzierten Knopfreihen trug, die eine perfekte Linie mit ihren Brüsten bildeten. Wenn sie kochte, war sie anders. Eine Art physisches Selbstvertrauen durchfloss sie. Nur dann stand sie zielstrebig mit beiden Füßen auf dem Boden, nicht auf ihren Zehenspitzen wie jemand, der seinen eigenen Status ständig anzweifelt. Das Schlafzimmer hielt dem Vergleich mit der Ecke im Hinterzimmer ihres Ladens nicht stand, wo sie gelegentlich den tiefblauen Läufer, den sie eigens für diesen Zweck gekauft hatten, ausrollten. Ihr gesamtes gemeinsames Leben hatte einst auf Gleichstellung basiert, und nun war das vorbei. Er war nicht besonders scharf darauf, Sex mit jemandem zu haben, dessen Leben er erbärmlich fand. Die Synchronisierung ihrer Interessen und Fähigkeiten stellte ein aufgeladenes Feld dar, das ihre Ehe umgab. Die Möglichkeit, dass sie untereinander austauschbar waren, hatte Jack einen Kick gegeben. Aber diese Möglichkeit gab es nicht mehr. Sie waren einander fast unter die Haut gekrochen, und jetzt berührten sie sich nicht einmal mehr. Zum ersten Mal kam Jack der

Gedanke, dass Lily den Verlust ebenso sehr wie er betrauern musste.

Er hörte, wie der Motor in den Rückwärtsgang geworfen wurde, als die Fähre mit dem Andocken begann. Sie hatten einen furchtbaren Fehler begangen, und er fragte sich, ob er die Kraft hätte, ihn auch nur ansatzweise rückgängig zu machen. Wenn er heute in sein Schlafzimmer kommen würde, wo Lily in dem sich kreuzenden Luftzug zweier Ventilatoren schlief, wollte er von Lust gepackt werden – Lust nach ihr und dem Rest ihres gemeinsamen Lebens. Mehr als alles andere hatte er das Bedürfnis, ihr das zu bieten.

Lily

Im Schlaf hörte sie das Kratzen und Knarren von Mr. McGregors Harke. Das Geräusch wurde lauter, und sie erkannte, dass jemand versuchte, unten einzubrechen. Es hörte sich an, als ob er das Schloss aufzufeilen versuchte. Der Babysitter hatte gesagt, am Abend hätte mehrmals das Telefon geklingelt, aber als sie drangegangen war, hatte die Person am anderen Ende der Leitung immer aufgelegt. Eine Hitzewelle schoss durch Lilys ohnehin schon feuchten Körper. Sie wusste, dass sie den Hörer abnehmen und 911 wählen sollte. Alle würden wissen wollen, wie sie das hatte geschehen lassen können. Warum hatte sie nicht um Hilfe gerufen? Was hatte sie sich denn gedacht? Sie schaltete das Licht ein, nahm den Hörer ab und zog die Vorhänge vom Fenster zurück. In der Zufahrt stand ein Van, Jacks Van.

Lily griff sich ein T-Shirt vom Stapel der noch nicht gefalteten Wäsche und ging ins Badezimmer, um etwas Babypuder und ein Glas Wasser zu holen. Sie hörte, wie Jack seine Schuhe an der Vordertür fallen ließ und leise die Treppe heraufkam.

Als sie und Ben am Morgen das Diner verlassen hatten, hatte er gefragt, ob sie nicht einfach ins Kino gehen könnten. Als sie sah, wie der puerile Cartoongeist ihrer eigenen Kindheit sich auf der großen Leinwand materialisierte, erkannte sie, dass Jack Benjamins Verhalten als weiteren Beweis dafür ansehen würde, dass sie keine gute Mutter war. Sie wusste nicht, wie sie aus diesem feindseligen Rahmen, der sich so eng um ihre Ehe gelegt hatte, herauskommen und mit ihm über Benjamin reden sollte. Sie war einer permanenten Vorverurteilung ihres Charakters unterworfen, ohne die zweifelhafte Erleichterung eines Urteils, ganz zu schweigen von der Chance auf einen Freispruch.

Als der Film vorbei war, fragte Ben, ob sie sich noch einen ansehen könnten. Sie gingen also wieder in die Lobby, kauften noch zwei Tickets und legten wieder einen Stopp an der Süßwarentheke ein. Als sie darauf warteten, dass der nächste Film anfing, blätterte Lily auf der Suche nach Lucy Balsaams Nummer durch ihre Brieftasche. Sie hatte Lily angerufen, als sie aus der Türkei zurückgekommen war. Es hatte ihr Leid getan, dass sie ihnen im Juli nicht hatte helfen können, aber sie hatte sich gefreut, dass alles gut ausgegangen war. Lily steckte die Karte wieder zwischen das Geld und die Bons aus dem Supermarkt. Jack würde nicht wollen, dass sein Kind in irgendeiner Form regelmäßig einen Psychiater aufsuchte.

Im Kinosaal saßen nur zwei Leute. Ben stand am oberen Ende des Gangs und konnte sich nicht für einen Platz entscheiden.

»Egal, wo«, sagte sie nach einer Weile.

Als noch ein paar Minuten vergangen waren und er sich überhaupt nicht bewegt hatte, ging Lily ein Stück voraus und sagte: »Der sieht gut aus.« Er folgte ihr, streifte langsam mit den Fingerknöcheln über die Spitzen der roten Metallsitze. Er sprach nicht mit ihr, aber zumindest, dachte sie, war er so gnädig gewesen, sich einen Ort auszusuchen, wo Schweigen angemessen war, ja sogar erwartet wurde.

Sie saßen nebeneinander. Er schaute auf die Leinwand, und sie schaute in sein Gesicht. Als er jünger war, hatte sie in seinem Gesicht alles lesen können. Es stand alles da – ob er nun verletzt war oder verängstigt oder wütend, völlig mit sich oder mit irgendeinem brillanten, aber verbotenen Plan beschäftigt.

Natürlich waren kleine Kinder so – in jeder Hinsicht offen, lesbar, zugänglich, verletzlich. Das Verbergen kam auf widernatürliche Art hinzu. Mit der Zeit lernten sie, sich zu verhüllen, hinter Türen und in Wandschränken zu stehen, lautlos im Schatten versteckt, sodass selbst ihre ausdrucksvollen, jungen Gesichter im Schatten lagen. Erwachsene betasten ihr ganzes Leben lang exzessiv und im Geheimen ihr verborgenes Ich. Irgendwo musste das ja anfangen, irgendwann im Alter von sechs oder sieben. Lilys Mutter hatte sich immer über die Mütter lustig gemacht, die bei Schulabschlussfeiern weinten. »Das Erwachsenwerden gehört doch zu deinen Kindern dazu«, hatte sie gesagt. »Kannst du dir irgendetwas Furchtbareres vorstellen, als wenn jemand ein ganzes Leben abhängig von dir bleibt?« Zu beobachten, wie die eigenen Kinder aufwachsen, sei befreiend, sagte sie. Lily hatte sich immer gefragt, für wen. Ihre Eltern hatten ihr nie nachgeschnüffelt. Sie hatten ihre Privatsphäre so sehr respektiert, dass sie sich vom Leben abgeschnitten gefühlt hatte, einsam dahintreibend.

Nachdem er den ganzen Tag auf die Leinwand gestarrt hatte, waren Bens Augen glasig. Seine Atemzüge waren flach und stockend. Er vertraute ihr nicht mehr. Er vertraute ihr nicht, dass sie ihn beschützen und über ihre eigenen Dämonen hinaus für ihn sorgen würde. Wie war das passiert? Sie konnte nicht eine weitere Sekunde mehr damit vergeuden, sich Sorgen zu machen, was Jack davon halten würde, Ben zu einem Psychiater zu schicken. Er brauchte einen Ersatz, jemanden, dem er alle Geheimnisse erzählen konnte – die bezaubernden, von denen sie hoffte, dass sie ihn für immer begleiten würden, und noch wichtiger, die schrecklichen, die bei ihm blieben, das Tempo vorgaben; die Geheimnisse, die einen in den entgegenkommenden Verkehr auf dem West Side Highway jagen konnten.

Die Badezimmertür stand offen, und Lily sah, wie Jack sich auszog, sein Hemd, seine Hosen. Als nächstes würde er sein Kissen und sein Bettzeug aus dem Wäscheschrank holen. Sie hatte Lucy um fünf angerufen und den Namen eines Kinderpsychiaters erhalten. Benjamin hatte für Montag einen Termin. Sie würde Jack einfach sagen, was passiert war und was getan werden musste. Sie war die Mutter, und sie hatte die nötigen Schritte eingeleitet.

»Hier ist es nicht so schlimm«, sagte Jack. »Die Hitze. Hier ist es nicht so heiß.«

Hatte er vor, hier oben zu schlafen? Sie setzte sich aufs Bett.

»Was ist passiert? Ich hab gedacht, du würdest erst morgen Nacht oder Montag zurückkommen.«

»Ich hab dich vermisst«, sagte er.

»Nein, im Ernst«, sagte Lily. »Warum bist du so früh zurück?«

»Ich hab mir Sorgen um dich gemacht. Was letzte Nacht passiert ist, was du mir am Telefon erzählt hast, war ziemlich unheimlich.«

»Ja, nun ...«

»Morgen ist nur ein Brunch«, sagte er und ließ seinen Körper quer aufs Bett fallen, sodass er ihr Bein berühren konnte, seine Hand auf ihr Knie legen konnte. »Ich hatte genug, weißt du? Genug von diesem scheißverdammten Sommer. Action war angesagt.« Er tätschelte ihr Knie und lachte.

Sie nickte.

»Wir müssen etwas tun«, sagte er und schob sich näher an sie heran.

Was war denn los? Warum berührte er sie jetzt, wo es so wenig zu bedeuten schien? Was er von ihr dachte, ob er sie begehrte oder nicht, war nicht mehr relevant. Sie schaute ihn mit einer Art Verachtung an. Er wusste nicht, was heute mit Benjamin geschehen war, hatte keine Ahnung, und seine Unwissenheit ließ ihn absurd wirken.

Jack kickte mit seinen Knien die Laken zur Seite und ließ ein Bein auf die Überdecke plumpsen. Er bewegte sich, als ob er seinen Kopf in ihren Schoß legen wolle.

»Herrgott, was hast du denn gemacht?«, sagte sie. Seine beiden Füße waren in Kleiderstreifen eingewickelt.

Er setzte sich auf und schälte die Bandagen ab.

»Ich hab schon Schlimmeres gesehen«, sagte sie nach einer Weile. Die harte Haut unter den Sohlen hatte nur an zwei Stellen Blasen geworfen.

»Ich war einfach dumm.« Er folgte ihr ins Badezimmer, während sie das Medizinschränkchen durchstöberte. »Ich bin in mein eigenes gottverdammtes Feuer getreten«, sagte er, setzte sich auf den Toilettendeckel und erzählte ihr die Geschichte.

Als sie zurück ins Schlafzimmer gingen, legte er sich hin, und sie setzte sich mit dem Rücken zu ihm auf die Bettkante. Sie schaute auf seinen Fuß, betrachtete einen Gazeverband, schnitt dann das Tuch mit einer Schere durch. »Das könnte wehtun«, sagte sie, als sie sanft etwas Salbe auf eine Hacke tupfte. Sie bandagierte einen Fuß, und als sie mit dem anderen anfing, begann sie, ihm von ihrem Tag zu erzählen, von ihrem gemeinsamen Benjamin.

Er antwortete nicht, aber sie spürte ihn hinter sich, während sie mit seinen Füßen beschäftigt war. Sie konnte das Heben seiner Brust gegen die Matratze spüren, und noch lange, nachdem sie neben ihm ins Bett geschlüpft war und das Licht ausgeschaltet hatte, konnte sie ihn weinen hören.

Lily

Die Drogerie, der Supermarkt und auch die Tankstelle hatten ihre Regale mit Stiften und Bleistiften, Notizbüchern und extra großen Flaschen Elmer's gefüllt. Die Schulbusroute wurde per Post nach Hause geschickt, und die Caféteria-Speisekarte erschien im *Rooster.* Die Anrufe hatten aufgehört. Die Frau hatte wieder das Interesse an ihnen verloren. Das eine oder andere Blatt am ein oder anderen Baum hatte sogar Farbe angenommen, und Ben war zweimal bei Carmela Tallent gewesen. Sie hatte Lily nach der ersten Sitzung angerufen und gesagt, dass sie ihn vor dem Hintergrund, dass die Schule bald wieder anfangen würde, was für alle Kinder eine Zeit erhöhten Stresses bedeute, eine Zeit lang gern zweimal wöchentlich sehen wolle. Sie sagte, dass sie ein Kind gern ein bisschen näher kennen lernen würde, um zusätzliche Informationen zu erhalten, bevor sie mit den Eltern sprach und über Strategien diskutierte. Ben arbeite gut mit ihr. Er war offen, redegewandt und intelligent. Sie und Jack konnten sich glücklich schätzen, so ein tolles Kind zu haben.

Lily machte sich Sorgen um ihn. Greg zog es vor, seine Züge unter dem Küchentisch aufzubauen statt im Schlafzimmer, das er mit einem älteren Bruder teilte, der ganze Bücher lesen konnte und dennoch darauf bestand, jede Nacht bei ihm in das untere Bett zu kriechen und einmal sogar das Bett genässt hatte.

Greg war meistens Captain Hook. Sobald er aufwachte, zog er eins von Lilys alten abgetragenen T-Shirts an, und dann holte er sich den Hefter und reparierte seinen dreieckigen, schwarzen Papierhut. Wenn er mit seinem bedrohlichen Haken, einem Suppenlöffel, herumlief, der aus dem Ärmel seiner Bluse hervorlugte, wurde Katie zu Tinkerbell, Lily zu Wendy und Ben war unsichtbar.

Wenn Katie Ben nicht gerade anstarrte, beschäftigte sie sich damit, ihm Rosinen, zerschnittene Papierstückchen, Tennisbälle und ihre Wehweh-Puppe zu bringen. Sie war es nicht gewohnt, von ihrem älteren Bruder, der sich immer um sie gekümmert hatte, ignoriert zu werden. Eines Nachts, als Lily am Telefon war und das Abendessen vorbereitete, zog Katie an Benjamins Ärmel und zeigte auf den Kühlschrank, was sie schon hundertmal gemacht hatte, wenn sie hungrig oder durstig war. Er malte mit Textmarkern am Küchentisch. Es kam Lily so vor, dass er immer wieder die gleiche Szene malte; die *Santa Maria,* wie sie von Indianern überwältigt wurde, während Bomben wie Lagerfeuer überall drum herum explodierten. Als Benjamin Katie ignorierte, stampfte sie mit dem Fuß auf und greinte, was in der Vergangenheit immer funktioniert hatte.

»Nur weil du verbrannt worden bist, heißt das nicht, dass ich für dich sorgen muss!«, schrie er. »Ich muss nichts für dich machen. Ich muss dich nicht mögen!« Katie ging mit offenem Mund auf ihn zu, und gerade als sie ihn beißen wollte, schaute Ben sich beinahe panisch, wie es Lily vorkam, nach etwas um, womit er sich schützen konnte. Er griff nach einem Marker, den er benutzt hatte, um die Bomben zu malen, und kritzelte wie wild mit Rot auf ihrer Stirn und über ihrem Auge und ihre Wange herunter. Als Lily ihm den Marker abnahm, hatte er gerade ihre Kehle erreicht.

Kurz vor dem Zubettgehen an diesem Abend gab Greg Lily ein Bild. »Es ist eine Karte«, sagte er. »Es ist ein Regenbogen mit Vögeln und Gott und so 'nem Zeugs. Sachen, die er mag. Man kann Gott nicht sehen«, sagte er und deutete auf einen leeren Fleck auf dem Papier.

»Das ist wunderschön, Schatz.« Sie hielt ihm die Karte hin, damit er sie zurücknahm.

»Du sollst sie ihm geben, Mama«, sagte er.

»Warum tust du das nicht selbst?«

Er schaute zu ihr hoch, schob seine Hände unter den Bund seiner Shorts und ging davon.

Der Samstag des Labour-Day-Wochenendes war kalt und regnerisch. Das Picknick im Grünen, zu dem Jean eingeladen hatte, wurde abgesagt. Also taten sie, was alle anderen auch taten, sie zogen los, um Kleidung für die Schule zu kaufen.

Die Mall war so überfüllt, dass sie auf dem Extraparkplatz auf der anderen Seite der Route 17 parken mussten. Als sie den zweispurigen Highway überquerten, Jack mit Katie in dem Sportwägelchen und Lily mit den beiden Jungs, bespritzte ein LKW sie alle, und in das darauf folgende Gejammer drehte Jack sich zu den Kindern um und sagte, dass sie alle zum Abendessen in die Pizzeria Uno gehen würden, wenn sie sich für den Rest des Nachmittags kooperativ verhielten. Das Einzige, was Jack noch mehr hasste als Einkaufen in der Mall, war, dort essen zu gehen. Lily schaute zu Jack hinüber, und Jack schaute zu Ben hinüber. Alles für Benjamin, dachte sie.

Das hab ich letztens in der Stadt gesehen«, sagte Jack und wies auf ein Service im Fenster von Crate und Barrel.

»Wir können uns kein neues Geschirr leisten.«

»Nicht für uns«, sagte er und führte sie zu einer Herbstdekoration aus Tellern, aus denen etwas, das wie Heu aussah, hervorquoll, die neben Bandannas, die man in hufeisenförmige Serviettenringe gerollt hatte, arrangiert waren. Katie beugte sich über den Rand ihres Sportwägelchens und griff nach dem Heu. Greg steuerte sie weg, um sie abzulenken, und Ben folgte ihnen.

Lily starrte abwesend auf die braunen Teller mit ihrem glänzend weißen Porzellanring in der Mitte, schaute dann zu den Kindern hinüber, die ein paar Meter entfernt vor einer Dekoration mit dem Titel »Wenn man in Rom ist…« standen. Ben schnürte Katies Schuh zu. »Für die Arbeit?«, fragte sie und drehte sich wieder zu Jack um. »Die kann man nicht in die Spülmaschine stecken.«

»Lilack's.« Er ließ seinen Finger um die tiefen Rillen des Tellers laufen.

Keiner von ihnen hatte in den letzten zwei Jahren von ihrem alten Traum, ihrem Idealrestaurant gesprochen. Ihn jetzt darüber reden zu hören war, als ob er einen heidnischen Gott anrufen würde, obwohl sie schon vor langer Zeit überein gekommen waren, nicht mehr an ihn zu glauben.

Sie schaute ihm zu, wie er die Teller inspizierte und fühlte einen Anflug von Hoffnung, dessen sie sich sofort schämte. Sie waren nicht in der Position, sich irgendetwas zu gönnen, erst recht nichts Irreales.

»Es verbreitet eine Art… rustikale, bodenständige Atmosphäre.«

Er schien auf ihre Zustimmung zu warten.

Sie nickte. »Sie sind wunderschön. Unpraktisch, aber –«

»Nein, Katie!«, brüllte Ben.

Lily drehte sich um und sah, wie sich Katie aus dem Wagen herausbeugte, um mit dem Arm in eine riesige Attrappe einer Nudelmaschine zu greifen. Ben setzte sich in Bewegung, um nach ihrer Hand zu greifen, und stieß dabei gegen eine Öl- und Essigmenage. Die Fläschchen fielen zu Boden. Glas klirrte. Grünes extra natives Olivenöl floss langsam und stetig über eine Vitrine mit Geschenkpackungen.

»Es war nicht mein Fehler!«, schrie Ben.

Lily rannte zu ihm.

»Es war nicht mein Fehler«, wiederholte er. Seine Stimme hob sich und brach, als ob er anfangen wollte zu weinen.

»Mach dir nichts draus«, sagte Lily. »Ist nicht schlimm.«

In der Abteilung für Küchengeräte hielten die Menschen an und machten große Augen. Ein junger Mann mit einer Schürze kam mit Schaufel und Besen herüber und murmelte hörbar: »Herrgott.«

»Ist schon in Ordnung«, sagte Jack und starrte auf das Chaos am Boden. Er hob eins der heruntergeschlagenen Glasflaschensets auf und drehte es um.

»Muss ich das bezahlen, Dad?«, weinte Ben. »Müssen wir das bezahlen? Ich kann das nicht bezahlen. Kann ich nicht. Es war ein Unfall!«

»Benjamin«, sagte Lily und legte ihre Hände auf seine Schultern, als ob sie seine Emotionen zurück nach innen drängen wollte. »Es ist schon in Ordnung.«

»Alle starren mich an. Sie wissen, dass ich es getan hab!«, brüllte er.

»Du findest uns bei Sears«, sagte Lily und öffnete ihre Augen weit zu Jack hin. »In der Jungenabteilung.«

Sie gingen aus dem Laden in die Haupthalle der Mall. »Möchtest du den Wagen für mich schieben, Ben?«, fragte sie.

Ben war hinter ihnen, lief langsam mit geballten Fäusten und dem Kinn auf der Brust. Greg hielt sich an Lilys rechtem Bein fest. Alle paar Sekunden hielt er an und wandte sich um, um seinen Bruder anzuschauen. »Ich glaube, er fängt zu weinen an, Mama«, sagte er.

»Er fühlt sich unglücklich, das ist okay.«

»Aber nicht, wenn man in der zweiten Klasse ist.«

»Möchtest du Katie schieben?«, sagte Lily wieder zu Ben.

»Ja, geradewegs den Aufzug runter.«

Katie brach in Geschrei aus und trat im Wägelchen um sich.

»Hör auf mit dem Unsinn, Benjamin«, sagte Lily und war über sich selbst überrascht. Sie hatte vorgehabt, ihn zu ignorieren, war sogar im Geiste die Möglichkeiten eines Themenwechsels durchgegangen, aber sie konnte es einfach nicht.

»Das war absolut töricht, Ben. Die hätten das nicht so stapeln sollen, dass es auf einem Tablett hin und her schwankt. Kinder machen immer in Läden etwas kaputt.« Jetzt brüllte sie: »Vergiss es einfach. Komm drüber weg!«

Sie ging jetzt etwas schneller, zog Greg hinterher und kümmerte sich nicht darum, was Ben tat. »Nun, was glaubt ihr, wie viele Jeans jeder von euch braucht?«

»Ich weiß nicht«, sagte Greg. »Siebzehn?«

»Okay«, sagte Lily, »das ist gut.«

»Siehst du?«, sagte Ben, der von hinten angerannt kam und das Wägelchen an einem Griff fasste. »Du sagst zu allem okay! Du hörst noch nicht einmal zu. Du hörst uns nicht zu.«

»Ich habe nachgedacht«, sagte Lily. »Nachgedacht, wie lange ich das Waschen hinauszögern könnte, wenn wir wirklich siebzehn Hosen für jeden von euch kaufen.« Sie konnte es. Sie konnte sich beherrschen, sich zurückhalten, Ben nicht anschreien, nicht das Bedürfnis verspüren, ihn aus diesem Strudel zu reißen, in den er hineingesogen worden war. Sie konnte den ganzen Tag in der Mall auf und ab laufen und ihm erlauben zu sagen, was er wollte. Sie würde einen stets gut gelaunten, fröhlichen, halbwegs unberührten Tonfall beibehalten, wenn das nötig war. Sie konnte die Dinge offensichtlich nicht besser machen für ihn, daher würde sie sich darauf beschränken müssen, sie nicht noch schlimmer zu machen. Sie wusste nicht, wer sie bei ihm sein sollte. Aber es war klar, dass sie nicht länger sie selbst sein konnte.

Bei Jack war es anders. Er konnte stundenlang wie in einem Flugzeug an der Oberfläche entlanggleiten. Witz um Witz reißen, Wortspiel um Wortspiel machen. Er blieb mit Ben in der Jungenabteilung, bis sie genug Hosen und Hemden und Socken, die im Angebot waren, ausgewählt hatten.

Lily nahm Greg und Katie mit in die Kleinkinderabteilung und suchte gedankenverloren Kleidungsstücke aus, von denen Greg dachte, dass sie für das zweite Jahr im Kindergarten richtig wären. Sie kamen am Schuhgeschäft vorbei, aber mit diesem Ausflug mussten sie bis zum nächsten Zahltag warten. Im CVS kauften sie alle Notizbücher und Lunchboxen, obwohl nur einer von ihnen schreiben konnte und das Mittagessen außer Haus einnahm. Lily ließ sich darauf ein, ins Zoogeschäft zu gehen, was sie kaum je tat. Wenn Depression einen Geruch hätte, dachte sie, dann wäre es der Geruch eines Zoogeschäfts.

Katie hopste aus dem Wägelchen und presste ihre Nase gegen die Plexiglasscheibe, die sie von einem Bernhardinerbaby trennte. Lily lauschte auf das Zirpen, das Blöken, das Rascheln von Zeitungspapier und das Geräusch von Klauen auf Metall um sie herum. Das Hundebaby leckte an der Trennscheibe, und Katie presste ihre eigene rosa Zunge gegen ihre Seite der Scheibe.

»Das solltest du ihr nicht erlauben«, sagte Ben. Er stand hinter ein paar Kindern und schaute auf eine Gruppe weißer Frettchen.

Lily lächelte ihm zu und zuckte die Schultern.

»Vielleicht sollten wir einen kaufen, Dad!«, sagte Greg und reichte seinen Arm hinunter in die Welt der Bernhardinerbabys.

»Mama hasst Hunde«, sagte Ben und machte sich nicht die Mühe, in ihre Richtung zu schauen.

»Das ist es, was Mama für dich ist«, sagte Jack. »Ehefrau, Mutter, Hundehasser.«

Greg drehte sich um und starrte sie an. »Dürfen wir einen haben, irgendwann?«

»Vergiss es. Sie lassen uns nie einen Hund haben«, sagte Ben und schaute immer noch auf die Frettchenfamilie.

»Ich hasse Hunde nicht«, sagte Lily schließlich. »Onkel David und ich hatten Frank, als wir klein waren. Er war ein Beagle.«

»Beagles sind kleine Hunde«, sagte Greg.

»Wir haben ja in einem Appartement gewohnt.«

»Dad hatte große Hunde. Diese Sorte Hunde wird sehr groß, oder, Dad?«, sagte er und tippte gegen die Scheibe.

»Zu groß«, sagte Jack.

»Normale Familien haben Hunde, Greg. Glaub mir, wir werden nie einen Hund kriegen«, sagte Ben.

Jack drückte leicht Lilys Schulter.

»Was für Familien?«, fragte Greg nach einer Weile immer noch verwirrt.

»Vergiss es einfach«, sagte Ben.

»Was heißt normal?«, erkundigte sich Greg und drehte sich zu Jack und Lily um, als Katie noch einmal mit der Zunge quer über die Scheibe leckte.

»Alltäglich«, sagte Lily.

»Durchschnittlich«, sagte Jack.

»Was?«, fragte Greg. Er zog mit den Fingern seine Wangen in die Breite. »Können Hunde lachen?«, fragte er.

Vor der Pizzeria Uno hatte sich eine lange Schlange gebildet.

»Vergessen wir's«, sagte Jack zu Lily.

»Ich wusste es«, sagte Ben und trat gegen den Stamm eines Ficus.

Also setzten sie sich auf die grüne, schmiedeeiserne Bank und warteten darauf, dass ihr Name aufgerufen würde. Lily wollte etwas trinken und dann wollte sie, dass dies alles vorbei wäre. Sie wollte aus dem Restaurant hinausgehen und die nächste Stunde mit ihnen allen überlebt haben. Nein, das stimmte nicht. Sie wollte die nächste Stunde mit Benjamin überleben.

Im Ganzen betrachtet verflog die Zeit mit Kindern nur so. Sie wuchsen so schnell auf, zwangen einen, in seinen eigenen Körperzellen wahrzunehmen, wie die Zeit verging. Aber in seinen Details konnte das Leben mit Kindern sich zu einer Ewigkeit ausdehnen. Tage, Stunden, sogar Momente streckten sich bis an die Grenzen des Grotesken. Tage mit Benjamin schienen jetzt nie zu enden.

Sie fragte sich, ob er nächste Woche überhaupt wieder zur Schule gehen konnte. Vielleicht war dieses ganze Theater mit ihm keine Phase oder Reaktion, sondern nur der Anfang. Vielleicht musste er zu einer dieser Schulen in den Berkshires transportiert werden, wo er mit kleinen Gruppen von Kindern, die gesehen hatten, wie ihre Väter ihre Mütter getötet hatten, untergebracht würde. Sie und Jack würden jedes Wochenende, bis sie starben, damit verbringen, ihn dort zu besuchen. Jeder Penny, den sie verdient hatten, würde an diesen Ort gehen, wo die Schwestern in der Psychiatrie und die Berufstherapeuten erkannt hatten, dass es immens therapeutisch war, den Kindern zu erlauben, beim Betrieb eines Bauernhofes zu helfen, sich verantwortlich für das Leben zu fühlen. Vielleicht sollten sie sich *doch* einen Hund anschaffen.

Lily fächelte sich Luft zu. Sie war von Kopf bis Fuß in Schweiß gebadet.

»Was ist los?«, fragte Jack.

Sie fischte in ihrer Tasche nach dem Rest einer Xanax. »Macht es dir etwas aus…«, sagte sie, kramte mittlerweile suchend im Kleingeldportemonnaie, »…wenn wir einfach gehen?«

»Du siehst nicht so gut aus«, sagte er. »Hey, Jungs!« Er stand auf und knackte mit den Knöcheln, dann mit dem Rücken, brachte Katie und Greg zum Lachen. »Wir holen uns einen Film, eine Pizza, und wir können alle zusammen im Wohnzimmer im Dunkeln essen. Habt ihr eine Idee, welchen Film wir alle –«

»Ich wusste es«, sagte Benjamin, als sie auf den Ausgang zusteuerten.

Es nieselte, und dichter, kühler Nebel hatte sich um die Mall gelegt. Es war später, als Lily gedacht hatte. Der Parkplatz war fast leer und still, bis auf das Geräusch, das die Reifen von Katies Sportwägelchen auf dem nassen Belag machten, und das gelegentliche Platschen, wenn Benjamin bewusst in eine Pfütze trat. Jack lief irgendwo im Nebel links von ihr mit Ben und Katie. Lily konnte das Murmeln seiner Stimme hören, wenn er mit einem oder beiden Kindern sprach. Greg griff nach Lilys Hand. Sie spürte, dass er zu ihr hochschaute, wusste es aber nicht sicher. Sie brauchte ihre ganze Kraft zum Weitergehen und Atmen.

Wenn das, was Katie geschehen war, wirklich ein Unfall gewesen war, dann war das, was nun mit Benjamin geschah, ein Vermächtnis. Schlechte Gene oder schlechtes Stillen – abhängig davon, wie man es betrachtete, aber dennoch ein Vermächtnis. Der Verlust seines Gleichgewichts war entweder eine Seuche, die er über ein mikroskopisch kleines Chromosom bekommen hatte, oder sie hatte ihn damit angesteckt, weil sie ihm unklugerweise erlaubt hatte, so lange von ihr zu trinken. Jetzt, da sie über den nebligen Parkplatz gingen, konnte sie sehen, dass der Schaden, den Benjamin genommen hatte, nicht nur dem entsprang, was Katie passiert war. Diese Zerstörung des Jungen, den sie einst gekannt hatte, war einzig und allein ihr Werk. Das Produkt ihrer Mutterschaft und ihres Bemutterns.

Der Schrei war so laut und so verzweifelt, dass Lily zuerst dachte, er käme aus ihr selbst heraus. Aber das stimmte nicht. Er kam von der anderen Seite der Route 17, vom Extraparkplatz. Zwischen den Nebelschwaden sah Lily die Frau. Sie war ganz klar verrückt. Lily fragte sich, wie sie ihr ausweichen könnten. Sie war hysterisch, heulte beinahe, während sie wie wild mit den Armen durch den dunklen Nebel gestikulierte. Sie zeigte auf etwas. Lily drehte sich um. Nein, die Frau zeigte auf sie, sprang wieder und wieder hoch, und ihre Einkaufstüte knallte jedes Mal, wenn sie unten war, auf den Bürgersteig.

Lily schaute zu Jack hinüber, der ungefähr drei Meter weiter zu ihrer Linken stand. Er hatte Katie im Wagen, und er rannte auf Lily zu. Lily beobachtete, wie er den Wagen losließ, Katie auf sie zurollen ließ und in die Richtung der Frau rannte. Er stürzte sich geradewegs in den Verkehr, wo die Autos mit vierzig, fünfundvierzig Meilen pro Stunde im Nebel entlangfuhren. Er hielt seine Hände hoch, als ob er die Lieferfahrzeuge und Sportautos, die Wagen und die Jeeps tatsächlich aufhalten könnte. Als Autos hupten und ausscherten, die Scheinwerfer aufblendeten, sah Lily, dass Jack auf einen Jungen zulief.

Benjamin lief mitten auf der Route 17 über die gelbe Doppellinie.

Jack

Nähere dich dem Opfer von vorn, das hatte Jack von dem Erste-Hilfe-Kurs, den er mit sechzehn belegt hatte, behalten. Sprich mit ihm, beruhige es. Ertrinkende geraten manchmal in Panik, wenn sie gerettet werden. Er hatte die ganzen Griffe gelernt, mit denen man ein widerspenstiges Opfer ruhig stellte, und verschiedene Arten, sich zu befreien, wenn ein Ertrinkender versuchte, ihn ebenfalls zu ertränken. Autohupen waren durchdringend laut, wenn man nicht selbst im Auto saß. Sein Herz klopfte jedes Mal, wenn jemand hupte. Er kannte diese Menschen, diese Fahrer nicht. Wie konnte er darauf vertrauen, dass sie keinen Mist bauen und seinen Sohn nicht umbringen würden? Das Einzige, woran er denken konnte, war, dass Benjamin sterben könnte. Wer immer gesagt hatte, dass man im Moment akuter Gefahr keine Furcht verspürte, hatte gelogen oder nicht vor zwei Monaten beinahe fast ein Kind verloren. Das Schlimmste konnte geschehen, selbst Leuten wie ihm und Lily. Vielleicht besonders ihm und Lily.

Ben lief langsam mit baumelnden Armen und gesenktem Kopf, nahm die Autos anscheinend gar nicht wahr. Seine Kleidung war dunkel, blaue Shorts, blaues Fußballshirt. Das Wort »Winstead«, das mit weißem Umriss auf seiner Brust prangte, und ein paar Flecken rücksichtsloser Bleiche auf dem Rücken waren das Einzige, was ihn beleuchtete. Jack lief die Mittellinie entlang, drehte sich in dem Bemühen, den entgegenkommenden Verkehr aus beiden Richtungen zu überblicken, mal auf dem einen Fuß, dann auf dem anderen um. Bens blondes Haar wehte jedes Mal, wenn ein Auto vorbeifuhr, in sein Gesicht. Sein übergroßes Fußballshirt blähte sich um seinen mageren Körper wie ein Laken.

»Dad ist hier«, sagte Jack. »Ich bin genau hinter dir, Kumpel. Ich bin genau hier.« Jack machte den Arm lang, griff nach vorn und fühlte Benjamins knochige Schultern unter seinem nassen Shirt. Ben hielt an, drehte sich um und ließ sich in Jacks Arme ziehen. Er war immer noch so klein. Wie hatte Jack das vergessen können? Er wirkte nur im Vergleich zu Katie und Greg groß. Aber verglichen mit Jack war er klein, zerbrechlich, wertvoll. Sie liefen im Gänsemarsch zurück zum Fußgängerüberweg, Ben vor Jack, und Jacks Arm lag wie eine Schwimmweste über Bens Schultern und der Vorderseite seiner Brust. Eine Mischung aus Schweiß und Regen rann über Jacks Stirn in seine Augen. »Ich liebe dich«, sagte er. »Du musst wissen, dass ich dich liebe.«

Der Jeep war waldgrün, der Honda silberfarben. Bremsen quietschten, Gummi verbrannte. Der Honda rutschte ewig lang, bis Metall auf Metall stieß. Der Verkehr stoppte. Menschen stiegen aus ihren Autos. Ein gelbes Licht kam näher und näher, als ein Fahrzeug der Mall Security heranfuhr und einen glitzernden Haufen aus rotem und weißem Sicherheitsglas erleuchtete.

Überall schien Blut zu sein, ein bisschen von Jack, aber zum größten Teil von Benjamin. Es war bitter zu sehen, dass sein Junge aus finiten, physischen Teilen und nicht aus dem grenzenlosen Stoff aus Jacks Herz und Verstand bestand. Lily war jetzt da, streichelte Bens Kopf, murmelte Katie und Greg etwas zu und sprach mit jemandem in Uniform. »Du wirst gesund werden, ganz gesund«, wiederholte sie ständig, sprach meistens mit Ben, aber manchmal, so schien es, auch mit Jack. »Du hast ein paar Schnitte, das ist alles.«

Jack setzte sich auf das Trittbrett des Sicherheitsfahrzeugs, hielt Ben immer noch in den Armen, halb über seinem Schoß ausgestreckt. Ben sagte, er wäre okay und flehte sie an, keinen Krankenwagen zu rufen. Eine Frau mit einem Erste-Hilfe-Kasten trat in den blutigen Kreis. Sie zog ein paar Plastikhandschuhe über und untersuchte Bens Kleine-Jungen-Haut; die an den Kopf gedrückten hellblonden Haare, die rosa gefärbt vom Blut waren. Die Wunden würden untersucht, gereinigt, genäht werden müssen, erklärte sie ihnen. In der Zwischenzeit gab sie Lily ein paar Bandagen für Benjamin und sagte ihr, sie solle dafür sorgen, eine um Jacks Handrücken zu wickeln.

Lily

Lily wollte, dass Jack seine Hand auch untersuchen ließ, aber er weigerte sich. Er fuhr zum Eingang der Notaufnahme vor, und sie halfen Benjamin heraus.

»Ruf Dr. Tallent an«, flüsterte er und zog sie nahe an sich heran. »Lass die Psychiater da drin nicht in seine Nähe.«

Das Wartezimmer im Lincoln war dreckig. Da, wo der Teppich nicht abgenutzt war, war er blutverschmiert. Die Plastikstühle waren geklaut oder zerschnitten oder kaputt. Damals an dem Junimorgen, an dem Lily mit Katie hier gewesen war, hatte man sie völlig am Wartebereich vorbeigeschleust. Heute schien die Schwester es nicht eilig zu haben, ihnen zu helfen. Lily nahm das Klemmbrett voller Papiere und setzte sich neben Ben, der sich mit dem Bein auf dem Stuhl neben ihm vor dem an der Wand befestigten Fernseher niedergelassen hatte.

Einen Moment lang erwog sie zu lügen, sich und Ben einen anderen Nachnamen zu geben; vorzugeben, dass sie nicht krankenversichert wären. Aber wahrscheinlich würden sie ihn ohne Beweis, dass sie bezahlen konnte, gar nicht behandeln. Und dafür brauchte sie ihre Kreditkarte, und damit käme ihre Identität als frühere Kindesmisshandlerin heraus. Außerdem war die Welt, in der sie lebte, klein. Wahrscheinlich würden sie dieselbe Schwester bekommen, vielleicht sogar Dr. Svanda.

»Tut es weh?«, fragte sie und schaute zum Fernseher hoch, als ob sie auf dem Bildschirm Augenkontakt zu ihm herstellen könnte.

Er schüttelte seinen Kopf.

»Gut«, sagte sie.

Im Formular wurde danach gefragt, wie es zu der Krankheit oder dem Unfall gekommen war.

»Ich schreibe, dass es auf einem Parkplatz passiert ist«, sagte sie leise zu Ben. »Dass es dunkel war und dass das ausscherende Auto weder dich noch das Auto, das es rammte, gesehen hat. Fliegende Glassplitter.«

Ben sagte nichts.

Zumindest war sie bei ihm. Zumindest waren sie und Jack da gewesen, als es passiert war. Er war nicht vom Notarztwagen oder von Polizisten hier eingeliefert worden. Er war nicht allein. Darin lag Trost; musste Trost liegen.

Sie zog Dr. Tallents Karte aus ihrer Brieftasche. Es war ein Feiertagswochenende, sie würde nicht zu Hause sein. Sie würde eine Nachricht hinterlassen müssen: »Ein Vorfall.« Es hat einen Vorfall mit Ben gegeben, sagte sie in den Hörer. Er scheint jetzt ruhig zu sein. Er wird genäht. Sie und Jack würden ihn das restliche Wochenende lang abwechselnd beobachten, würden jede Nacht vor seinem Zimmer schlafen, vielleicht auch darin, wenn er das wollte. Die Schule sollte am Mittwoch anfangen. Sie mussten diesbezüglich eine Entscheidung treffen.

Ben saß kerzengerade auf dem Untersuchungstisch, als der Arzt die kleine, an seiner Stirn befestigte Lampe anknipste und die Wunde untersuchte. Es war ein anderer Arzt, ein Assistenzarzt. Er hatte nicht viele Fragen, und die, die er hatte, adressierte er an Lily. »Ich will sichergehen, dass wir alles herausbekommen, bevor wir es zunähen.«

Die Schwester kam mit einem Tablett voller Instrumente zurück, und der Doktor beugte sich mit einer Spritze voll Novocain über Bens linkes Schienbein und sagte: »Bienenstich.« Als er endlich damit fertig war, in der Wunde herumzustochern, gab er Ben das kleine quadratische Tablett voller winziger, blutiger Plastikstückchen und fing an zu nähen.

Als sie alle fertig waren, rief Lily Jack an, damit er sie abholte. Sie kaufte zwei Sodas und eine Tüte Twizzlers aus dem Automaten im Wartezimmer, und dann gingen sie und Ben nach draußen und setzten sich auf die Bank.

Das Neonlicht des Eingangsschildes von der Notaufnahme ließ ihre Haut im Dunkeln grün aussehen. Ben zitterte, und Lily nahm ihre Jacke ab und legte sie ihm um. Er machte keine Bewegung, sie abzuschütteln. Sie musste irgendetwas zu ihm sagen. Aber sie hatte Angst, dass es das Falsche sein würde. Im Moment konnte ihn alles verletzen.

»Wieso muss ich nicht bleiben?«, sagte er und schaute sie an.

»Hier?«, sagte sie verwirrt.

»Du musstest doch, oder?« Er klang klein und jung, was er in Wirklichkeit ja auch war.

»Als ich dich bekam, meinst du?« »Nein. Als du ein Mädchen warst und dir das passiert ist.« Sie starrte ihn an und ließ ihn fortfahren, in der Hoffnung, dass er das alles erfand.

»Du musstest zu einem Doktor wie Carm gehen, und du musstest im Krankenhaus bleiben, als du genau wie ich mitten auf die Straße gelaufen bist, stimmt's?«

»Das war vor langer, langer Zeit, Benjamin. Woher kennst du überhaupt diese Geschichte, Schatz?«

»Als wir mit den Cousins und Cousinen beim Camping waren, konnte ich nicht einschlafen. Ich hab so getan, als würde ich schlafen. Ich hab im Schlafsack im Zelt gelegen, und ich hab gehört, wie sich Tante Jean und Tante Erin unterhalten haben.« Er hielt inne und schaute zur Straße hinaus. »Dann wusste ich, dass es stimmt – das, was du einmal zu Oma gesagt hast, damals als Greg und ich mit diesem Doktor reden mussten.« Er berührte den Klebestreifen oben auf seinem bandagierten Bein. »Ein Polizeiauto hat dich abgeholt. Der Typ mit der Uniform im Einkaufszentrum war doch eine Art Polizist, stimmt's?«

Lily nickte und streichelte seinen nackten Arm. »Macht es dich unglücklich, dass ich das getan habe, als ich klein war?«

Er zuckte die Schultern. »Ich weiß es nicht. Du wolltest nicht mehr leben, das bedeutet, dass du uns nicht wolltest…«

»Ich wusste damals noch gar nichts von euch«, versuchte sie zu erklären. »Aber, ich meine, wolltest du denn nicht erwachsen werden und uns haben?«

»Ja, schon. Das habe ich ja dann auch getan.«

»Aber nur, weil die Polizei dich erwischt hat. Was wäre, wenn nicht?«

»Was wäre gewesen, wenn Daddy dich heute nicht erwischt hätte?«, sagte Lily nach einer Weile.

»Ich wusste, dass er es schaffen würde. Ich wusste einfach, dass er es schaffen würde. Aber deine Eltern waren schon tot, stimmt's? Vielleicht hast du es deswegen gemacht, weil du unglücklich wegen deiner Eltern warst?«

»Weswegen bist du unglücklich?«, sagte sie.

»Nichts«, sagte er und rutschte auf der Bank näher an sie heran. »Mir ist nur kalt.« Er kletterte auf ihren Schoß.

»Dad wird jede Minute hier sein«, sagte sie, umarmte ihn und starrte auf den Krankenhausparkplatz. »Ich werde dich warm halten, Kleiner, ich halte dich warm.«

Jack

Dr. Tallents Büro erinnerte Jack an ein Baumhaus. Es ragte aus dem zweiten Stock ihres Hauses direkt in den Wald hinein, und schon aus diesem Grund konnte er verstehen, warum Ben gern herkam. Das Zimmer bestand ganz aus Astkieferholz mit breiten Balken, die die ganze Breite der Decke entlangliefen. Die Fenster waren in merkwürdigen Winkeln hineingeschnitten und rahmten den Ausblick in den Wald kreisförmig oder diamant- oder trapezartig ein.

Jack fragte sich, ob Benjamin nicht ein ganz kleines bisschen in Carm, wie er sie nannte, verliebt war. Jedes Mal, wenn Jack sie getroffen hatte, war sie durch den roh gezimmerten Raum geglitten, gehüllt in Seidenkleidung, die einen daran denken ließ, wie es sein mochte, sie zu berühren.

Sie trug ein blumiges Parfüm, das durch das holzige Büro wehte. Wenn sie sich sehr heftig konzentrierte, hatte sie die kindliche Angewohnheit, ihren Stift in ihrem Haar zu zwirbeln. Und falls das noch nicht ausreichte, Ben zu erobern, war dafür noch das gesamte Wartezimmer und ein Teil des Büros mit Regalen voller »Kinderkrimskrams«, wie Lily es nannte, gesäumt.

»Als ich Ben letzten Dienstag gesehen habe«, sagte Dr. Tallent, »erwähnte er, dass er nicht glaubt, dass Sie besonders viel Wert auf ihn legen.« Jack sah zu, wie sie die Seiten ihres kleinen Notizbuches durchblätterte, das sie zu Beginn der Sitzung in einen Ledereinband gesteckt hatte. »Er hat das Gefühl, dass Sie nicht sehr viel mit ihm reden«, fuhr Dr. Tallent fort.

Jack schaute auf der Suche nach Bestätigung zu Lily hinüber. »Diesen Eindruck möchte ich nicht vermitteln«, sagte er.

»Natürlich nicht.« Dr. Tallent schlug die Beine in ihren Seidenhosen übereinander. »Er braucht gerade jetzt zusätzliche Bestätigung. Wir müssen ein Brainstorming machen, wie wir ihm das am besten geben können.«

»Ich habe ihm gesagt, dass ich ihn liebe. Ich meine, ich habe es betont laut gesagt.«

Dr. Tallent nickte.

»Vielleicht muss er es sehen. Vielleicht müssen Sie es ihm einfach zeigen.«

Jack starrte aus dem diamantförmigen Fenster. Es wurde jetzt früher dunkel. Der Himmel ließ gerade eben genug Licht durch, dass man einen Baseball auf sich zukommen sah. »Das klingt jetzt wahrscheinlich fürchterlich«, sagte er. »Aber wie soll ich das tun? Er kennt mich als eine bestimmte Person, einen bestimmten Vater, der sich auf eine bestimmte Art und Weise benimmt.«

»Vielleicht müssten Sie sich ändern?« Dr. Tallent griff nach unten und spielte mit ihrem goldenen Fußkettchen.

»Ich denke, dass wir alle gerade wegen der Veränderungen gelitten haben. Ich meine, wir hatten nur noch Veränderungen, und das hat alles versaut –«

»Das waren äußerliche Veränderungen«, unterbrach Lily. »Ich glaube, was Carm meint, ist –«

»Ich schlage nicht deshalb vor, dass Sie sich verändern, weil es nicht in Ordnung ist, wie Sie sind, Jack«, sagte Dr. Tallent. »Ich rede von einem Stilwechsel, um ein dringendes unmittelbares Bedürfnis Ihres Sohnes zu erfüllen, das ist alles.«

Er nickte. »Ich verstehe. Ich weiß nur einfach nicht, wie ich das machen soll. Verstehen Sie, was ich sage? Ich kann mich nicht verstellen. Ich meine, das funktioniert nicht.«

»Ihr Sohn ist ausgesprochen offen, zumindest bei mir«, sagte Dr. Tallent. » Wenn er ein Thema anspricht, blocken Sie nicht ab. Reden Sie mit ihm, bis er Ihnen einen Hinweis darauf gibt, dass er genug hat. Das will er, das braucht er von Ihnen.«

Was Jack wollte, was Jack brauchte, war, dass die Uhr zurückgedreht wurde. Er wusste nicht, wie weit genau, aber zumindest bis dahin, wo sie alle glücklich gewesen waren. »Ist das eine kurzfristige Sache, ich meine, können wir dann irgendwann wieder unser altes Selbst annehmen?«

Dr. Tallent lächelte. »Ich glaube, wenn man ein Trauma erlebt, ein Trauma durchlebt hat, so wie Sie den Unfall Ihres Babys«, sagte sie, »gibt es eine Tendenz, die Ereignisse in seinem Leben in ›Vorher‹ und ›Nachher‹ aufzuteilen. Manchmal gehen wir sagar so weit, uns selbst, unsere Identitäten, in ein ›Vorher‹ und ›Nachher‹ einzuteilen. Das ist natürlich. Es ist unsere Art, uns zu schützen, zu erhalten. Aber ich denke, es ist letztendlich ein Trugschluss.«

»Weil es kein *Vorher* mehr gibt«, sagte Lily leise, als sie sich Jack zuwandte.

Dr. Tallent nickte.

»Wovon reden Sie?«, sagte Jack. »Das ist ja, als würde man sagen, dass die Vergangenheit nicht real oder wahr gewesen ist, dass nur die beschissene Gegenwart real ist.«

»Was ich sagen will, ist, dass unsere Identität, unsere Realität, sich verschiebt und ausweitet. Sie verändert sich ständig. Wir treten emotional in eine Menge heißes Wasser, wenn wir davon ausgehen, dass die Realität festgesetzt ist oder dass es eine Realität gibt, die jedes Familienmitglied teilt.«

»Sie sagen mir also, dass ich mich zum Besseren verändern muss.«

»Ich sage Ihnen, dass die Realität Ihres Familienlebens sich bereits verändert hat und dass Sie beide diese Veränderung aufholen müssen.«

Diese Ärztin hat Unrecht, dachte Jack. Nicht alles war anfällig für Veränderung. Es gab fundamentale, felsenfeste

Wahrheiten, die, egal wie entstellt sie an der Oberfläche erscheinen mochten, immer noch erkennbar, haltbar waren.

In der Nacht von Bens Unfall hatte er Greg und Katie bei seiner Mutter abgesetzt und war erschöpft zurück zur Notaufnahme gefahren. Ein Parkwächter hatte ihn bis hinten auf den Besucherparkplatz geschickt und zwang ihn so, den ihm meilenweit erscheinenden Weg zurück zum Eingang der Notaufnahme zu Fuß zurückzulegen. Sein Rücken, seine Beine und sein Hals taten weh. In den drei oder fünf Minuten, die es gedauert hatte, Ben zu erreichen, hatte er wohl jeden Muskel in seinem Körper angespannt, und jetzt konnte er sich kaum bewegen. Als er am Haupteingang vorbeikam, sah er, dass die Lichter, die das »L« in »Lincoln« beleuchteten, aus waren. Ein großes »X« aus Klebeband bedeckte einen Riss im Fenster des Foyers. Gott, er hasste diesen Ort. Ärzte und Schwestern und Patienten in Rollstühlen auf dem Parkplatz, die im Regen rauchten. Alle und jeder waren krank und sahen Mitleid erregend aus, er selbst eingeschlossen, mit Glas im Haar und Blut an der Kleidung.

Er fürchtete sich davor, Benjamin zu sehen. Wie konnte er einem kleinen Jungen, der dahin gegangen war, wo er nie gewesen war, der etwas wusste, was Jack nicht wusste oder wissen konnte, ein Vater sein?

Lily und Ben waren bereits aus dem Wartezimmer heraus, saßen zusammen auf einer Bank. Lily hielt ihn auf ihrem Schoß fest. Seine bandagierten Beine waren zu einer Seite hin ausgestreckt, sein Haar vermischte sich mit ihrem, da sein Kopf auf ihrer Schulter lag. Ihre Augen waren geschlossen, und Lily schaukelte ihn sehr sanft, sang mit leiser Stimme. Das war alles, was man tun konnte, und dennoch bedeutete es alles. Jack ging näher an sie heran. Nur diese Wahrheit musste man kennen.

Lily

Alle tanzten, dachte Lily. Katie und Greg tanzten um Ben herum, und Lily tanzte um alle drei herum, und Jack war Tag und Nacht genau hinter Lily, stampfte und ackerte in einem Rhythmus, den nur er hören konnte. Ein paar Wochenenden nachdem die Schule begonnen hatte, und mit Carmelia Tallents Zustimmung, erklärte Lily sich schließlich einverstanden, die Kinder über Nacht bei Fran zu lassen, sodass sie und Jack hoch nach Vermont fahren konnten.

An den letzten drei Sonntagen war Jack zum *Out of Town News* am Harvard Square gefahren und hatte jede Zeitung aus dem nördlichen New England gekauft, die nach Boston geschickt wurde und deren Immobilien- und Geschäftsrubriken noch unbeschädigt waren. Er verbrachte seine Abende damit, zum Verkauf stehende Restaurants einzukreisen, auszuschneiden und anzurufen. Er raste von der Arbeit nach Hause, öffnete die Post und breitete Farbfotos vor ihr aus, als ob er mit einem billigen Taschenspielertrick Einfluss auf ihre Zukunft nehmen wollte. Als sie zu ihrem Ausflug aufbrachen, hatte er fünf Wegbeschreibungen zu Restaurants, die auf dem Markt waren. Er hatte vorab telefonisch ein Hotelzimmer in Fairlee gebucht und eine Dinnerreservierung in einem Restaurant in Hannover gemacht, das einem alten Kollegen von ihm gehörte.

Sie wusste, dass er sie verführte, genau wie mit dem Überraschungspicknick am Charles und mit dem Vorschlag, dass sie Ende September, wenn Cyn ihren Urlaub nahm, für sie einspringen sollte. Sie wusste, dass er sie lockte, nicht so sehr auf ein bestimmtes Ziel, einen speziellen Plan hin, wie zur Veränderung selbst. Sie lehnte sich zurück und ließ sich fallen.

»Lass uns nicht vor den Kindern darüber reden«, sagte sie auf dem Rückweg. »Sag nichts zu deiner Mutter. Nicht, bis wir bei der Bank waren und das Haus haben schätzen lassen.« Snowfields, wie das Restaurant jetzt hieß, war das Einzige von den fünf Häusern, das sie sich anschauten, das immer noch in Betrieb war. Sie hatten den Großteil des Samstagnachmittags dort verbracht, und Jack hatte darauf bestanden, dass sie an diesem Morgen noch einmal hinüberfuhren. Das Restaurant befand sich in einem verschachtelten, alten Bauernhaus, in das sie eine Menge Arbeit würden stecken müssen, dessen war sich Lily sicher. Das Ehepaar, dem es gehörte, hatte seine Familie in dem Wohnbereich im zweiten Stock großgezogen. Lily hatte an der Decke von fast jedem Zimmer Wasserschäden gesehen. »Wahrscheinlich ist es eine Wahnsinns-Feuerfalle«, sagte sie. »Außerdem müssen wir in der Nebensaison, wenn die Laubbeschauer weg und die Skitouristen noch nicht da sind, für ganze sieben Abendessen pro Nacht hochfahren.«

»Wir müssen das tun, Lily!« Jack nahm einen tiefen Schluck Soda und drückte die Dose dann wieder zwischen seine Schenkel. »Wir müssen uns zusammen in die Sache stürzen, hineingesogen und überwältigt werden und ekstatisch sein. Ich hasse das.« Er wedelte mit dem Arm durch das Auto. »Herrgott, ich hasse es, wie unser Leben aufgefressen worden ist... und wovon? Von verdammten, beschissenen Umständen!«

»Schrei nicht!«, sagte sie. Sie hatte sich davor gefürchtet, mit ihm übers Wochenende wegzufahren, hatte Angst gehabt, Benjamin zu verlassen, und Angst, dass sie und Jack nur kleine Mengen an Intimität würden bewältigen können.

»Ich bin aufgeregt. Ich schreie nicht, « sagte er. »Sei nicht so gleichgültig mir gegenüber.«

»Gut. Was erwartest du denn von mir, Jack?«

»Ich will, dass du jetzt in diesem Auto genauso laut redest wie ich. Ich will, dass du eine Menge Platz einnimmst, nicht nur deine Parzelle. Ich will, dass du überläufst –«

»Wovon zur Hölle redest du?«

»Wir ducken uns, und ich hasse das. Ich kann dir gar nicht sagen, wie sehr ich das hasse. Wir gehen auf Zehenspitzen um Ben herum, umeinander und um unser ganzes verdammtes Leben. Und das sind nicht wirklich wir. Es ist so, als ob wir auf dem Rücksitz säßen«, sagte er und drehte sich um, schaute auf den leeren Sitz hinter ihnen. »Und das Auto poltert einen Berg hinunter, und niemand sitzt am Steuer – und es ist unser Auto. Es ist unser verdammter Scheißkasten.«

»Für dich ist es einfach«, sagte sie, ohne ihn anzuschauen. »Aber warum sollte ich mit meiner Persönlichkeit angefüllt sein wollen?« Sie presste ihre Nase an die Scheibe und sah zu, wie eine Milchfarm vorbeiflog. »Ich will mit den Kindern angefüllt sein. Manchmal will ich sogar mit dir angefüllt sein. Aber es ist unmöglich, mich mit meiner Persönlichkeit zu füllen, ohne dass ich daran ersticke.«

»Wie kannst du so etwas sagen?« Er beugte sich zu ihr und streichelte ihr Bein.

Sie hatten die Berge jetzt hinter sich gelassen. Die Bäume waren hier kleiner, und die Straße begann ebener zu werden. »Du warst nicht da, als es passierte. Du musst nicht –«

Er griff hinüber und legte seine Finger über ihre Lippen. Sie wusste, dass es liebevoll gemeint war, aber sie schlug seine Hand weg. »Du kannst keinen Schalter umlegen und sagen, dass es nicht mehr wichtig ist, nur weil es dir nicht mehr wichtig ist. So funktioniert das nicht. Wir können nicht einfach weitermachen, den ganzen Sommer herausschneiden, als wäre es eine Art gutartiger Tumor gewesen und einfach so zur Zukunft übergehen.« Sie wandte sich jetzt zu ihm und schüttelte ungläubig den Kopf. »Benjamin sollte dir Hinweis genug sein, dass wir das nicht tun können. Diese Sache ist die Last, die wir tragen müssen. Sie ist es, die den Raum einnimmt. Sie verschlingt auch in diesem Moment die Luft in diesem Auto.«

Er biss sich so hart auf die Lippe, dass sie weiß wurde. Sie wusste, er würde ihr sagen, dass er verstünde, aber sie bezweifelte, dass er das wirklich konnte.

»Du hast Unrecht«, sagte er. »Du hast so sehr Unrecht, Lily. Dieser Unfall kann uns nichts anhaben, kann dir nichts anhaben. Ich sehe dich mit den Kindern, und jeden Tag sehe ich, dass die Schuld im Vergleich zur Liebe bedeutungslos ist.«

»Es ist keine Schuld«, sagte sie. »Nur Wissen. Furchtbares Wissen.«

Es war spät, als sie zu Hause ankamen. Die Kinder schliefen. Während Fran herumlief und ihre Sachen zusammensuchte, hörte Lily, wie Jack in der Küche kochte.

»Mal ganz ehrlich«, sagte Lily, als sie Fran mit ihrer Tasche zum Auto half. »Wie waren sie?«

»Brav wie Engel. Ganz ehrlich.« Fran öffnete ihre Autotür und schaute Lily an. »Er kommt wieder in Ordnung, weißt du. Er ist nicht er selbst, aber er kommt schon wieder in Ordnung.«

»Ist irgendetwas passiert? Du hättest es mir am Telefon erzählen können.« In der Ferne hörte Lily Babyfledermäuse quietschen. Fran schüttelte den Kopf und stieg ins Auto. »Nichts ist passiert. Wir hatten wirklich jede Menge Spaß.«

Lily beobachtete, wie Fran die Zufahrt hinunterfuhr und blieb dann vor dem Haus stehen. Sie ging durch die Tür, war so erleichtert, zu Hause zu sein, dass sie zu weinen anfing.

»Danke«, sagte Lily. Sie tauchte ihren Finger in den letzten Rest Pilzrisotto auf ihrem Teller.

Jack nickte, lehnte sich leicht in seinem Stuhl zurück und umklammerte einen ihrer nackten Knöchel mit seinen Füßen.

Draußen blies der Wind heftig, und das alte Fliegengitter im

Fenster über dem Spülbecken klapperte. Die Kerzen flackerten, flammten dann auf. Jack zog seinen Stuhl neben ihren. Er hob ihr Haar und küsste ihren Nacken, ihre Schultern, die Rückseite ihrer Arme. Er langte nach hinten und schlug auf den Lichtschalter. Die Küche war jetzt völlig dunkel, abgesehen von dem Licht der tropfenden Kerzen mitten auf dem Tisch.

»Was tust du da?« Sie lachte.

»Lass uns nach oben gehen.«

Der Wind blies heftig, und das Fliegengitter im Fenster über dem Spülbecken drückte gegen die Reißzwecke, die es den ganzen Sommer lang gehalten hatte. Erst klapperte es, dann spritzte es, als eine Ecke des Rahmens in den Topf fiel, der zum Einweichen in dem Spülbecken stand.

Jack war jetzt bei ihren Füßen, glitt mit der Hand ihr Bein hinauf unter ihren Rock.

Seine Augen waren geschlossen, und sie starrte ihn an; versuchte, sich daran zu erinnern, für wen sie ihn vor einem Monat, einem Jahr, zehn Jahren, gehalten hatte. Niemand erzählte einem, dass das Eheleben aus einer ständig wechselnden Wahrnehmung der Realität bestand, dass es genauso veränderlich und organisch wie ein Lebewesen war.

Der Boden war hart. Die Ziegel fühlten sich beinahe kalt an. Jack zog ein Spültuch von der Ofentür und rollte es unter ihren nackten Hüften zusammen. »Ich liebe dich«, sagte er.

Sie lauschte auf die Äste, die oben gegen die Fenster kratzten. Die Spirea vor der offenen Küchentür peitschte gegen die Schindeln. Er hatte seit Monaten nicht mehr gesagt, dass er sie liebte. Nicht einmal in der Nacht in dem Motel. Der Wind blies vom Wald her über den Garten geradewegs durch das unbeschirmte Fenster. Immer und immer wieder raste er über ihre Körper, und wenn sie sich ganz viel Mühe gab, konnte sie den kultivierten Geruch von Holzapfel und Gras, Fichte und Kiefer, und noch viel schwächer den ursprünglichen feuchten Geruch der Erde selbst riechen.

Jack

Alles lag in kleinen weißen Zierschüsselchen vor Jack aus, alle Zutaten, die er für den ersten Gang, in der Pfanne gebratene Forelle, brauchte, waren bereits vorbereitet. Lily war am anderen Ende der Küche. Sie hatte das Rindfleisch geschnitten und füllte es jetzt mit Knoblauchscheiben und frischem Rosmarin. Das Wasser für die Gnocchi kochte heftig. Der Ofen quietschte und knackte, während er sich auf zweihundertfünfzig Grad hochkämpfte. Der zielbewusste Lärm in der Küche ließ seine Augen feucht werden. Er hielt einen Moment lang inne und lauschte auf das Geräusch von Lilys Schuhen, die unter der Theke schlurften, auf den rhythmischen Kontakt ihres Messers mit dem Holz, das Klatschen ihrer pfefferübersäten Hand auf dem Roastbeef. Wortlos inspizierten sie das purpurfarbene Basilikum, schmeckten die Vinaigrette ab, rieben den Käse. Diese ganze geschäftige Stille war ihre strahlende, schlagfertige Antwort.

Ben traf sich jetzt nur noch einmal pro Woche mit Dr. Tallent. Manchmal begleiteten Jack und Lily ihn. Gelegentlich trafen sie sich allein mit Tallent. Mehr und mehr kam es Jack so vor, dass sie in ihrer Psyche herumstocherte, und schließlich sprach Jack sie darauf an.

»Nein, nein«, sagte sie, sie stelle nur die Fragen, die erforderlich waren, um Benjamin zu helfen. Das war das Ziel – Benjamin. Sie sagte das so oft, dass Jack eines Abends – völlig unangemessen, das war ihm klar – laut herausgelacht hatte.

Tallent hatte sein Gelächter für eine zynische Darbietung gehalten. Er hatte den Kopf geschüttelt und mit einem Taschentuch seine Augen abgetupft. All diese Leute, die mit Kindern arbeiteten, die Sozialarbeiter, die Kinderpsychologen – so wenige von ihnen hatten irgendeinen Sinn für das Absurde. Das haute ihn um. Als sie nach diesem Termin nach Hause fuhren, hatte Lily ihn gefragt, warum er gelacht hätte. Er schüttelte den Kopf. Sie lächelte und sagte: »Ich glaube, sie hält dich für unsensibel.« Die Reifen des Subaru schlugen auf das Eisengitter der Black Bridge. Einen Moment lang fragte er sich, ob er sie richtig verstanden hätte.

»Du hältst mich für unsensibel?«, fragte er, als sie auf der anderen Seite ankamen.

»Im Gegenteil«, sagte sie und schüttelte den Kopf. »Ich glaube, das ist alles zu viel für dich.«

Während der Sitzungen, die sie mit Ben gemeinsam besuchten, redete Jack nur widerwillig. Wenn er mit seinem Sohn zusammen in diesem Büro war, fühlte er sich, als ob er in jemand anderes Version der Realität eintrat. Er fragte sich, ob er sich genauso fühlen würde, wenn er in zwanzig Jahren Ben in dem Appartement, das er mit seiner Freundin teilte, besuchen würde. Einsam. Während sich diese Sitzungen entfalteten, schockierte es ihn zu sehen, wie sein Sohn wieder und wieder zu Dr. Tallent hinschaute, als ob sie sein Nachschlagewerk, sein Prüfstein wäre. Das Kind war in dieser Inszenierung der Lehrer, und das Elternteil benötigte heilende Erziehung.

In den Sitzungen, die sie ohne Ben besuchten, erzählte Tallent ihnen von Bens fehlerhaftem Glaubenssystem und der Notwendigkeit, ihm um ihrer aller drei willen ein neues zu bieten, eine andere Möglichkeit für ihn. Doch sobald sie alle vier sich gemeinsam trafen, fühlte Jack sich jedes Mal, als würde Ben zur Rechten Gottes sitzen, und er, der Vater, lag reuevoll schweigend zu Füßen des Sohnes.

Jack schabte den Haufen gehackter Petersilie in ein kleines Tuch und drückte sie trocken. Diese Woche hatten sie Dr. Tallent gegenüber erwähnt, dass sie den Kauf eines Restaurants oben in Vermont prüften. Sie sagte, sie wüsste es zu schätzen, dass sie sie informiert hätten.

»Offensichtlich beschäftigt Sie der Gedanke an die Auswirkungen, die dieser Wechsel auf Benjamin haben könnte.« Sie nickte und lächelte ihnen zu. »Gut. Lassen Sie mich Ihnen eine Frage stellen«, sagte sie und starrte Jack an. »Was meinen Sie?«

Was er wirklich meinte, war, dass in den letzten drei oder vier Monaten eine Reihe von Spezialisten, zumeist Frauen, die intimsten Bereiche seines Lebens geleitet und sogar vorgegeben hatten, und er sich fragte, ob alles Persönliche jemals wieder Privatsache sein würde.

»Wir haben unser Haus noch nicht zum Verkauf angeboten«, sagte er. »Wir haben es den Kindern gegenüber noch nicht erwähnt, aber vielleicht haben sie uns darüber sprechen hören... Lily und ich haben zu Hause eine Menge darüber diskutiert. Sie wissen, wie so etwas läuft, es wird zu einer Art Besessenheit...« Die Wahrheit war, dass, wenn sie nicht darüber sprachen, er darüber nachdachte. Es erinnerte ihn manchmal schmerzhaft an die Art und Weise, wie er und Lily über Benjamin geredet hatten, als Lily mit ihm schwanger war. Es war ein nicht zu unterdrückendes Bedürfnis, die Lizenz, endlich laut jenen Teil des Lebens zu planen, nach dem man sich im Stillen gesehnt hatte und der nun in Reichweite schien.

»Dieser Impuls«, sagte Jack zu Dr. Tallent, »ist nicht völlig eigensüchtig, nicht komplett karriereorientiert. Wir denken beide, dass die Kinder glücklicher waren, als wir noch zusammen gearbeitet haben. Wir waren ganz sicher glücklicher. Sie müssten uns über den Zeitpunkt für den Schulwechsel informieren.«

Dr. Tallent nickte. »Ihr Sohn sollte auf jeden Fall mit der Behandlung fortfahren«, sagte sie und zwirbelte das mit einer Kappe versehene Stiftende in den feinen Strähnen ihres Haares.

»Natürlich«, sagte Jack.

»Er braucht gerade jetzt Kontinuität – und zwar in so vielen Bereichen seines Lebens wie möglich. Aber ich denke, es ist noch wichtiger, dass er im Mittelpunkt steht.« Sie lächelte ihnen beiden zu. »Mal sehen, wie ich das ausdrücken kann. Sie sind der Küchenchef... er muss das Hauptgericht sein. Nicht so, dass Ihre anderen Kinder ausgeschlossen werden... aber im Moment müssen Sie Ihre Energien außerhalb Ihres Berufslebens voll auf ihn konzentrieren. Er ist jetzt Ihr Projekt, und vielleicht können Sie ihn als ebenso große Herausforderung sehen wie das Geschäft, das Sie aufzuziehen planen.«

Die Sonne war noch nicht untergegangen. Lily wollte nicht vorher mit dem Servieren des Jom-Kippur-Frühstücks beginnen. Jack deckte den Fisch ab und schaltete den Herd aus. Er hörte sie lachen und schreien. Sie spielten Scharade.

Gestern am späten Nachmittag hatte er die Kinder zum Äpfelpflücken mitgenommen. Seine Mutter war dort zu ihnen gestoßen. Als sie endlich eine Baumreihe gefunden hatten, an denen es noch Äpfel zu pflücken gab, war es kühl und schattig. Jack hob Katie auf seine Schultern, sodass sie hoch oben in den Baum greifen konnte, wo anscheinend die besten Äpfel waren. Die Jungs waren vorgerannt und hatten nach einem Baum gesucht, den sie selbst erklimmen könnten.

»Glaubst du, dass es eine Art Test ist?«, sagte Jack nach einer Weile.

Seine Mutter stand unter ihm und hielt eine der großen, weißen Einkaufstüten offen, die die Obstplantage zur Verfügung stellte.

»Oder will Gott uns nur bestrafen?«

Seine Mutter lachte und sagte: »Das kannst du doch nicht wirklich denken?«

»Ich weiß es nicht«, sagte er und drückte seine Handflächen gegen Katies Rücken, sodass sie nicht von seiner Schulter fallen konnte.

Seine Mutter schaute in die fast volle Tüte hinein.

»Du bekommst nur einen riesigen Brocken des wirklichen Lebens vorgesetzt. Das ist alles. Man nennt das erwachsen werden, Jack. Du musst erwachsen werden.«

Das sagte er sich selbst jeden Morgen seit Mitte August. Es war ein Nadelstich, den er brauchte, um aus dem Bett und zur Arbeit zu kommen. Aber das war zu einfach, sogar unaufrichtig. Es beinhaltete nichts mehr als eine Art Verzicht. Ein tägliches Aufgeben einer Idee seiner selbst. Diese andere Reife, über die sie sprach, die Benjamins Doktor angedeutet hatte, erforderte, dass er einen Teil seines Selbst umarmte, der immer zu klein und schlüpfrig zu fassen gewesen war.

»Ich bin erwachsen«, sagte er zu seiner Mutter, während er einen Apfel hoch in die Luft hinter sich warf. Dann rannte er los, mit Katie immer noch auf den Schultern, seine Füße rutschten über die verfaulten Äpfel auf dem Boden. Er positionierte sich in perfekter Haltung mit zurückgeneigtem Kopf, um das Geschenk der Frucht direkt mit dem Mund zu empfangen.

Lily

Katie kletterte auf einen Küchenstuhl und strampelte, um ihre Beine von der ungewohnten Falle, die das Kleid darstellte, zu befreien. Lily hatte die Backofentür offen, das Blech so herausgezogen, dass sie das Thermometer im Rostbraten checken konnte. Mit einem Auge achtete sie auf Katie, deren Babyfinger über den Tisch in Richtung der zwei Yahrtzeitkerzen wanderten.

Katie beugte sich nach vorn, um die brennenden Gläser zu inspizieren.

»Nein, nein«, sagte Lily. Die Kerzen waren beinahe aus, Jom Kippur fast vorbei.

»Meine«, sagte Katie.

»Das sind besondere Kerzen«, sagte Lily.

»Heiß«, sagte Katie.

Lily nickte.

Katie versuchte zu pusten.

Lily schüttelte den Kopf. »Für meine Mama und meinen Daddy und meine Oma«, sagte sie. »Und diese hier ist für Baby Pearl.« Eine der Schwestern aus dem Shriners hatte letzte Woche angerufen, um ihr zu sagen, dass sie einen Gedenkgottesdienst für Pearl abhielten. Sie war an Lungenentzündung gestorben. Es hatte im *Globe* gestanden, sagte die Schwester. Ihre Mutter würde wegen Mordes angeklagt werden.

Katie zog ihr Kleid hoch. Lily starrte auf die Narbe, die sich vorn auf ihrem rechten Bein von dem heruntergerutschten Söckchen bis fast zum Knie hinaufzog. Die nicht pigmentierte Haut war im Vergleich zu Katies natürlicher Hautfarbe so schockierend weiß, dass Greg sich laut gefragt hatte, ob sie Katie nicht als eine Art Leuchte benutzen könnten, wenn es dunkel war. Lily hatte zu dem Gedenkgottesdienst gehen wollen. Und sie wäre auch gegangen, wenn er irgendwo anders als in diesem Gebäude stattgefunden hätte.

»Die Kerzen helfen uns, uns an sie zu erinnern«, sagte sie zu Katie, die mit dem Saum ihres Kleids ihre Wange kitzelte und ihren Daumen tief in den Mund steckte, als ob Lily vorhätte, ihr eine Geschichte zu erzählen.

»Solange wir leben, sollen sie auch leben. Denn jetzt sind sie ein Teil von uns, während wir uns an sie erinnern«, sagte Lily, es war das einzige Gedenkgedicht, das sie kannte.

Katie schaute zu ihr hoch, nahm den Daumen aus dem Mund und streichelte die Seite von Lilys Arm mit ihrer feuchten Hand. »Mama«, sagte sie weich. »Mama.«

Lily beugte sich nach unten und küsste ihre Tochter auf den Kopf. Die Cousins riefen nach Katie. Sie schaute noch einmal zu Lily hoch, krabbelte dann vom Stuhl und rannte aus der Küche. Lily hatte letzte Nacht ein Ticket für den Kol Nidre Gottesdienst ergattert. *Avinu Malkeinu*, hatte der Kantor gesungen, trage uns ein in das Buch der Glückseligkeit. Avinu Malkeinu, trage uns ein in das Buch der Erlösung. Avinu Malkeinu, trage uns ein in das Buch der Verdienste. Avinu Malkeinu, trage uns ein in das Buch der Vergebung. Der Rabbi in der Synagoge des Wiederaufbaus hatte sie zu Rosh Hashanah ermahnt, dass sie in der Woche vor Jom Kippur für die Sünden gegen ihre Schwestern und Brüder, gegen die Gemeinde würden büßen müssen.

»Es sind die Sünden, die Ihr in Eurem zwischenmenschlichen Leben begeht«, hatte sie gesagt, »die Ihr mit Euren Freunden und Familien, Euren Ehegatten und Kindern aufarbeiten müsst. Die Vergebung muss von ihnen kommen, nicht von Gott.«

Schuld, Entschuldigung, Vergebung standen im wahren Seelenleben nicht in enger Beziehung zueinander. Sie war schuldig, die Übereinkunft, die sie mit jedem ihrer drei Babys getroffen hatte, gebrochen zu haben; die Übereinkunft, sie perfekt zu lieben, sie perfekt zu beschützen. Für diese Schuld Vergebung zu erlangen war unmöglich. Wie entschuldigte man sich bei Kindern? Und Vergebung konnte ihr doch sicher erst dann zuteil werden, wenn sie aufgehört haben würde, so verzweifelt danach zu verlangen.

Jack trug die Marzipanspitze ihres Honigkuchens aus dem Keller hoch, wo sie sie in der Eistruhe gelagert hatte. Er schenkte ihnen beiden ein Glas Wein ein und schaute zu, wie sie die goldene Spitze auf dem Kuchen ausrollte. Er öffnete die kleine, quadratische Kiste auf der Anrichte und hob vorsichtig mit seinen beiden Zeigefingern die Honigbiene heraus, die sie komplett mit Flügeln und einem blühend gestreiften Körper gemeinsam gestaltet hatten.

Sie hatte letzte Nacht in der Synagoge etwas Furchtbares getan. Sie hatte Gott einen Handel vorgeschlagen. Sie hatte einen Vorschlag unterbreitet, ein Geschäft angeboten. Wenn er dafür sorgte, dass Benjamin in Ordnung kommen würde, sie alle sicher und glücklich und gesund sein ließe, würde sie … etwas aufgeben … nur was? Sie würde verzichten …? Während sie wie wild nach einem angemessenen Opfer suchte, nach etwas, das Gott aufhorchen und Notiz nehmen lassen würde, erkannte sie, dass nur Kinder mit Gott handelten, keine Erwachsenen. Erwachsene, Ehefrauen, Arbeiter, Mütter konnten nur mit sich selbst handeln.

»Wir haben es geschafft«, sagte Jack und platzierte das Konfektkunstwerk sicher in der Mitte des Kuchens. »Komm, wir stellen ihn hoch, auf das Sideboard.«

»Vorsichtig«, sagte sie und sah ihm zu, wie er durch die

Diele ins Esszimmer ging. Die Cousins rannten durchs Haus, sprangen durch Türen hinein und hinaus. Jacks Schwestern und ihre Männer saßen im Wohnzimmer und sahen sich Frans Fotos aus Kanada an. Lily ging an ihnen allen vorbei, folgte Jack und dem Kuchen. Sie hatte heute Morgen im Esszimmer gedeckt, eine weiße Tischdecke und das gute Geschirr. In der Mitte stand ein rundes *Challah*-Brot mit Rosinen.

»Du kannst sehr stolz auf dich sein«, sagte Jack. Er stellte den Kuchen auf dem Sideboard ab und küsste sie auf die Wange.

»Mach ein Foto davon, Mama«, sagte Ben, der sich von hinten herangeschlichen hatte.

Lily zuckte die Schultern, und Ben rannte aus dem Zimmer. Sie hörte ihn in der Diele, hörte seine Stimme über dem Klappern der Lacklederschuhe der Mädchen und dem Klirren der Eiswürfel in den Gläsern der Erwachsenen. Sie hörte ihn sagen: »Kommt alle her und seht, was meine Mum und Dad gemacht haben.«

Danksagungen

Ich bin meiner Schwägerin Maria Gould Cronin zutiefst dafür dankbar, dass sie mir so großzügig ihre medizinische Erfahrung sowie den Kern dieser Geschichte zur Verfügung gestellt hat. Normalerweise bedanken sich Autoren bei den Institutionen, die ihnen Zeit zum Schreiben gewähren. Meine Institution, während ich an diesem Buch schrieb, war die Tagesmutter meiner Kinder, Heidrun Morgan. Dass sie meine Kinder so liebevoll umhegte, hat mich buchstäblich frei schaffen lassen.

Vielen Dank an Sarah Sturgis, Patti Noone, Sarah Halper, Asia Martin und Lorrie Jones; den Frauen, die meinen Kindern und mir während der langen Schaffensphase an diesem Buch beigestanden haben.

Ich stehe tief in der Schuld meiner Eltern Norma und Sheldon Basch, die sich um das Schlachtfeld Haushalt kümmerten, wenn es keinen Aufschub mehr duldete; und noch mehr deshalb, weil sie mich dazu erzogen haben, mich den Herausforderungen zu stellen. Und vielen Dank auch an meinen Bruder und meine Schwägerin Fred und Susan Basch für ihre Fähigkeit, ihre Nichte und ihren Neffen bei Laune zu halten.

Ich hatte das Glück (und den Verstand), in eine Familie einzuheiraten, die sich für mich in eine große, beredte Gruppe von Cheerleadern verwandelte. Sally Gould, Forrest Gould, Maria Gould Cronin, Geoff Cronin, Peter Gould, Joan Gould Kelley, Claudia Kupervaser und F. J. Gould waren unermüdlich in ihrem Glauben daran, dass es auch tatsächlich ein Buch wird, sowie in ihrer Bereitwilligkeit, mir die Kinder abzunehmen, damit ich arbeiten konnte.

Vielen Dank an die Anwälte Linda Medeiros und Zoe Manos für ihre juristischen Fachkenntnisse. Ich stehe in der Schuld der Sozialarbeiter Steven Thermes und Cindy Gerstl, die mir Einblick in das Sozialsystem für Kinder verschafften. Mein Dank gilt auch Cindy und Cathie Petrosky, die mit auf das Wohlergehen meiner Kinder achteten und sie mit langen, nachmittäglichen Ausflügen fernab von meinem Schreibtisch belohnten. Die Schriftsteller Tricia Bauer, Bill Bozzonel, Bonny Friedman und Anna Monardo haben mich auf dem ganzen Weg begleitet. Ihre Großzügigkeit beim Teilen von Informationen und Anbieten von Rat und ihre Ermutigung sind und waren eine unschätzbare Hilfe für mich.

Meine Literaturstudenten waren ein Geschenk. Die wöchentlichen Treffen mit ihnen haben den Schreibprozess vorangetrieben. Jill Edelmann vermittelte mir mit Verständnis und Einblick gleichermaßen ihr Wissen über das Muttersein. Ihr gilt mein unendlicher Dank.

Mein Schriftstellerleben drehte sich um hundertachtzig Grad an dem Tag, als ich Alice Martell, meinen literarischen Schutzengel, meine Agentin, traf. Ich bin immer noch überwältigt von der Hingabe, die meine Redakteurin Jill Bialosky bezüglich dieses Buchs gezeigt hat. Ihre rigorose Führung beim Umschreiben des Romans war unentbehrlich. Ted Johnson, der Redakteur für das Korrekturlesen dieses Buches, verdient ebenfalls meinen Dank.

Es gibt kaum eine Möglichkeit, sich bei meiner Familie angemessen dafür zu bedanken, dass sie das Chaos verdaut haben, das manchmal als Nebenprodukt eines Werks im Schaffensprozess auftaucht. Nathaniel und Hannah sind in der Zeit, die ich brauchte, bis dieses Projekt beendet war, von Krabbelkindern zu Lesern geworden. Über den ganzen Weg hinweg haben sie mich aufgemuntert, getröstet und zum Glück ins wirkliche Leben eingebunden. Sie haben viel erduldet, und das mit erstaunlicher Gelassenheit. Mein Respekt ihnen gegenüber ist grenzenlos, ihre Präsenz in meinem Leben mein größtes Glück.

Mein Mann David Gould hat mir im wahrsten Sinne des Wortes mehr als geholfen. Er hat meine Arbeit gelesen, noch einmal gelesen und wieder gelesen und brachte seine außergewöhnlichen Fähigkeiten als Redakteur zum Tragen. Er überschüttete mich mit den großartigen Talenten, die in seinen eigenen Werken sichtbar werden: Leidenschaft, Wahrheit, Humor, Zuversicht, Hingabe und Geduld.